DIE BEFREIUNG VON HARLOW

Die Mountain Mercenaries, Buch 4

SUSAN STOKER

Besuchen Sie Susan im Netz!
www.stokeraces.com
facebook.com/authorsusanstoker
twitter.com/Susan_Stoker
bookbub.com/authors/susan-stoker
instagram.com/authorsusanstoker
Email: Susan@StokerAces.com

EBENFALLS VON SUSAN STOKER

Mountain Mercenaries:
Die Befreiung von Allye
Die Befreiung von Chloe
Die Befreiung von Morgan
Die Befreiung von Harlow
Die Befreiung von Everly
Die Befreiung von Zara
Die Befreiung von Raven

Ace Security Reihe:
Anspruch auf Grace
Anspruch auf Alexis
Anspruch auf Bailey
Anspruch auf Felicity
Anspruch auf Sarah

Die Delta Force Heroes:
Die Rettung von Rayne
Die Rettung von Emily
Die Rettung von Harley
Die Hochzeit von Emily

Die Rettung von Kassie
Die Rettung von Bryn
Die Rettung von Casey
Die Rettung von Wendy
Die Rettung von Sadie
Die Rettung von Mary
Die Rettung von Macie
Die Rettung von Annie (Feb 2022)

Delta Team Zwei
Ein Held für Gillian (1 Dec 2021)
Ein Held für Kinley (1 Jan 2022)
Ein Held für Aspen
Ein Held für Jayme
Ein Held für Riley
Ein Held für Devyn
Ein Held für Ember
Ein Held für Sierra

SEALs of Protection:
Schutz für Caroline
Schutz für Alabama
Schutz für Fiona
Die Hochzeit von Caroline
Schutz für Summer
Schutz für Cheyenne
Schutz für Jessyka
Schutz für Julie
Schutz für Melody
Schutz für die Zukunft
Schutz für Kiera
Schutz für Alabamas Kinder
Schutz für Dakota

Die SEALs von Hawaii:

DIE BEFREIUNG VON HARLOW

Die Suche nach Elodie
Die Suche nach Lexie (10 Aug 2021)
Die Suche nach Kenna (19. Oktober 2021)
Die Suche nach Monica
Die Suche nach Carly
Die Suche nach Ashlyn
Die Suche nach Jodelle

KAPITEL EINS

Lowell »Black« Lockard langweilte sich.

Er lehnte sich in seinem Bürostuhl zurück, verschränkte die Hände hinter dem Kopf und starrte ausdruckslos aus dem Fenster.

Das gelegentliche Knallen einer Waffe drang durch die Isolierung in sein Arbeitszimmer. Es war ein beruhigendes Geräusch, eines, an das Black sich im Laufe der Jahre gewöhnt hatte. Einen Schießstand zu besitzen war nicht gerade das, was er sich vorgestellt hatte, nachdem er aus der Navy ausgeschieden war, aber da war er nun.

Er genoss die Arbeit. Es machte ihm Spaß, die Männer und Frauen kennenzulernen, die kamen, um ihre Schießkünste zu trainieren. Er war stolz auf die Waffen- und Sicherheitsschulungen, die er gab. Aber Tatsache war, dass seinem Leben in letzter Zeit etwas zu fehlen schien.

Es war nicht nur, dass die Mountain Mercenaries seit einem Monat nicht mehr auf eine Mission gerufen worden waren. Es steckte mehr dahinter. Zu sehen, wie seine Freunde und Teamkameraden sich verliebten, lenkte die Aufmerksamkeit auf die traurigste Tatsache seines Lebens – es bestand nur aus Routine. Normalerweise mochte er das, aber bei all den Geschichten seiner Freunde darüber, wie ihre Frauen sie auf Trab hielten, konnte er nicht anders, als sich zu wünschen, er hätte etwas Ähnliches, um seine Zeit damit auszufüllen. Black war überzeugt, ein guter, harter Einsatz würde ihn aus seiner Langeweile reißen. Und er wusste, dass ihn das zu einem Mistkerl machte. Es war nicht so, dass er wollte, dass eine Frau oder ein Kind entführt oder missbraucht wurde, aber jedes Mal, wenn sich jemand in Not an Rex, ihren Verbindungsmann, wandte und um Hilfe bat, hatte Black ein klares Ziel vor Augen. Er fühlte sich am nützlichsten und erfülltesten, wenn er anderen half. Er hatte sein ganzes Leben damit verbracht einzugreifen, wenn andere Hilfe brauchten – und in einem Büro herumzusitzen gab ihm definitiv nicht das Gefühl, gebraucht zu werden.

Das Klingeln seines Handys riss Black aus seinen Gedanken und er rutschte vor, um auf das Display zu schauen.

Unbekannt.

Fast wäre er nicht rangegangen. Er wollte jetzt auf keinen Fall mit einem Telefonverkäufer oder Betrüger sprechen, aber da er sich langweilte, dachte er sich, dass er genauso gut abheben könnte.

»Hallo?«

»Spricht dort Lowell Lockard?«

Black erkannte die Stimme nicht. »Höchstpersönlich.«

»Hi, Lowell. Ich bin es, Harlow Reese. Wir haben uns vor ein paar Wochen unterhalten.«

Als er ihren Namen hörte, richtete Black sich in seinem Stuhl auf. Vorfreude breitete sich in ihm aus. Harlow war genau das, was er jetzt brauchte ... in völlig anderer Hinsicht. »Ja. Ich hätte gedacht, du rufst früher an«, schalt er sie fröhlich.

Die Frau am anderen Ende des Telefons lachte und Black lächelte bei diesem Geräusch. Er mochte ihre

Stimme. Sie war tief und heiser. Sogar ihr Lachen war attraktiv.

Er schüttelte den Kopf über seine verrückten Träumereien. Er war nicht auf der Suche nach dem, was Gray, Ro und Arrow hatten. Er war vollkommen zufrieden damit, sich einfach nur mit verschiedenen Frauen zu verabreden, obwohl er in letzter Zeit nicht einmal das getan hatte.

Er konnte sich nicht vorstellen, sich für den Rest seines Lebens mit einer Frau niederzulassen. Er war keine männliche Hure, aber er genoss das Ausgehen. Jemanden kennenzulernen. Das Flirten. Die Vorfreude, wenn er sie zum ersten Mal mit in sein Bett nahm.

Er versuchte, sich auf das zu konzentrieren, was Harlow sagte.

»... deswegen habe ich nicht angerufen. Ich dachte, ich hätte überreagiert. Aber ... die Lage hat sich inzwischen geändert und ich habe mich gefragt, ob du vielleicht Lust hast, zum Frauenhaus zu kommen und weitere Sicherheitskurse für all die Frauen dort zu geben.«

Die Ernsthaftigkeit von Harlows Worten und das, was sie damit ausdrückte, trafen Black unvorbereitet und hart.

Er war das letzte Mal vor etwa einem Monat im Frauenhaus First Hope gewesen, als die Mountain Mercenaries die übliche Runde machten. Ungefähr einmal im Monat ging einer von ihnen zum Frauenhaus, um mit den Frauen und Kindern, die dort wohnten, zu sprechen und dafür zu sorgen, dass alles in Ordnung war. Die Männer erledigten auch Gelegenheitsarbeiten und brachten den Frauen etwas über persönliche Sicherheit bei. First Hope war eine Übergangsunterkunft, in der die Frauen leben konnten, bis sie eine bezahlbare Wohnung gefunden hatten, einen Job bekamen und im Grunde genommen wieder auf die Beine gekommen waren, nachdem ihre Lebensumstände sie dorthin geführt hatten. Loretta Royster, die Eigentümerin des Gebäudes und Leiterin des Frauenhauses, tat, was sie konnte, um dafür zu sorgen, dass alle in Sicherheit waren.

Black kannte Harlow von der Highschool. Es war verrückt, dass sie beide in Colorado Springs gelandet waren, nachdem sie in Kansas aufgewachsen waren. Sie war ein Jahr jünger als er, aber sie waren in seinem letzten Schuljahr zusammen im Jahrbuchklub gewesen. Es war eine Überraschung gewesen, sie im Heim zu sehen; sie war dort gerade als Köchin eingestellt worden.

Sie hatte ihm vor einem Monat erzählt, dass sie belästigt wurde, und sie hatte sich nach einem Waffensicherheitskurs erkundigt. Black hatte sich im Geiste geschworen, sie anzurufen, wenn sie sich nicht bei ihm meldete, aber er hatte es nicht getan.

Das bedauerte er jetzt.

Zu seiner Verteidigung nahm er an, dass ihr Nichtanruf bedeutete, dass die Belästigungen aufgehört hatten. Aber das war keine gute Ausrede. Er hätte der Sache nachgehen sollen, und nicht nur, weil es ihn faszinierte, eine Frau zu sehen, die er aus seiner Vergangenheit kannte.

»Die Lage hat sich geändert?«, fragte er. »Inwiefern?«

»Also, als wir uns das letzte Mal gesehen haben, war ich die Einzige, die von den Männern belästigt wurde. Doch nun habe ich erfahren, dass sie alle belästigen.«

»Und was sagt die Polizei dazu? Du bist doch zur Polizei gegangen, richtig?«

»Selbstverständlich«, erklärte Harlow eingeschnappt. »Ich bin doch keine Närrin. Loretta hat mehrmals mit den Polizisten geredet, doch da die Männer uns nicht wirklich etwas getan haben, gibt es nicht viel, was die Polizei unternehmen kann.«

Black war verwirrt. »Und was machen die Männer?«

»Dummheiten. Den Frauen nachpfeifen, wenn sie das Gebäude verlassen oder hineingehen. Manchmal folgen sie uns auf den Parkplatz, wenn wir zum Wagen gehen. Bis jetzt ist noch niemand handgreiflich geworden, doch sie sind da, beobachten uns und machen sich über uns lustig. Solche Dinge eben. Es verunsichert die Frauen und Kinder und ich mag es nicht, sie so eingeschüchtert zu sehen.«

»Selbstverständlich helfe ich euch«, versicherte Black ihr. »Kennst du die Männer, die euch belästigen?«

»Nein. Sie sind noch jung. Vielleicht Anfang zwanzig. Sie hängen in der Nachbarschaft rum und ich glaube, es ist ihnen egal, dass sie uns aufgefallen sind, da sie ja nicht wirklich etwas Illegales tun. Aber sie halten sich in dem neuen Park am Ende der Straße auf oder hängen gegenüber vor dem Tätowierstudio rum. Selbst die Einwohner gehen nicht gern raus und sie lassen ihre Kinder auch nicht in den Park zum Spielen.«

»Arbeitest du heute Nachmittag im Frauenhaus?«

»Heute?«, fragte Harlow offensichtlich überrascht.

»Ja, Harl. Heute.«

»Ja, schon. Zumindest bis ungefähr vier Uhr nachmittags. Dann kommt Zoe.«

»Zoe?«

»Die andere Köchin. Loretta hat sie etwa eine Woche nach mir angeheuert. Wenn ich nicht da bin, ist sie da, und umgekehrt. So ist für das Essen für alle im Heim gesorgt«, erklärte Harlow.

»Wird sie auch belästigt?«, fragte Black.

»Nun, ja. Das werden alle. Und es ist seltsam, denn Zoe ist sechzig. Sie sieht nicht so alt aus, nicht mit ihren rosa Haaren und so, aber ich verstehe nicht, warum diese Idioten auf uns allen herumhacken. Loretta meint, es könnte ein Ex einer der Bewohnerinnen sein, der sie angeheuert hat. Aber da sie uns nichts antun und nichts zerstören, sind der Polizei die Hände gebunden.«

Blacks Puls beschleunigte sich. Je mehr sie ihm über die Situation erzählte, desto mehr beunruhigte es ihn.

»Jedenfalls«, sprach Harlow weiter, »halte ich es für eine

gute Idee, wenn du dort wieder auftauchst und sie dir Fragen stellen können und du ihnen all die Handgriffe zur Selbstverteidigung zeigen kannst, sodass sie mehr Selbstvertrauen bekommen.«

Black blickte auf seine Uhr und sagte: »Ich werde in einer Stunde da sein.«

Am anderen Ende der Leitung herrschte überraschtes Schweigen, bevor Harlow fragte: »Im Ernst?«

»Ja, im Ernst.«

»Ich wollte damit nicht sagen ... dass du unbedingt heute kommen musst. Ich wollte nur ... du hattest gesagt, ich kann dich anrufen, wenn ich mich unwohl fühle.«

»Genau. Und du hast mich angerufen, weil du dich mit der Situation unwohl fühlst, und ich kann etwas dagegen tun.«

Black würde auf jeden Fall etwas unternehmen. Er hätte Harlow sagen können, dass er in dreißig Minuten da wäre, aber er musste Rex anrufen und ihn darüber informieren, was los war. Außerdem musste er Meat anrufen, den Computerexperten der Gruppe. Meat könnte damit beginnen, die Ex-Männer und -Freunde der Heimbewohnerinnen zu überprüfen.

Black wusste, dass er möglicherweise zu weit ging, dass die Typen vielleicht mit niemandem etwas zu tun hatten und sich nur einen Spaß daraus machten, die Bewohnerinnen des Heims zu tyrannisieren, aber er glaubte das nicht. Das Gebäude befand sich nicht im besten Teil der Stadt, aber auch nicht im schlechtesten. Colorado Springs investierte einiges an Geld in die Gegend, darunter Steuererleichterungen für Unternehmen, die sich dort niederließen, und Anreize für Bauunternehmer, um die Gegend wiederzubeleben.

Harlow wurde nun schon seit mindestens einem Monat belästigt. Er bezweifelte, dass die Männer, die sie belästigten, dies immer noch nur zum Spaß taten. Wieder einmal war er sauer auf sich selbst, weil er nicht angerufen hatte, um sich nach ihr zu erkundigen.

Es kribbelte in seinem Nacken, ein sicheres Zeichen dafür, dass mehr an der Situation dran war.

Black war froh, etwas zu tun zu haben, um sich zu beschäftigen und sein Bedürfnis, nützlich zu sein, zu befriedigen – aber noch mehr als das freute er sich darauf, Harlow zu sehen. Sie war ihm im letzten Monat nicht mehr aus dem Kopf gegangen und er war dankbar für jeden Vorwand, sie wiedersehen zu können.

»Sag bitte Loretta Bescheid, dass ich gleich rüberkomme. Ich werde mit ihr darüber reden, was vorgefallen ist und welche Maßnahmen wir ergreifen können, um die Bewohnerinnen zu schützen. Bist du in der Zwischenzeit in Sicherheit?«

Er konnte ihr die Belustigung an der Stimme anhören, als sie erwiderte: »Ich bin vierunddreißig Jahre alt und habe sechzehn Jahre davon praktisch allein gelebt. Ich denke, ich werde die nächsten sechzig Minuten überleben, die du brauchst, um herzukommen.«

Black lächelte. Er mochte ihre Schlagfertigkeit. »Na gut. Dann bis gleich.«

»Lowell?«

Sein Lächeln wurde breiter, als er hörte, wie Harlow ihn bei seinem echten Namen rief. Es war schon lange her, dass jemand ihn benutzt hatte, abgesehen von seiner Familie. Als Harlow es mit ihrer leisen, vollen Stimme sagte, breitete sich ein Gefühl der Vorfreude in seinem Bauch aus. »Ja, Harl?«

»Vielen Dank. Ich weiß, dass es lange her ist, dass wir einander gesehen oder überhaupt aneinander gedacht haben. Es ist nur ... alle hier sind ausgesprochen nervös und als die Polizei nichts unternommen hat, wussten wir einfach nicht weiter. Ich weiß es wirklich zu schätzen, dass du angeboten hast, uns Selbstverteidigungskurse zu geben. Ich kann sie auch bezahlen. Ich meine, ich war schließlich diejenige, die dich angerufen hat.«

»Darüber reden wir, wenn ich da bin«, erklärte Black ihr.

Es kam nicht infrage, dass jemand ihn für irgendetwas bezahlte. Das Frauenhaus war wichtig für Rex und den Rest der Mountain Mercenaries. Loretta hatte ihnen immer wieder geholfen, wenn sie ihre Unterstützung für eine Frau oder ein Kind brauchten, das sie gerettet hatten. Rex würde sich darüber ärgern, dass Loretta nicht selbst angerufen hatte, aber Black und der Rest seines Teams würden dem Frauenhaus jede Hilfe anbieten, die es brauchte – und zwar kostenlos.

»Okay. Fahr bitte vorsichtig«, sagte Harlow. »Tschüss.«

Sie legte auf, bevor Black noch etwas sagen konnte. Er machte sein Telefon aus und starrte für einen langen Moment ins Leere. Es war ewig her, dass jemand ihm gesagt hatte, er solle vorsichtig fahren, zumindest jemand, der nicht mit ihm verwandt war. Seine Eltern waren großartig, aber sie lebten auf der anderen Seite des Landes in Orlando. Er sprach häufig mit ihnen, und obwohl sie ihm immer sagten, dass sie ihn liebten, machten sie sich nicht wirklich Sorgen um ihn.

Sein Bruder war ein Fotograf, der um die Welt reiste und Bilder für Magazine und Organisationen machte. Er war fünf Jahre jünger als Black und schien immer in fragwürdige Situationen zu geraten. Natürlich tat Black das auch, aber davon wussten seine Eltern nichts. Lance war also der Sohn, um den sich ihre Eltern sorgten.

Harlow meinte es wahrscheinlich nicht ernst mit ihren Worten. Wahrscheinlich sagte sie allen, sie sollten vorsichtig sein. Aber trotzdem sprach sie damit etwas in Black an, als er ihre Worte hörte.

In diesem Moment beschloss Black, Harlow Reese um eine Verabredung zu bitten, und dann lächelte er. Es war lange her, dass er einer speziellen Frau wirklich den Hof gemacht hatte, und er freute sich darauf, wieder ins Spiel zu kommen.

Immer noch lächelnd nahm Black sein Telefon und wählte Rex' Nummer. Er musste seinem Kontaktmann sagen, was los war. Im Moment hatte er keine weiteren Informationen, aber Rex mochte keine Überraschungen. Es war besser, mit ihm im Voraus zu sprechen und ihm später Details zu liefern, als ihn im Nachhinein mit einer Situation zu überrumpeln.

KAPITEL ZWEI

Harlow rollte und schnitt den Teig aus, dann legte sie ihn, ohne nachzudenken, auf das Plätzchenblech. Sie konnte Plätzchen im Schlaf zaubern, was auch gut so war, denn ihre Aufmerksamkeit galt im Moment definitiv nicht dem Kochen.

Sie hatte eine Woche lang mit sich selbst darüber debattiert, ob sie Lowell anrufen sollte, und hatte schließlich den Mut aufgebracht, es zu tun.

Als sie ihn vor all den Wochen zum ersten Mal gesehen hatte, hatte sie sich lediglich über die Männer geärgert, die ihr jedes Mal, wenn sie beim Frauenhaus ankam, Obszönitäten zuriefen und auf dem Parkplatz herumlungerten, wenn sie es verließ. Sie hatte sich gedacht, dass es gut wäre, mehr über Selbstverteidigung und vielleicht sogar ein bisschen über Waffensicherheit zu lernen. Sie war davon ausgegangen, dass nur sie belästigt wurde, aber als sie hörte, wie einige der Bewohnerinnen über die Idioten sprachen, die ihnen vor einer Woche dasselbe angetan hatten, wusste sie, dass sie handeln musste.

Denn es waren nicht nur die Frauen, die Angst hatten. Die Kinder waren ebenfalls eingeschüchtert. Und das war inakzeptabel für Harlow. Sie mochte es nicht, wenn Männer Kraft oder Einschüchterungsmethoden einsetzten, um Frauen zu missbrauchen, aber wenn sie sich an Kindern vergriffen, ging das für sie definitiv zu weit. Im Moment lebten fünf Kinder im Heim, und es war offensichtlich, dass sie durch die Belästigungen verängstigt waren.

Jasper Newton war mit dreizehn Jahren der Älteste. Er war leicht übergewichtig und stolperte ständig über seine eigenen Füße. Er war der Beschützer der Gruppe, wahrscheinlich versuchte er, die Tatsache zu kompensieren, dass sein Vater seine Mutter jahrelang missbraucht hatte. Der Missbrauch hatte nur aufgehört, weil Wyatt eines Tages seine Frau und sein Kind verlassen hatte, indem er ihnen sagte, er wolle keine Familie mehr, er liebe sie nicht und habe eine neue Freundin gefunden.

Harlow wusste, dass es Jasper und seiner Mutter besser ging, aber der kleine Junge hatte offensichtlich seelisch unter all dem gelitten, was sein Vater ihm angetan hatte.

Lacie Bronson war elf und sprach nie wirklich viel. Harlow kannte ihre Geschichte nicht, aber was auch immer ihr und ihrer Mutter zugestoßen war, sodass sie die Dienste des Heims in Anspruch nehmen mussten, war offensichtlich für beide traumatisierend gewesen.

Milo Hamlin war neun und, obwohl er vorsichtig war, lachte er trotzdem viel und fand leicht Freunde. Samantha Royal war acht und ging in dieselbe Schule wie Milo. Sie waren auch in der gleichen Klasse. Sammie war verknallt in Milo und folgte ihm überall hin.

Das jüngste Kind im Heim war mit fünf Jahren Jody Zimmerman. Sie war ein wissbegieriges Mädchen, das jeden Moment, den sie konnte, mit Harlow in der Küche verbrachte. Sie hatte schöne rote Haare und grüne Augen. Ihre Mutter war jung, erst dreiundzwanzig, ebenso wie ihr verstorbener Freund. Er war von einem betrunkenen Autofahrer getötet worden, wenige Tage bevor er der Armee beitreten sollte, und weil es an Geld mangelte und ihre Verwandten nicht helfen konnten, waren Jody und ihre Mutter obdachlos geworden.

Harlow würde alles tun, um die Kinder, die im Heim wohnten, zu beschützen. Sie hatte schon immer eine Schwäche für Kinder gehabt. Die Situation ihrer Eltern war nicht die Schuld der Kinder und sie wollte alles tun, um ihnen ein paar gute Erinnerungen an ihre Kindheit zu geben. Und wenn das nur über das Essen ging, dann war es eben so.

Harlow empfing die Kinder mit offenen Armen in ihrer Küche. Sie kamen oft mit Büchern herein, um am großen Esstisch Hausaufgaben zu machen oder weil sie einfach etwas zu tun haben wollten, und sie ließ sie bei dem Gericht mithelfen, das sie gerade zubereitete. Da sie wusste, dass die meisten von ihnen aufgrund ihrer finanziellen Situation nicht genügend zu essen bekamen, um ihre Bäuche zu füllen, hatte sie auch immer ein paar Snacks zur Hand.

Jedes Mal wenn die Mütter ein Gruppentreffen hatten, holte Harlow die Kinder in die Küche, um ihnen zu zeigen, wie man etwas Neues macht. An einem Tag waren es vielleicht Plätzchen, an einem anderen war es Brot. Sie liebte es, ihnen zuzusehen, wie sie Spaß hatten, und genoss ihre Zeit mit ihnen.

Es war hauptsächlich wegen der Kinder, dass sie Lowell Lockard angerufen hatte.

Sie hatte ihn sofort erkannt, als sie ihn gesehen hatte. Sie waren auf dieselbe Highschool in Topeka, Kansas gegangen und einst war sie schwer in ihn verknallt gewesen. Aber er war eine Nummer zu groß für sie. Viel zu beliebt für jemanden wie sie. Sie war das Mädchen, das sich lieber hinter seiner Kamera versteckte und Fotos von anderen machte, als im Rampenlicht zu stehen. Sie hatte sich als Fotografin versucht, aber schließlich gemerkt, dass sie viel lieber kochte, als hinter der Linse zu stehen.

Lowell war lustig und nett zu ihr gewesen, als sie noch Teenager waren. Er hatte nicht auf sie herabgesehen und er hatte ihr sogar mehr als einmal Komplimente zu den Fotos gemacht, die sie geschossen hatte. Harlow hatte gewusst, dass er nach seinem Abschluss zur Marine gehen wollte, und sie bewunderte ihn dafür, dass er seinem Land dienen wollte.

Sie hatte sich so sehr gewünscht, dass er sie um eine Verabredung bitten würde, aber schon damals hatte sie nicht das beste Glück mit Jungs und Verabredungen gehabt.

Nachdem er seinen Abschluss gemacht hatte, hatte sie nichts mehr von ihm gehört oder gesehen – bis er mitten im Aufenthaltsraum des Frauenhauses aufgetaucht war. Es war ein Schock gewesen, aber sie war nicht überrascht gewesen, als sie erfuhr, dass er einen örtlichen Schießstand besaß und sich gelegentlich ehrenamtlich bei First Hope engagierte. Sie hatte von den Männern gehört, die jeden Monat vorbeikamen, um im Frauenhaus zu helfen und Zeit mit den Bewohnerinnen zu verbringen. Schon in der Highschool hatte Lowell sich für die eingesetzt, die sich nicht selbst verteidigen konnten.

Harlow stellte etwas betrübt fest, dass ihre Schwärmerei für ihn heute noch genauso stark war wie damals als Teenager. Er war zu einem verdammt guten Exemplar von Mann herangewachsen. Sie waren ungefähr gleich groß, aber Lowell war jetzt ganz Mann. Keine Spur mehr von dem schlaksigen Jungen, der er einmal gewesen war. Seine Arme waren muskulös und seine Oberschenkel wölbten sich unter seiner Jeans. Er hatte ein paar sichtbare Narben, die ihr verrieten, dass er einige harte Zeiten hinter sich hatte.

Aber es ging um mehr als sein Aussehen. Harlow war längst aus dem Alter heraus, in dem ihr ein gut aussehender Mann den Kopf verdrehte. Sie hatte genügend Männer kennengelernt und war mit ihnen ausgegangen, um zu wissen, dass nicht das Aussehen eines Menschen ausschlaggebend dafür war, ob er eine gute Partie war. Es war das, was tief in seinem Inneren war.

Lowell spielte mit den Kindern und war ein Profi im Lesen der Körpersprache der neuen Bewohnerinnen. Als Carrie bei der Begegnung mit ihm einen Schritt zurücktrat, streckte er nicht die Hand aus, um ihr die Hand zu schütteln, sondern nickte einfach und ließ ihr etwas Raum. Als Sue sich weigerte, ihm in die Augen zu sehen, brachte er sie in keiner Weise in Verlegenheit. Er ging einfach weiter, um die nächste Frau zu begrüßen.

Er hatte sogar kein Problem damit, sich zu Jody auf den Boden zu setzen und mit dem kleinen Mädchen mit Puppen zu spielen.

Ja, alles, was Harlow an jenem Tag vor einem Monat an Lowell gesehen hatte, sprach sie an – aber sie hatte sich geweigert, der Versuchung zu erliegen. Sie war das Aushängeschild für schlechte Verabredungen und sie wollte auf keinen Fall von einer schrecklichen Verabredung mit ihrem Highschool-Schwarm enttäuscht werden.

Sie hatte beschlossen, ihn aus der Ferne zu bewundern und sein früheres Hilfsangebot zu ignorieren. Aber nachdem Sammie eines Nachmittags in die Küche gekommen war und geweint hatte, weil einer der Männer, die im Park herumhingen, ihr gesagt hatte, sie solle es genießen, in ihrem Bett zu schlafen, weil sie nicht mehr lange eins haben würde, beschloss Harlow, dass es jetzt reichte.

Sie hatte den Mut aufgebracht, Lowell anzurufen, und, ohne zu zögern, hatte er gesagt, er würde sofort vorbeikommen. Das hatte sie überrascht. Sie dachte, er müsste sie und das Heim in seinen Zeitplan einbauen. Niemals hätte sie angenommen, dass er noch am selben Tag vorbeikommen würde.

»Harlow?«

Die weibliche Stimme erschreckte Harlow so sehr, dass sie zusammenzuckte und beinahe das Backblech auf den

Boden fallen ließ. Sie schüttelte den Kopf über ihre eigene Ungeschicklichkeit, blickte auf und sah Loretta in der Tür stehen.

Die ältere Frau sah viel jünger aus als fünfundsechzig Jahre. Sie färbte sich ihr graues Haar nicht und es stand ihr ausgezeichnet. Ihre blauen Augen kamen durch die silbergrauen Haare noch besser zur Geltung. Sie hatte Lachfalten um Augen und Mund und hatte immer ein Lächeln für jeden parat. Heute trug sie eine Jeans, die sich an ihren Körper schmiegte, und ein T-Shirt mit der Aufschrift **SECHZIG IST DAS NEUE ZWANZIG.**

Harlow drehte sich schnell zum Waschbecken um und wusch sich die Hände. »Hi, Loretta. Kann ich dir was holen?«

Die andere Frau schüttelte den Kopf. »Oh nein. Ich bin immer noch vollgestopft von dem köstlichen Frühstück, das du gemacht hast. Dich und Zoe einzustellen war die beste Entscheidung, die ich je in Bezug auf dieses Frauenhaus getroffen habe.«

Harlow lächelte, als sie sich die Hände abtrocknete. »Ich freue mich auch, dass du mich eingestellt hast«, erklärte sie der älteren Frau. Harlow hatte in einem schicken Hotel in Seattle gearbeitet und hatte sich so überarbeitet, dass sie beschloss, etwas anderes zu machen. Sie hatte sich Restaurants in der Gegend von Denver angesehen, als einer der Hotelmanager ihr von der offenen Stelle hier in Colorado Springs erzählt hatte. Harlow hatte das nicht in Erwägung gezogen, aber nachdem sie alles über Loretta gehört hatte, wie lange sie schon in der Gegend lebte und wie sie den Bewohnerinnen seit über dreißig Jahren half, fühlte es sich richtig an, sich hier zu bewerben.

Harlow war erst seit kurzer Zeit in der Gegend, aber sie liebte es hier. Sie genoss es, wandern gehen zu können, schätzte die frische Luft, liebte es, aus dem Fenster ihrer Wohnung zu schauen und den Pikes Peak zu sehen. Sie fühlte sich hier auch sicher, obwohl das Frauenhaus nicht in der besten Nachbarschaft lag.

Die Stadt versuchte, die Gegend zu modernisieren, was so viel bedeutete wie sie *aufzuräumen*. Die meisten Schaufenster rund um das Frauenhaus standen noch leer, aber ein paar Straßen weiter eröffneten fast jede Woche neue Geschäfte und Restaurants. Außerdem wurden einige Straßen weiter teure Eigentumswohnungen gebaut, die Kunden in die neuen Geschäfte bringen sollten.

»Hast du Black erreicht?«, fragte Loretta.

Harlow nickte. »Ja, ich wollte es dir gleich sagen, aber ich musste erst diese Plätzchen in den Ofen schieben«, erklärte sie der älteren Frau. »Er kommt heute her, um mit dir zu reden.«

Sie sah, wie Loretta erleichtert aufatmete.

Da sie ein schlechtes Gewissen hatte, dass sie Lowell so lange nicht angerufen hatte, fügte Harlow schnell hinzu, um sie zu beruhigen: »Ich bin mir sicher, dass er herausfindet, was hier los ist und ob diese Männer einfach nur Idioten sind. Sollte das der Fall sein, wird er ein ernstes Wörtchen mit ihnen reden und das war's. Er hat auch gesagt, dass er nichts dagegen hat, sich mit den Bewohnerinnen zu treffen und ihnen die Grundbegriffe der Selbstverteidigung beizubringen.«

»Gut ... das ist gut«, bemerkte Loretta. Dann seufzte sie. »Altwerden ist wirklich nicht besonders schön. Früher hätte ich mich selbst mit diesen Jungs angelegt.«

Harlow betrachtete ihre Chefin eingehender – und es gefiel ihr nicht, was sie sah. Sie hatte Ringe unter den Augen und eine tiefe Sorgenfalte auf der Stirn. »Ist sonst noch etwas passiert?«

»Sonst noch etwas?«, fragte Loretta müde. »Du meinst, abgesehen von der Tatsache, dass meine Frauen belästigt werden und wir nicht wissen, warum die Polizei nichts unternehmen kann, und ich eine Warteliste mit zwanzig

Frauen habe, die auf ein Zimmer warten und Hilfe brauchen? Mal ganz abgesehen von der Tatsache, dass ich noch dazu morgen Abend eine Verabredung habe?«

»Du hast eine Verabredung?«, fragte Harlow und zog überrascht die Augenbrauen hoch, ohne auf die anderen Dinge einzugehen, die sie gesagt hatte. Es war nicht so, dass sie dachte, Loretta könnte oder sollte sich nicht verabreden; die andere Frau war wunderschön und hatte ein Herz so groß wie Texas. Aber sie hatte in ihrem Leben noch nicht den richtigen Mann kennengelernt.

Lorettas Lippen zuckten amüsiert. »Eigentlich bin ich zu alt dafür, aber ja. Edward hat ein Nein nicht gelten lassen. Er führt mich zum Abendessen aus.«

Harlow wusste, von wem Loretta sprach. Edward O'Connor. Er war ein Ire, dem eine Bäckerei am anderen Ende der Straße vom Frauenhaus gehörte. Er brachte oft Gebäck und Brot vom Vortag vorbei, das normalerweise weggeworfen wurde. Harlow konnte zwar backen, aber dass die Leckereien geliefert wurden, erleichterte ihr das Leben am Morgen ungemein. Sie mochte den älteren Mann und freute sich riesig, dass er Loretta um eine Verabredung gebeten hatte.

»Ich hatte mal eine Verabredung, bei dem sich der Typ ständig über den Tisch lehnte und mir das Essen vom Teller nahm. Er spießte mit seiner Gabel ein Stück Garnele auf und sagte:«, Harlow senkte die Stimme, »›Dir macht es doch nichts aus, wenn ich mal probiere, oder?‹ Und ohne auf eine Antwort zu warten, nahm er sich einfach von meinem Essen.«

Loretta lächelte. »Du und dein verdammtes Pech bei Männern, meine Kleine. Ein paar der Geschichten, die du mir von deinen Verabredungen erzählt hast, sind wirklich unglaublich. Bist du dir sicher, dass du nicht ein kleines bisschen übertreibst?«

Harlow erwiderte das Lächeln. »Absolut nicht. Alles,

was ich dir erzählt habe, ist tatsächlich bei meinen Verabredungen mit Männern passiert.«

»Wenn du den Richtigen triffst, wird sich das alles ändern.«

»Nein, das glaube ich nicht. Erinnerst du dich noch an Charles?«

Loretta verdrehte die Augen. »Erinnere mich nicht an den.«

»Oh, aber das muss ich. Er bestellte für mich und ich dachte, das sei süß, als mache ihn das zum Gentleman. Das heißt, bis er mir eine Cola light bestellte, die Kellnerin fragte, wie viele Kalorien in den Gerichten seien, und schließlich das gebackene Hähnchen mit Gemüsebeilage – ohne Butter – für mich aussuchte.«

Loretta seufzte und schüttelte den Kopf. »Dann war er wirklich ein Idiot. Nur weil du kein Hungerhaken bist, bedeutet das noch längst nicht, dass du dick bist oder Gewicht verlieren musst.«

»Ich weiß«, sagte Harlow. Und das tat sie wirklich. Sie war zufrieden mit ihrer Figur. Sie aß gern – schließlich war sie Köchin, verdammt noch mal. Sie würde nie in eine Größe sechsunddreißig passen. Aber sie war nicht übergewichtig, ging gern spazieren und achtete darauf, was sie aß. Aber natürlich war es unnötig hinzuzufügen, dass das ihre letzte Verabredung mit Charles gewesen war.

Sie hatte in letzter Zeit so viele unangenehme Verabredungen gehabt, dass sie sich dazu entschlossen hatte, eine Zeit lang nicht mehr auszugehen und sich stattdessen auf die Arbeit zu konzentrieren. Und das zog sie jetzt schon seit fast einem Jahr durch.

»Trotzdem bleibe ich dabei: Wenn der Richtige kommt, wirst du es spüren. Du wirst schon sehen«, erklärte Loretta.

Harlow schüttelte den Kopf, erwiderte aber nichts. Sie kannte die andere Frau gut genug, um zu wissen, dass sie ihre Meinung nicht ändern würde. Loretta war stur. *Wahn-*

sinnig stur. Also tat Harlow das einzig Richtige, um Loretta abzulenken, bevor sie sich zu fest auf einen bestimmten Punkt einschoss – sie wechselte das Thema.

»Jedenfalls hat Lowell gesagt, er würde in etwa einer Stunde vorbeikommen«, sie blickte auf ihre Uhr, »und das ist jetzt etwa eine halbe Stunde her. Er wird wahrscheinlich mit dir über die Ex-Partner der Bewohnerinnen reden wollen, könnte ich mir vorstellen. Aber er hat gesagt, dass er uns helfen wird.«

»Gott sei Dank«, erklärte Loretta. »Du weißt, was Black beruflich macht, stimmt's?«

Harlow wusste, dass er Black genannt wurde, doch da sie ihn bereits aus der Highschool unter seinem richtigen Namen kannte, nannte sie ihn Lowell. Bei Lorettas Frage legte sie den Kopf ein wenig zur Seite. »Du meinst den Schießstand und die Tatsache, dass er Waffen-Sicherheitskurse gibt?«

»Nein, meine Liebe. Ich werde dir jetzt etwas erzählen, das nicht öffentlich bekannt ist. Ich selbst weiß es nur, weil ich ihnen in der Vergangenheit bereits geholfen habe. *Dir* sage ich es nur, weil ich dir vertraue und du eine Vergangenheit mit Black hast. Er und seine Freunde bilden eine Gruppe, die sich die Mountain Mercenaries nennt.«

Harlow keuchte. »Sind sie Söldner, die man einstellt, um andere Leute zu töten?«

Loretta lachte laut auf. »Nein, meine Kleine. Oh Gott. Sie werden angeheuert, um entführte Frauen und Kinder zu finden und zu befreien. Ihre Dienste sind nicht billig und die, die sie anheuern, haben gute Verbindungen. Es ist nicht so, dass man Rex, den Anführer, und sein Team einfach im Internet suchen und ihnen eine E-Mail schicken kann. Sie nehmen die verzweifeltsten Fälle: Frauen, die im Sexhandel verschwunden sind, Kinder, die von nicht sorgeberechtigten Eltern entführt wurden ... ab und zu helfen sie sogar in Missbrauchsfällen.«

Harlow war verwirrt. »Aber ich dachte, Söldner arbeiten für Geld?«

Loretta zuckte mit den Achseln. »Ich weiß nicht und es ist mir auch egal, wie sie auf ihren Namen gekommen sind, und obwohl ich mir sicher bin, dass sie für das, was sie tun, gutes Geld einnehmen müssen, ist die Hauptmotivation von Rex und seinem Team die Gerechtigkeit. Sie mögen es nicht, wenn Frauen oder Kinder von anderen – egal ob Männer oder Frauen – missbraucht werden. Sie sind alle auf die eine oder andere Weise ehemalige Soldaten der Spezialeinheit. Sie haben die Ausbildung, die nötig ist, um unbemerkt in fremde Länder zu gelangen und Menschen zu retten. Oder hier in unserem eigenen Land zu bleiben, um eine Frau oder ein Kind in Not zu finden und zu retten.«

»Woher weißt du das alles?«, fragte Harlow. Auf der einen Seite war sie schockiert, aber auf der anderen Seite machte es auch Sinn. Sie konnte Lowell einfach ansehen, dass er die Art von Mann war, auf den man sich verlassen konnte. Er war stark und mitfühlend, aber er hatte einen Ausdruck in den Augen, der eindeutig verriet, dass er kein Mann war, mit dem man sich anlegen konnte. Das war einer der Hauptgründe, warum sie schließlich nachgegeben und ihn angerufen hatte.

»Ich führe ein Frauenhaus.« Loretta zuckte mit den Achseln, als wäre das Erklärung genug dafür, warum sie eine mysteriöse Gruppe tödlicher Männer kannte. »Rex hat sich vor ein paar Jahren mit mir in Verbindung gesetzt und mich gefragt, ob ich ein Zimmer für eine Frau frei hätte, die missbraucht worden war. Das hatte ich nicht, doch nachdem ich ihre schreckliche Geschichte gehört hatte, habe ich dafür gesorgt, dass ich Platz für sie hatte. Und so habe ich im Laufe der Jahre immer mehr über die Mountain Mercenaries erfahren. Und nachdem ich sie alle kennengelernt habe – abgesehen von Rex, den noch nicht mal die Mitglieder des Teams kennen –, kann ich mit Fug und Recht behaupten, dass sie hochanständige Kerle sind, mit denen ich gern zusammenarbeite.«

Harlow wusste, dass das ein großes Lob war, das Loretta aussprach. Sie war nie verheiratet gewesen und hatte keine Kinder. Als sie in ihren Zwanzigern war, hatte sie sich einer Sekte angeschlossen, obwohl sie damals nicht wusste, dass es eine Sekte war. Der Anführer war gewalttätig und hatte alles und jeden kontrolliert, und seit sie geflohen war, hielt Loretta Männer auf Abstand. Dass sie diesen Rex-Typen, seine Organisation und die Männer, die für ihn arbeiteten, lobte, bedeutete also einiges.

»Es stimmt, dass ich Lowell von der Highschool kenne«, stimmte Harlow ihr zu. »Ich meine, wir hatten nicht besonders viel miteinander zu tun. Ich weiß nur, dass er nach dem Abschluss zur Navy gegangen ist.«

Loretta nickte. »Er war ein Navy SEAL, darauf würde ich wetten«, entgegnete sie. »Danke jedenfalls, dass du ihn angerufen hast, meine Kleine. Ich hätte eigentlich Rex informieren müssen, doch ich bin davon ausgegangen, dass das Ganze sich von selbst erledigen würde, weil sich die Jungs irgendwann langweilen.«

»Das dachte ich auch«, entgegnete Harlow.

»Ich werde mich jedenfalls bemühen, Black alle Informationen zu geben, die ich habe. Er weiß allerdings, dass es bestimmte Informationen gibt, die ich aufgrund des Geheimhaltungsgesetzes nicht mit ihm besprechen kann.«

»Und wie soll er uns helfen, wenn er nicht alle Informationen hat?«, fragte Harlow.

Loretta lächelte, erwiderte jedoch nichts.

»Was ist?«, wollte Harlow wissen.

»Rex und sein Team haben ihre Methoden, alles herauszufinden«, versicherte Loretta ihr. »Ich werde ihn wissen lassen, was hier vor sich geht, und ich würde alles darauf wetten, dass sie mehr über die Ex-Partner herausfinden werden, als ich ihnen jemals sagen könnte. Noch dazu schneller.«

Harlow erschauderte. Jetzt war sie sich der ganzen Sache nicht mehr so sicher.

Und als könnte sie diese Gedanken lesen, streckte Loretta den Arm aus und tätschelte Harlows Hand. »Mach dich nicht verrückt«, befahl sie ihr. »Dein Lowell ist einer von den guten Jungs. Er würde niemals grundlos einen Hintergrund überprüfen lassen.«

Es war nicht so, dass Harlow sich Sorgen darüber machte, was Lowell über sie herausfinden konnte. Sie war so langweilig, wie eine vierunddreißigjährige Frau nur sein konnte. Sie kam mit ihren Eltern zurecht. Sie war ein oder zwei Jahre auf dem Community College gewesen, bevor sie auf eine Kochschule gewechselt war, hatte gute Noten und war nie mit dem Gesetz in Konflikt geraten, abgesehen von ein paar Strafzetteln in ihrer Akte.

Aber zu wissen, dass Lowell alles über sie herausfinden konnte, wenn er es wollte, war ein wenig beängstigend. Es erinnerte sie an einen Mann, mit dem sie sich verabredet hatte, der ein Bündel von Papieren herausgezogen und ihr vorgelegt hatte, um ihr zu erklären, dass er eine ausführlichen Überprüfung ihrer Person vorgenommen hatte, um dafür zu sorgen, dass sie gut genug für eine Heirat war.

Es war unheimlich und verdammt übergriffig – und das war das Ende dieser Verabredung gewesen.

»Das hoffe ich«, erwiderte Harlow.

Loretta lächelte einfach erneut. »Am besten machst du die Plätzchen fertig, bevor Black eintrifft und dich ablenkt.« Und damit drehte die ältere Frau sich um und verließ die Küche.

Harlow sah auf die Uhr und stellte fest, dass sie nur noch etwa zwanzig Minuten Zeit hatte, bevor Lowell eintraf. Schnell schob sie das Plätzchenblech in den vorgeheizten

Ofen. Sie sollten etwa zu der Zeit fertig sein, wenn Lowell eintraf.

Harlow wischte sich mit dem Ärmel über die Stirn und dachte kurz daran, dass sie sich wünschte, sie hätte etwas anderes zum Anziehen dabei, aber dann verdrehte sie innerlich die Augen über sich selbst. Lowell war nicht gekommen, um sie zu einer Verabredung oder so abzuholen, also sollte sie sich keine Gedanken darüber machen, was sie anhatte. Sie trug eine Jeans, ein T-Shirt und Flip-flops. Die Schürze, die sie in der Küche immer trug, verdeckte ohnehin das meiste, was sie anhatte.

Sie wusste, dass ihr Haar wahrscheinlich eine Katastrophe war, wie immer. Sie hatte es aus dem Gesicht zu einem unordentlichen Dutt am Hinterkopf zurückgebunden, damit es nicht in das Essen kam, das sie gerade kochte. Sie trug keinen Schmuck und ihre Fingernägel waren nicht lackiert. Die meiste Zeit fühlte sie sich wie eine Versagerin, wenn es um die »Kunst des Frauseins« ging – und dieser Eindruck wurde durch ihre vielen gescheiterten Verabredungen noch verstärkt.

Harlow glaubte wirklich, dass die Verabredungen nicht unbedingt an ihr scheiterten, sondern weil sie Männer anzuziehen schien, die definitiv nicht die Richtigen für sie waren. So wie damals, als sie sich mit einem Mann verabredet hatte, der ein bekennender Naturbursche war. Sie dachte, das hört sich toll an; sie war auch gern draußen.

Nun, er holte sie ab und nahm sie mit zum See. Er hatte zwei Stühle mitgebracht, Gott sei Dank, aber nur eine Angelrute. Dann hatte er zwei Stunden lang Bier getrunken und geangelt. Er hatte nicht mal gemerkt, dass sie sich langweilte, weil er ein egozentrisches Arschloch war. Es hätte sie nicht so sehr gestört, wenn er mit ihr geredet hätte, während er angelte, aber das eine Mal, als sie versucht hatte, ein Gespräch anzufangen, hatte er sie gebeten, still zu sein, da sie sonst die Fische verscheuche.

Schließlich hatte sie ihm gesagt, sie würde ein Taxi rufen und verschwinden. Er war noch nicht bereit gewesen zu gehen und sagte ihr, er würde sie später anrufen. Sie war nicht überrascht oder enttäuscht gewesen, als er das nicht getan hatte.

Man konnte also durchaus sagen, dass Harlow ein gebranntes Kind war, was Verabredungen betraf. Sie hatte nichts dagegen, in einer Beziehung zu sein, aber um eine Beziehung zu *haben*, musste man tatsächlich Zeit mit jemandem verbringen. Und in ihrer Welt endete das nie gut.

Seufzend begann sie, den Tresen abzuwischen, während sie in Gedanken das Menü für das Abendessen durchging. Heute Abend war Zoe mit dem Kochen dran und sie wollte sicherstellen, dass ihre Kollegin alle Zutaten für die Lasagne hatte.

KAPITEL DREI

Black lehnte sich an den Türrahmen und beobachtete Harlow, die in der großen Küche herumhantierte. Sie lag neben dem großen Wohnzimmer und eine der Flügeltüren stand offen. Das Geräusch der Autos, die auf der Straße vor dem Haus auf- und abfuhren, war leise und lenkte nicht von der Gemütlichkeit des Raumes ab. Der Lichtschein aus dem Fenster über dem Waschbecken ließ ihr blondes Haar noch heller erscheinen.

Loretta hatte Black begrüßt, als er angekommen war, und ihm für sein Kommen gedankt. Sie hatte ihm mitgeteilt, dass sie in ihrem Arbeitszimmer sein würde, bereit, alle seine Fragen zu beantworten, aber zuerst könne er gehen und Harlow begrüßen.

Er konnte nicht anders, als bei dem Gedanken zu lächeln. Er hatte Loretta immer gemocht. Sie war nicht sehr subtil, aber das war Teil ihres Charmes.

Seine Aufmerksamkeit wurde wieder auf Harlow gelenkt, als sie versehentlich gegen die Ecke einer Theke stieß, ein leises *Autsch* ausstieß und sich die Hüfte rieb.

Sie hatte etwas an sich, das ihm ein Gefühl der Ruhe gab. Und das war eine große Sache, denn die meiste Zeit über war Black alles andere als ruhig. Er scannte ständig seine unmittelbare Umgebung nach Bedrohungen ab, ein Überbleibsel aus seiner Zeit als Navy SEAL. Aber es war mehr als das. Selbst wenn er allein in seiner Wohnung war, fiel es ihm schwer, sich zu entspannen. Fernsehen langweilte ihn. Er schaffte es kaum jemals, einen Film zu Ende zu sehen, bevor er an etwas anderes dachte, das er tun sollte. Er brauchte ewig, um ein Buch zu lesen, weil er nur ein Kapitel oder so durchhielt, bevor er unruhig wurde.

Aber er merkte, dass er stundenlang dastehen und Harlow beobachten konnte.

Sie tat nichts Superinteressantes – sie putzte die Küche, nahm ein Blech Plätzchen aus dem Ofen und murmelte etwas vor sich hin –, aber sie faszinierte ihn. Sie war ständig in Bewegung und im Moment konnte er erkennen, dass sie wegen irgendetwas nervös war.

Die Männer, die sie belästigten? Was auch immer sie gerade kochte? Seinetwegen? Er wusste es nicht.

Wie lange er schon da stand und sie beobachtete, wusste Black nicht genau, aber es war unvermeidlich, dass sie ihn irgendwann bemerkte.

Aber er hatte nicht erwartet, dass sich ihre Augen weiteten, ein Keuchen aus ihrem Mund kam und Harlow rückwärts ging und dabei über ihre Füße stolperte.

Sie fiel auf den Boden und Black verlor sie für den Bruchteil einer Sekunde aus den Augen.

Sofort durchquerte er den Raum, ging um die Kücheninsel herum und sah sie auf dem Boden sitzen. Er hielt ihr die Hand hin und sagte: »Es tut mir leid, ich wollte dich nicht erschrecken.«

Sie schüttelte den Kopf, dann griff sie nach seiner Hand und erlaubte ihm, ihr beim Aufstehen zu helfen.

Mehrere Eindrücke trafen Black auf einmal.

Der erste war, wie weich und geschmeidig ihre Hand

war. Der zweite war, wie gut sie roch – nach Vanille. Drittens waren sie, als sie stand, auf Augenhöhe.

Er war es gewohnt, in seinem Freundeskreis der Kleinste zu sein, aber die letzten Frauen, mit denen er ausgegangen war, waren ausgesprochen zierlich gewesen. Er hatte gedacht, dass kleinere Frauen seine Kragenweite waren, aber er mochte es, in Harlows dunkelblaue Augen schauen zu können.

Im Moment war es offensichtlich, dass sie sich schämte. Ihre Wangen färbten sich hellrosa, aber sie lächelte ihn tapfer an. »Ich würde sehr gern behaupten, dass ich normalerweise nicht so tollpatschig bin, aber dann müsste ich lügen.«

Black erwiderte ihr Lächeln und ließ widerwillig ihre Hand los. »Daran erinnere ich mich noch von früher.«

Daraufhin röteten sich ihre Wangen sogar noch mehr. »Und ich bin nach all den Jahren immer noch so.«

»Ich finde das liebenswert.«

Harlow verdrehte die Augen. »Vielleicht bei einer Sechsjährigen. Bei einer erwachsenen Frau ist es eher peinlich«, entgegnete sie.

»Es tut mir wirklich leid, dass ich dich erschreckt habe«, entschuldigte sich Black erneut, fasziniert von den verschiedenen Emotionen, die er ihr am Gesicht ablesen konnte. Er war bei Verhören ein Experte. Und das lag hauptsächlich daran, dass er ausgesprochen gut Körpersprache und nonverbale Anzeichen lesen konnte. Momentan lag Harlow wie ein offenes Buch vor ihm.

Bei seiner Entschuldigung winkte sie ab. »Nein, es ist meine Schuld. Ich wusste ja, dass du kommst. Ich war nur abgelenkt und hatte das heutige Abendessen im Kopf. Mal ganz abgesehen von der Tatsache, dass ich in letzter Zeit ziemlich schreckhaft bin.«

Black schüttelte den Kopf. »Es war tatsächlich meine Schuld«, erklärte er mit Nachdruck. »Manchmal vergesse ich, mich bemerkbar zu machen, wenn ich unter Zivilisten bin. Bei der Navy habe ich gelernt, mich absolut geräuschlos zu bewegen. Und es ist ausgesprochen schwer, diese Angewohnheit abzulegen.«

Dann sah sie ihn an. Direkt in die Augen, ohne die Tatsache zu verbergen, dass sie ihn begutachtete. Wonach sie suchte, wusste Black nicht, aber er hielt ihrem Blick unverwandt stand.

Schließlich sagte sie: »Ich würde ja vorschlagen, dass du in der Öffentlichkeit ein Glöckchen trägst oder so was, aber das wäre vielleicht ein bisschen zu viel des Guten.«

Black lächelte erneut. »Ja. Es gibt auch Zeiten, da hat es durchaus seine Vorteile, wenn man nicht bemerkt wird. Allerdings war das heute nicht der Fall. Und noch mal, es tut mir wirklich leid, dass ich dich erschreckt habe.«

Anstatt darauf zu beharren, dass es ihre Schuld war, was lächerlich gewesen wäre, nickte sie einfach. Das gefiel ihm an ihr.

»Hast du Hunger?«, fragte sie ihn.

»Was?« Die Frage an sich war nicht besonders überraschend in Anbetracht der Tatsache, dass sie sich in der Küche befanden, aber er hatte nicht erwartet, dass sie ihm etwas zu essen anbieten würde.

»Hast du Hunger?«, wiederholte sie. »Die Essenszeit ist schon vorbei und wenn du nicht die Gelegenheit hattest, etwas zu essen, kann ich dir schnell etwas machen, bevor wir mit dem Gespräch beginnen.«

»Ist schon in Ordnung«, versicherte Black ihr.

»Aber es ist kein großer Aufwand«, erklärte sie. »Schließlich habe ich nicht vor, dir ein Vier-Gänge-Menü vorzubereiten oder so was, aber ich kann dir schnell ein Sandwich oder einen Salat machen. Keine große Sache.«

Black erkannte, dass ihre Versuche, ihm etwas zu essen zu machen, nur ein weiterer Weg waren, um mit ihrer Nervosität umzugehen. Er mochte es nicht, dass sie sich in seiner Nähe unwohl fühlte, aber gleichzeitig hoffte er, dass es bedeutete, dass sie die gleiche verrückte Chemie fühlte wie er, wenn sie zusammen waren.

»Ich habe schon gegessen«, versicherte er ihr und zeigte zu einem Tisch, der ein wenig abseits stand. »Möchtest du dich vielleicht hinsetzen, während wir über die Probleme reden, die du und die anderen mit diesen Typen habt?«

Harlow nickte und schob sich an ihm vorbei. Der verlockende Geruch von Vanille stieg ihm noch einmal in die Nase, als sie an ihm vorbeiging. Black widerstand dem Drang, seinen Arm um ihre Taille zu legen und sie an sich zu ziehen. Gerade noch so.

Es war verrückt. So hatte er seit Jahren nicht mehr auf eine Frau reagiert. Das letzte Mal, dass die Chemie zwischen ihm und einer Frau so gestimmt hatte, war er Anfang zwanzig gewesen. Er war ein Jahr lang mit der Frau zusammen gewesen, aber am Ende stellte sich heraus, dass die Chemie zwischen ihnen rein sexuell war. Sie hatten nichts gemeinsam und nichts, worüber sie reden konnten, wenn sie nicht im Bett waren.

Kopfschüttelnd und sich auf das Hier und Jetzt konzentrierend folgte Black Harlow zum Tisch und schob ihr den Stuhl hin, als sie sich setzte. Er nahm den Stuhl neben ihr und zog ihn ein bisschen näher zu ihr, als es gesellschaftlich akzeptabel war. Er hatte gelernt, dass Leute, die sich ein wenig unwohl fühlten, in der Regel dazu neigten, mehr zu reden.

Er eröffnete das Gespräch nicht, sondern ließ die Stille zwischen ihnen wirken. Nochmals, dies war kein Verhör, aber er hatte das Gefühl, dass Harlow wahrscheinlich versuchen würde, die Vorfälle herunterzuspielen, und er wollte sie ein wenig aus dem Konzept bringen, damit sie eher bereit war, ihm die Wahrheit zu sagen.

»Du willst wahrscheinlich mehr darüber erfahren,

warum ich dich angerufen habe, was?«, fragte Harlow nach einer Weile.

Black nickte, sagte aber immer noch nichts.

Seine Taktik funktionierte, denn Harlow leckte sich über die Lippen und begann dann zu reden. »Es ist ja nicht so, dass irgendjemand etwas falsch gemacht hätte. Ich meine, sie sind nervig, aber ist das nicht jeder? Generell komme ich mit Kindern viel besser zurecht als mit Erwachsenen. Ich bin auch gern allein, weil die meisten Leute einfach nur nervig sind. Loretta hat sich mit den Polizisten getroffen – ich glaube, das habe ich schon gesagt – und sie sagten, solange die Jungs nichts Illegales tun, sind ihnen die Hände gebunden. Und Frauen aggressiv nachzupfeifen und ihnen zu sagen, wie heiß sie sind, verstößt nicht gegen das Gesetz. Ich kann mir nicht vorstellen, warum jemand denkt, dass es eine gute Idee ist, vor einem Frauenhaus herumzuhängen und die Bewohnerinnen zu tyrannisieren. Ich meine, Männer sind dumm, aber sie können nicht alle *so* dumm sein.«

»Männer sind also dumm?«, fragte Black, als Harlow aufgehört hatte zu reden.

Sie nickte. »Ich kann die Verabredungen, bei denen der Typ sich wie ein Vollidiot verhalten hat, nicht einmal alle zählen. Gäbe es eine Auszeichnung für die verrückteste Verabredung, hätte ich mittlerweile wahrscheinlich schon den Oscar darin gewonnen.«

»Wirklich?«, fragte Black interessiert.

»Ja. Männer sind wirklich lächerlich. Und wenn sie denken, dass sie dich ins Bett bekommen können, sind sie sogar noch idiotischer. Also nehme ich an, dass die Jungs, die fast alle noch ziemlich jung sind, einfach nur sexuell frustriert sind oder so was.«

Black konnte ein Grinsen nicht unterdrücken.

Harlow schüttelte den Kopf, legte sich eine Hand ans Gesicht und rieb sich die Stirn. »Es tut mir leid. Ich höre gar nicht auf zu reden.« Sie ließ die Hand sinken, sah ihm fest in die Augen und sagte: »Ich glaube nicht, dass sie sexuell frustriert sind. Ich weiß nicht, was sie vorhaben, aber ich habe Angst, ihnen zu begegnen, wenn ich hier bin. Manchmal sind sie hier und manchmal nicht. Manchmal ist es nur einer von ihnen und manchmal ist es ein ganzes Rudel. Sie pfeifen und johlen, aber sie haben noch niemanden angefasst. Aber als ich eines Nachmittags nach meiner Schicht zu meinem Wagen auf dem öffentlichen Parkplatz ging, hatte jemand diese Plastikglotzaugen auf mein Fenster auf der Fahrerseite geklebt. Es hört sich lustig an, aber es war nicht so.«

»Ich finde nicht, dass sich das lustig anhört«, erklärte Black. Sein Blick war ernst und die Belustigung war aus seiner Stimme verschwunden.

»Ich ... es ist nur, ich liebe meinen Job. Die Frauen, die hier leben. Ich wünsche ihnen, dass sie wieder auf die Beine kommen. Ich will, dass die Kinder ein wenig Selbstbewusstsein entwickeln. Aber es ist schwer zu arbeiten, wenn ich ständig darüber nachdenken muss, was irgend so ein Typ als Nächstes machen wird. Und für die Frauen ist es schwer, mit ihrem Leben weiterzumachen, wenn sie Angst haben müssen, einen Fuß vor das Gebäude zu setzen. Es ist frustrierend und ich will einfach, dass sie damit aufhören.«

Black nahm eine ihrer Hände mit beiden Händen. Sie zog ihre Hand nicht weg, sondern schloss ihre Finger um seine und hielt sich an ihm fest.

»Mein Team und ich werden der Sache auf den Grund gehen, Harlow. Wir werden dafür sorgen, dass ihr ein- und ausgehen könnt, ohne euch Sorgen machen zu müssen. Wir werden dafür sorgen, dass sie aufhören.«

Harlow biss sich auf die Lippe und nickte dann.

Black ließ ihre Hand nicht los, wandte aber das Handgelenk um, um auf die Uhr zu sehen. »Wann hast du heute Feierabend?«

»Ich habe jetzt Feierabend. Ich hatte heute Frühstücks- und Mittagsschicht. Zoe ist heute für das Abendessen und morgen für das Frühstück verantwortlich. Ich bin nur geblieben, weil du gesagt hast, dass du kommst.«

Black hatte ein schlechtes Gewissen, weil sie seinet- wegen geblieben war. »Ich muss noch mit Loretta spre- chen«, erklärte er ihr. »Wie wäre es damit: Du fährst jetzt erst mal nach Hause und ich hole dich später zum Abend- essen ab. Dann können wir die Situation weiter besprechen. Ich bin mir sicher, dass ich weitere Fragen haben werde, nachdem ich mit Loretta gesprochen habe.«

Harlow sah ihn lange an, bevor sie ihm die Hand wegzog und sich zurücklehnte. »Aber ich gehe nicht auf eine Verab- redung mit dir«, erklärte sie.

»Wer hat denn hier überhaupt etwas von Verabredung gesagt?«, erwiderte Black sanft.

Wenn er ganz ehrlich mit sich selbst war, hätte er schon gern eine Verabredung mit ihr gehabt. Die Verbindung, die er zur Harlow spürte, war stark und er hätte nie gedacht, dass sie ihn zurückweisen würde. Aber natürlich ... dann erinnerte er sich an all die Dinge, die sie ihm über schlimme Verabredungen erzählt hatte, und hätte sich am liebsten selbst geohrfeigt.

»Ich gehe nämlich nicht auf Verabredungen«, bemerkte sie.

»Nie?«

»Also ... meine letzte Verabredung ist fast ein Jahr her«, erklärte sie ihm.

Black erwiderte nichts in der Hoffnung, sie würde weitersprechen. Und es funktionierte.

»Pass auf. Ich mag dich – oder zumindest das, was ich von dir weiß –, aber irgendwie funktionieren Verabre- dungen für mich nicht. Auf einer meiner letzten Verabre- dungen benutzte der Typ sogar immer den falschen Namen, wenn er mit mir redete. Als ich ihn darauf ansprach, gab er zu, dass er immer noch in seine Ex-Freundin verliebt war und mich nur um eine Verabredung gebeten hatte, weil ich ihn an sie erinnerte.«

»Das tut weh«, pflichtete Black ihr bei.

»Ja. Und das war so ungefähr die vierhundertundzweiundsechzigste schlechte Verabredung, die ich hatte. Und ich habe gehört, dass der Weltrekord bei vierhundertdreiundsechzig liegt, und diesen Rekord möchte ich auf keinen Fall halten.«

Black grinste. Sie war witzig.

»Das ist überhaupt nicht witzig«, erklärte sie, doch ihre Mundwinkel zuckten amüsiert. »Jedenfalls habe ich aufgrund all dieser Erfahrungen beschlossen, dass ich mir selbst nicht bei der Wahl eines Mannes vertrauen kann. Also mache ich mit dem Verabreden jetzt vorläufig erst mal Pause.«

»Und hast du dir schon überlegt, wie lange die Auszeit dauern soll?«, fragte Black, der jetzt neugierig geworden war.

»Also, eigentlich nicht. Ich gehe einfach davon aus, dass ich es schon bemerken werde, wenn es Zeit ist, zurück in den Sattel zu steigen, bildlich gesprochen natürlich.« Sie errötete und sprach schnell weiter. »Ich habe ja gar nichts dagegen, eines Tages zu heiraten und Kinder zu bekommen, doch nachdem ich so viele schreckliche Verabredungen hintereinander hatte, bin ich an dem Punkt angelangt, wo ich es mir nicht mal mehr zutraue zu *versuchen*, einen normalen Mann an Land zu ziehen, weil ich Angst davor habe, dass er mich fragt, welches Make-up ich benutze, weil er es selbst auch mal ausprobieren möchte.«

»Verstanden. Es ist also keine Verabredung«, versicherte Black ihr und versuchte, bei der Beschreibung ihrer letzten Verabredung ein Lächeln zu unterdrücken. Er war erleichtert, dass sie zumindest nicht für alle Ewigkeit von Männern die Nase voll hatte, sondern nur zeitweise. Damit konnte er umgehen. »Wir müssen über den Fall reden und darüber, was vor sich geht. Ich muss ein paar Grundregeln für dich aufstellen – und bevor du protestierst, es sind dieselben, die ich Loretta heute Nachmittag erklären werde und die alle Bewohner befolgen müssen. Und wir müssen beide essen, also können wir doch gleich zwei Fliegen mit einer Klappe schlagen.«

Black hielt seinen Gesichtsausdruck neutral, als Harlow ihn forschen Blickes ansah.

Nach einer Weile fragte sie ihn: »Wie stehst du dazu, Essen von meinem Teller zu stehlen?«

Er blinzelte. »Wie bitte?«

Harlow schüttelte seufzend den Kopf. »Schon gut.«

»Ich muss nicht von deinem Teller essen, weil ich mein eigenes Gericht bestellen werde«, versicherte Black ihr. »Aber wenn du gern etwas von dem probieren möchtest, was ich bestellt habe, teile ich es gern mit dir. Und inwiefern spielen bei deiner Frage die Vorspeisen eine Rolle? Die kommen nämlich normalerweise immer auf einem Teller – die werden wir teilen müssen.«

Er freute sich über das kleine Grinsen, das auf ihrem Gesicht erschienen war. Ihm gefiel es auf jeden Fall nicht, dass Harlow so eine schlechte Meinung über Verabredungen hatte. Und zwar besonders deshalb, weil er, als er im Türrahmen gestanden und sie beobachtet hatte, beschlossen hatte, dass er sich definitiv mit ihr verabreden wollte.

»Vorspeisen sind ja dazu gedacht, dass man sie sich teilt«, erklärte sie ihm ernst. »Aber wenn du mit deiner Gabel auch nur in die Nähe meines Tellers kommst, stehe ich auf und gehe.«

»Meine Gabel wird weit von deinem Teller entfernt bleiben«, schwor Black.

»Gut«, murmelte sie.

»Aber wenn du etwas von mir probieren willst, brauchst

du nur zu fragen.« Er konnte sich die kleine Andeutung einfach nicht verkneifen.

Harlow erwiderte dazu nichts, allerdings errötete sie, sodass er wusste, dass sie es sehr wohl verstanden hatte. »Das wird nicht der Fall sein«, erklärte sie mit Nachdruck.

»Ich hole dich um halb sechs bei deiner Wohnung ab«, sagte Black.

»Nein. Treffen wir uns direkt beim Restaurant. Sag mir einfach, wo es ist«, erwiderte sie.

Black schüttelte den Kopf. »Nein. Das ist nicht verhandelbar.«

»Aber es handelt sich doch nicht um eine Verabredung«, insistierte Harlow. »Ich bin durchaus dazu imstande, mich direkt dort mit dir zu treffen.«

»Warum?«, fragte Black und versuchte, ihre Argumentation nachzuvollziehen. »Es handelt sich um ein Geschäftsessen. Und du vertraust doch sicher der Person, die dir Selbstverteidigung beibringt, damit du in Sicherheit bist, und lässt dich von ihr abholen.«

»Darum geht es doch gar nicht«, entgegnete sie und senkte den Blick.

»Worum geht es denn dann? Hilf mir, es zu verstehen.«

»Ich will meinen eigenen Wagen dahaben, damit ich gehen kann, wann ich will«, beharrte Harlow.

Black biss die Zähne zusammen. »Ich werde garantiert nichts machen, das dir Anlass dazu gibt, früher zu gehen«, versicherte er ihr.

»Wer weiß.«

»Sieh mich an«, befahl Black ihr.

Harlow seufzte, hob aber den Blick.

»Ich werde nichts tun, das dich dazu bringt, früher gehen zu wollen oder zu müssen«, wiederholte er. »Ich bin ein Gentleman und ich weiß, wie man eine Frau behandelt.« Er versuchte mit purer Willenskraft, sie dazu zu bringen, ihm zu glauben.

»Aber es ist keine Verabredung«, sagte sie mehr zu sich selbst als zu ihm.

»Keine Verabredung«, versicherte er ihr.

Sie nickte. »Na gut. Du kannst kommen, um mich abzuholen. Aber ich schwöre bei Gott, wenn die Sache schiefgeht, ziehe ich nach Alaska und werde Nonne.«

Black lachte leise. »Du weißt aber schon, dass es dort mehr Männer gibt als Frauen, oder? Wenn du also vor Männern fliehen willst, ist das nicht die richtige Gegend.«

Er war erleichtert, als er ein Lächeln auf ihren Lippen sah.

»Bekommst du immer, was du willst?«, fragte sie ihn.

Black zuckte mit den Achseln und beschloss, dass es vielleicht momentan besser war, nicht zu antworten. Stattdessen zog er sein Handy raus und fragte: »Wie lautet deine Telefonnummer?« Als sie zögerte, fügte er schnell hinzu: »Nur für den Fall, dass ich zu spät dran bin oder sonst irgendetwas ist.«

Sie rasselte die Nummer für ihn herunter und er fügte sie zu seiner Kontaktliste hinzu. Er schickte ihr schnell eine Nachricht und als das Telefon in ihrer Tasche piepte, sagte er: »Ich weiß, dass ich dir vor nicht allzu langer Zeit meine Nummer gegeben habe, aber jetzt hast du sie jederzeit zur Hand.«

Er verbarg sein Grinsen vor ihr, als er aufstand und seinen Stuhl zurück unter den Tisch schob. Er verstand irgendwie ihre Abneigung gegen Verabredungen, aber das würde ihn nicht davon abhalten, sie besser kennenzulernen – und sie ihn im Gegenzug. Er würde es nur nicht Verabredung nennen. Er war entschlossen, ihr zu zeigen, dass nicht alle Typen Idioten waren. Er war sich nicht sicher, womit er es zu tun hatte, aber er würde hoffentlich heute Abend mehr erfahren.

Black hätte nicht gedacht, dass er sein Talent, Informationen aus Leuten herauszubekommen, jemals auf sein

Privatleben anwenden würde, nicht so, aber er war plötzlich sehr froh, dass er ein Verhörexperte war. Der Schlüssel war, subtil genug zu sein, sodass Harlow nicht merkte, was er tat. Er freute sich schon darauf. Er freute sich darauf, Zeit mit ihr zu verbringen.

Sie stand auf und Black gestikulierte zur Tür der Küche. »Ich bringe dich noch raus.« Es gab von der Küche keinen Ausgang nach draußen. Sie musste also durch den Hauptwohnbereich des Gebäudes gehen und entweder den Haupteingang vorn oder den Hinterausgang benutzen.

»Das brauchst du nicht«, protestierte sie.

»Das weiß ich. Aber sag mir ehrlich – wird es sich besser anfühlen, wenn ich es tue? Was, wenn die Kerle da draußen rumhängen?«

Sie seufzte. »Also gut, von mir aus. Ja, ich würde mich dadurch besser fühlen.«

Black wagte es nicht zu lächeln. »Also dann«, sagte er und zeigte erneut zur Tür.

Harlow nahm die Schürze über ihren Kopf ab und hängte sie an einen Haken an der Wand. Dann ging sie zu einem Schrank hinüber und holte eine geblümte Tragetasche und ein Sweatshirt heraus. Sie sagte nichts, als sie ihm durch die Tür vorausging.

Black hielt seine Hand nahe an ihrem Rücken, aber er unterließ es, sie wirklich zu berühren, obwohl seine Finger vor Verlangen danach zuckten. Harlow hatte eine volle Figur und als er sah, wie sich ihr Hintern beim Gehen bewegte, kam Black auf alle möglichen Ideen, die nicht jugendfrei waren. Er hatte nicht wirklich einen Typ Frau, aber er konnte nicht leugnen, dass er Harlow unbedingt nackt auf seinem Bett ausgestreckt sehen wollte, wie sie zu ihm hoch lächelte.

»Lowell?«

Schnell hob er den Blick und versuchte, so auszusehen,

als hätte er die ganze Zeit aufgepasst und nicht heimlich von ihr fantasiert.

Sie schüttelte den Kopf und grinste. »Du hast nicht gehört, was ich gesagt habe, stimmt's?«

Er zuckte mit den Achseln. »Nein, tut mir leid.«

»Na, du bist mir ein schöner Navy SEAL«, scherzte sie.

»Hast du vielleicht mit Miss Loretta gesprochen?«, fragte er. Es war ihm egal, dass sie wusste, dass er ein SEAL gewesen war. Es war ihm sogar egal, ob sie von den Mountain Mercenaries wusste. Er hoffte, dass beides in ihren Augen eher ein Plus als ein Minus war.

»Vielleicht«, erklärte sie schüchtern.

»Und was hast du gesagt, als ich unhöflicherweise nicht aufgepasst habe?«, fragte er.

»Ich wollte mich nur bei dir bedanken, dass du heute hergekommen bist und dass du alles tust, um uns zu helfen.«

»Gern geschehen«, erklärte er leichthin. Dann tat er, worüber er nachgedacht hatte, legte ihr die Hand auf den Rücken und führte sie sanft zur Tür. »Jetzt bringe ich dich aber zu deinem Wagen, damit du dich ein bisschen ausruhen kannst vor unserem ... Treffen heute Abend.«

Fast hätte er es eine Verabredung genannt. Er machte sich eine geistige Notiz, ihre Treffen in ihrer Gegenwart niemals »Verabredung« zu nennen.

Sie nickte und ging auf die Tür zu. Black bemerkte, dass sie sich seiner Berührung nicht entzog, und lächelte. Das konnte ja nur spannend werden. Es war schon lange her, dass er derjenige gewesen war, der auf eine Beziehung aus war. In der heutigen Kultur hatten Frauen kein Problem damit, offen zu sagen, was sie wollten, sei es eine Verabredung, ein Kuss oder einfach nur Sex. Es war erfrischend, einmal der Jäger zu sein.

Harlow war vorsichtig und unsicher, wenn es darum ging, mit ihm zusammen zu sein, und das machte sie noch erfrischender. Er würde sie nicht über das hinaus drängen, womit sie sich wohlfühlte, aber die Vorfreude darauf, sie zu umwerben, ohne dass sie es merkte, war berauschend. Und aufregend.

Black lenkte seine Aufmerksamkeit von dem warmen Körper, den er durch das Hemd unter seinen Fingerspitzen spüren konnte, auf seine Umgebung, als sie das Gebäude verließen. Er schaute die Straße auf und ab und sah nichts Ungewöhnliches.

Das Frauenhaus befand sich inmitten mehrerer anderer zweistöckiger Gebäude, die einen großen Block bildeten. Sie sahen so aus, als wären sie wahrscheinlich alle etwa zur gleichen Zeit gebaut worden. Die beiden Gebäude rechts und links des Wohnheims standen leer und das Gebäude am Ende des Blocks wurde gerade renoviert. Black machte sich eine mentale Notiz herauszufinden, wem es gehörte und was derjenige mit den Räumlichkeiten vorhatte.

Auf der anderen Straßenseite entdeckte er einen Antiquitätenladen, ein Tätowierstudio und eine Pfandleihe sowie zwei leere Ladenlokale mit staubigen, getönten Scheiben.

Hinter den Gebäuden verlief eine Gasse, sodass sie von Lastwagen beliefert werden konnten. Black wusste, dass Loretta im obersten Stockwerk in einem der kleineren Zimmer wohnte und ein weiteres als Arbeitszimmer nutzte, sodass die verbleibenden privaten Räume den Müttern mit ihren Kindern zur Verfügung standen. Im zweiten Stock gab es einen großen offenen Raum mit fünf Betten, in dem die Frauen ohne Kinder untergebracht waren. Es war nicht ideal auf Dauer, aber es war sicher, warm, trocken und kostenlos. Alles Dinge, die die Frauen, die dort blieben, brauchten.

Loretta hätte mehr Menschen in die Unterkunft bringen können, indem sie Etagenbetten in den großen Gemeinschaftsraum gestellt hätte, aber es war schon hektisch genug, wenn elf Erwachsene und fünf bis zehn Kinder gleichzeitig im Gebäude lebten. Weitere Frauen würden die Ressourcen der Unterkunft überstrapazieren und alles nur noch chaotischer machen, und noch mehr Stress konnten sie alle nicht gebrauchen.

Black begleitete Harlow zu ihrem Wagen auf dem Parkplatz am gegenüberliegenden Ende der Straße, wo sich der Park befand. Er erinnerte sich daran, dass sie gesagt hatte, dass sich die Jungs gern im Park aufhielten, und drehte sich deswegen um. Er sah niemanden, der dort lauerte. Ein großer, weißer Kastenwagen war vor dem Antiquitätenladen geparkt und ein Kunde betrat das Tätowierstudio.

»Siehst du sie?«, fragte Harlow nervös.

Black wandte seine Aufmerksamkeit wieder ihr zu. »Nein, ich schaue mich nur um.«

»Oh. Okay.«

Er blickte nach oben. »Funktionieren diese Lichter?«, fragte er.

»Ja, auch wenn sie nicht besonders hell sind«, erklärte Harlow ihm.

Er runzelte die Stirn und ging weiter. Der Parkplatz lag direkt gegenüber einer leer stehenden und verfallenen Tankstelle. Black hatte auf dem Parkplatz geparkt und nicht viel darüber nachgedacht, seine Aufmerksamkeit hatte er auf den Weg zum Frauenhaus gerichtet. Aber wenn er sich jetzt vorstellte, wie Harlow oder Zoe oder irgendeine der anderen Frauen im Frauenhaus allein oder mit ihren Kindern zu ihrem Wagen gingen, stellten sich die Haare in seinem Nacken auf.

Auf der anderen Seite der Gasse, jenseits des Parkplatzes, befanden sich eine Reihe von Bäumen und die Rückseite eines heruntergekommenen Wohnwagenparks. Es gab so vieles an der Situation, das ihm nicht gefiel, aber Black wusste, dass er weder die Lage des Parkplatzes noch die der Unterkunft selbst ändern konnte, so sehr er es auch wollte.

Harlow führte ihn zu einem knallroten Ford Mustang Cabrio. Er drehte sich zu ihr um und zog eine Augenbraue hoch.

Sie lächelte und zuckte mit den Schultern. »Was soll ich sagen? Ich liebe diesen Wagen.«

»Es ist wirklich ein toller Wagen«, erklärte er und meinte es ehrlich. Natürlich zog sie damit auch Aufmerksamkeit auf sich, was ihm nicht gefiel. Sie wäre besser in einem schönen, ruhigen schwarzen Honda oder Toyota aufgehoben. Aber er hatte das Gefühl, wenn er das zu ihr sagte, würde sie die Augen verdrehen und ihm sagen, er solle sich verpissen. Und er konnte es ihr nicht verübeln.

»Das ist es auch. Jahrelang hatte ich einen gebrauchten Honda Civic. Ich habe ihn gehasst. Er passte nicht zu mir. Ich bin nicht der extrovertierteste Mensch auf der Welt, aber der Wind in meinen Haaren und die Sonne auf meiner Haut haben etwas, wodurch ich mich frei fühle. Ich hätte mir ein Motorrad besorgt, aber ich wusste, dass meine Eltern sich verrückt vor Sorge machen würden, also war das hier das Nächstbeste.«

Bei dem Gedanken an Harlow auf einem Motorrad wurde Black ganz anders. Nicht so sehr, weil er sich Sorgen um *ihre* Fahrkünste machte, sondern weil er wusste, dass es in den meisten Fällen die Fähigkeiten der *anderen* Fahrer oder besser gesagt der Mangel an Fähigkeiten war, der zu Unfällen führte. »Er passt zu dir«, erklärte er ihr ehrlich. Und das tat er wirklich. Er konnte sich vorstellen, wie sie lachte und lächelte, während ihr blondes Haar im Wind wehte.

Er konnte es kaum erwarten, es persönlich zu sehen.

In seinem Entschluss bestärkt, sie besser kennenzulernen, lächelte Black nur, während sie ihn misstrauisch beäugte. Schließlich nickte sie und drehte sich zu ihrem Wagen um. Er beobachtete, wie sie das Verdeck herunterließ, und bemerkte, wie lange der Vorgang dauerte. Wenn sie das jedes Mal tat, wenn sie hierherkam, um nach Hause zu fahren, gab das den Idioten, die sie belästigten, mehr Zeit, sich an sie heranzumachen.

Er schob den Gedanken für den Moment beiseite und wartete, bis sie eingestiegen war und sich gesetzt hatte. Dann legte er seine Hände auf die Fensterkante und lehnte sich zu ihr.

»Ich hole dich um halb sechs ab«, erinnerte er sie.

»Oh ... ich muss dir noch die Adresse geben«, sagte sie.

Eigentlich brauchte er sie nicht. Er konnte sie leicht von Loretta oder Meat bekommen, aber er nickte trotzdem. »Schick sie mir.«

»Ja, das mache ich.«

Black bewegte sich nicht.

»Lowell?«, fragte sie. »Ist da noch etwas?«

Das war es. Er wollte Harlow sagen, wie hübsch er sie fand. Er wollte ihr sagen, dass er sich nicht sicher war, ob er jemals heiraten wollte, aber dass er vielleicht ihr Freund sein wollte. Dass er das Recht haben wollte, neben ihr zu sitzen, wenn sie nach Hause fuhr, und dass er es nicht erwarten konnte herauszufinden, ob sie überall nach Vanille duftete.

Aber das tat er nicht. Sie war offensichtlich in der Vergangenheit oft genug von Männern enttäuscht worden, sodass er nichts tun sollte, was sie denken ließ, dass er Absichten hatte.

Wenn jemand verdeckte Operationen durchführen konnte, dann war es Black.

Also schüttelte er einfach den Kopf und sagte: »Bis später. Fahr vorsichtig.«

»Das werde ich. Du auch.«

Dann trat er einen Schritt vom Cabrio weg und winkte.

Harlow lächelte ihm zu und fuhr langsam vom Parkplatz. Er beobachtete, wie sie vorsichtig die Straße hinunterfuhr. Ja, die Geschwindigkeitsbegrenzung schränkte sie ziemlich ein, aber die Art und Weise, wie sie dreimal in beide Richtungen schaute, bevor sie losfuhr, und wie sie langsam beschleunigte, machte deutlich, dass sie ihren Wagen nicht so fuhr, wie man ihn fahren sollte. Schnell und mit Hingabe.

Als Black sich umdrehte, um zurück zur Unterkunft zu gehen, sah er etwas zu seiner Linken.

Er drehte sich um und glaubte, jemanden in die Pfandleihe gehen zu sehen. Nein, vielleicht war es das Tätowierstudio. Er war sich nicht sicher, in welches Geschäft der Mann verschwunden war. Er behielt die Ladenfronten im Auge, während er in Richtung des Frauenhauses ging. Niemand sonst betrat oder verließ ein Geschäft. Es könnte ein Stammkunde gewesen sein, vielleicht aber auch nicht. Er war sich nicht sicher.

Aber bei einer Sache war er sich sicher, nämlich dass Lorettas Unterkunft ein brandneues Sicherheitssystem bekommen würde. Komplett mit Außenkameras. Es würde die Belästigungen nicht beenden und es würde die Polizei nicht dazu bringen, aktiv zu werden, wenn niemand tatsächlich das Gesetz brach, aber es würde Meat und Rex helfen, die Täter zu identifizieren, und Black wäre in der Lage, mit ihnen zu »reden« und herauszufinden, was vor sich ging.

Als er sich ein letztes Mal umsah, bevor er das Frauenhaus betrat, um mit Loretta zu sprechen, spürte Black, wie sich die Haare in seinem Nacken erneut aufstellten. Er sah niemanden, der verdächtig war, aber er hatte das Gefühl, dass es sich um mehr als nur ein paar gelangweilte Teenager handelte.

Ein Mann starrte durch das Glasfenster auf die Tür des Frauenhauses auf der anderen Straßenseite, wo der dunkelhaarige Mann verschwunden war. Er hatte schon andere Männer aus dem First Hope Frauenhaus kommen und gehen sehen, aber das war in regelmäßigen Abständen gewesen, am Anfang des Monats. Nicht nachmittags – und sie begleiteten nie jemanden zu ihrem Wagen, wenn sie gingen. Er hatte den alten Mann häufiger kommen und gehen sehen, aber dieser hier war nicht alt. Nicht im Geringsten.

Er hatte ihn beobachtet, wie er seinen schicken Mazda ein Stück weiter die Straße runter parkte, und gesehen, wie die alte Schachtel ihn an der Tür begrüßt hatte. Er war noch nicht lange drinnen, als er mit einer der Köchinnen wieder auftauchte. Er sah sich um, begutachtete die Umgebung und verhielt sich sehr beschützend gegenüber der Frau an seiner Seite.

Seufzend presste der Mann die Lippen zusammen. Das konnte er gar nicht gebrauchen. Es war alles so gut gelaufen. Er konnte schon fast das Ende seiner sehr langen Mission sehen. Aber er hatte das Gefühl, dass dieser Typ alles vermasseln würde.

Es war an der Zeit, den Druck zu erhöhen. Er würde bekommen, was er wollte, sonst würde etwas passieren.

KAPITEL VIER

Harlow zuckte zusammen, als um Punkt siebzehn Uhr dreißig jemand an ihre Tür klopfte. Obwohl sie damit gerechnet hatte, erschreckte das Geräusch sie. Sie strich sich das Haar hinter das Ohr, ging zur Tür und schaute durch den Spion.

Sie schluckte schwer, öffnete die Tür und starrte Lowell an.

Sie steckte hier in großen Schwierigkeiten.

Er sah umwerfend aus. Er hatte sich eine schwarze Jeans und ein schwarzes T-Shirt angezogen, das sich an seinen Körper schmiegte. Er sah ... zum Anbeißen aus.

Harlow schüttelte den Kopf über sich selbst und zwang sich zu einem Lächeln. »Hey.«

»Hey«, erwiderte er.

Sie konnte nicht anders als dazustehen und ihn anzustarren, während er sie von Kopf bis Fuß musterte. Da dies keine Verabredung war, hatte Harlow sich geweigert, sich für ihn in Schale zu werfen. Sie trug eine einfache Jeans und ein T-Shirt, aber sie hatte sich die Zeit genommen, ihr Haar zu bürsten, das ihr nun lose um die Schultern fiel. Sie trug immer noch ihre Flipflops, hatte aber an diesem

Nachmittag beschlossen, ihre Fußnägel knallrot zu lackieren.

Es war eine spontane Entscheidung und sie konnte nicht verhindern, dass sich ihre Zehen krümmten, als sein Blick darauf fiel.

Er schaute wieder zu ihr hoch und lächelte. »Mir gefallen deine Zehen.«

Harlow zwang sich dazu, die Augen zu verdrehen, anstatt wie eine Närrin zu wimmern. »Danke«, sagte sie so kurz angebunden wie möglich. »Ich hole nur schnell meine Tasche und dann können wir gehen.« Sie drehte sich um und ließ ihn an ihrer Wohnungstür stehen. Sie nahm ihre Handtasche, die auf dem Küchentisch lag, und drehte sich wieder um, um zu gehen – aber sie prallte stattdessen gegen Lowells Brust.

Er hob die Hände und hielt sie am Oberarm fest, bevor sie auf den Boden fiel.

»Immer mit der Ruhe, Harl.«

Sie wusste, dass sie errötete, und senkte schnell den Kopf, um ihre Reaktion auf seine körperliche Nähe zu verstecken.

»Alles in Ordnung?«, fragte er, hob mit einem Finger unter ihrem Kinn ihren Kopf und strich ihr mit der anderen Hand entspannt eine Strähne hinters Ohr.

Als er mit den Fingerspitzen über ihre sensible Ohrmuschel strich, bekam sie eine Gänsehaut. Sie war es nicht gewohnt, einem Mann so nahe zu sein. So nahe, dass sie die Seife riechen konnte, die er beim Duschen benutzt hatte, und die Wärme spürte, die von seinem Körper ausging.

Harlow nickte und wich einen Schritt zurück. »Alles in Ordnung. Mir war nur nicht klar, dass du direkt hinter mir stehen würdest ... denn ich habe dich ja nicht hereingebeten.« Den letzten Teil konnte sie sich nicht verkneifen, denn sie fühlte sich unbehaglich. Sie hatte ihn nicht gebeten einzutreten, während sie sich ihre Handtasche geschnappt hatte, weil es nicht so lange dauern würde, und ehrlich gesagt wollte sie ihn nicht in ihrem persönlichen Bereich haben.

Nicht weil sie Angst vor ihm hatte oder davor, dass er ihr etwas tun könnte, sondern weil sie das Gefühl hatte, wenn er einmal drin war, war er *drin*.

Sie hatte sich in der Vergangenheit mit Dutzenden von Männern verabredet. Nicht dass die Verabredungen besonders gut gelaufen wären, aber sie hatte das ungute Gefühl, dass Lowell anders war. Er könnte sie verletzen. *Richtig* verletzen. Die anderen Männer, mit denen sie ausgegangen war, waren nur kleine Lichtpunkte auf ihrem Lebensradar, aber Lowell war jetzt schon anders als die anderen Männer, mit denen sie ausgegangen war. Sie hatte eine Vergangenheit mit ihm. Früher war sie in ihn verknallt gewesen, vielleicht war es immer noch so und je mehr Zeit sie in seiner Nähe verbrachte, desto mehr erinnerte sie sich daran, warum sie ihn so sehr gemocht hatte.

Damals war er ein netter Junge gewesen, aber jetzt deutete alles darauf hin, dass er ein erstaunlicher Mann war.

Sie steckte in großen Schwierigkeiten.

Lowell grinste sie an. »Bitte entschuldige, dass ich ohne deine Erlaubnis reingekommen bin.«

Er sah überhaupt nicht so aus, als würde es ihm leidtun. Ganz im Gegenteil, er machte einen ausgesprochen selbstzufriedenen Eindruck.

Harlow nahm ihre Tasche auf die Schulter und ging einen weiteren Schritt in Richtung Tür. »Ich wäre dann so weit.«

Glücklicherweise bestand er nicht darauf, dass sie ihm ihre Wohnung zeigte. Viel zu sehen gab es sowieso nicht – es war eine Wohnung mit zwei Schlafzimmern, zwei Bädern, einer Küche und einem Wohnbereich.

Er streckte einen Arm aus und deutete ihr an, sie solle

ihm zur Tür vorausgehen. Sie tat es, und als sie seine Hand auf ihrem Rücken spürte, seufzte sie innerlich. Das hatte er vorhin auch getan und in dem Moment, in dem sie die Wärme seiner Handfläche auf ihrem Körper gespürt hatte, hatte sie sich entspannt. Allein das Wissen, dass er da war, dass er ihr den Rücken freihielt, ließ sie viel weniger Angst davor haben, wer außerhalb des Frauenhauses auf sie lauern könnte.

Das gleiche Gefühl überkam sie jetzt, nur dass es ... mehr war. Sie hatte keine Angst davor, wer außerhalb ihrer Wohnung lauern könnte, aber seine Berührung gab ihr trotzdem ein Gefühl der Sicherheit.

Keine Verabredung, erinnerte sie sich und machte einen größeren Schritt, um sich von seiner Hand wegzubewegen. Er gab keinen Kommentar ab, sondern hielt ihr einfach die Tür auf, als sie die Wohnung verließ. Sie gingen die Treppe hinunter, durch den Empfangsbereich des Gebäudes und durch die Vordertür hinaus. Harlow achtete darauf, mindestens einen Meter vor ihm zu bleiben, als sie zu seinem Mazda auf dem Parkplatz gingen.

Er hielt ihr die Beifahrertür auf, als sie sich auf dem Sitz niederließ, und schloss die Tür, sobald sie sicher im Wagen saß. Harlow beobachtete Lowell, als er selbstbewusst zur Fahrerseite schritt.

Sie war sich nicht sicher, was es an ihm war, das ihr ein so angenehmes Gefühl gab. Bei den meisten Männern war sie nicht so, zumindest war das in der Vergangenheit nicht der Fall gewesen. Sie und Lowell waren gleich groß, aber irgendwie wirkte er so viel größer als sie. Harlow wusste, dass das zum großen Teil an seiner Persönlichkeit und seinem Selbstbewusstsein lag. Er strotzte vor Kompetenz und strahlte eine gefährliche Ausstrahlung aus. Sie hatte es gespürt, als sie ihn vor einem Monat zum ersten Mal gesehen hatte. Er hatte etwas an sich, das sie dazu brachte, ihm am liebsten alles erzählen zu wollen.

Selbst am Nachmittag, als er neben ihr in der Küche gesessen und geduldig darauf gewartet hatte, dass sie ihm erzählte, was los war, hatte sie sich nicht zurückhalten können und war mit allem herausgeplatzt, was ihr durch den Kopf gegangen war. Es war merkwürdig und sogar ein bisschen beängstigend.

Aber nicht so beängstigend wie damals, als sie mit einem Mann ausgegangen war, den sie im Internet kennengelernt hatte und der sie die ganze Nacht mit großen, blutunterlaufenen Augen angestarrt hatte. Damals hatte sie kein Verlangen gehabt, die peinliche Stille zu füllen, wie sie es bei Lowell getan hatte.

Er ließ sich auf dem Fahrersitz nieder und lächelte zu ihr hinüber. »Bereit?«

»Bereit«, erklärte sie ihm.

Noch immer grinsend fuhr Lowell rückwärts aus der Parklücke und dann in Richtung Ausgang. Er fuhr auf die Autobahn und Harlow wollte wissen: »Warum nehmen wir diese Straße?«

»Ich dachte, ich zeige dir mal, was mein Wagen so draufhat«, erklärte Lowell und strich liebevoll über das Armaturenbrett.

Harlow verdrehte die Augen. Ihr war klar, dass sie das in seiner Gegenwart häufig tat, aber sie konnte einfach nicht anders. »Weißt du, dass ich mich einmal von jemandem habe abholen lassen, der das Gleiche getan hat? Auch er wollte mir zeigen, wie schnell sein Wagen fährt.«

»Und?«, hakte Lowell nach, als sie nicht weitererzählte.

Sie drehte sich zu ihm um. »Oh, er hat mir allerdings gezeigt, wie schnell sein Wagen fahren kann. Ich habe mich am Sicherheitsgriff so festgekrallt, dass ich wahrscheinlich Abdrücke von meinen Fingernägeln hinterlassen habe. Er hat es fast bis auf hundertfünfzig geschafft, als hinter uns die Sirenen losgingen. Dann begann er zu fluchen und geriet in Panik. Ich weinte und flehte ihn an, rechts ranzufahren und den Wagen anzuhalten, doch er fuhr stattdessen einfach nur schneller.«

Lowell griff nach ihrer Hand und anstatt sie wegzuziehen, hielt sie sich an ihm fest. Normalerweise versuchte sie, ihre Erfahrungen mit Verabredungen amüsant zu halten, und oft machte sie Witze darüber. Aber bei diesem Vorfall wurde ihr immer noch ganz anders. Sie wusste nicht, warum sie es überhaupt angesprochen hatte – schließlich war Lowell definitiv anders als dieser Typ –, doch nun, da sie einmal angefangen hatte, konnte sie nicht mehr zurück. Schnell erzählte sie ihm also den Rest der Geschichte.

»Er versuchte weiterhin, der Polizei zu entkommen, und es gelang ihm schließlich, so viel Vorsprung zu gewinnen, dass er anhalten konnte.«

»Gott sei Dank«, erwiderte Lowell und drückte ihre Hand.

»Ja. Er hielt an, wandte sich zu mir und sagte: ›Es tut mir leid.‹ Dann riss er seine Tür auf und flüchtete in den Wald neben der Straße.«

»Er hat dich dort einfach sitzen lassen?«, fragte Lowell ungläubig.

»Ja. Und als die Polizei schließlich hinter dem Wagen hielt, haben die Beamten mich wie eine Schwerverbrecherin behandelt.«

»Oh verdammt.«

»Ja, oder? Ich musste meine Hände auf meinen Kopf legen, rückwärts auf sie zugehen und mich auf den Asphalt legen. Sie schwärmten aus, legten mir Handschellen an und ließen mich dort auf dem Boden liegen, während sie nach meiner Verabredung suchten. Schließlich halfen sie mir auf und ließen mich reden. Ich sagte ihnen, dass ich die erste und letzte Verabredung mit dem Mistkerl hatte und nichts über ihn wusste. Sie haben den Kerl später in der Nacht geschnappt, nachdem sie mit Hunden nach ihm gesucht hatten. Es gab einen offenen Haftbefehl wegen Drogen gegen ihn. Außerdem hatte er nicht nur Marihuana bei sich, sondern auch einige Rohypnol.«

»Was für ein Mistkerl«, sagte Lowell leise.

»Ja. Wenn es dir also nichts ausmacht, möchte ich gar nicht unbedingt wissen, ›was dein Wagen draufhat‹.«

»Sieh mich an«, befahl Lowell ihr.

Harlow atmete tief durch und tat, wie geheißen.

Er blickte besorgt zwischen der Straße vor sich und ihrem Gesicht hin und her. »Ich wollte dich nur ärgern, weil mir aufgefallen ist, dass du deinen Mustang nicht gerade wie Danica Patrick fährst.«

»Wie wer?«

Seine Mundwinkel zuckten kurz amüsiert, dann sah er wieder besorgt aus. »Egal. Jedenfalls habe ich nicht vor, dein Leben zu gefährden. Wenn du bei mir bist, bist du in Sicherheit. Ich nehme keine Drogen. Ich werde nicht von der Polizei gesucht und ich würde mir lieber mit einer rostigen Gabel das Auge ausstechen, als dir *jemals* Angst einzujagen.«

Seine Worte beruhigten und trösteten sie. »Vielen Dank.«

»Du hast wirklich großes Pech bei der Wahl deiner Verabredungen gehabt, was?«, fragte Lowell lächelnd.

Harlow versuchte, sich zu entspannen, und nickte. »Ja, das kann man wirklich behaupten. Aber zu meiner Verteidigung: Vor dieser Verabredung hatte meine Mutter mir gerade einen Vortrag darüber gehalten, dass sie älter wurde und endlich Enkelkinder haben wollte. Also wollte ich zeigen, dass ich es wenigstens versuche. Ich hätte ihr lieber sagen sollen, dass sie sich um ihre Angelegenheiten kümmern soll.«

»Das kenne ich zur Genüge. Meine Mutter will auch unbedingt Enkelkinder haben, die sie verwöhnen kann, allerdings sieht es da bei mir und meinem Bruder eher schlecht aus.«

»Du willst keine Kinder?«, fragte Harlow und versuchte

dabei, die Tatsache zu ignorieren, dass er ihre Hand nicht losgelassen hatte.

»Es ist nicht so, als würde ich keine Kinder wollen«, erklärte er. »Ich habe nur noch nicht die Frau getroffen, mit der ich den Rest meines Lebens verbringen möchte, geschweige denn, mit der ich Kinder zeugen möchte.«

Harlow nickte. »Das kann ich verstehen. Und wie.«

Sie lachten beide leise.

Während sie in Richtung Innenstadt fuhren, sprach eine Zeit lang keiner von ihnen.

Schließlich fragte Harlow: »Wohin fahren wir überhaupt?«

»Zum *The Pit*.«

»Wohin?«

Lowell lächelte. »Da es sich nicht um eine Verabredung handelt und wir über das Frauenhaus sprechen werden, habe ich beschlossen, dass ich dich mit an den Ort nehmen kann, an dem das Team und ich uns normalerweise treffen. Wenn wir etwas zu besprechen haben, dann gehen wir ins *The Pit*.«

»Das hört sich ja ziemlich zwielichtig an. Bitte sag mir, dass es keine Schlangen auf dem Boden gibt und dass Indiana Jones nicht auftaucht und durch die Gegend rennt, gejagt von Mitgliedern einer alten Zivilisation, weil sie ihr Artefakt zurückhaben wollen.«

Harlow starrte Lowell an, als er den Kopf in den Nacken legte und lange und laut lachte. Sie konnte nicht umhin, selbst ein wenig mitzulachen. Der Mann neben ihr war wirklich ganz anders als all die Männer, mit denen sie sich in der Vergangenheit verabredet hatte – ach Moment ... es handelte sich ja hier gar nicht um eine Verabredung. Nein. Nicht im Geringsten.

»Ich kann es kaum erwarten, das den anderen zu erzählen. Nein, Harl, *The Pit* ist eine Billardkneipe. Ehrlich gesagt ist es ein ziemliches Loch.«

»Und wieso trefft ihr euch zu euren Besprechungen in einer Kneipe?«, wollte Harlow wissen.

»Um ehrlich zu sein, weiß ich das gar nicht so genau. Das *The Pit* ist allerdings die Kneipe, in die wir zu unserem Einstellungsgespräch bei den Mountain Mercenaries eingeladen worden sind ... ich gehe davon aus, dass du über das Team Bescheid weißt?«

Sie nickte. »Ein bisschen. Loretta hat es mir gesagt. Es tut mir leid, wenn sie das besser nicht hätte tun sollen, aber sie hat versucht, mich davon zu überzeugen, dass du weißt, was du tust, und dass du uns helfen kannst.«

»Das kann ich tatsächlich«, bestätigte Lowell. »Und um es kurz zu machen, meine Kollegen und ich waren früher alle Soldaten bei der Spezialeinheit. Jetzt arbeiten wir für Rex und sorgen dafür, dass Frauen und Kinder aus untragbaren Verhältnissen gerettet werden.«

»Warum nennt ihr euch ›Mercenaries‹? Ich meine, das heißt ja Söldner und eigentlich hört es sich nicht so an, als wärt ihr das.«

Lowell schüttelte den Kopf und ein kleines Lächeln erschien auf seinen Lippen. »Warum sprechen Frauen das immer an?«, fragte er eher sich selbst als sie.

Harlow antwortete ihm, obwohl er sie nicht wirklich gefragt hatte. »Darum. Es ist seltsam, dass ihr euch etwas nennt, was ihr technisch gesehen nicht seid. Ich würde kein Catering-Unternehmen gründen und es Harlow Photography nennen.«

»Das stimmt natürlich auch wieder. Ich weiß nicht, warum Rex sich ausgerechnet diesen Namen ausgesucht hat. Wahrscheinlich weil er gut klingt, viel besser als *Colorado Badasses* oder *Dein schlimmster Albtraum*.«

Harlow konnte nicht umhin, laut aufzulachen. »Das stimmt natürlich auch wieder.«

»Die Hauptsache ist, dass es keine Rolle spielt, wie wir genannt werden. Wir sind sechs Männer, die dorthin gehen, wo sie gebraucht werden, und tun, was sie tun müssen, um die zu retten, die Hilfe brauchen. Ich weiß, dass Frauen stark sind, und es gibt viele, die genauso talentiert sind in dem, was sie tun, wie Männer. Aber Tatsache ist nun mal, dass es viele Männer da draußen gibt, die das Bedürfnis haben, die Frauen und Kinder in ihrem Leben zu unterjochen und zu misshandeln. Sie nutzen Teenager aus, die zu jung sind, um es besser zu wissen, oder solche, die ein schreckliches Leben hinter sich haben. Sie tun ihnen weh und zwingen sie, Dinge gegen ihren Willen zu tun. Das ist weder richtig noch fair, und meine Freunde und ich tragen einen kleinen Teil dazu bei, dieses Unrecht zu korrigieren.«

Harlow war sich nicht sicher, wie ihre leichte und fröhliche Unterhaltung plötzlich so intensiv geworden war, aber sie drehte sich leicht in ihrem Sitz, um Lowell besser ansehen zu können. Er hatte die Zähne zusammengebissen und umklammerte mit seiner Hand das Lenkrad so fest, dass sie sehen konnte, wie seine Knöchel weiß wurden. Das Thema und seine Arbeit lagen ihm offensichtlich sehr am Herzen und Harlow hätte nicht stolzer auf ihn sein können.

»Ich bin stolz darauf, dich zu kennen, Lowell Lockard.«

Er sah sie überrascht an. »Was?«

»Die Welt braucht mehr Männer wie dich und deine Freunde. Ich weiß nicht, warum Männer wie die, die das Frauenhaus belästigen, so sind, wie sie sind. Warum sie das Bedürfnis haben, ihre Macht über die auszuüben, die sie für schwächer halten als sich selbst. Aber ich bin froh, dass du da bist und hilfst, die Sache in den Griff zu bekommen. Abgesehen von dem Raser hatte ich keine Angst vor meinen schlechten Verabredungen, ich war nur angewidert oder enttäuscht von ihnen. Aber ich weiß, dass es da draußen viele Frauen gibt, die in schlechten Ehen und Beziehungen stecken. Und da ist es schön zu wissen, dass es Menschen gibt, denen das nicht egal ist. Menschen, die ihr eigenes Leben aufs Spiel setzen, um anderen aus solchen Situationen zu helfen, wenn sie darum gebeten werden.«

Lowell fuhr auf den Parkplatz eines dunklen und schäbig aussehenden Gebäudes, und Harlow war nicht überrascht, als sie das Neonschild über der Tür sah, auf dem *The Pit* stand. Sie stellte sich vor, dass dies genau die Art von Ort war, an dem sich Lowell mit den anderen knallharten Kerlen aus seinem Team treffen würde.

Er schaltete den Motor ab, führte ihre Hand, die er immer noch hielt, an seinen Mund und küsste sie auf den Handrücken.

»Bleib sitzen. Ich komme zu dir rüber.«

Er wollte ihre Hand loslassen, doch Harlow hielt sie fest. »Es handelt sich hier nicht um eine Verabredung«, erklärte sie und war sich nicht sicher, wen sie mehr davon überzeugen wollte, ihn oder sich selbst. »Es ist ein Arbeitsessen. Ich habe mich von dir abholen lassen, aber ich hätte besser selbst fahren sollen. Und jetzt werde ich meine Tür selbst aufmachen und auch meine Rechnung selbst zahlen.«

Lowell lehnte sich zu ihr und Harlow zwang sich dazu, nicht zurückzuweichen.

»Ich weiß, das ist keine Verabredung. Du gehst nicht zu Verabredungen. Ich habe das klar und deutlich verstanden, Harl. Aber in meiner Welt – und mach keinen Fehler; wenn du mit mir zusammen bist, bist du in meiner Welt – öffnet ein Mann einer Dame die Tür. Er geht auf der Außenseite des Bürgersteigs, er holt sie ab, wann immer es möglich ist, und er zahlt für Essen und Getränke. Wenn du dich dann besser fühlst, kannst du das als Geschäftsausgabe betrachten, die ich von meinen Steuern absetzen kann.«

Harlow starrte ihn einen Moment lang an, dann nickte sie. Was hätte sie auch sonst tun sollen? Sie wollte Lowells Welt nicht lieben, doch sie musste zugeben, dass es sich gut anfühlte, darin zu sein. Es war ihr schon oft passiert, dass ihr Türen vor der Nase zufielen, weil Männer vor ihr ins

Restaurant gegangen waren und ihr die Tür nicht aufgehalten hatten. Sie musste bei Verabredungen selbst für ihr Essen bezahlen. Und sie war sogar einmal in Seattle buchstäblich fast von einem Bus überfahren worden, weil sie auf der Außenseite des Bürgersteigs in der Nähe der Bordsteinkante hatte gehen müssen.

»Okay«, sagte sie.

»Okay«, erwiderte Lowell mit einem kleinen Lächeln. Dann drückte er ihr noch einmal die Hand und stieg aus.

»Es ist keine Verabredung, es ist keine Verabredung«, wiederholte Harlow leise und wie ein Mantra, während Lowell um den Wagen auf ihre Seite kam. Er machte ihr die Tür auf und hielt ihr eine Hand hin. Harlow atmete tief durch, legte ihre Hand erneut in seine und ließ sich von ihm aus dem Wagen helfen.

Als sie neben ihm stand, ließ er ihre Hand allerdings immer noch nicht los. Er machte nur die Wagentür zu und führte sie dann zu der Kneipe.

Es ist keine Verabredung, sagte sie sich selbst noch einmal, als Lowell sie anlächelte und die schwere Holztür öffnete.

KAPITEL FÜNF

Das ist keine Verabredung, wiederholte Black in seinem Kopf immer wieder. Mit jeder Geschichte, die Harlow ihm über ihre vergangenen Verabredungen erzählt hatte, verstand er mehr und mehr, warum sie so zögerlich war, wieder in die Partnersuche einzusteigen. Aber je mehr er sie kennenlernte, desto mehr wollte er wissen. Er wollte jede einzelne ihrer schlechten Erfahrungen auslöschen und sie durch angenehme ersetzen.

Aber er konnte nichts, was sie taten, als eine Verabredung bezeichnen. Auf keinen Fall. Kam nicht infrage. Niemals.

»Black!«, hörte er jemanden rufen, als sie das *The Pit* betraten.

Lächelnd nickte er Meat zu. Er sah auch Ball und Ro an der Theke stehen. Er streckte seinen Arm aus und ließ Harlow den Vortritt. Kaum hatte sie damit begonnen, auf die Theke zuzugehen, legte er wieder seine Hand auf ihren Rücken. Es war ihm nicht entgangen, dass sie auf dem Parkplatz ihrer Wohnung außer Reichweite geblieben war. Er würde sich ihr nie aufdrängen, aber er würde alles tun, um ihr zu zeigen, dass er es wert war, mit ihr auszugehen. Dass sie ihre Regel über Verabredungen brechen konnte – solange es mit ihm war.

Es war ihm auch nicht entgangen, dass sie oft eine Gänsehaut bekam, wenn er sie berührte. Das gefiel ihm. Es gefiel ihm zu wissen, dass er ihr genauso nahe ging wie sie ihm.

Er zeigte es vielleicht nicht nach außen hin, aber sie ging ihm auf jeden Fall nahe.

Ihr Vanilleduft war heute Abend stärker, als hätte sie ihre Lotion oder ihr Parfüm neu aufgetragen, bevor er aufgetaucht war. Er liebte auch ihr Haar. Sie hatte es offen gelassen und es streifte beim Gehen ihre Schulterblätter, wobei die lila Spitzen ihn reizten. Er wollte ihr Haar berühren, herausfinden, ob es sich so weich anfühlte, wie es aussah. Er wollte sehen, wie diese gefärbten Strähnen auf seinem Arm ruhten, auf seiner Brust ... auf seinen Schenkeln, wenn sie über ihm kniete.

Er atmete tief durch und zwang seine Gedanken von dem gefährlichen Weg ab, den sie eingeschlagen hatten. Ja, er fühlte sich zu Harlow hingezogen, aber sie waren weit davon entfernt, zusammen gemeinsam im Bett zu landen.

»Hey, Black«, grüßte Meat, als sie näher kamen. »Lass mich raten, das ist Harlow.«

»Ja. Harlow, ich möchte dir gern meine Freunde und Teamkameraden Meat, Ball und Ro vorstellen.«

»Hi«, sagte sie verlegen.

»Und ich werde nicht vorgestellt?«, fragte Dave, der hinter der Theke stand.

Black grinste. »Bitte entschuldige. Und das ist Dave. Er hat hier das Sagen. Und wenn er nicht da ist, steht Noah hinter der Bar.«

»Allerdings, und vergiss das ja nicht«, erwiderte der Barkeeper barsch. Dann fragte er mit sanfter Stimme: »Und was kann ich dir bringen, junge Dame?«

»Oh, äh, vielleicht einen Woodford mit Cola?«

SUSAN STOKER

»Ist das eine Frage oder eine Bestellung?«, wollte Dave wissen.

Black wollte den älteren Mann gerade zurechtweisen, als Harlow zu lachen begann.

»Entschuldige. Das ist meine Bestellung. Ich war mir nur nicht sicher, ob du den Bourbon dahast.«

»Natürlich habe ich den da. Mein Gott, denkst du, das hier ist eine Baracke oder so was?«

Harlow lächelte, antwortete aber glücklicherweise nicht. Stattdessen griff sie nach ihrer Tasche. »Kannst du es mir auf die Rechnung setzen?«

Dave sah einen Moment lang überrascht aus, dann grinste er Black an. »Ich weiß nicht so genau, Black. Kann ich es ihr auf die Rechnung setzen?«

»Halt den Mund«, murmelte Black dem Barkeeper zu und legte dann eine Hand auf Harlows. »Ich übernehme das.«

Wie er schon erwartet hatte, sah sie ihn wütend an und öffnete den Mund, um zu widersprechen.

Black legte ihr einen Finger auf die Lippen und fragte: »Erinnerst du dich, was ich dir im Wagen gesagt habe? Dies ist meine Welt. Du musst lernen, damit umzugehen.«

Sie verdrehte die Augen und als er seine Hand sinken ließ, sagte sie: »Ich schätze, deine Welt ist besser als die Welt des Typen, der mir sagte, er wolle eine Lebensgefährtin finden. Ich fand es eigentlich ganz nett, dass er eine Lebensgefährtin suchte – bis er eine Liste mit all den Rechnungen herauszog, bei deren Bezahlung er Hilfe brauchte, und sie mir reichte.«

»Ohne Witz?«, fragte Meat.

»Ohne Witz«, bestätigte Harlow. »Ich hatte bisher kein großes Glück bei Männern.«

Black schüttelte hinter Harlow den Kopf, um seinen Freunden zu bedeuten, das Thema fallen zu lassen. Glücklicherweise verstanden sie sofort.

»Ich habe auch Rechnungen«, erklärte Black ihr, »aber die kann ich definitiv alleine zahlen.«

»Ich auch«, erklärte sie und streckte trotzig das Kinn vor.

Black mochte es, dass sie so unabhängig war. »Da *das* dann ja geklärt ist, wollen wir?«, fragte er und zeigte zum Hinterzimmer.

»Oh, natürlich«, erwiderte sie und griff nach ihrem Getränk, das Dave vor sie auf die Theke gestellt hatte.

Black nahm das Bier, das Dave ihm, ohne fragen zu müssen, was er haben wollte, hingestellt hatte, und folgte Harlow in Richtung Hinterzimmer. Black erklärte ihr: »Dave ist hier schon seit Ewigkeiten. Er arbeitet viel. Vor einer Weile wurde er verletzt und ich glaube, dass dadurch hauptsächlich sein Stolz gelitten hat. Noah hat sich um den Laden gekümmert, bis Dave wieder gesund war, und obwohl Noah nicht schlecht ist, ist er nicht so gut wie Dave. Er ist es, der das *The Pit* zu dem macht, was es ist. Er ist ein bisschen merkwürdig, aber er ist der beste Barkeeper, den ich kenne.«

»Er ist ein bisschen dünn. Er muss mehr essen«, bemerkte Harlow.

Black hätte sich fast an dem Bier verschluckt, von dem er gerade einen Schluck genommen hatte.

»Ich würde gern sehen, wie du *ihm* das sagst«, erwiderte Ball.

»Das werde ich«, entgegnete Harlow. »Allerdings vielleicht nicht unbedingt heute.«

Sie lächelte seinem Freund zu und Black runzelte die Stirn. Vielleicht war es nicht die beste Idee, seine Kollegen hier zu haben. Ja, er brauchte ihre Hilfe bei der Situation im Frauenhaus, aber sowohl Meat als auch Ball waren Single. Er wollte auf keinen Fall, dass einer von ihnen sich für Harlow interessierte.

»Sie geht nicht auf Verabredungen«, platzte er heraus – und zuckte dann sofort zusammen.

»Tatsächlich?«, fragte Meat.

»Wie interessant«, fügte Ball hinzu.

»Ich auch nicht«, warf Ro ein.

»Hast du auch ein paar schlechte Erfahrungen gemacht?«, fragte Harlow ihn und hatte anscheinend die stille Kommunikation zwischen Black und den anderen nicht bemerkt.

»Natürlich. Aber das ist nicht der Grund, warum ich mich nicht verabrede«, erklärte Ro ihr.

Black lenkte sie mit sanftem Druck auf ihren Rücken wortlos zu dem Tisch rechts im Hinterzimmer. Es gab überall im Raum Billardtische und an diesem speziellen Tisch besprachen sie all ihre Angelegenheiten. Der Tisch stand etwas abseits und bot genügend Privatsphäre.

»Nicht?«, hakte Harlow nach.

»Nein. Ich glaube, meine Frau hätte was dagegen, wenn ich mich mit anderen Frauen verabrede«, erklärte Ro ihr, ohne zu lachen.

Harlow grinste. »Ja, wahrscheinlich.«

Black wusste, dass er irrational handelte, aber es gefiel ihm nicht, dass Harlow Ro anlächelte ... obwohl er auch zweifelsfrei wusste, dass sein Freund Chloe niemals betrügen würde. Er unterdrückte seine Eifersucht, so gut er konnte. »Meat, könntest du irgendetwas über die Ex-Partner der Bewohnerinnen des Frauenhauses herausfinden?«

Und schon war die lockere Stimmung in der Gruppe verschwunden. Black hasste es, dass Sorgenfalten den entspannten Ausdruck auf Harlows Gesicht verdrängten, aber je eher sie über das Geschäftliche sprachen, desto eher konnte er zu dem Teil des Abends kommen, der »keine Verabredung« war.

»Ich habe die Namen, die du mir gegeben hast, durch meine Datenbank laufen lassen«, erklärte Meat, »und ich muss schon sagen, dass die meisten dieser Männer nicht gerade Säulen der Gesellschaft sind.«

»Ich würde sagen, davon konnte man ausgehen«, entgegnete Black trocken.

»Wahrscheinlich schon. Also, Nathanial Taylor, auch als Nate bekannt, ist vierundzwanzig Jahre alt und wurde schon wegen häuslichen Missbrauchs festgenommen. Seine Ex-Frau Carrie Taylor ist siebenundzwanzig und aus der gemeinsamen Wohnung ausgezogen, während er im Gefängnis war.«

»Gibt es irgendwelche Hinweise darauf, dass er in Verbindung mit ihr steht?«, wollte Ball wissen.

»Die Bewohnerinnen haben Anweisung, keinen Kontakt zu ihren Ex-Partnern zu haben, weder telefonisch noch sonst irgendwie«, warf Harlow ein. Als sich alle vier Männer am Tisch zu ihr umdrehten und sie anstarrten, fuhr sie schnell fort: »Natürlich hat nicht jede Frau einen Ex, aber generell gilt diese Regel für alle, die im First Hope Frauenhaus leben möchten. Ich weiß, dass es keine Garantie dafür gibt, dass sie sich auch wirklich daran halten, aber immerhin ist es gegen die Regeln. Die Warteliste, ins Frauenhaus zu kommen, ist ziemlich lang, und ich glaube nicht, dass eine der derzeitigen Bewohnerinnen die Regeln brechen und es riskieren würde, rausgeschmissen zu werden.«

»Da stimme ich dir zu«, erklärte Ro. »Ich bin oft genug da, um zu verstehen, dass die meisten wirklich wissen, was für ein Glück sie haben, dass sie dort untergekommen sind.«

»Genau«, bestätigte Harlow.

»Okay. Wenn ich dann jetzt weitersprechen dürfte«, entgegnete Meat ein bisschen ungeduldig.

Black war bereit, sich mit ihm anzulegen, wenn er Harlow die Stimmung vermieste, doch ihre Lippen zuckten, als müsste sie ein Lächeln unterdrücken, also ließ er es durchgehen.

»Die Scheidung ging ohne Probleme über die Bühne. Da weder Nate noch Carrie viel Geld noch Kinder hatten, war das Ganze ziemlich unkompliziert. Wyatt Newton lebt derzeit mit seiner neuen Freundin und deren Kindern zusammen. Er …«

»Moment, hast du gesagt, sie hat Kinder?«, fragte Harlow und lehnte sich in ihrem Stuhl nach vorn.

»Ja«, erwiderte Meat. »Zwei. Einen elfjährigen Sohn und eine fünfjährige Tochter. Warum fragst du?«

»Was für ein Mistkerl«, bemerkte Harlow und nahm einen großen Schluck von ihrem Getränk. »Er ist einfach abgehauen und hat Julia und Jasper gesagt, dass er keine Familie mehr wolle und dass er eine neue Frau gefunden hatte, die er liebte. *Das* war ja anscheinend eine dicke, fette Lüge. Zumindest der Teil, dass er keine Familie mehr wolle.«

»Hast du ihn denn für einen anständigen Mitbürger gehalten?«, fragte Black sanft.

»Also, nein, wohl eher nicht«, erklärte sie und wandte sich zu ihm um. »Aber Jasper geht es nicht so gut. Er ist erst dreizehn und verkraftet es nicht gut, dass sein eigener Vater ihn einfach so zurückgelassen hat. Er vertraut einfach niemandem mehr, und das ist für jemanden seines Alters völlig verkehrt. Wenn man nicht mal dem eigenen Vater vertrauen kann, wem kann man denn dann vertrauen?«

»Er kann uns vertrauen und auf uns zählen«, entgegnete Black bestimmt. »Und dir. Und Loretta und seiner Mutter. Es ist wirklich schrecklich, dass ihm das passieren musste, aber es wäre auch nicht besser, wenn er noch bei ihnen leben, seine Mutter betrügen und ihn nicht gut behandeln würde.«

»Das stimmt natürlich auch wieder«, gab Harlow widerstrebend zu. »Aber er hat Probleme. Und wenn er wüsste, dass sein Vater eine neue Familie hat, darunter auch einen Jungen in seinem Alter, würde ihn das kaputt machen. Wer weiß, vielleicht ist das ja sogar der Grund, warum er solche Probleme hat«, fügte sie nachdenklich hinzu. »Vielleicht hat er gehört, wie seine Mutter davon gesprochen hat.«

»Ich werde mit ihm reden«, erklärte Black.

»Ich auch«, warf Ball ein.

»Wir könnten ihn zum Fußballspielen einladen ... äh ... richtiger Fußball, nicht American Football«, fügte Ro hinzu.

»Äh, er ist nicht gerade sportlich«, erklärte Harlow ihnen. »Sein Vater wollte immer, dass er Fußball spielte – echten Fußball, meine ich, *American* Football –, und Jasper hat nichts damit am Hut.«

»Und was macht er gern?«, wollte Meat wissen.

»Videospiele spielen«, entgegnete Harlow.

»Wenn du mir sagst welche, füge ich ihn einem meiner Teams hinzu«, erklärte Meat ihr.

»Danke«, sagte sie leise. Dann sah sie jedem einzelnen Mann fest in die Augen und erklärte: »Vielen Dank. Ich weiß, wie sehr ihm das gefallen würde. Aber wenn ihr es nicht ernst meint, fangt bitte nichts mit ihm an. Versprecht ihm nicht, dass ihr Zeit mit ihm verbringen werdet, und haltet dann dieses Versprechen nicht. Davon hat er schon genug in seinem Leben gehabt.«

Ball sah sie mit gerunzelter Stirn an. »Wir sind anders als dieser Mistkerl von einem Vater«, schalt er Harlow sanft. »Wenn wir sagen, dass wir etwas tun, dann tun wir es auch.«

Black spürte, wie Harlow sich neben ihm versteifte, und wollte gerade den Mund öffnen, um Balls Worte ein wenig abzumildern, als Harlow ihn mit dem Ellbogen in die Seite stieß und fragte: »Ist das auch eine dieser Regeln in deiner Welt?«

Er schnaufte amüsiert. »Ja, Harl. Auf jeden Fall.«

»Was denn für eine Regel? In was für einer Welt?«, wollte Ro wissen.

Black winkte ab. »Nichts. Mach dir keine Sorgen.«

»Es tut mir leid«, erklärte Harlow dem Team. »Ich hätte euch nicht angreifen dürfen. Natürlich seid ihr nicht wie

Wyatt. Ich freue mich über euer Angebot, Zeit mit Jasper zu verbringen.«

Black gefiel die Tatsache, dass sie kein Problem damit hatte zuzugeben, wenn sie einen Fehler gemacht hatte. »Und was sonst noch, Meat?«

»Sue Myers, Ann Smith, Lauren French und Kristen Schaefer haben keine großen, bösen Ex-Freunde in ihrer Vergangenheit, die ich bei meiner ersten Suche gefunden habe. Sie haben schwere Zeiten hinter sich, kein Zweifel, aber sie scheinen nicht wegen eines Ex-Freundes oder einer Ex-Freundin im Frauenhaus gelandet zu sein. Declan Hamlin ist ein erstklassiger Mistkerl, schlug seine Frau und sein Kind, und als sie sich schließlich gegen ihn wehrte, warf er sie beide raus. Die Scheidung ist noch nicht rechtskräftig und er kämpft gegen jede Kleinigkeit, die Melinda verlangt – außer dem Sorgerecht für den gemeinsamen Sohn Milo. Er will das Kind nicht, er will nur nicht, dass Melinda Geld oder Eigentum bekommt.

Zachary Morehouse ist verstorben, wie ihr wisst. Das ist ein trauriger Fall, da er kurz davor war, der Armee beizutreten. Er und Bethany Zimmerman waren noch nicht verheiratet, obwohl sie eine fünfjährige Tochter haben. Wie auch immer, dann ist da noch Charles Royal, auch bekannt als Chuck. Er ist gerade vierzig geworden und wurde schon von mindestens zehn verschiedenen Jobs gefeuert. Er ist ein Alkoholiker, der lieber zu Hause rumsitzt und trinkt, als zu arbeiten. Seine Frau Lisa hatte zwei Jobs, um dafür zu sorgen, dass sie ein Dach über dem Kopf haben, aber das war nicht genug. Als sie rausgeschmissen wurden, verschwand er. Ich habe ihn bis heute nicht ausfindig machen können.

Und zu guter Letzt ist da noch Travis Bronson. Wenn ich raten müsste, ist das der Typ, nach dem wir am meisten suchen sollten. Er ist jetzt neunundvierzig und zehn Jahre älter als Violet. Sie haben geheiratet, als sie erst achtzehn war. Sie war die meiste Zeit ihrer Ehe im Krankenhaus – mit gebrochenen Knochen und Geschichten darüber, wie tollpatschig sie war. Lacie wurde nach zehn Jahren Ehe geboren und Violet hatte seitdem mehrere Fehlgeburten. Soweit ich das beurteilen kann, floh Violet mit ihrer Tochter, nachdem Lacie mit einem gebrochenen Arm in der Notaufnahme gelandet war. Es gibt eine Notiz in ihrer Akte, die besagt, dass die Krankenschwester häuslichen Missbrauch vermutete. Travis ist ein gemeiner Mistkerl und er ist nicht glücklich, dass seine Frau und Tochter verschwunden sind.«

Black legte seinen Arm um Harlow und drückte ihre Taille, um sie zu unterstützen. Sie war immer blasser geworden, als Meat all die schrecklichen Dinge über die Bewohnerinnen, für die sie kochte, aufzählte. Er und die anderen waren es gewohnt, das Schlimmste der menschlichen Natur zu hören, aber Harlow war es offensichtlich nicht.

»Also glaubst du, Travis hat sie gefunden?«, wollte sie wissen.

»Das habe ich nicht behauptet«, korrigierte Meat sie.

»Aber du hast doch gesagt ...« Weiter kam sie nicht, bevor Meat sie unterbrach.

»Ich habe nur gesagt, dass ich ihn für unseren Hauptverdächtigen halte. Aber nichts von dem, was du Black erzählt hast, stimmt mit unseren Erfahrungen in Fällen wie diesen überein.«

»Was meinst du damit?«

»Ich halte es für höchst unwahrscheinlich, dass die Männer, die dich und die anderen tyrannisieren, Ex-Freunde der Bewohnerinnen sind. Der Jüngste von ihnen ist Nate Taylor, aber der ist Afroamerikaner – und du hast nicht gesagt, dass Schwarze unter den Männern sind.«

»Weil keine dabei sind«, bestätigte Harlow.

»Richtig. Also ist er es nicht. Wir müssen noch viel mehr recherchieren, bevor wir sagen können, wer dahintersteckt und warum. Es könnte so sein, wie du dachtest – ein Haufen gelangweilter Typen, die sich an Frauen und Kindern vergreifen, weil sie es können. Oder es könnte sein, dass der Ex von einer der Bewohnerinnen sie aus irgendeinem Grund angeheuert hat, um Ärger zu machen. Oder vielleicht ist es jemand aus *deiner* Vergangenheit oder aus Lorettas. Oder es ist etwas, das mit keinem von euch etwas zu tun hat.

Du musst verstehen, dass wir niemals voreilige Schlüsse ziehen. Es gibt eine Million Gründe, warum etwas passiert, und bis wir diese Million nicht auf einen einzigen Grund eingegrenzt haben, werden wir uns weiterhin jeden und jede Situation ansehen. Und jetzt ... müssen wir über deine Ex-Freunde reden.«

Als er das sagte, machte Harlow große Augen und blickte die Männer an, die sie erwartungsvoll ansahen, bevor sie sich an Black wandte. »Ich habe keine Ex-Freunde.«

»Harl«, sagte er sanft, »seit wir uns vorhin getroffen haben, hast du mir Geschichten von mindestens vier Verabredungen erzählt, die schiefgelaufen sind – darunter sogar die Verabredung mit einer Verfolgungsjagd mit der Polizei, wo der Typ vorhatte, dich unter Drogen zu setzen.«

Sie schüttelte den Kopf. »Schon, aber ich war mit keinem von denen wirklich *zusammen*. Ich meine, klar, ich bin auf Verabredungen mit ihnen gegangen, aber meistens war es nur eine einzige, bevor sie gezeigt haben, was für Idioten sie sind. Ich würde sie nicht als Ex-Freunde bezeichnen.«

»Jemand hatte vor, dich unter Drogen zu setzen?«, fragte Ro.

Und gleichzeitig sagte Ball: »Eine Verfolgungsjagd mit der Polizei?«

Harlow sah die anderen Männer an und ließ dann den Kopf auf die Arme auf der Tischplatte sinken. »Am besten erschießt ihr mich jetzt gleich«, murmelte sie.

Black strich ihr die Haare auf eine Seite und legte ihr eine Hand in den Nacken. Er drückte besänftigend zu und sagte zu seinen Freunden: »Wie wäre es, wenn ich mich um diese Information kümmere? Und ich erzähle euch dann, was uns mit dem Fall weiterhelfen könnte.«

Er spürte, wie Harlow eine Gänsehaut bekam, und lächelte innerlich ausgesprochen zufrieden. Was auch immer sie in Worten sagte, sie mochte es, von ihm angefasst zu werden. Damit konnte er arbeiten.

»Wie lange kennt ihr euch denn schon?«, wollte Meat wissen und legte interessiert den Kopf zur Seite.

»Seit wir Teenager sind«, erwiderte Black sofort.

Harlow richtete sich bei seinen Worten auf. »Also, wir haben uns auf der Highschool kennengelernt, doch ich habe ihn erst letzten Monat wiedergesehen, als er das Frauenhaus besucht hat.«

»Und habt ihr euch seitdem wieder gesehen?«, fragte Ro, der offensichtlich herausfinden wollte, was zwischen den beiden los war.

»Nein. Aber ich habe ihr meine Nummer gegeben«, entgegnete Black lächelnd.

Harlow verdrehte die Augen. »Ich habe ihn angerufen wegen allem, was hier los war. Vor einem Monat sagte er, dass er mir helfen würde, mich in einen Anfängerkurs für Waffensicherheit auf seinem Schießstand einzuschreiben. Heute rief ich ihn an, um ihn zu fragen, ob er bereit wäre, noch mal ins Frauenhaus zu kommen und den Frauen mehr Selbstverteidigung beizubringen, wegen der Belästigungen.«

»Also ... ihr kennt euch von der Highschool, habt euch letzten Monat nach vielen Jahren wiedergesehen, du hast ihn heute angerufen und jetzt seid ihr zusammen?«, fragte Ball in dem Versuch, die Situation zusammenzufassen.

»Nein!«, widersprach Harlow sofort.

Während Black gleichzeitig sagte: »Ja, abgesehen von der Tatsache, dass wir nicht zusammen sind.«

Er lächelte Harlow zu und erinnerte seine Freunde: »Harlow geht nicht auf Verabredungen. Und wie sie schon gesagt hat, hatte sie in diesem Bereich ihres Lebens nicht gerade viel Glück. Also unterhalten wir uns nur. Wir reden über die Situation im Frauenhaus.«

»Ich glaube, ich würde gern mehr über diese schiefgelaufenen Verabredungen von dir wissen«, bemerkte Meat. »Ich habe noch nie jemanden kennengelernt, der Verabredungen völlig aufgegeben hat.«

Black wusste, dass er sich mehr über *ihn* lustig machte als über Harlow. Es war für seine Freunde offensichtlich, dass er die Frau neben sich beschützen wollte und sich zu ihr hingezogen fühlte. Er verengte die Augen zu Schlitzen, sah Meat an und schüttelte leicht den Kopf.

Meat hatte ihn entweder nicht gesehen oder ignorierte seine Warnung absichtlich, denn er fuhr fort: »Ich meine, Black hatte seit Ewigkeiten keine Beziehung mehr, aber ich glaube nicht, dass er das auf missglückte Verabredungen schieben kann. Er ist einfach ein wählerischer Kerl, wie dieser *Seinfeld*. Er findet immer irgendwas falsch an den Frauen, mit denen er zusammen ist. Du weißt schon … zu anhänglich, nicht anhänglich genug, zu groß, ihr Name ist zu komisch – solche Dinge.«

»Verdammt, Meat, halt den Mund«, knurrte Black.

»Das ist nur fair«, erwiderte Harlow. »Wenn ich *dir* alles über meine missglückten Verabredungen erzählen muss, kannst du mir auch gleich von deinen erzählen.«

»Jetzt passt mal auf, ich will nichts von *irgendwelchen* missglückten Verabredungen wissen«, bemerkte Ro trocken. »Chloe wartet zu Hause auf mich und sie hat sich die ganze letzte Woche über schlecht gefühlt. Heute ist der erste Abend, an dem sie sich gut genug fühlt, um in unserem Bett mehr zu tun, als nur zu schlafen, falls ihr wisst, was ich meine. Wenn ihr euch also ein bisschen beeilen könnt, damit ich zu meiner Frau nach Hause kann, wüsste ich das wirklich zu schätzen.«

Black grinste und Harlow wurde rot.

»Na gut«, gab Meat schließlich nach. »Aber ernsthaft, Harlow, falls du auch nur ein schlechtes Bauchgefühl bei einem der Idioten hast, die ganz offensichtlich nicht bemerkt haben, wie großartig du bist, dann sag einfach Black seinen Namen und er leitet ihn dann an mich weiter. Ich will *auf jeden Fall* den Namen von dem Typen, der dich unter Drogen setzen wollte. Das ist nicht verhandelbar.«

»Okay«, sagte sie leise.

Black hatte seine Hand noch immer in ihrem Nacken und als sie sich jetzt aufrichtete, drückte er sie tröstend.

»Also ... dann erzähl uns mehr über die Männer, die vor dem Frauenhaus herumhängen«, befahl Ball ihr. »Wir müssen jede Kleinigkeit wissen, an die du dich erinnern kannst. Wie sie aussehen, ob sie einen Akzent haben, ob du sie mit einem bestimmten Fahrzeug gesehen hast, ob sie Tätowierungen haben, einfach alles.«

In den nächsten zwanzig Minuten erzählte Harlow den Männern alles, was sie konnte. Leider war es nicht viel. Sie wusste, dass die Männer jung aussahen, gern weite Hosen und weiße Hemden trugen. Sie sah sie selten in Autos und sie hatten keinen erkennbaren Akzent. Im Grunde hatten sie nichts Konkretes, auf das sie sich stützen konnten.

»Es tut mir leid, Leute. Ich versuche normalerweise, sie nicht direkt anzuschauen, wenn sie stänkern und Sachen schreien. Ich schätze, ich kann versuchen, näher an sie heranzugehen, wenn ich sie das nächste Mal sehe, also ...«

»Nein!«, riefen alle vier Männer gleichzeitig.

Harlow zuckte zusammen und hob beschwichtigend die Hände. »Okay, okay. War ja nur eine Idee.«

»Wenn du sie das nächste Mal siehst, dreh dich um und geh weg«, befahl Black ihr. »Besser noch, wenn du noch in der Nähe bist, dann geh zurück ins Frauenhaus und ruf mich oder einen der anderen an. Ich sorge dafür, dass du die Telefonnummern von allen hast. Und wenn du schon auf dem Parkplatz bist, steigst du in deinen Wagen und fährst sofort los. Halt auch nicht an, um das Verdeck runterzumachen. Das kannst du später tun.«

»Das Verdeck?«, fragte Ball.

»Sie hat einen Mustang Cabrio«, erklärte Black den anderen.

Ball pfiff. »Toller Wagen.«

»Das stimmt«, stimmte Harlow ihm lächelnd zu.

»Sie fährt wie eine alte Oma«, neckte Black.

»Stimmt doch gar nicht«, erwiderte sie.

»Soweit ich sehen konnte, stimmt das sehr wohl«, konterte Black.

»Dann bin ich eben nicht so ein Raser wie du«, erklärte sie. »Ich bin eine verantwortungsbewusste Fahrerin. Daran ist nichts verkehrt.«

»Nein, das stimmt«, pflichtete Black ihr bei.

Harlow sah die anderen an. »Ich weiß wirklich zu schätzen, dass ihr versucht zu helfen. Ich meine, ich fühle mich bei diesen Idioten schon unwohl und kann mir nicht mal vorstellen, wie die anderen sich fühlen müssen. Besonders aufgrund ihrer Geschichten. Ich finde es schrecklich, was Violet und die anderen durchmachen mussten. Es ist wirklich schlimm.«

»Das ist es in der Tat. Und wir werden auf jeden Fall herausfinden, was es mit der Sache auf sich hat«, erklärte Ro nachdrücklich. »Also ... sind wir jetzt hier fertig?«, fragte er.

Black, Ball und Meat lächelten.

»Ja, wir sind fertig. Du kannst nach Hause zu Chloe«, erklärte Black seinem Freund. Er war noch nie eifersüchtig auf seine Freunde gewesen, aber irgendetwas an der

Vorfreude, die in Ros Augen glänzte, ging ihm heute Abend so nahe wie noch nie zuvor.

Und es ging nicht um den Sex. Okay, es ging nicht *nur* um den Sex. Es ging darum, jemanden in seinem Leben zu haben, der sich genauso darauf freute, einen zu sehen, wie man sich freute, ihn zu sehen. Es ging darum, jemanden zu haben, mit dem man seine Tage und Nächte teilte.

»Ich werde Rex auch bitten, Kameras im Außenbereich des Frauenhauses anzubringen«, erklärte Ball. »Wir brauchen Informationen aus der Umgebung.«

Black nickte. Daran hatte er selbst bereits gedacht, war aber davon ausgegangen, dass die anderen sich darum kümmern würden.

»Ich suche weiter«, erklärte Meat, während er seinen Stuhl vom Tisch zurückschob. »Irgendetwas fällt uns nicht auf.«

Nachdem die anderen Männer gegangen waren, wandte Black sich an Harlow. »Alles okay?«

Sie seufzte. »Ja. Mich nervt das alles nur.«

»Ich weiß.« Und das tat er tatsächlich. Black hatte den Schaden gesehen, den Missbrauch und Vernachlässigung bei Frauen und Kindern hervorriefen, und da er sie von all den Dingen ablenken wollte, die sie über die Vergangenheit der Bewohnerinnen des Frauenhauses gehört hatte, fragte er: »Du musst also morgen früh nicht arbeiten?«

Sie schüttelte den Kopf. »Nein. Zoe übernimmt heute das Abendessen und morgen früh das Frühstück. Wir wechseln uns ab, und wenn eine von uns Pläne hat, springt die andere für sie ein. Manchmal gibt Loretta uns beiden zusammen den Morgen frei. Wenn das der Fall ist, sorgen wir dafür, dass es ausreichend Muffins und andere Frühstücksleckereien gibt, die sie essen können, wenn sie aufstehen.«

»Das hört sich so an, als würde dir deine Arbeit wirklich

Spaß machen. Ich nehme an, dort zu arbeiten ist ganz anders, als Köchin in einem Restaurant zu sein.«

»Es ist ein Unterschied wie Tag und Nacht«, sagte sie mit Nachdruck. »Versteh mich nicht falsch, manchmal fehlt es mir, raffinierte Gerichte zu kochen und dafür zu sorgen, dass die Präsentation perfekt ist, aber anständige Hausmannskost zuzubereiten und zu sehen, wie die Frauen und Kinder es essen, als hätten sie noch nie zuvor etwas so Leckeres gegessen, ist wirklich ausgesprochen befriedigend. Kein einziges Mal hat mir jemand seinen Teller zurückgebracht, weil irgendetwas nicht schmeckte oder trocken war.«

»Du magst die Kinder«, sagte Black und es war eine Feststellung.

»Nein. Ich liebe die Kinder«, erklärte Harlow und spielte an ihrem leeren Glas herum. »Sie sind einfach noch so unschuldig. Und es gefällt ihnen, neue Dinge zu lernen. Selbst die Jungs sind gern in der Küche. Du solltest mal Jaspers Grinsen sehen, wenn sein selbst gebackenes Brot perfekt aus dem Ofen kommt. Und die Kleine dekoriert am liebsten Plätzchen. Ich wünschte nur, ich hätte viel früher gewechselt.«

»Leben deine Eltern noch in Topeka?«, fragte Black.

»Ja. Sie sind beide im Ruhestand. Meine Mutter arbeitet mindestens dreißig Stunden in der Woche als ehrenamtliche Helferin und mein Vater arbeitet ungefähr genauso viele Stunden in seiner Werkstatt. Und was ist mit deinen Eltern?«

»Kurz nachdem ich mit dem College fertig war, sind sie nach Florida gezogen. Sie lieben Orlando und das Wetter dort.«

»Ich wette, sie sind stolz auf dich«, sagte Harlow.

Black zuckte mit den Achseln. »Ich glaube schon. Obwohl ich ja offiziell einen Schießstand besitze und das nichts ist, worauf man übermäßig stolz sein muss.«

»Du hast ihnen nichts von den Mountain Mercenaries erzählt?«

»Nein. Ich weiß, dass es vielleicht nicht so aussieht, wenn man bedenkt, wie offen Loretta mit dir über uns gesprochen hat, aber wir machen uns nicht gerade die Mühe, den Leuten zu sagen, wer wir sind und was wir tun. Es würde uns und unsere Lieben zur Zielscheibe machen.«

»Daran hatte ich noch gar nicht gedacht«, erklärte Harlow. »Es tut mir leid. Ich werde nicht mehr darüber reden.«

Black lächelte und stieß sie leicht mit der Schulter an. »Ist schon okay. Ich vertraue dir.«

Daraufhin runzelte sie Stirn, fragte aber: »Und was ist mit deinem Bruder? Ich glaube, du sagtest, er sei Fotograf?«

»Ja. Normalerweise ist er häufig wegen eines Auftrags unterwegs. Er ist freiberuflich tätig und geht dorthin, wo gerade etwas los ist. Er hat schon Bilder an National Geographic und alle großen Nachrichtenagenturen verkauft.«

»Ist sein Beruf gefährlich?«

»Ja und nein. Ich meine, natürlich ist es gefährlich, mitten in einem ägyptischen Putsch zu sein, aber es ist auch gefährlich, mitten in der afrikanischen Prärie zu liegen, wenn eine Gnu-Herde in wilder Panik angestürmt kommt.«

Sie machte große Augen. »Ist das wirklich passiert?«

»Was? Der Putsch oder die Gnu-Herde?«

»Beides.«

»Ja.«

»Wow.«

»Ja, ich weiß. Mom und Dad machen sich generell mehr Sorgen um Lance als um mich. Soweit sie wissen, hänge ich hier in Colorado Springs mit meinen waffenbegeisterten Freunden herum«, erklärte Black lächelnd.

»Danke, Lowell«, erklärte Harlow ehrlich.

»Wofür?«

»Womit soll ich anfangen? Für deinen Einsatz für unser

Land. Ich bin mir ziemlich sicher, dass du ganz schön viele schlimme Dinge gesehen haben musst. Danke, dass du den Frauen und Kindern hilfst, die deine Hilfe brauchen. Danke, dass du *mir* hilfst. Danke, dass du dich nicht über meine merkwürdigen Eigenschaften lustig machst. Danke, dass du mich deinen Freunden vorgestellt hast. Und dafür, dass du mir anvertraut hast, was du wirklich beruflich machst. Einfach nur ... danke.«

»Du musst mir nicht danken«, erklärte Black leise und hätte sie am liebsten in die Arme genommen und sie besinnungslos geküsst. Ihre Wangen waren gerötet, wahrscheinlich wegen des Bourbons in ihrem Drink. Er hatte das Gefühl, dass sie ihr T-Shirt und ihre Jeans für eine Art Rüstung hielt, dass er sich darin unmöglich zu ihr hingezogen fühlen konnte, aber sie irrte sich. Sie sah locker und entspannt aus – genau so, wie er eine Frau haben wollte. Und er konnte nicht anders, als an die Mühe zu denken, die sie sich mit ihren Haaren und Zehennägeln gemacht hatte ... möglicherweise für ihn.

Black war nicht bereit zu heiraten, war sich nicht sicher, ob er sich jemals so fest an eine Frau binden wollte, aber er wollte Harlow. Wollte sie unter ihm, über ihm und auf jede andere Weise, die er bekommen konnte.

»Möchtest du Billard spielen?«, fragte er und zeigte mit einem Kopfnicken auf die Billardhalle.

Sie blickte zu den Billardtischen und dann wieder zu ihm. »Wahrscheinlich sollte ich das besser nicht tun. Da wir fertig damit sind, über die Arbeit zu reden, solltest du mich besser nach Hause bringen.«

»Du musst mir noch von all deinen schlimmen Verabredungen erzählen«, erinnerte Black sie.

Harlow stöhnte. »Muss ich das wirklich?«

»Ja.« Black hielt seine Stimme unbedarft und locker. »Du hast doch gehört, was Meat gesagt hat. Wir müssen herausfinden, ob irgendeiner von diesen Typen in das involviert ist, was beim Frauenhaus passiert.«

»Na gut. Aber dann brauche ich noch einen Drink. Und wahrscheinlich fühle ich mich wohler, wenn ich meine Hände mit irgendetwas beschäftigen kann, während ich dir all meine Geheimnisse erzähle.«

Das Bild, das ihre Worte in Blacks Kopf hervorriefen, war unanständig und lüstern. Er wüsste schon, womit sie ihre Hände beschäftigen konnte ... aber er verdrängte den Gedanken und stand auf.

»Komm schon. Wir sagen Dave Bescheid, dass du noch einen Drink möchtest, und bereiten dann den Billardtisch vor. Hast du schon mal Billard gespielt?«

Sie stand ebenfalls auf und stemmte eine Hand in die Hüfte. »Oh ja, Lowell, allerdings habe ich schon mal Billard gespielt.« Und in ihren Augen glänzte die Herausforderung.

»Und bist du mutig genug, um um einen kleinen Einsatz zu spielen?«

»Nur zu«, erwiderte sie.

KAPITEL SECHS

Harlow stöhnte, als sie aufwachte. Ihr Kopf pochte und sie fühlte sich, als hätte sie die ganze Nacht an Wattebällchen gesaugt. In der Sekunde, in der sie die Augen öffnete, erinnerte sie sich an alles, was am Abend zuvor passiert war.

Verdammt noch mal.

Sie drehte sich auf die Seite und starrte auf das Wasser und die Packung mit den Tabletten auf dem kleinen Tisch neben ihrem Bett. Sie schloss die Augen und ließ den vergangenen Abend Revue passieren.

Sie hatte den Woodford und die Cola heruntergekippt, als wären es Gläser mit Wasser statt mit Alkohol. Sie und Lowell hatten eine Partie Billard zum Aufwärmen gespielt, um zu sehen, wo ihre Stärken und Schwächen lagen. Dann war der Wettkampf losgegangen. Sie hatten geplant, drei Spiele zu spielen, um zu sehen, wer gewinnt. Daraus wurden dann fünf Spiele. Dann sieben. Am Ende hatte Lowell sie mit vier zu drei Spielen besiegt.

Es war gut, dass sie heute Morgen nicht zum Kochen ins Frauenhaus musste, denn so verkatert war sie schon lange nicht mehr gewesen. Wenn überhaupt jemals.

Lowell hatte zwei Biere getrunken und war dann auf

Wasser umgestiegen. Er hatte sie geschickt dazu gebracht, von all ihren peinlichen Verabredungen zu erzählen, an die sie sich erinnern konnte, während sie spielten.

Sie hatte ihm von dem Kerl erzählt, der sie gefragt hatte, ob er am Ende der Nacht Sex mit ihren Füßen haben könne, und als sie abgelehnt hatte, hatte er ihr angeboten, dafür zu bezahlen.

Sie hatte ihm von der Verabredung erzählt, während der der Typ sie in ein teures Restaurant mitgenommen hatte und am Ende des Abends die Stoffservietten in seine Taschen gesteckt hatte. Als sie ihn fragte, was er da tue, sagte er, anstatt einfach zuzugeben, dass er gestohlen habe, dass seine Nase laufe und er sichergehen wolle, dass er etwas habe, womit er sie später abwischen könne.

Harlow erzählte Lowell von dem Blind Date, das eine Freundin für sie arrangiert hatte. Der Mann war in einem Wagen aufgetaucht, der kaum noch fahrtüchtig war. Er hatte nach Alkohol gestunken und den schlechtesten Atem gehabt, den sie je gerochen hatte. Sie wollte die Verabredung absagen, aber er fing an zu weinen, also beschloss sie, es einfach durchzuziehen. Er versuchte, sie zu küssen, sobald sie in seinen Wagen eingestiegen war, und seine Hände waren schwitzig, als er versuchte, ihre zu halten. Während der Fahrt hatte er ihr gesagt, wie sehr er sie liebte und wie viele Kinder sie haben würden, wenn sie heirateten und in der Garage seiner Mutter wohnten. Sie waren zum Abendessen in ein Fast-Food-Restaurant gegangen und er hatte ihr einen Antrag gemacht, als er sie zurück in ihre Wohnung brachte. Unnötig zu sagen, dass er natürlich wieder geweint hat, als sie Nein gesagt hatte.

Dann war da der Mann, der einen Blick auf sie geworfen hatte, als er vor ihrer Tür stand, sich umdrehte, wegging und vor sich hin murmelte, dass er nicht gekommen wäre, wenn er gewusst hätte, dass sie »fett« ist.

Und schließlich hatte sie ihm von dem Kerl erzählt, mit

dem sie sich zu einer zweiten Verabredung verabredet hatte – ihrer ersten zweiten Verabredung seit sehr langer Zeit, und sie hatte sich wirklich Mühe gegeben, ihm ein schönes Essen in ihrer Wohnung zu kochen. Er hatte sich nach dem Essen entschuldigt und war viel länger weg, als sie erwartet hatte. Harlow hatte gedacht, er hätte vielleicht Magen-Darm-Probleme und wollte ihn nicht in Verlegenheit bringen, indem sie ihn fragte, ob es ihm gut ginge, als er endlich aus dem hinteren Flur ihrer Wohnung auftauchte.

Erst als sie später in der Nacht zu Bett ging, fand sie heraus, dass er gar nicht in ihrem Badezimmer gewesen war. Er hatte sich einen runtergeholt und auf das Kaninchen-Kuscheltier abgespritzt, das sie damals auf ihrem Bett hatte.

Lowell hatte nicht über ihr Pech gelacht. Er hatte ihr nicht gesagt, dass es dumm von ihr war, sich eine Auszeit von Verabredungen zu nehmen. Er war sogar sauer auf sie, besonders wegen des Typen, der auf ihr Bett ejakuliert hatte. Er wollte wissen, ob sie Anzeige erstattet habe, und als sie zugab, dass sie das nicht getan und dem Kerl bei seinem nächsten Anruf eine klare Absage erteilt hatte, war Lowell immer noch nicht zufrieden. Er murmelte etwas davon, dass er diesen Mann zuerst überprüfen lassen sollte, um sicherzugehen, dass er nicht in der Gegend sei und sie und die Bewohner des Frauenhauses belästigte.

Und als ob es nicht schon peinlich genug gewesen wäre, Lowell all ihre dunklen Horrorgeschichten über Verabredungen zu erzählen, war sie auch noch so betrunken, dass sie nicht in der Lage gewesen war, allein zum Wagen zu gehen. Er hatte seinen Arm um sie legen müssen, um sie aufrecht zu halten. Sie erinnerte sich an ihr Gespräch auf dem Weg zu seinem Wagen auf dem Parkplatz mit völliger Klarheit.

»Es tut mir leid, dass ich mich so betrunken habe.«

»Ist schon in Ordnung, Harl.«

»Das mache ich sonst nie. Besonders nicht in Anwesenheit eines Typen.«

»Ich fühle mich geehrt, dass du mir genügend vertraust, um dich gehen zu lassen.«

»Das tue ich wirklich, weißt du.«

»Was tust du?«

»Dir vertrauen.«

»Gut. Denn ich werde dir nie wehtun, Harlow. Ich bin anders als die Idioten, mit denen du dich bisher verabredet hast.«

»Das weiß ich. Ich habe das Gefühl, dich schon ewig zu kennen, obwohl wir uns jahrelang nicht gesehen haben. Das hier ist die beste Nicht-Verabredung, die ich je hatte.«

»Für mich auch.«

»Und ich hätte gewonnen, wenn wir neun Spiele gespielt hätten.«

Dann drehte er sie zu sich um, sodass sie Nase an Nase und Bauch an Bauch standen. »Daran hege ich nicht den geringsten Zweifel.«

Harlow hatte gedacht, dass er sie küssen würde, doch stattdessen drehte er sie wieder um und half ihr in den Wagen. Er beugte sich sogar vor und schnallte sie an, bevor er die Tür zumachte und zur Fahrerseite ging.

Als er sich setzte, sagte Harlow: »Du hast einen hübschen Hintern.«

»Danke. Deiner ist auch nicht zu verachten.«

Sie lächelte ihn an, dann schloss sie die Augen, als er den Wagen startete. Die Welt drehte sich wie im Rausch, als er sie nach Hause fuhr, aber Harlow war das egal. Sie fühlte sich beschützt und zweifelte nicht im Geringsten daran, dass Lowell sie sicher und gesund nach Hause bringen würde.

Harlow zuckte zusammen, als sie sich daran erinnerte, wie viel sie ihm erzählt hatte, öffnete die Augen und sah noch einmal die Pillen und das Wasser. Sie erinnerte sich, wie Lowell sie in ihre Wohnung gebracht und ihr beim Ausziehen ihrer Jeans geholfen hatte.

»Zieh deine Jeans aus, Harl.«

»Haben wir jetzt Sex nach unserer Nicht-Verabredung?«

»Nein, mein Schatz. Du bist verdammt betrunken und das würde ich nie ausnutzen. Ich will nur sicherstellen, dass du es gemütlich hast, damit du einschlafen kannst.«

»Oh. Okay.«

Ihre Hände waren so fahrig, dass er sie schließlich beiseiteschob und sie auf das Bett setzte. Dann knöpfte er ihr selbst die Hose auf und öffnete den Reißverschluss, bevor er sich ans Fußende stellte.

»Heb deine Hüften, meine Kleine.«

Sie tat, wie geheißen, und er zog ihr die Jeans über die Beine. »Und jetzt zieh deinen BH aus.«

Ohne nachzudenken, setzte sie sich auf und griff hinter sich, um den Verschluss zu lösen. Sie brauchte ein paar Versuche, aber schließlich gelang es ihr, ihn zu öffnen. Sie griff in einen Ärmel ihres T-Shirts und zog den Träger nach unten, dann tat sie dasselbe auf der anderen Seite. Sie zog den BH durch den Armausschnitt aus ihrem Oberteil.

»Ich werde es nie müde werden, dich dabei zu beobachten.«

Harlow tat, was er ihr befahl, und spürte, wie der Raum sich um sie herum wie wild drehte.

»Hier, nimm diese hier und trink das.«

Sie öffnete die Augen und sah Lowell, der auf der Bettkante saß und eine Flasche Wasser und zwei kleine weiße Pillen in der Hand hielt. Ohne darüber nachzudenken, was er ihr da gab, setzte sie sich wieder auf und nahm die Pillen. Lowell legte ihr eine Hand auf den Rücken, um sie zu stützen und zu halten, während sie die ganze Flasche, die er ihr gebracht hatte, austrank.

Er legte sie zurück aufs Bett, beugte sich hinunter und küsste sie auf die Stirn.

»Ich stelle dir noch eine Flasche Wasser ans Bett. Die kannst du morgen früh trinken, wenn du möchtest ... oder besser gesagt, später an diesem Morgen. Und nimm auch ein paar von den Pillen, wenn du aufstehst.«

»Mmm, okay.«

Das war das Letzte, woran sich Harlow erinnerte. Sie musste eingeschlafen sein. Sie schaute an sich herunter und sah, dass sie immer noch das T-Shirt trug, das sie angezogen hatte, bevor Lowell am Abend zuvor in ihrer Wohnung aufgetaucht war. Sie konnte ihren BH auf dem Boden neben dem Bett sehen und ihre Jeans lag am Fußende des Bettes.

Es war ihr zutiefst peinlich, dass sie sich überhaupt betrunken hatte, aber aus irgendeinem Grund war es ihr nicht peinlich, dass Lowell ihr in ihrer Wohnung geholfen hatte. Er war so sachlich dabei gewesen. Er hatte ihr kein schlechtes Gewissen gemacht, weil sie betrunken war, und es schien ihn nicht zu stören, ihr helfen zu müssen.

Harlow bedauerte einen Moment lang, dass sie sich nicht mehr verabreden wollte. Wenn sie jemals in Versuchung kommen sollte, ihr selbst auferlegtes Verbot zu brechen, dann mit Lowell Lockard. Aber in der Sekunde, in der sie sich entschied, mit ihm auszugehen, würde er wahrscheinlich etwas tun, wodurch sie es bedauern würde, ihre Meinung geändert zu haben.

Also nein. Egal wie nett er gestern Abend – oder heute Morgen – gewesen war, sie würde sich damit begnügen müssen, mit ihm befreundet zu sein.

Harlow setzte sich auf und stöhnte angesichts des Schmerzes, der ihr durch den Kopf schoss, nahm die Pillen und öffnete die Flasche mit dem Wasser. Sie schluckte die Schmerztabletten herunter und schlurfte ins Bad, wobei sie den ganzen Weg über an dem Wasser nippte.

Ihr Telefon lag auf der Kante des Waschbeckens. Harlow wusste nicht mehr, wie es dorthin gekommen war, aber sie nahm es in die Hand – und das Erste, was sie sah, war eine Nachricht von Lowell.

Lowell: Ruf mich an, wenn du aufstehst, damit ich weiß, dass es dir gut geht.

Sie starrte die Nachricht lange an, dann schloss sie die

Augen und lehnte sich über das Waschbecken. »Du wirst dich nicht mit Lowell Lockard verabreden«, murmelte Harlow, bevor sie nach ihrer Zahnbürste griff. *So sehr du es auch möchtest.*

Harlow: Ich bin auf den Beinen und am Leben. :)

Black starrte erleichtert auf Harlows Nachricht. Er saß in seinem Büro auf dem Schießstand und hatte lange mit sich gehadert, ob er sie anrufen sollte oder nicht. Er wollte nicht zu eifrig wirken, aber andererseits machte er sich wirklich Sorgen um sie. Sie hatte am Abend zuvor viel zu viel getrunken und es war hauptsächlich seine Schuld. Er hatte überlegt, ob er die Nacht über bleiben sollte, um sicherzugehen, dass sie sich nicht übergeben und ersticken würde, aber am Ende entschied er, dass er damit sein Glück vielleicht überstrapazieren würde.

Er hatte gedacht, dass ein paar Drinks sie auflockern und es ihr leichter machen würden, ihm von den Verabredungen in ihrer Vergangenheit zu erzählen. Er hatte recht gehabt, es hatte es einfacher gemacht, aber er hatte es zu lange weiterlaufen lassen. Er hätte nach fünf Spielen abbrechen sollen. Aber sie hatte ihm eingeredet, es ginge ihr gut, und er hatte ihr geglaubt.

Es ging ihr nicht gut. Sie war völlig betrunken und konnte es nur gut verbergen. Er schätzte es, dass sie nicht gemein oder emotional wurde, wenn sie trank, aber er bedauerte, dass er sich nicht vergewissert hatte, dass sie etwas gegessen hatte, bevor er sie ins *The Pit* brachte. Das war ein Fehler gewesen und er würde ihn nicht noch einmal machen.

Kopfschüttelnd stieß Black einen langen Atemzug aus. Er verstand Harlow jetzt viel besser. Er konnte es ihr nicht verübeln, dass sie den Verabredungen abgeschworen hatte.

Wenn er so viel Pech gehabt hätte wie sie, hätte er dasselbe getan. Die Art, wie ihre Verabredungen sie behandelt hatten, machte ihn wütend. Sich in ihrem Haus einen runterholen? Vergewaltigungsdrogen mit sich herumtragen? Ein Heiratsantrag am ersten Abend? Mann, sie hatte wirklich ein paar echte Verlierer kennengelernt. Er hatte sich die Namen der Männer gemerkt und sie bereits an Meat weitergeleitet. Er hoffte fast, dass eine ihrer früheren Verabredungen hinter allem steckte, was hier vor sich ging; das würde ihm eine Ausrede geben, denjenigen zu verprügeln.

Interessanterweise hatte nichts von dem, was am Abend zuvor passiert war, Black von dem Wunsch abgebracht, sie besser kennenlernen zu wollen. Es war genau das Gegenteil der Fall. Er mochte es, dass sie nicht bereit war, sich mit einem Typen zufriedenzugeben, der nicht optimal war. Dass sie ihren eigenen Wert kannte. Das machte das Zusammensein mit ihr zu einer Herausforderung, aber Black war bereit dazu.

Das Telefon auf seinem Schreibtisch läutete und er beugte sich vor, um es abzunehmen. »Black's Schießstand.«

»Ich bin es, Rex«, erwiderte die digital veränderte Stimme am anderen Ende der Leitung.

Black hatte sich daran gewöhnt, dass Rex seine Stimme veränderte. Als Black angefangen hatte, für die Mountain Mercenaries zu arbeiten, war er mehr als neugierig auf ihren schwer fassbaren Chef gewesen, aber jetzt nahm er die Exzentrik des Mannes mit Fassung auf. »Rex«, entgegnete er als Begrüßung.

»Ich habe gehört, du hattest einen interessanten Abend«, sagte Rex.

Black lächelte. Rex entging nicht viel. Vor allem, wenn die Dinge im *The Pit* stattfanden. Black nahm an, dass er den Ort mit Mikrofonen ausgestattet hatte, aber das störte ihn nicht im Geringsten. »Hat Meat mit dir gesprochen?«, fragte er seinen Chef.

»Ja, seine Nachforschungen laufen bereits. Und es steht auch momentan sonst nichts an.«

Black verstand und schätzte, was Rex meinte. Er informierte ihn, dass keine Fälle für die Mountain Mercenaries bevorstanden. Das bedeutete nicht, dass nicht plötzlich einer auftauchen konnte, aber im Moment konnte er sich auf Harlow und das Frauenhaus konzentrieren.

»Gut. Hast du irgendwelche weiteren Informationen für mich?«

»Momentan nicht. Aber es gefällt mir nicht, was Meat mir bisher erzählt hat.«

»Mir auch nicht. Besonders jetzt nicht, da ich Harlow ein bisschen besser kennengelernt habe.«

»Du kennst sie erst seit einem Tag«, entgegnete Rex trocken.

»Es ist schon länger als ein Tag, aber in dieser Zeit habe ich sie schon ziemlich gut kennengelernt«, entgegnete Black mit Nachdruck.

Rex lachte leise. »Alles klar, ich hatte ganz vergessen, wie ihr Jungs funktioniert.«

»Es ist nicht so, wie du denkst«, entgegnete Black irritiert.

»Natürlich nicht.«

»Wirklich nicht«, beharrte er. »Pass auf, ich weiß, dass die anderen glücklich in ihren festen Beziehungen sind, aber so bin ich nicht. Ich bin momentan wirklich nicht auf der Suche nach einer Ehefrau.«

»Und wonach suchst du dann?«, fragte Rex scharfsinnig. Vielleicht sogar ein bisschen *zu* scharfsinnig.

»Ich hätte nichts dagegen, dass Harlow meine Freundin wird. Sie ist witzig, interessant und intelligent«, entgegnete Black. »Und ich habe nichts gegen eine Beziehung einzuwenden.«

»Hmmm.«

»Glaubst du mir nicht?«, wollte Black wissen.

»Das ist es nicht. Aber ich kenne dich, Black. Ich weiß, dass du in letzter Zeit unruhig warst. Ich verstehe, dass du Harlow zeigen willst, dass nicht alle Männer Trottel sind, und ich stimme zu, dass du zu diesem Zeitpunkt vielleicht noch nicht über eine Verabredung mit ihr hinausgedacht hast. Aber normalerweise beschützt du niemanden so sehr, wie du es bei Miss Reese zu tun scheinst. Ich verurteile dich nicht. Wenn du nur Spaß haben willst, dann nur zu. Aber rede dir nicht etwas aus, das du vielleicht *wirklich* willst. Wenn du das tust, wirst du es für den Rest deines Lebens bereuen.«

Es steckte mehr Bedeutung hinter Rex' Worten, aber Black war zu genervt von seiner Scharfsinnigkeit, um darüber nachzudenken. »Sie hat momentan sowieso kein Interesse daran, sich mit jemandem zu treffen.«

»Und doch seid ihr beide bis zwei Uhr morgens im *The Pit* geblieben, habt gelacht, geredet und Billard gespielt. Sie war betrunken und du bist nüchtern geblieben, um dafür zu sorgen, dass sie in Sicherheit ist. Dann hast du sie nach Hause gebracht und, so nehme ich an, sie in ihr Bett verfrachtet und sicher und gesund zurückgelassen. Mach mir doch nichts vor, Black. Ich bin nicht von gestern. Nenne es, wie du willst, aber gestern Abend war eine Verabredung. Harlow ist genauso in dich verknallt wie du in sie.«

»Benötige ich jetzt etwa deine Zustimmung, wenn ich mich verabreden will?«, entgegnete Black aufgebracht.

»Nein.« Rex sprach mit leiser Stimme weiter. »Ich möchte nur, dass du dir selbst zugestehst, glücklich zu sein. Das hast du nämlich genauso sehr verdient wie sie.«

Black war sich nicht sicher, was er dazu sagen sollte. Rex hatte recht, er hatte es tatsächlich verdient, glücklich zu sein, genau wie Harlow, aber nach einem Tag war er schon verwirrt über seine Gefühle für sie. Er hatte nicht gelogen: Er hatte nichts dagegen, in einer langfristigen Beziehung mit jemandem zu sein, aber die Dinge schienen im Moment außerordentlich kompliziert für Harlow.

»In dem Moment, in dem ich meine Frau kennengelernt habe, wusste ich, dass sie die Richtige für mich ist«, sprach Rex weiter. »Manchmal weiß man es eben einfach.«

»Ich bin noch nicht dazu bereit zu heiraten«, erklärte Black seinem Verbindungsmann.

»Lass dich einfach auf eine Beziehung ein«, erklärte Rex. »Und rede es dir nicht schon aus, bevor du dir angesehen hast, wohin das Ganze führen könnte. Schließlich könnt ihr Freunde sein und immer noch gemeinsam Dinge unternehmen. Ihr müsst es ja nicht Verabredungen nennen.«

Scheiße, jetzt las Rex auch noch seine Gedanken.

Black war bedient. Er hatte nicht vor, mit seinem Chef über sein Liebesleben zu sprechen. »Rufst du aus einem bestimmten Grund an, Rex?«

»Du meinst abgesehen davon, dass ich dir meinen Segen gebe?«, fragte Rex lachend.

»Ja, davon abgesehen.«

»Es ist in der Tat so. Meat hat Kameras bestellt. Sie werden irgendwann morgen geliefert. Und am Tag darauf können Arrow und du sie im Frauenhaus installieren.«

Black setzte sich voller Vorfreude aufrecht hin. Er wollte sowieso nach den Damen im Frauenhaus sehen. Er versuchte, sich zu erinnern, wann Harlow gesagt hatte, sie würde arbeiten, konnte es aber nicht. Er wusste, dass Zoe heute das Frühstück übernahm, aber er war sich nicht sicher, wie die Zeitpläne der Köchinnen für den Rest der Woche aussahen. »Verstanden«, erklärte er Rex. »Ich setze mich mit Arrow in Verbindung, um herauszufinden, was er noch braucht.«

»Bis später«, verabschiedete sich Rex.

Black legte auf, als er das Freizeichen in seinem Ohr hörte. Er saß eine ganze Weile an seinem Schreibtisch und dachte über alles nach, was Rex gesagt hatte, und darüber, was er wollte. Es war offensichtlich, dass Harlow in Bezug auf Beziehungen unsicher war, aber bei den beiden hatte es definitiv klick gemacht, unabhängig von ihrer Abneigung gegen Verabredungen.

Er mochte es, Zeit mit ihr zu verbringen. Sie war genau so, wie er sie aus der Highschool in Erinnerung hatte. Lustig, rücksichtsvoll und ehrlich.

Drei Eigenschaften, die er bei einer Freundin suchte.

Kopfschüttelnd atmete Black tief ein und aus. »Sie ist nicht deine Freundin«, murmelte er. Er schloss die Augen, ließ sich den Anruf immer noch durch den Kopf gehen und entschied schließlich, dass Rex nur bestätigt hatte, was er selbst bereits beschlossen hatte. Nicht darüber, Harlow zu heiraten, sondern die Dinge einen Tag nach dem anderen zu nehmen. Er könnte herausfinden, dass sie insgeheim gern Welpen trat oder irgendeinen anderen unverzeihlichen Charakterzug hatte.

Dann wanderten seine Gedanken zu der Art, wie sie sich an ihn geschmiegt hatte, und er lächelte. Sie passte perfekt zu ihm. Da sie die gleiche Größe hatten, waren ihre Körper wie füreinander geschaffen.

Black öffnete die Augen und griff nach der Tastatur seines Laptops. Harlow hatte genügend beschissene Verabredungen für ein ganzes Leben hinter sich. Er konnte es kaum erwarten, ihr zu zeigen, dass es da draußen noch gute Männer gab, vor allem sich selbst. Er würde die tollsten Verabredungen für die beiden planen, um die Erinnerungen an all die schlechten auszulöschen – ohne sie natürlich Verabredungen zu nennen.

Er würde raffiniert vorgehen müssen, aber er war ein ehemaliger Navy SEAL. Er konnte hinterlistig sein.

Black wandte die Aufmerksamkeit dem Computer zu und recherchierte, wohin man in Colorado Springs am besten mit einer Frau gehen konnte. Ihre Ausflüge mussten anders und unkonventionell sein, damit Harlow nicht vermutete, dass es sich um Verabredungen handelte.

Mit einer Vorfreude darauf, Zeit mit einer Frau zu verbringen, wie er sie seit Jahren nicht mehr verspürt hatte, scrollte Black durch die Vorschläge auf einer Webseite, die er gefunden hatte, und grinste. Das würde ein Spaß werden.

KAPITEL SIEBEN

Harlow werkelte in der Küche herum und bereitete das Abendessen vor. Normalerweise beruhigte das Kochen sie, brachte ihren Geist zur Ruhe, aber an diesem Nachmittag war ihr Geist alles andere als ruhig. Sie hatte nichts mehr von Lowell gehört, nachdem sie ihm vorgestern die Nachricht geschickt hatte, dass es ihr gut ging. Sie hatte versucht, darüber nicht enttäuscht zu sein, was ihr aber nicht gelang.

Was dumm war. Sie und Lowell waren nicht zusammen und gingen nicht miteinander aus. Das hatte sie sich eine Million Mal gesagt, aber etwas in ihr weigerte sich, ihn nur als Freund zu sehen.

Es war Loretta, die sie informiert hatte, als sie zum Mittagsdienst erschienen war – der Zeitplan hatte sich geändert, wie so oft –, dass Rex darum gebeten hatte, Kameras an der Außenseite des Grundstücks anzubringen, und dass zwei der Mountain Mercenaries heute vorbeikommen würden, um sie zu installieren.

Harlow hatte versucht, sich keine Hoffnungen zu machen, dass Lowell einer der Männer sein würde, die kommen würden, aber es war unmöglich. Sie fühlte sich genauso wie damals in der Highschool kurz vor den Jahrbuchklubtreffen. Voller Vorfreude und Nervosität.

»Dämlich«, murmelte sie vor sich hin, während sie frisches Gemüse für den Salat schnippelte, den sie zubereitete.

»Was ist dämlich?«

Harlow hätte sich fast die Fingerkuppe abgeschnitten, als sie seine Stimme hörte.

Als sie den Blick hob, sah sie Lowell im Gang zur Küche stehen, fast genauso wie beim letzten Mal, als er zu Besuch gekommen war.

»Du musst wirklich damit aufhören, mir ständig einen Schreck einzujagen«, schalt sie ihn.

Er grinste nur und erwiderte: »Eigentlich habe ich dieses Mal absichtlich mehr Lärm gemacht. *Du* hingegen solltest besser auf deine Umgebung achten.« Dann schlenderte er zu ihr hinüber und küsste sie zur Begrüßung auf die Wange, als wäre es nichts Ungewöhnliches.

Harlows Herz schlug doppelt so schnell und sie hatte nichts Anstrengenderes getan, als völlig stillzustehen, als er sie geküsst hatte.

»Wie geht es dir?«, fragte er sie.

»Gut.«

Er nickte und lächelte sie an und Harlow wäre fast augenblicklich mitten in der Küche geschmolzen.

»Du siehst gut aus. Arrow und ich werden eine Weile hier sein und die Außenkameras anbringen. Wenn wir sie angebracht haben, würdest du dann das Versuchskaninchen spielen? Uns dabei helfen, dafür zu sorgen, dass sie alles abdecken und solche Sachen?«

»Selbstverständlich.«

»Toll. Dann sehen wir uns später.«

Dann griff er nach oben und berührte eine Strähne ihres Haares, die sich aus dem Dutt gelöst hatte, den sie vor der Zubereitung des Abendessens gemacht hatte.

Ohne ein weiteres Wort lächelte er noch breiter, dann ging er.

Nachdem er weg war, konnte Harlow nicht aufhören, über sein Verhalten nachzudenken. Wie er sie so beiläufig geküsst hatte. Ihr Haar berührte, als würde er das jeden Tag tun. Sie ging es in ihrem Kopf immer wieder durch, bis sie sich schließlich dafür schimpfte, es zu Tode analysiert zu haben.

Lowell wusste, was sie von Verabredungen hielt. Ihrer Erfahrung nach gaben sich Männer nicht damit zufrieden, nur mit Frauen befreundet zu sein. Besonders Männer, die wie Lowell aussahen.

Sie hatte ihn am Abend zuvor im Internet ausfindig gemacht. Sie hatte nicht viel finden können, aber das, was sie gefunden hatte, beeindruckte sie. Lowell war ein hoch dekorierter Navy-Veteran und sie verstand, dass das wenige, das sie online finden konnte, wahrscheinlich nur die Spitze des Eisbergs war, wenn es um seine Auszeichnungen ging. Navy SEALs führten viele streng geheime Operationen durch, also war es wahrscheinlich, dass er eine Menge Medaillen und Belobigungen unter seinem Bett versteckt hatte, um es einmal so auszudrücken.

Es gab mehrere Artikel in der Lokalzeitung über ihn und die anderen, die ehrenamtlich Zeit und Geld für Wohltätigkeitsorganisationen spendeten, die gefährdeten Frauen, kranken Kindern und allgemein denjenigen halfen, die vom Glück im Stich gelassen worden waren. Gelegentlich ging er in die Highschool und bot kostenlose Selbstverteidigungskurse für die Mädchen an und in einem Jahr wurde er sogar zum Freiwilligen des Jahres im örtlichen Boys & Girls Klub ernannt.

Ja, Lowell Lockard war ein guter Mann. Und es gab keinen Grund für ihn, Energie auf sie zu verwenden, wenn sie ihm klipp und klar gesagt hatte, dass sie sich nicht verabreden würde. Sie war eine Köchin, um Himmels willen. Sie verbrachte ihre Tage in der Küche und genoss es. Sie stellte sich ihn mit jemandem vor, der stunden- und tagelang wandern gehen konnte, der Camping, Kajakfahren, Wildwasser-Rafting und andere Outdoor-Sportarten liebte. Es machte ihr nichts aus, draußen zu sein und die frische Luft und die Aussicht zu genießen, aber sie hasste Ungeziefer und Schwitzen. Zwei Dinge, von denen sie das Gefühl hatte, dass sie Lowell nicht im Geringsten störten.

Nicht nur das, er war auch hundertprozentig anders als die Männer, mit denen sie in der Vergangenheit ausgegangen war oder es zumindest versucht hatte. Er war einfach eine Nummer zu groß für sie. Harlow wusste das und sie hatte das Gefühl, dass er es auch wusste.

Sie atmete tief durch und verbannte ihn aus ihren Gedanken, um sich wieder dem Essen zuzuwenden, das sie gerade zubereitete. Gebratenes Huhn mit Asiago-Polenta und getrüffelten Pilzen. Die meisten der Kinder würden die Pilze nicht essen, aber sie fügte sie trotzdem hinzu, um ein wenig Abwechslung zu bieten. Ganz zu schweigen davon, dass sie perfekt zu dem einfach gewürzten Hähnchen passten. Dazu gab es einen Salat und zum Nachtisch Schokoladen-Brownies mit Karamellsoße.

Sie konnte Lowell und seinen Freund draußen reden hören, während sie die Kameras installierten. Sie zu hören und zu wissen, dass sie in der Nähe waren, beruhigte sie. Zum ersten Mal seit mindestens einem Monat im Frauenhaus entspannte Harlow sich völlig. Niemand würde es wagen, eine der Bewohnerinnen oder sie zu belästigen, wenn die Männer draußen bei der Arbeit waren.

Harlow wusste, dass sie während der letzten Wochen angespannt gewesen war. Normalerweise entspannte sie sich beim Kochen und Backen, aber in letzter Zeit verkrampfte sich ihr ganzer Körper, sobald sie in die Nähe des Frauenhauses kam.

Sie war sogar kurz davor gewesen zu kündigen, als sie

sich entschieden hatte, stattdessen Lowell anzurufen. Sie wollte nicht gehen, aber die Belästigungen stressten sie und machten sie extrem nervös. Sie hatte Loretta nichts gesagt und fühlte sich schrecklich, weil sie überhaupt daran dachte zu gehen. Die ältere Frau war das Risiko eingegangen, sie einzustellen, denn der Job war ganz anders als die üblichen Restaurantjobs, die sie in der Vergangenheit gehabt hatte, und Harlow wusste das mehr zu schätzen, als sie in Worte fassen konnte.

Sie hasste auch die Vorstellung, die Kinder zu verlassen. Sie berührten sie auf eine Weise, wie es niemand sonst konnte. Sie hatte sich immer eine Familie gewünscht. Aber so wie ihr Leben verlief, sah es so aus, als würde das wohl nie passieren. Vor allem, da sie sich das Verabreden verboten hatte.

»Hier drin riecht es aber lecker.«

Die tiefe Männerstimme erschreckte sie sehr. Harlow schrak zusammen und schrie dann vor Schmerz auf, als sie sich mit dem Messer in den Finger schnitt.

»Verdammt noch mal, Arrow! Ich habe dir doch gesagt, du sollst ein bisschen mehr Lärm machen, wenn du hier in die Küche kommst«, fuhr Lowell ihn an, stieß seinen Freund zur Seite und kam zu ihr.

Harlow konnte Lowell nur anstarren, als er auf sie zukam. Er sah fantastisch aus. Körperliche Arbeit bekam ihm gut. Ein leichter Schweißfilm bedeckte seine Stirn und seinen Hals, und das weiße T-Shirt, das er anhatte, hatte ein paar Flecke abbekommen. Sein schwarzes Haar war durcheinander und selbst der Dreitagebart an seinen Wangen sah bereits etwas dunkler aus.

»Lass mich mal sehen, Harl«, bat er mit ruhiger Stimme, nahm ihre Hand und machte das Wasser in der Spüle aus.

Harlow ließ es zu, dass er ihre Hand untersuchte, und musste schlucken, als er die Stirn runzelte, als er den Schnitt sah.

»Entschuldige«, sagte Arrow, als auch er zu ihr kam und sich neben sie stellte. »Ich dachte, du hättest gehört, wie ich mich geräuspert habe.«

Harlow schüttelte den Kopf. »Ich habe nicht aufgepasst.«

»Der Schnitt sieht nicht allzu schlimm aus«, erklärte Lowell ihr. »Ich glaube nicht, dass es genäht werden muss. Hast du hier irgendwo einen Erste-Hilfe-Kasten?«

»Selbstverständlich«, erklärte Harlow ihm. Sie zeigte auf einen Schrank auf der anderen Seite des Raumes. »Er ist dort drüben.«

Arrow setzte sich sofort dorthin in Bewegung.

Harlow blieb mit Lowell vor der Spüle stehen. Sie hatte sich ihm zugewandt und ihre Körper waren einander ausgesprochen nahe.

»Dir so nahe zu sein macht mir erst richtig bewusst, dass ich wahrscheinlich ziemlich schlecht rieche«, bemerkte er leise. Dann nahm er ein Küchentuch, wickelte es ihr um den Finger und übte Druck auf die Wunde aus, wobei er ihren Finger in seinem starken Griff hielt.

Sie schüttelte den Kopf. »Nein, du riechst gut.«

Er lachte. »Ganz sicher nicht, und dessen bin ich mir so sicher, weil dein Duft nach Vanille und der Geruch von Karamell und Schokolade wahnsinnig stark sind.«

»Es tut mir leid«, flüsterte sie.

»Bitte entschuldige dich niemals dafür, dass du wie ein Nachtisch duftest«, entgegnete er mit rauer Stimme.

»Dieses Ding ist ja toll«, erklärte Arrow und kam auf die beiden zu, was dafür sorgte, dass Harlow verlegen wurde und schnell ein paar Schritte von Lowell zurückwich. Aber Lowell legte ihr seine freie Hand um die Hüfte und hielt sie bei sich fest.

»Du hast so ziemlich alles, was ein professioneller Sanitäter ebenfalls hätte«, bemerkte Arrow, während er die Dinge in ihrem Erste-Hilfe-Koffer durchging.

»War das deine Idee?«, fragte Lowell und lag damit beängstigend richtig.

Harlow zuckte mit den Achseln. »Du weißt ja bereits, wie ungeschickt ich bin, und da es hier auch ziemlich viele Kinder gibt, dachte ich mir, dass es eine gute Idee wäre, vorbereitet zu sein.«

Sie konnte den Gesichtsausdruck von Lowell nicht deuten, also richtete sie ihre Aufmerksamkeit auf Arrow. Er war ein bisschen größer als sie und Lowell. Sein Haar war sehr kurz, fast schon kurz geschoren, und er war genauso muskulös wie alle Männer in seinem Team, die sie bisher kennengelernt hatte. Er war gut aussehend, aber sie spürte nicht die Funken, die sie beim Anblick von Lowell gespürt hatte.

»So wie es aussieht, blutet die Wunde fast nicht mehr.«

Harlow schaute auf ihren Finger hinunter und sah, dass Lowell den Druck weggenommen hatte und den Schnitt genau untersuchte. Sein Hals war gebeugt, als er ihren Finger betrachtete, und Harlows Hand zuckte tatsächlich mit der Absicht, eine Haarlocke von seiner Stirn zu streichen, aber sie fasste sich, bevor sie etwas Superpeinliches tat.

»Es geht mir gut«, versicherte sie ihm. »Du hast keine Ahnung, wie oft ich mich schon geschnitten habe. Das ist Berufsrisiko. Wir machen einfach ein Pflaster drauf.«

Ohne etwas zu erwidern, sah Lowell Arrow an. »Ich brauche ein paar Steri-Strips, Wasserstoffperoxid, ein normales Pflaster und eine antibiotische Creme.«

»Kommt sofort«, entgegnete Arrow und durchsuchte den Erste-Hilfe-Kasten.

»Im Ernst, Lowell, ich brauche nur ...« Sie beendete den Satz nicht, da Lowell ihr einen Arm um die Taille legte und sie zu dem Teil der Küchentheke führte, den sie schon sauber gemacht hatte, nachdem sie Pommes zubereitet hatte.

»Bei drei spring hoch«, bat er sie.

»Was? *Nein*, Lowell.«

»Eins. Zwei. *Drei*.«

Da sie keine Wahl hatte, tat Harlow, was er befahl, und machte einen kleinen Hüpfer, um ihm zu helfen, sie auf den Tresen zu heben. Er hielt ihre Taille fest, bis sie ihr Gleichgewicht hatte, dann bewegte er eine Hand zu ihrem Knie. Er schob es sanft nach außen, bis er zwischen ihren Beinen stand.

Harlow wusste, dass sie rot wurde, aber sie konnte es nicht kontrollieren, egal wie sehr sie es versuchte. Ihre Beine waren gespreizt und wenn der Tresen nur ein bisschen niedriger gewesen wäre, hätte sie mit Lowell Schritt an Schritt gestanden.

Er nahm noch einmal ihre Hand in seine und verarztete die kleine Wunde. Nachdem er das Wasserstoffperoxid auf ihre Haut getupft hatte, blies er sanft auf ihren Finger und versuchte, das leichte Brennen zu lindern. Dann benutzte er die Steri-Strips, um den Schnitt zusammenzuhalten, schmierte die antibiotische Creme darauf und klebte alles mit einem Pflaster ab. Der ganze Vorgang dauerte nur ein oder zwei Minuten, aber Harlow hatte sich noch nie so umsorgt gefühlt wie in diesem Moment.

»Okay?«, fragte er, legte seine Hände auf beide Seiten ihrer Hüften auf die Granitarbeitsplatte und lehnte sich näher heran.

Harlow nickte.

»Gut. Ich möchte, dass du einen weiteren Teamkameraden von mir kennenlernst. Das hier ist Arrow. Arrow, das ist Harlow Reese. Sie ist eine der beiden Köchinnen des Frauenhauses und kann wahnsinnig gut Billard spielen.«

Harlow gelang es, den Blick von Lowell loszueisen, um zu seinem Freund hinüberzusehen. »Hi.« Sie versuchte, nicht auf die Hitze zu achten, die von Lowells Unterarmen, die an ihrem äußeren Oberschenkel lagen, ausging.

»Was du da gerade vorbereitest, riecht unheimlich lecker. Was ist das? Schokolade?«, fragte Arrow. »Morgan würde es lieben.«

»Morgan?«

»Meine Freundin. Morgan Byrd.«

Harlow starrte ihn überrascht an, war aber zu höflich, um die Frage zu stellen, die ihr auf der Zunge lag.

Doch anscheinend konnte man ihr die Neugier am Gesicht ablesen, denn er erwiderte: »Ja, *die* Morgan Byrd. Es geht ihr ausgesprochen gut.«

»Oh mein Gott. Ich bewundere sie so sehr«, erklärte Harlow. »Ganz ehrlich, ich weiß nicht, was sie alles durchgemacht hat, doch als ich sie im Interview mit Barbara Walters gesehen habe, musste ich aus Mitleid mit ihr weinen. Ich kann mir nicht vorstellen, wie es sein muss, wenn man entführt und für ein Jahr gefangen gehalten wird.« Dann fiel ihr plötzlich etwas ein. Schnell wandte sie den Kopf und starrte Lowell an. »Das wart ihr, nicht wahr? *Ihr* habt sie gefunden?«

»Ja, das waren wir«, erklärte Lowell leise.

Harlow griff nach seinen Handgelenken. »Oh mein Gott! Das muss so schrecklich gewesen sein.«

»Ich weiß nicht, ob ich es *schrecklich* nennen würde, aber es war auf jeden Fall eine Überraschung«, sagte er und ein kleines Lächeln umspielte seine Mundwinkel.

Sie wandte sich wieder zu Arrow um. »Ich kann dir das Rezept geben. Nein, jetzt weiß ich's! Ich mache noch eine Ladung und du kannst sie ihr mitbringen.« Sie versuchte, den Mann vor sich aus dem Weg zu schieben. »Geh mal zur Seite, Lowell. Ich muss das Mehl herausholen. Oh verdammt, vielleicht habe ich nicht genügend Karamell! Ich muss noch mal schnell einkaufen ...«

»Beruhige dich, Harl«, erklärte Lowell, legte ihr die Hände auf die Hüften und hielt sie fest.

»Nein! Ich muss Brownies für Morgan machen. Das ist

das Mindeste, was ich tun kann, nach allem, was sie durchgemacht hat. Oh, ich weiß was – wie wäre es, wenn ich euch Abendessen mache?«, fragte sie Arrow. »Ich meine, wenn du mir sagst, was sie mag, dann werde ich das zubereiten.«

Arrow lachte leise. »Du musst uns nichts Besonderes kochen. Morgan ist nicht wählerisch. Für sie ist Nahrung momentan einfach nur Nahrung. Ihr ist momentan ziemlich egal, was sie zu essen bekommt, solange sie eine ganze Mahlzeit bekommt, wann immer sie will.«

Bei seinen Worten schloss Harlow die Augen und zwang sich dazu, die Tränen zurückzudrängen. Ihre Lippen bebten und sie presste sie zusammen, um sich vom Weinen abzuhalten.

»Was ist denn los?«, fragte Lowell sanft. »Sprich mit mir, meine Süße.«

Harlow atmete tief durch die Nase ein, hielt ihre Augen aber geschlossen und grunzte dann: »Ich habe nur so viel Mitleid mit ihr. Und all die Frauen hier. Sie haben so viel durchgemacht und das Einzige, was ich bisher in meinem Leben durchgemacht habe, war ein Burn-out, und dann hierherzuziehen, ohne jemanden zu kennen. Ich wünschte, ich könnte mehr tun, um zu helfen. So wie ihr es tut.«

Sie spürte, wie Lowell seine Hände an ihrem Körper hinaufgleiten ließ, bis sie in ihrem Nacken lagen. Mit den Daumen streichelte er sanft ihr Gesicht. »Du hilfst mehr, als dir klar ist, Harl.«

Sie stritt das kopfschüttelnd ab.

»Sieh mich an.«

Harlow seufzte, atmete tief durch und öffnete dann die Augen.

Lowells Gesicht befand sich direkt vor ihrem und sie blickte in seine durchdringenden, braunen Augen. Sie wusste nicht, was er damit sagen wollte. »Was du hier machst, ist großartig. Du versorgst jeden, der hier lebt, dreimal am Tag mit einer gesunden Mahlzeit. Glaubst du, dass die meisten von ihnen das hatten, wo sie herkamen? Wahrscheinlich nicht. Und Loretta hat mir erzählt, dass du oft länger als geplant bleibst, um mit den Kindern zu spielen. Um ihnen zu zeigen, wie man Kuchen backt. Um Zeit mit ihnen zu verbringen. Zeit ist kostbar, Harlow. Jeder kann zwanzig Dollar an eine Wohltätigkeitsorganisation spenden, aber nur sehr wenige opfern ihre Zeit, um sich mit einem Kind zusammenzusetzen und zu fragen, wie sein Tag in der Schule war. Sehr wenige werden ihre freien Abende damit verbringen, einer Mutter beizubringen, wie man Mahlzeiten zubereitet, damit sie, wenn sie eine eigene Wohnung hat, ihre Kinder ernähren kann. Du leistest einen großen Beitrag, Harlow. Daran besteht kein Zweifel.«

Harlow schniefte und eine Träne lief ihr über die Wange, dann blinzelte sie heftig. Lowell war sofort da, um ihr die Träne wegzuwischen.

»Diese Frauen und Kinder werden sich noch lange an dich erinnern, viel länger als die Frauen, die ich gerettet habe, sich an mich erinnern. Sie werden sich daran erinnern, wie du sie angelächelt hast und wie lecker das Essen war, das du für sie zubereitet hast. Sie werden sich daran erinnern, dass du Zeit mit ihren Kindern verbracht hast, ohne eine Gegenleistung zu erwarten. Sie werden sich an dich als ein Licht in einer besonders dunklen Zeit ihres Lebens erinnern. Und das ist Gold wert, Harl. Pures, verdammtes Gold.«

Sie konnte an seinem Blick ablesen, dass er es ehrlich meinte. Lowell meinte jedes Wort, das aus seinem Mund kam, so, wie er es sagte. »Wenn du wirklich glaubst, dass die Frauen, die du gerettet hast, sich nicht an dich erinnern können, dann spinnst du.«

Er schüttelte einfach nur den Kopf.

»Natürlich erinnern sie sich an dich«, erklärte Harlow mit Nachdruck. Sie drehte den Kopf und sah Arrow an. Lowell ließ eine seiner Hände sinken, behielt aber die andere an der Seite ihres Halses. Das fühlte sich dort gut an. Zu gut.

»Ich würde Morgan und dir trotzdem gern einmal ein Abendessen zubereiten ... wenn sie nichts dagegen hat.«

»Das würde ihr wahnsinnig gefallen«, versicherte Arrow Harlow. »Aber ich muss dich vorwarnen, wenn du ein Abendessen für *uns* vorbereitest, dann musst du auch für Gray und Allye und Ro und Chloe kochen. Und wenn du für *sie* kochst, musst du wahrscheinlich auch für Ball und Meat kochen.«

»Lass *mich* nicht aus!«, beschwerte Lowell sich.

Arrow grinste. »Du musst unbedingt wissen, dass wir alle eine anständige Mahlzeit zu schätzen wissen. Während unserer Einsätze ernähren wir uns viel zu oft von Proteinriegeln. Wir würden niemals eine selbst gekochte Mahlzeit ausschlagen.«

»Abgemacht«, erklärte Harlow.

»Möchtest du uns jetzt mit den Kameras helfen oder lieber hierbleiben und die Brownies machen?«, fragte Lowell.

Als sie sich wieder zu ihm umdrehte, hielt Harlow inne. Sie hatte den tiefen Wunsch, etwas für Morgan zu tun, aber sie wollte auch so viel Zeit wie möglich mit Lowell verbringen.

Er grinste und strich mit dem Daumen noch einmal über ihre Wange. Harlow hoffte, dass er die Gänsehaut nicht bemerkte, die sich durch seine Liebkosung auf ihren Armen bildete.

»Wie wäre es damit? Du kommst und hilfst uns mit den Voreinstellungen. Wir müssen die Feeds zurück zu Meat schicken, um sicherzugehen, dass alles da ist, wo er es will. Während wir das tun, kannst du wieder herkommen und deine Brownies machen.«

»Bist du sicher?«, fragte Harlow. »Ich kann euch auch helfen, wenn ihr meine Hilfe benötigt.«

»Ich bin mir sicher.«

»Okay.«

»Okay.«

Harlow starrte Lowell an und wartete darauf, dass er sich von ihr löste oder etwas sagte. Als er keines von beidem tat, runzelte sie die Stirn und fragte: »Lowell?«

»Ja, Harlow?«

»Ähm ... wollen wir dann mal eure Kameras testen?«

Er seufzte. Dann strich er mit dem Daumen noch einmal über ihre Wange und trat schließlich einen Schritt zurück.

Harlow vermisste sofort seine Wärme an der Innenseite ihrer Oberschenkel, aber sie schaffte es, ihre Reaktion zu verbergen. Zumindest glaubte sie, dass sie das tat.

Lowell streckte eine Hand aus. Ohne nachzudenken, nahm Harlow sie in ihre verwundete, und er half ihr, von der Theke herunterzuspringen. Dann führte er sie durch die Küche, ohne sie loszulassen. Das Grinsen, das Arrow seinem Freund zuwarf, entging ihr nicht, aber sie ignorierte es, zu sehr genoss sie das Gefühl von Lowells rauer Hand in ihrer.

KAPITEL ACHT

»Also ... du und Harlow, was?«, fragte Arrow Black, als sie vom Frauenhaus wegfuhren. Sie hatten die Kameras mit Hilfe von Harlow und Loretta installiert. Sie hatten jetzt eine klare Sicht auf die Vorder- und Hintertür, den Bürgersteig vor dem Frauenhaus und einen Teil der Gasse hinter dem Gebäude. Meat wollte Kameras an den vorderen Ecken des Gebäudes anbringen, aber sie mussten erst die Erlaubnis der Eigentümer einholen, bevor sie sie installieren konnten. Im Moment konnten sie nur Kameras auf dem Grundstück des Frauenhauses selbst anbringen.

Auf dem Sitz zwischen den beiden Männern stand ein Behälter mit Brownies, die mit Karamell beträufelt waren, und der Duft der noch warmen Leckerei lag in der Luft.

»Nein«, erklärte Black.

»Willst du etwa allen Ernstes behaupten, dass du sie nicht magst?«, fragte Arrow ihn ungläubig.

»Nein. Ich mag sie allerdings, aber wir verabreden uns nicht. Und wenn einer von euch Kerlen das auch nur *andeutet,* wenn sie in Hörweite ist, bekommt ihr es mit mir zu tun«, erwiderte Black.

»Okay, das verstehe ich nicht«, bemerkte Arrow. »Du

magst sie und es ist offensichtlich, dass sie dich mag, aber ihr verabredet euch nicht und *wollt* euch auch nicht verabreden?«

»Ich schon«, stellte Black klar. »Aber sie hat ein Problem mit dem Ausdruck. Also werde ich ihr Freund sein. Ein ausgesprochen *guter* Freund.«

Arrow grinste. »Tatsächlich?«

»Tatsächlich.«

»Na dann, viel Glück.«

Black sah zu ihm hinüber. »Was soll das heißen?«

»Nichts.«

»Spuck es aus, du Idiot«, erklärte Black genervt.

»Sie ist anders«, sagte Arrow. »Sie ist anders als viele der Frauen, mit denen wir während unserer Laufbahn zusammen waren. Nach dem, was ich bisher beobachtet habe, ist es ihr scheißegal, dass du ein großer böser SEAL warst. Wenn sie dich ansieht, sieht sie Lowell, den Jungen, den sie aus der Highschool kannte. Nicht den abgebrühten Mistkerl, der du jetzt bist.«

»Und?«, fragte Black.

»Sie scheint eine Frau fürs Leben zu sein. Die Art und Weise, wie sie über die Kinder im Frauenhaus spricht, macht es offensichtlich, dass sie selbst Kinder haben möchte. Sie wird eine wunderbare Mutter abgeben. Und sie ist in dich verknallt, das erkennt ein Blinder mit einem Krückstock. Aber ... du könntest diese Frau zerstören, Black. Vielleicht begehrst du sie, und ich kann es dir nicht verdenken, denn sie hat eine Wahnsinnsfigur. Aber sei vorsichtig. Du könntest mit ihr spielen, sie ausführen, ohne es Verabredung zu nennen, mit ihr schlafen, bis du keine Lust mehr auf sie hast, und dann einfach nicht mehr anrufen. Zur Hölle, wenn du es nicht als Verabredung bezeichnest und nicht mit ihr zusammen bist, musst du nicht mal mit ihr Schluss machen. Aber es würde sie trotzdem fertigmachen.«

Black gefiel nicht, was sein Freund sagte, aber es war auch nichts, was ihm nicht selbst schon klar war.

»Ich habe dich noch nie so in der Nähe einer Frau erlebt, seit wir uns kennengelernt haben. Du bist sonst eher zurückhaltend. Du lässt sie zu dir kommen und nimmst, was sie dir anbieten. Du bist definitiv hinter Harlow her. Du bist wie ein Wolf auf Beutezug. Aber jede Frau, die weint, wenn sie nur daran denkt, was ein anderer durchgemacht hat, was Morgan durchgemacht hat, ist niemand, den man verarschen sollte. Weder mental noch körperlich.«

»Verstanden, Idiot.«

»Wirklich?«

»Ja«, erklärte Black. »Ich verarsche sie doch auch gar nicht.«

»Also hast du nichts dagegen zu sehen, wohin die Dinge führen, und es ist kein Problem, wenn sie damit enden, dass ihr beide vorm Altar steht? Wenn du sie geschwängert hast, flippst du nicht aus?«

»Scheiße, Arrow, ich kenne sie erst wieder seit drei Tagen. Ich bin nicht wie du und die anderen. Ich bin nicht bereit, sie verdammt noch mal zu heiraten und zuzusehen, wie sie meine Kinder zur Welt bringt. Verflucht.«

»Genau das Gleiche habe ich auch gesagt, bevor ich Morgan kennengelernt habe«, entgegnete Arrow, dem der Ton seines Freundes überhaupt nichts ausmachte. »Und auch Gray. Und Ro. Wenn du die Frau kennenlernst, mit der du den Rest deines Lebens verbringen möchtest, weißt du es einfach.«

»Also, ich *weiß* es nicht. Ich habe nur meinen Spaß. Genau wie sie. Glaubst du, ich merke nicht, dass sie in mich verknallt ist? Schließlich bin ich kein Narr. Sie will mich genauso sehr, wie ich sie will. Von mir aus kann sie ruhig so tun, als würden wir uns nicht verabreden, und zum Schluss wird alles ein gutes Ende nehmen. Wenn wir einander müde werden, trennen wir uns und es gibt nichts, worüber sie sich Sorgen machen muss.«

Arrow schüttelte den Kopf, sagte aber nichts.

Black presste frustriert die Lippen zusammen. Er freute sich für seine Freunde, die bereits die Frauen fürs Leben gefunden hatten, aber er war noch nicht bereit, sich niederzulassen ... oder?

Zwei Tage später befand Black sich in seinem Büro auf dem Schießstand und erledigte liegen gebliebenen Papierkram, als das Telefon klingelte.

»Black's Schießstand«, meldete er sich.

»Ich habe dir gerade ein Video geschickt«, erklärte Meat anstelle einer Begrüßung.

Sofort schnappte Black sich die Maus seines Computers, um den Monitor zum Leben zu erwecken, und klickte auf sein E-Mail-Konto. Er öffnete Meats E-Mail und sah das dazugehörige Video. Als er darauf klickte, begann Meat zu sprechen.

»Allem Anschein nach haben die Belästigungen nicht aufgehört. Das hier ist ein Zusammenschnitt aus den letzten zwei Tagen, seit wir die Kameras installiert haben.«

Black beobachtete und hörte zu, wie Stimmen außerhalb des Bildausschnitts den Frauen, die das Gebäude betraten und verließen, etwas zuriefen. Es spielte keine Rolle, ob die Bewohnerinnen allein oder in einer Gruppe waren. Es spielte auch keine Rolle, ob sie ihre Kinder dabeihatten. Die Mistkerle machten keinen Unterschied und belästigten sie alle verbal. Sie sagten, sie sähen heiß aus, und wollten wissen, wie viel sie verlangten. Als die Frauen nicht auf den Köder eingingen, fuhren sie mit ihren Beschimpfungen fort. Sie blieben auf der anderen Straßenseite der Unterkunft, aber dadurch fühlten sich die Frauen offensichtlich nicht sicherer.

Erst als Harlow auf dem Video erschien, spürte Black, wie sich sein Herzschlag beschleunigte. Er beobachtete, wie sie mit einer Tüte Müll durch die Hintertür in die Gasse ging.

Sofort ertönte eine Stimme aus dem Hintergrund.

»Hey, Schätzchen. Hey, ich rede mit dir.«

»Verschwinde.«

»Oooooch, sei doch nicht so. Ich kann dafür sorgen, dass du dich gut fühlst. Willst du dich nicht gut fühlen?«

»Ich habe einen Freund.«

»Na und?«

»Na und, was?« Harlow warf die Tüte mit dem Müll in den Abfalleimer und drehte sich zu dem Mann um, der mit ihr sprach. Er stand offensichtlich am Ende der Gasse, denn sie starrte mit den Händen in den Hüften in diese Richtung.

»Warum könnt ihr uns nicht in Ruhe lassen? Warum belästigt ihr uns?«

»Weil wir es können. Weil dieser Teil der Stadt mir gehört. Ihr Gutmenschen gehört hier nicht her.«

»Das Frauenhaus gibt es schon länger als dich. Es war schon hier, als du noch nicht gehen konntest. Wenn überhaupt, ist das unser Teil der Stadt, und du gehörst hier nicht her.«

So stolz Black auch darauf war, dass Harlow sich nichts gefallen ließ, war er trotzdem ziemlich sauer. Sie sollte es besser wissen, als einen dieser Schurken noch zu reizen.

»Du hast doch keine Ahnung! Du solltest besser aufpassen, dass dir nichts passiert, du Schlampe.«

Black sah den Moment, in dem Harlow erkannte, dass es vielleicht keine so gute Idee war, in einer Gasse zu stehen und einen Mann zu provozieren, der sie problemlos und mit Leichtigkeit verletzen konnte. Sie schüttelte den Kopf und ging rückwärts auf die Tür zum Frauenhaus zu. Es war klug von ihr, dem Mann nicht den Rücken zuzuwenden, aber

Black machte sich immer noch Sorgen darüber, wer sich von hinten an sie heranschleichen könnte.

Glücklicherweise erreichte sie die Tür ohne Zwischenfall. Der Mann war immer noch nicht zu sehen, aber Black hörte ihn rufen, kurz bevor Harlow ins Haus schlüpfte.

»Wir behalten dich im Auge, Schlampe. Eure Kameras können weder dich noch die anderen Schlampen beschützen. Denk immer daran! Es ist in eurem besten Interesse, von hier zu verschwinden.«

Dann ging die Tür zu und in der Gasse herrschte wieder Stille. Black wurde klar, dass er seine Hände zu Fäusten geballt hatte und so nahe an seinem Bildschirm saß, dass seine Nase ihn fast berührte. »Verdammt noch mal«, fluchte er.

»Hat Harlow dich angerufen, um dir Bescheid zu sagen, was los ist?«, fragte Meat.

»Nein.« Und das beunruhigte Black mehr, als er zugeben wollte. Er hatte die letzten zwei Tage nach Arrows Vortrag damit verbracht, sich einzureden, dass er nichts Falsches tat, wenn er mit Harlow flirtete. Dass sie eine Affäre haben und dann getrennte Wege gehen konnten. Er zwang sich, ihr keine Nachricht zu schicken, sie nicht anzurufen oder im Frauenhaus nach ihr und den anderen zu sehen.

Aber es war ätzend. Er vermisste sie. Was verrückt war. Es war weniger als eine Woche her, dass sie sich wiedergesehen hatten. Und es war offensichtlich, dass die Belästigungen zugenommen hatten. Ihm gefiel die Drohung nicht, dass Harlow sich vorsehen sollte.

Er war es leid zu versuchen, auf Distanz zu bleiben. Erstens gefiel es ihm nicht, dass sie Dinge vor ihm verheimlichte. Und zweitens, er war gern mit ihr zusammen. Er mochte ihr sonniges Gemüt. Er mochte ihren Enthusiasmus, wenn sie erzählte, was heute auf dem Speiseplan stand. Er mochte sie schlichtweg.

Er hatte beschlossen, seinen Plan, sich mit ihr zu verabreden – ohne die Treffen als »Verabredungen« zu bezeichnen –, auf Eis zu legen, aber jetzt nicht mehr. Sie mussten reden. Und es musste offensichtlich mehr sichtbare Präsenz von Männern im Frauenhaus geben. Die Frauen dort brauchten Schutz vor den Mistkerlen, die sich einen Spaß daraus machten, sie zu belästigen.

»Haben die Überprüfungen irgendetwas ergeben?«, fragte Black Meat.

»Bis jetzt noch nicht. Aber es gibt eine Menge Leute, die wir überprüfen müssen. Du weißt, wie es ist, es ist, wie in einen Kaninchenbau zu gehen. Du schaust dir eine Person an, und das führt dich zu jemand anderem und noch mal zu jemand anderem. Aber bis jetzt, obwohl es keinen Zweifel gibt, dass die Bewohnerinnen im Frauenhaus mit einigen extremen Mistkerlen zusammen waren, habe ich keinen Grund aufgedeckt, warum jemand diese Mistkerle angeheuert haben sollte, um sie zu belästigen.«

»Könnte es sich einfach um eine örtliche Bande handeln, die sich langweilt und es am Frauenhaus auslässt?«, wollte Black wissen.

»Ja, das wäre möglich.«

»Dann sollten wir ihnen einen Besuch abstatten«, erklärte Black. »Wir lassen die Nachforschungen ruhen und schnappen uns einfach die Kerle, jagen ihnen eine Heidenangst ein und warnen sie davor, den Frauen noch einmal zu nahe zu kommen.« Er war frustriert, dass die Dinge so langsam vorangingen. Wenn sie auf eine Mission gingen, trafen sie Entscheidungen spontan. Sie mussten sich nicht unbedingt an all die starren Regeln und Gesetze halten, die die verschiedenen Zweige des Militärs zu befolgen hatten. Aber diese Sache war anders. Es war sozusagen nicht nur in ihrem Hinterhof, aber bisher gab es keine Beweise, dass jemand irgendwelche Gesetze gebrochen hatte.

»Du weißt, dass das nicht geht«, erwiderte Meat und man konnte ihm an der Stimme anhören, wie sehr ihm das stank. »Rex will sicherstellen, dass wir uns an die Vorschriften halten, damit wir den Polizeichef nicht verärgern. Sie wissen, dass er eng mit ihm zusammenarbeitet, und Rex will diese Beziehung nicht beschädigen.«

»Von mir aus«, entgegnete Black. »Ich habe für dieses Wochenende einen Kurs für persönliche Sicherheit angesetzt, aber wir müssen ihn vorverlegen. Man kann an der Körpersprache der Frauen erkennen, dass sie verängstigt sind. Und ich kann es ihnen nicht verdenken.«

»Gute Idee.«

»Kannst du bitte Ball, Gray und Ro anrufen und sie fragen, ob sie mitmachen möchten?«

»Warum kannst du sie nicht selbst anrufen?«, fragte Meat. Er klang nicht verärgert, nur ehrlich interessiert.

»Es gibt eine bestimmte Köchin, mit der ich ein ernstes Wörtchen reden muss«, entgegnete Black.

Meat lachte leise. »Sei nicht zu hart mit ihr. Sie hat sich auf dem Video vielleicht mutig angehört, aber sie war zu Tode verängstigt.«

Black nickte. Er wusste, dass sie das war. Das war einer der Gründe, warum er so wütend auf sie war. Wenn sie so viel Angst hatte, hätte sie ihn anrufen sollen. Ihm eine Nachricht schicken sollen. Irgendwas. Aber sie hatte sich überhaupt nicht gemeldet.

Er wusste, dass sie wahrscheinlich nicht wusste, wo sie bei ihm stand. Verdammt, er wusste es ja selbst nicht. Doch nun war er sich sicher. Er hatte sich geschworen, so viel Zeit wie möglich mit Harlow Reese zu verbringen. Er würde sie zur Arbeit begleiten, dann zurück zu ihrem Wagen, wenn sie Feierabend hatte. Er würde mit ihr zum Schießstand gehen und ihr das Schießen beibringen. Er würde so viel Zeit mit ihr außerhalb des Frauenhauses verbringen, wie es sein Job erlaubte. Harlow wollte sich vielleicht nicht verabreden, aber er hatte nicht die gleichen Vorbehalte.

»Hast du schon die Erlaubnis erhalten, die anderen Kameras zu installieren?«, wollte Black von Meat wissen.

»Nein. Und so langsam macht mich das sauer. Die Gebäude zu beiden Seiten des Frauenhauses sind leer, doch ich konnte bis jetzt noch nicht herausfinden, wem sie gehören. Und das allein ist schon ziemlich verdächtig. Und auch die Läden auf der anderen Seite haben uns dazu keine Erlaubnis erteilt.«

»Verdammt. Warum?«

»Das haben sie nicht gesagt. Aber ich habe das Gefühl, dass es um die Kundschaft geht. Es handelt sich nicht um die Art von Leuten, die gern gefilmt werden.«

»Mist. Und hast du das schon Rex erzählt?«

»Ja. Er ist stinksauer.«

Black pfiff durch die Zähne. Wenn Rex sauer wurde, rollten für gewöhnlich Köpfe.

»Alles klar. Wenn ich die anderen anrufe, versuche ich auch herauszufinden, ob sie etwas dagegen hätten, abwechselnd Wache beim Frauenhaus zu halten. Zumindest vorläufig. Wir können das natürlich nicht bis in alle Ewigkeit machen, aber vielleicht mindestens so lange, bis wir einen Hinweis darauf haben, wer hinter all den Belästigungen steckt.«

»Das hört sich gut an«, erwiderte Black. Und das tat es wirklich. Er hatte vorgehabt, sich selbst um Harlow zu kümmern, doch dadurch blieben die übrigen Bewohner des Frauenhauses sowie Zoe und Loretta schutzlos zurück. »Sag mir Bescheid, wenn du weitere interessante Videos hast.«

»Selbstverständlich«, versicherte Meat ihm. »Bis später.«

»Bis später.«

Black legte auf und klickte auf das Video, um es von Anfang an abzuspielen. Als er sah, wie Harlow sich dem unsichtbaren Mann entgegenstellte, kochte sein Blut erneut.

Nein. So ging das einfach ganz und gar nicht.

Er hatte ihr erklärt, was es bedeutete, ein Teil seiner

Welt zu sein, aber er hatte versäumt, sie darüber zu informieren, dass auch dazu gehörte, ihm verdammt noch mal zu *sagen*, wenn sie Angst hatte und sich über etwas Sorgen machte. Zu hören, wie der Mistkerl sie bedrohte, zählte definitiv dazu.

Black schaltete seinen Computer aus, schob seinen Stuhl zurück und schnappte sich auf dem Weg zur Tür seine Lederjacke und seinen Helm. Er war heute mit seiner Harley zur Arbeit gefahren und obwohl er wusste, dass es sicherer war, nach Hause zu fahren und seinen Mazda zu holen, bevor er Harlow besuchte, wollte er sich die Zeit nicht nehmen.

Er musste sie ein für alle Mal wissen lassen, wie die Dinge von nun an laufen würden.

KAPITEL NEUN

Harlow rieb sich die Augen, als sie in ihrem Wagen saß. Es war kurz nach drei und Zoe hatte das Frauenhaus wahrscheinlich eine Stunde oder so früher verlassen. Harlow hatte heute Abenddienst, morgen dann Frühstück.

Sie hatte letzte Nacht nicht gut geschlafen, jedes kleine Geräusch ließ sie im Bett aufschrecken, aus Angst, dass jemand in ihre Wohnung eingebrochen war.

Die Männer hatten ihre Belästigungen verschärft. Die unverhohlenen Drohungen, die der Typ in der Gasse ihr entgegengeschleudert hatte, hatten sie ebenfalls mehr getroffen, als sie zugeben wollte. Jetzt fürchtete sie sich davor, zur Arbeit zu kommen – und das hasste sie. Sie liebte es, *bei* der Arbeit zu *sein*, aber nicht den eigentlichen Teil des Reingehens. Die Schikanen machten sie wütend und ängstigten sie zugleich.

Sie atmete tief durch und beschloss, es einfach hinter sich zu bringen, griff nach ihrer Handtasche und stieß ihre Tür auf. Sie hatte angefangen, das Cabriodach oben zu lassen, wenn sie zur Arbeit kam, weil es so lange dauerte, es zu öffnen und zu schließen.

Mit gesenktem Kopf, um keinen Blickkontakt herzustellen und keinen der herumlungernden Kerle zu ermutigen, schlug sie die Wagentür zu, verriegelte das Fahrzeug und machte sich auf den Weg zum Frauenhaus. Sie war gerade mal einige Schritte gegangen, als sie gegen einen harten Körper prallte. Sie wäre zurückgesprungen und auf den Hintern gefallen, wenn die Person sie nicht an den Armen festgehalten hätte.

Harlow blickte alarmiert auf und war bereit, demjenigen, der sie festhielt, ein Knie in die Eier zu rammen, aber sie erstarrte, als sie in Lowells wütende braune Augen sah.

»Hast du es eilig, Harl?«

Als Harlow sich umschaute, sah sie keinen der Typen, die sich hier herumgetrieben hatten, und sie seufzte erleichtert auf. Dann begegnete sie Lowells Blick und beschloss, ehrlich zu sein. »Ja. Ich war mir nicht sicher, ob noch irgendwelche dieser Typen hier herumlungern, und wollte so schnell wie möglich ins Haus gelangen.«

»Und ob sie noch hier herumgelungert sind«, erklärte Lowell. »Aber als sie mich gesehen haben, haben sie sich zerstreut.«

»Oh ... das ist gut«, erklärte sie lahm.

»Komm schon«, sagte Lowell und wandte sich zum Frauenhaus um. Er legte seinen Arm um sie und seine Hand an ihre Taille. Ihre Hüfte stieß gegen seine, als sie gingen, aber sie versuchte nicht, sich zurückzuziehen. Ihn in ihrer Nähe zu haben fühlte sich gut an. Ihre Nervosität verschwand wie eine Rauchwolke mit ihm an ihrer Seite. Es war, als wäre ihr mit Lowell an ihrer Seite alles möglich. Dass sie alles tun und sagen konnte.

Sie gingen schweigend die Straße hinunter, vorbei an dem leer stehenden Gebäude neben dem Frauenhaus und bis zur Eingangstür. Lowell hielt ihr die Tür auf, nachdem sie sie aufgesperrt hatte, und blieb dicht hinter ihr, als sie eintrat. Er schloss die Tür wieder ab und folgte ihr in die Küche. Harlow stellte ihre Handtasche in den Schrank und nahm ihre Schürze. Sie zog sie über ihren Kopf und drehte sich schließlich zu ihm um.

Wie immer sagte er kein Wort. Er stand einfach mit verschränkten Armen da und starrte sie an. Sie hasste es, wenn er das tat. Obwohl sie verstand, dass es eine Taktik war, mit der er ihr Unbehagen bereiten und sie zum Reden bringen wollte, konnte sie es nicht ertragen.

»Hey, Lowell«, sagte sie schließlich nervös, weil sie nicht wusste, was sie sonst sagen sollte.

»Du hast mich nicht angerufen«, stellte er fest.

»Wie bitte?«

»Du hast mich nicht angerufen«, wiederholte er.

»Oh, ähm ... ich wusste nicht, dass ich das sollte.«

Daraufhin setzte er sich in Bewegung. Er stieß sich von der Wand ab, gegen die er sich gelehnt hatte, und trat in ihren persönlichen Raum. Harlow wich zurück, doch sie stieß an die Küchentheke, sodass sie ihm nicht ganz entkommen konnte. Er stemmte die Hände auf die Granitplatte hinter ihr und lehnte sich zu ihr.

Er roch gut. Richtig gut. Sie widerstand dem Drang, ihre Nase an seinem Hals zu vergraben, und sah ihn stattdessen an. Kaum traf ihr Blick auf seinen, begann er zu reden.

»Ich habe das Video gesehen.«

»Welches Video?«

»Wie dieser Mistkerl dich in der Gasse belästigt.«

Oh Mist. »*Oh.*«

»Ja. Du hast mich nicht angerufen, Harlow.«

»Ich weiß.«

»Warum nicht?«

»Na gut. Ich hätte dich anrufen sollen. Aber, Lowell, wir haben uns gerade erst kennengelernt. Oder zumindest ... uns *wiedergesehen*. Ich war mir nicht bewusst, dass ich dich jedes Mal anrufen muss, wenn etwas in meinem Leben passiert. Ich habe dich nicht angerufen, als ich im Lebensmittelladen war und jemand meinen Einkaufswagen mit seinem angestoßen hat und sich nicht entschuldigt hat. Ich habe dich nicht angerufen, als ich mir den Finger in der Schranktür eingeklemmt habe und er wieder anfing zu bluten. Ich habe dich nicht angerufen, als mir zu Hause eine Packung Reis heruntergefallen ist und ich zwanzig Minuten lang darauf achten musste, dass ich jedes einzelne Korn erwische, damit ich später nicht mit meinen nackten Füßen auf eines trete. Ich bin erwachsen und schon lange auf mich allein gestellt.«

Er schüttelte den Kopf und nahm ihre Hand. Und zwar diejenige, in die sie sich geschnitten hatte. Langsam wickelte er den Verband ab, während er sprach. »Du hast mich vor einer Woche angerufen, weil du vor diesen Mistkerlen Angst hattest. Du brauchtest Hilfe und du hast *mich* angerufen. Du wusstest, dass ich dir helfen würde, und das hat nichts mit der Tatsache zu tun, dass wir einander kannten, als wir Teenager waren. Als wir uns vor einem Monat wiedergesehen haben, war da etwas zwischen uns, und auch *jetzt* ist da irgendetwas zwischen uns.

Ich habe dir schon mal gesagt, dass du jetzt zu meiner Welt gehörst, und dazu gehört, dass du mich *anrufst*, wenn irgendein Scheiß passiert, der dich ausflippen lässt. Und leugne nicht, dass du ausgeflippt bist. Ich habe dich gesehen, Baby. Du hattest Angst, auch wenn du es vor diesem Mistkerl gut versteckt hast. Du bist ein erwachsener Mensch. Ich weiß, dass du mit dem ganzen anderen Kram klarkommst, aber wenn dich jemand bedroht, möchte ich, dass du *mich anrufst*.«

Harlow blinzelte, während er ihren Finger betrachtete. Dann hob er ihn sich an den Mund und gab einen sanften Kuss darauf. Dann verschränkte er seine Finger mit ihren, und zwar an beiden Händen, und bewegte ihre Arme, bis sie hinter ihrem Rücken waren und sie den Rücken durchdrücken musste.

»Ich sage dir jetzt, wie es in Zukunft laufen wird. Du

schreibst mir eine Nachricht, wenn du bereit bist, zur Arbeit zu fahren oder sie zu verlassen. Ich treffe mich dann mit dir auf dem Parkplatz, so wie heute, und bringe dich rein. Wenn du wieder nach Hause möchtest, schreibst du mir auch eine Nachricht und ich sorge dafür, dass niemand dich auf dem Weg zu deinem Wagen belästigt. Verstanden?«

Harlow schüttelte den Kopf. »Nein, das ist zu viel.«

»Ist es nicht. Und jetzt gib mir deine Arbeitszeiten, falls du nämlich vergisst, mir eine Nachricht zu schreiben, warte ich trotzdem hier auf dich.«

»Lowell, *nein*. Im Ernst, das ist zu viel. Ich komme schon klar.«

»Und was passiert, wenn sie von verbalen Übergriffen zu tatsächlichen Angriffen übergehen? Was, wenn sie sich an der kleinen Sammie vergreifen? Oder wenn Jasper beschließt, dass er es mit ihnen aufnehmen kann?«

Verdammt. Er spielte nicht fair. »Aber die Tatsache, dass du mich immer über den Parkplatz begleitest, wird sie nicht davon abhalten, sich an den anderen zu vergehen«, versuchte sie so logisch wie möglich zu argumentieren.

»Das stimmt. Aber wenn sie mich öfter sehen, genau wie den Rest des Teams, dann denken sie vielleicht zweimal darüber nach, sich mit Leuten anzulegen, die schwächer sind als sie.«

Harlow wollte dagegen protestieren, dass er sie schwächer genannt hatte, aber natürlich wusste sie, dass er recht hatte. Lowell hielt immer noch ihre Hände auf ihrem Rücken. Sie sah ihm in die Augen. »Ich will dir nicht zur Last fallen.«

Er schnaubte. »Du fällst mir kein bisschen zur Last«, erklärte er ihr.

Sie versuchte schnell, sich eine weitere Ausrede einfallen zu lassen, doch ihr fiel nichts ein.

»Wir sind Freunde«, erklärte Lowell weiter. »Vielleicht haben wir uns nach all den Jahren gerade erst wiedergesehen, aber ich fand es schrecklich, dich heute auf diesem Video zu sehen. Vielleicht hätte ich nichts dagegen tun können, was passiert ist, aber ich hätte gern gewusst, dass es passiert ist. Du hast mich doch angerufen, um dir zu helfen, Harl. Dann musst du es auch zulassen.«

»Okay.«

»Du sagst mir Bescheid, wenn du kommst und gehst?«

»Ja.«

»Du rufst mich an, wenn etwas passiert, das ich wissen sollte?«

»Ja.«

»Gut. Heute machst du das Abendessen und dann morgen das Frühstück, richtig?«

»Ja. Und auch das Mittagessen. Zoe hat morgen etwas vor, also kümmere ich mich um alle drei Mahlzeiten und danach macht sie das Gleiche.«

»Dann hole ich dich übermorgen früh an deiner Wohnung ab.«

»Was? Warum?«

»Du wirst schon sehen.«

Harlow verengte die Augen zu Schlitzen und betrachtete den Mann vor sich. Meistens gefiel es ihr, wenn er sie beschützen wollte und sich autoritär verhielt, doch diesmal hatte er ein merkwürdiges Glitzern in den Augen, das sie nicht deuten konnte. »Ich mag keine Überraschungen.«

»Diese hier wird dir gefallen.«

»Lowell«, protestierte sie.

»Harlow«, erwiderte er im gleichen Tonfall.

Sie verdrehte die Augen. »Lass mich los, ich muss mit dem Abendessen anfangen. Die Kinder werden bald hier auftauchen und Hunger haben. Ich muss ihnen eine Kleinigkeit zubereiten.«

»Geht es dir wirklich gut, Harl?«, fragte Lowell.

Bei seinen Worten schmolz sie dahin. Wie sollte sie auch weiter wütend auf ihn sein, wenn er so besorgt um sie aussah? »Es geht mir gut. Ich muss zugeben, dass der Weg vom Wagen zum Haus und umgekehrt nicht gerade das Beste an diesem Job ist, aber wenn ich erst mal im Haus bin, ist alles großartig. Danke, dass du mich jetzt immer begleitest.«

»Gern geschehen. Schreib mir eine Nachricht, wenn du heute Abend fertig bist. Ganz egal wann. Wenn du es nicht tust, bin ich sauer auf dich.«

»Na gut.«

»Wunderbar.«

Er beugte sich hinunter und hielt dabei immer noch ihre Hände fest und küsste sie auf die Stirn. Sie schloss die Augen und atmete tief ein, nahm seinen Duft in ihre Lunge auf, als könnte sie ihn für immer dortbehalten.

Viel zu schnell ließ er sie los und trat zurück. Er ging zu dem großen Tisch, an dem die Kinder bald ihre kleine Zwischenmahlzeit zu sich nehmen würden, und hob einen Helm und eine Lederjacke auf, die dort gelegen hatten. Sie hatte sie vorher gar nicht bemerkt.

»Du hast ein Motorrad?«

Ganz offensichtlich hörte er die Aufregung in ihrer Stimme, denn er lächelte. »Ja. Gefällt dir das?«

»Natürlich. Was sollte mir daran *nicht* gefallen?«

»Möchtest du vielleicht mal eine Runde mit mir drehen?«

Harlow konnte nicht feststellen, ob in seinen Worten irgendwo eine sexuelle Anspielung mitschwang, aber sein Gesicht war emotionslos, also beschloss sie, dass es vielleicht nur Wunschdenken ihrerseits war, weil sie gern eine Anspielung gehört hätte. »Sehr gern.«

Lowell zwinkerte ihr zu. »Dann werde ich dafür sorgen, dass wir es tun können. Vergiss nicht, dich später bei mir zu melden, Harl.«

Sie nickte und kurz darauf war sie allein in der Küche.

Harlow atmete aus, schüttelte den Kopf und versuchte, ihn zu klären. Jedes Mal wenn sie in der Nähe von Lowell war, fühlte sie sich irgendwie komisch. Er war anders als alle anderen, mit denen sie je zusammen gewesen war ... auf eine gute Art. Er war autoritär, aber nur, weil er sich vergewissern wollte, dass es ihr gut ging. Aber es war nicht so, als wären sie Freund und Freundin. Er war einfach nur ein guter Freund.

Harlow ignorierte die Stimme in ihrem Kopf, die praktisch schrie, dass sie sich selbst belog, und ging zum Kühlschrank, um nachzusehen, was Zoe vorbereitet hatte. Sie setzten sich am Anfang jeder Woche zusammen und planten jede Mahlzeit, sodass sie sich gegenseitig bei der Zubereitung helfen konnten. Seufzend vor Erleichterung, als sie sah, dass alles bereit war, um mit dem Abendessen zu beginnen, verdrängte Harlow die Begegnung mit Lowell aus ihrem Kopf und machte sich an die Arbeit.

Harlow: Hallo.

Lowell: Hey. Bist du bereit?

Harlow: Ja, in zehn Minuten ungefähr. Aber du musst wirklich nicht kommen. Es ist nur ein kurzer Weg zu meinem Wagen.

Lowell: Ich komme rein und hole dich ab.

Harlow: *Verdreht die Augen*

Lowell: Ich bin in zehn Minuten bei dir. Bitte verlasse das Gebäude nicht, Harl. Sonst werde ich wütend.

Harlow: Na gut.

Lowell: Bis gleich.

Harlow wollte verärgert sein, aber sie konnte es nicht. Nicht, wenn Lowell auf ihre Sicherheit bedacht war.

Als die Kinder von der Schule nach Hause kamen, erzählten sie ihr, dass Gray, »der wirklich große Kerl«, an der Fassade des Gebäudes neben ihrem gelehnt und sie begrüßt hatte, als sie hineinkamen.

Julia hatte sie beiseitegenommen, während die Kinder ihr Pausenbrot aßen, und sagte, dass Gray ihr und den anderen Müttern gesagt habe, dass jeden Tag jemand da sein würde, wenn die Kinder aus dem Schulbus stiegen, um dafür zu sorgen, dass ihnen niemand Unannehmlichkeiten bereitete. Die Erleichterung in Julias Gesicht war unschwer zu erkennen, genau wie bei den anderen Müttern. Mit ihrer Vorgeschichte konnte die Belästigung der Tropfen sein, der das Fass zum Überlaufen brachte.

Harlow hatte angeboten, die Kinder zu beschäftigen, während das Abendessen köchelte, indem sie ihnen beibrachte, wie man Eier mit einer Hand aufschlägt, ohne dass Schale in die Schüssel fällt. Damit würde sie zwei Fliegen mit einer Klappe schlagen, denn sie könnte das Rührei für den Morgen vorbereiten. Es war ein Riesenspaß und alle hatten jedes Kind angefeuert, wenn es an der Reihe war.

Das Abendessen für sechzehn Personen zuzubereiten – siebzehn, wenn Harlow mit ihnen aß, achtzehn, wenn Edward zu Besuch kam, was immer öfter der Fall war – war nie eine leichte Aufgabe. Frühstück und Mittagessen schienen einfacher zu sein, denn die Bewohner kamen zu unterschiedlichen Zeiten und aßen von dem Buffet, das sie vorbereitet hatten. Aber beim Abendessen versuchten sie jedes Mal, alle gemeinsam zu essen. Es war eine laute Angelegenheit und meistens fröhlich. In der letzten Woche oder so war es düsterer gewesen, da die Belästigungen durch die Männer zunahmen und jeder zunehmend nervöser wurde.

Aber heute Abend waren alle fröhlich und entspannt und Harlow wusste, dass das an Lowell und seinen Kollegen von den Mountain Mercenaries lag. Sie hoffte nur, dass sie den Grund für die Belästigungen herausfinden würden.

Sie murrte darüber, dass sie Lowell eine Nachricht schicken musste, damit er sie zu ihrem Wagen begleitete, aber wenn sie ehrlich war, war sie erleichtert. Edward hatte ihr angeboten, sie zum Parkplatz zu begleiten, aber der Gedanke, dass jemand beschloss, er sei ein leichtes Ziel, gefiel ihr nicht. Sie würde es sich nie verzeihen, wenn jemand den Siebzigjährigen verletzte.

Es war kurz vor neun, als sie Lowell schließlich eine Nachricht schickte. Die Kinder hatten beschlossen, dass sie beim Aufräumen helfen wollten, und dann war sie noch lange geblieben, um Jasper bei den Hausaufgaben zu helfen. Der Achtklässler hatte Probleme mit seiner Englischaufgabe. Er musste Fragen über das Buch »Der Herr der Fliegen« beantworten. Es hatte Harlow fasziniert, als sie in seinem Alter war, also hatte sie kein Problem damit, mit ihm ausführlich über die psychologischen Aspekte der Geschichte zu sprechen.

Genau zwölf Minuten, nachdem sie ihm eine Nachricht geschickt hatte, trat Lowell in die Küche des Heims. Harlow spürte, wie ihr die Röte in die Wangen stieg, und rief sich streng zur Ordnung.

»Hallo.«

»Hi«, entgegnete sie. »Ich bin so gut wie fertig. Ich muss nur noch meine Sachen holen.«

Lowell blieb in der Tür stehen, während sie ihre Handtasche packte und sich ihr Sweatshirt überzog.

Er ging hinter ihr durch den Hauptwohnbereich des Heims und nickte Carrie und Ann zu. Bethany und Kristen saßen auf dem Sofa und lasen, und Violet und Lisa spielten Dame. Harlow spürte ihre Blicke auf sich, als sie den Raum durchquerte. In der letzten Woche oder so hatten so ziemlich alle Bewohner einen Kommentar dazu gemacht, wie viel Glück sie hatte und wie gut sie Lowell fanden. Sie hatte ihnen immer wieder gesagt, dass sie nur Freunde seien, aber nicht einer von ihnen glaubte ihr.

Aber an seiner Seite zu gehen und zu wissen, dass die

anderen ihn für einen guten Fang hielten, gab ihr ein gutes Gefühl. Er gehörte nicht einmal zu *ihr*, und sie war stolz, in seiner Nähe zu sein. Es war verrückt.

Obwohl sie wusste, dass sie sich immer tiefer in etwas verstrickte, wenn sie weiterhin Zeit mit ihm verbrachte, war Harlow nicht sicher, was sie dagegen tun sollte. Sie war gern mit Lowell zusammen. Er war lustig und fürsorglich und er gab ihr das Gefühl, als wäre sie der einzige Mensch auf der Welt, wenn er mit ihr sprach. So hatte sie sich noch nie mit einem Mann gefühlt. Noch nie.

Sie beschloss, einfach mit dem Strom zu schwimmen – er wusste, dass sie keine Verabredung haben wollte, also musste sie sich darüber keine Gedanken machen –, und nickte den Frauen zu, als sie vorbeiging. Sie würde einfach ihre Verliebtheit in den Mann unter Kontrolle halten müssen. Es würde nichts daraus werden, denn sie verabredeten sich ja schließlich nicht, also war ihr Herz in Sicherheit. Sie war nichts weiter als eine Freundin und wenn das, was zwischen ihnen los war, verging, würde er weiterziehen und jemanden finden, mit dem er den Rest seines Lebens verbringen konnte.

Lowell legte seine Hand auf ihren Rücken, als sie die Tür entriegelte. Sie liebte es, wenn er das tat. Das Gewicht seiner Hand vermittelte ihr immer ein Gefühl der Sicherheit. Sie gingen hinaus und sie schloss die Tür wieder ab. Dann gingen sie nebeneinander, mit Lowell an der Bordsteinkante, zum Parkplatz.

Als Harlow sich umsah, sah sie niemanden. Die Straße war menschenleer. Die Geschäfte gegenüber der Unterkunft waren geschlossen und dunkel. Es gab zwar Lichter auf dem Parkplatz, aber sie waren nicht besonders hell, und sie hatte sich dort immer schutzlos gefühlt, besonders nachts oder früh morgens, bevor die Sonne aufging. Auch die verlassene Tankstelle auf der anderen Straßenseite war ihr unheimlich. Es war dunkel und sie stellte sich immer vor, dass es für jemanden ein Leichtes sein würde, auf der Lauer zu liegen und eine ahnungslose Person wie sie anzugreifen.

»Danke, dass du mich zu meinem Wagen gebracht hast«, erklärte sie Lowell, als sie den Wagen per Knopfdruck entriegelt hatte.

»Gern geschehen. Wann musst du morgen hier sein?«

Harlow biss sich auf die Lippe. »Normalerweise versuche ich, gegen fünf Uhr hier zu sein. Das gibt mir Zeit, das Frühstück vorzubereiten und frisches Brot oder Kekse zu backen, bevor alle aufstehen. Edward bringt Donuts und anderes mit, aber ich biete gern eine Auswahl an, aus der jeder wählen kann.«

»Dann sehen wir uns morgen hier so um fünf.«

»Das ist ziemlich früh«, erklärte sie ihm.

Er grinste. »Ja, aber das ist schon in Ordnung. Ich stehe normalerweise sowieso um halb fünf auf, um zu trainieren. Dann schlafe ich eben einfach diesmal ein bisschen länger und treffe mich dann hier mit dir und gehe erst anschließend laufen.«

»Wirklich? Du stehst jeden Morgen um halb fünf auf?«, fragte sie ihn.

»Jup. Ich schätze, das morgendliche Training in der Navy ist an mir hängen geblieben. Ich kann normalerweise nicht länger als bis sechs Uhr schlafen, selbst wenn ich spät ins Bett gehe. Und du?«

»Ich was?«, fragte sie.

»Bist du auch ein Morgenmensch?«

»Ja. Aber ich stehe nicht so früh auf, um zu trainieren ... was ziemlich offensichtlich ist.« Harlow zeigte auf sich selbst, als sie den letzten Teil des Satzes sagte.

»Warum ist das offensichtlich?«

»Ach komm, Lowell. Sieh mich doch mal an. Sehe ich so aus, als würde ich trainieren?«

Er bewegte sich so schnell, dass sie ihn nicht kommen

sah, bis er direkt vor ihr war, seine Hüften gegen ihre eigenen presste und sie mit dem Rücken gegen ihren Mustang drückte. »Du siehst nach warmen Nächten und wunderschönem Sonnenaufgang aus.«

Harlow starrte zu ihm hoch. »Ich weiß nicht, was das heißen soll«, flüsterte sie.

»Es heißt, mach einfach weiter mit dem, was du machst«, sagte er mit leiser, rauer Stimme.

Harlow wusste nicht, wohin mit ihren Händen, also legte sie sie ihm sanft auf die Brust. »Oh. Okay.«

»Und nur damit du es weißt – nicht morgen, sondern übermorgen hole ich dich um vier Uhr morgens an deiner Wohnung ab. Ist das ein Problem?«

Harlow riss schockiert die Augen auf. »Um vier? Warum so früh?«

»Das ist doch eine Überraschung«, erklärte er ihr.

»Ich weiß nicht, ob ich das so toll finde. So früh hat doch noch gar nichts geöffnet.«

»Vertrau mir.«

»Das tue ich, aber ...« Sie sprach nicht weiter und schüttelte den Kopf. »Na gut. Von mir aus. Wenigstens ist es keine Verabredung, denn *niemand* hat eine Verabredung um vier um morgens, verdammt noch mal.«

Ohne auf ihren Kommentar einzugehen, grinste er und sagte: »Melde dich bitte kurz, wenn du zu Hause angekommen bist.« Dann fasste er um sie herum an den Türgriff ihres Wagens.

»Warum?«

»Damit ich weiß, dass du sicher zu Hause gelandet bist.«

Sie zog die Nase kraus und fragte: »Du folgst mir nicht bis nach Hause? Ich meine, so besorgt, wie du bist, hatte ich das einfach angenommen.«

Lowell starrte sie lange an, bevor er erneut zu grinsen begann. »Oh, natürlich folge ich dir bis nach Hause. Ich hatte nur nicht vor, es dir zu sagen.«

Harlow verdrehte die Augen und wusste nicht genau, ob er Spaß machte oder nicht. »Fahr nach Hause, Lowell. Für den heutigen Abend bist du fertig mit deinen Leibwächterdiensten.«

»Wir sehen uns morgen früh. Fahr vorsichtig«, entgegnete er leise. Dann machte er die Wagentür hinter ihr zu und ging zu seinem Mazda.

Interpretiere bloß nichts in sein Verhalten hinein, warnte Harlow sich selbst. *Er war früher ein SEAL. Es ist sein Job, Frauen zu retten. Nur weil er deine Bitte ignoriert und dir trotzdem nach Hause folgt, bedeutet das noch längst nicht, dass er etwas von dir will. Und außerdem gehst du nicht auf Verabredungen ... weißt du noch?*

Wohl wissend, dass sie einen aussichtslosen Kampf führte, sich emotional von Lowell fernzuhalten, fuhr Harlow nach Hause und warf immer wieder einen Blick auf seine Scheinwerfer im Rückspiegel ... und den ganzen Weg über fühlte sie sich beschützt und sicher.

Nolan Woolf starrte die beiden Wagen, die vom Parkplatz und die dunkle, leere Straße hinunterfuhren, böse an. »Dieser verdammte, dämliche Leibwächter«, murmelte er leise. Er stand außerhalb der Reichweite der blöden Kameras, die der Mann und sein Freund Anfang der Woche installiert hatten. Die praktischerweise kaputten Lichter auf der anderen Seite des Gebäudes, das ihm gehörte, hielten ihn im Schatten versteckt.

Er war so nahe dran zu bekommen, was er wollte, aber die alte Schachtel, der die Unterkunft gehörte, stand ihm im Weg. Er hatte gehofft, dass die Männer, die er angeheuert hatte, um jeden zu belästigen, der das Gebäude betrat oder verließ, reichen würden, um sie abzuschrecken. Aber bis jetzt hatte es nicht funktioniert.

Und tatsächlich schien es die Dinge noch schlimmer zu machen. Jetzt musste er sich mit den Kameras *und* den Arschlöchern herumschlagen, die angefangen hatten, die Frauen zu überwachen. Das hatte er überhaupt nicht geplant.

Er sah auf den Benzinkanister in seiner Hand hinunter und biss die Zähne zusammen.

Das würde funktionieren. Das musste es.

Er wollte niemanden verletzen – er musste sie nur erschrecken. Das würde seinen Plan wieder zum Laufen bringen.

Nolan hatte niemandem sonst getraut, das für ihn zu tun. Die Kerle, die er angeheuert hatte, waren gut im Einschüchtern, aber er glaubte nicht, dass sie ihre große Klappe halten konnten, wenn es um so was hier ging. Außerdem war es irgendwie aufregend, dem Feuer dabei zuzusehen, wie es alles auf seinem Weg verzehrte.

Nolan hielt sich im Schatten versteckt und entfernte sich vom Frauenhaus. Dann überquerte er schnell und leise die Straße und ging den Weg zurück, den er gekommen war, hinter dem Tätowierstudio und der Pfandleihe. Auf dieser Seite der Straße gab es keine Kameras. Er ging bis zum Ende des Blocks, bevor er an seinem Ziel ankam.

Er stieß die Hintertür der verlassenen Tankstelle auf, die er am Vorabend unverschlossen gelassen hatte, und betrat das dunkle Gebäude. Es roch unangenehm nach vergammelter Milch, aber er ignorierte den Gestank. Es würde sowieso nicht mehr viel länger eine Rolle spielen. Er stapelte ein paar Kisten aufeinander und zerknüllte ein paar Zeitungen, die zufällig herumlagen. Er übergoss den ganzen Haufen mit Benzin und stellte dann den leeren Benzinkanister vor die Hintertür.

Er war nicht so dumm, ihn am Tatort zu lassen. Er hatte keinen Zweifel daran, dass die Polizei und die Brandermittler herausfinden würden, dass das Feuer absichtlich gelegt worden war, aber er wollte keine Beweise zurücklassen, die zu ihm führen könnten.

Dann, mit einem bösen Grinsen, zündete Nolan ein Streichholz an.

Er ließ es auf den Haufen fallen, den er gemacht hatte, und seufzte zufrieden, als die Trümmer mit einem Zischen Feuer fingen. Mit schnellen Schritten verließ er die Hintertür, wobei er darauf achtete, sie einen Spalt offen zu lassen, damit Luft ins Innere gelangen konnte, um das Feuer zu schüren. Viele Leute, die Feuer legten, machten den Fehler, es nicht zu nähren – sie schlossen alle Türen, weil sie vielleicht dachten, dass das Feuer so nicht zu früh entdeckt werden würde. Aber Nolan wusste, dass Flammen Sauerstoff brauchen, um zu gedeihen.

Und gedeihen war genau das, was sein Feuer tat. Er entfernte sich von der Tankstelle und achtete einmal mehr darauf, sich in den Schatten zu halten und weg von den verdammten Kameras, die die Arschlöcher angebracht hatten. Er hatte keine Ahnung, wie groß der Bereich war, den sie abdeckten.

Er beobachtete das Schauspiel, so lange er konnte, bis er in der Ferne Sirenen hörte. Da war es schon zu spät. Das gesamte Gebäude stand in Flammen und die Pumpen waren im Begriff, ebenfalls von den Flammen verschlungen zu werden. Nolan hoffte, dass in den unterirdischen Tanks vielleicht noch etwas Benzin vorhanden war. Es wäre großartig, wenn die auch hochgingen.

Vielleicht würde die Explosion die Schlampen im Frauenhaus aufwecken. Vielleicht würden die Kinder weinen. Sie würden sich auf jeden Fall erschrecken. Darauf zählte er.

KAPITEL ZEHN

Black war nicht glücklich. Er hatte die meiste Zeit des Tages im Frauenhaus verbracht, Fragen beantwortet und versucht, alle zu beruhigen. Harlow war fantastisch gewesen. Sie kochte ununterbrochen, sorgte dafür, dass der Kaffee immer frisch war, und hielt die Bäuche der Leute voll, während sie besorgt und beunruhigt waren.

Das Feuer an der Tankstelle war für alle aufregend und beängstigend gewesen. Die Kinder hatten die Ankunft der Feuerwehrautos und Rettungsfahrzeuge aus den Fenstern des zweiten Stocks der Unterkunft beobachtet.

Black hatte erst von der Explosion erfahren, als er am Abend zuvor nach Hause gekommen war. Er hatte gespürt, dass sein Telefon mit Nachrichten vibrierte, wollte aber nicht rangehen, da er am Steuer saß. Der einzige Grund, warum er nicht ausgerastet war, als er endlich erfuhr, was los war, bestand darin, dass er gerade von Harlows Apartmentgebäude kam und wusste, dass sie sicher und gesund zu Hause war.

Rex und Meat taten, was sie konnten, um Antworten darauf zu finden, wie und warum jemand die Tankstelle in Brand gesteckt hatte. Der Ermittler hatte den Ursprung noch nicht ermittelt, obwohl er bestätigte, dass es sich um Brandstiftung handelte. Sein einziger weiterer Kommentar war, dass es gut war, dass die Benzintanks leer waren, weil sonst die Möglichkeit bestanden hätte, dass das Feuer über die Straße auf das leer stehende Gebäude in der Nähe des Parkplatzes übergreift. Und wenn das leer stehende Gebäude in Flammen aufgegangen wäre, hätten diese wahrscheinlich auch auf das bewohnte Frauenhaus übergegriffen.

Alle Bewohnerinnen des Frauenhauses waren nervös und Black hatte sich freiwillig gemeldet, um allen zu versichern, dass sie in Sicherheit waren. Der Hauptgrund, warum er die erste Schicht übernommen hatte, kümmerte sich gerade um die Kinder, die eben erst von der Schule nach Hause gekommen waren. Die Kinder waren noch ganz aufgeregt von den Ereignissen des Vorabends.

»Sag mir die Wahrheit«, verlangte Loretta leise. »Befinden wir uns in Gefahr?«

Black und die Besitzerin des Heims standen etwas abseits im Gemeinschaftsraum. Die meisten Mütter waren mit ihren Kindern und Harlow in der Küche und die übrigen Bewohner waren entweder noch bei der Arbeit oder irgendwo anders im Gebäude.

»Ganz ehrlich? Ich kann es dir nicht sagen«, erklärte Black ihr. »Meat überprüft noch die Leute, von denen wir denken, dass sie ein Hühnchen mit jemandem hier aus der Gegend zu rupfen haben. Allerdings hat er bis jetzt noch nichts gefunden, was auf eine bestimmte Person hinweist.«

»Glaubst du, jemand hat die Tankstelle absichtlich angezündet?«

Black sah der älteren Frau fest in die Augen und nickte. »Es handelt sich sicher nicht um einen Zufall.«

Loretta seufzte und setzte sich auf den Rand des alten Sofas hinter sich.

»Alles okay?«, fragte Black mit besorgtem Gesichtsausdruck.

»Nein. Ich bin nur müde. Und ich komme mir vor wie leichte Beute.«

»Aber du bist nicht allein«, versicherte Black ihr. »Die Mountain Mercenaries setzen sich dafür ein, dass du und deine Mädels in Sicherheit seid. Wir werden nicht zulassen, dass euch etwas zustößt. Ihr seid zu wichtig für uns. Ihr habt uns über die Jahre geholfen und jetzt sind wir dran, euch zu helfen.«

Sie lächelte ihn schwach an. »Ich weiß es wirklich zu schätzen.«

Es sah so aus, als würde sie noch etwas sagen wollen, doch sie wurden von Harlows leiser Stimme unterbrochen. »Du siehst so aus, als könntest du eine Tasse Tee gebrauchen.«

Black sah auf und sah sie mit einer dampfenden Tasse und einem kleinen Lächeln neben ihnen stehen. Sie sah genauso müde aus wie Loretta. Sie hatte ihm am frühen Morgen eine Nachricht geschickt und ihn wissen lassen, dass sie ihre Wohnung verlassen würde, und seitdem hatte sie ununterbrochen gearbeitet. Black war für ein paar Stunden weggefahren, um auf dem Schießstand etwas zu erledigen, aber als er zurückkam, wirkte sie genauso energiegeladen und schwungvoll wie um fünf Uhr morgens.

Aber es war offensichtlich, dass sie eine Pause brauchte.

Er beobachtete, wie sie sich hinüberbeugte und Loretta die Tasse reichte, sich dann neben sie setzte und ihr Bein tätschelte. »Alles okay?«

»Es geht mir gut, meine Kleine.«

»Kommt Edward zum Abendessen?«

»Ja. Eigentlich sollte er schon hier sein, aber er war heute in Denver und hat seine Enkelkinder besucht.«

»Zoe sollte auch gleich hier sein. Sie wird sich gut um alle kümmern«, erklärte Harlow ihrer Chefin.

»Vielen Dank«, sagte Loretta. »Ich weiß wirklich zu schätzen, was du alles getan hast. Die Kinder lieben dich und es ist offensichtlich, dass du sie auch magst.«

»Das tue ich wirklich. Sie sind großartig.«

Und gerade in diesem Moment öffnete sich die Tür und Zoe kam hereingeschneit. Gefolgt von Ball, der für die nächsten paar Stunden an der Reihe war, das Frauenhaus zu bewachen. »Mann! Da habe ich während meiner Abwesenheit wohl einiges verpasst, was?«, fragte sie.

Black nickte Ball zur Begrüßung zu.

»Kann mir vielleicht mal jemand sagen, was?«, fragte Zoe.

Harlow öffnete den Mund, aber Black trat vor und zog sie stattdessen auf die Füße. Sie stieß ein leichtes »Umpf« aus, als sie stolperte, und sie stützte sich mit ihren Händen auf seiner Brust ab, um sich abzufangen.

Black sah, wie sie tief einatmete, bevor sie einen Schritt zurücktrat. Er lächelte innerlich, wagte es aber nicht, sich auch nur einen Funken seiner Freude oder Belustigung anmerken zu lassen.

»Ich bin mir sicher, dass die Kinder dir alles erzählen werden, sobald du auch nur einen Fuß in die Küche setzt«, erklärte Loretta Zoe trocken. »Allerdings habe ich für heute Abend ein Treffen aller Bewohnerinnen des Frauenhauses einberufen, sobald die Kinder im Bett sind, und dann besprechen wir alles, was vor sich geht. Ball, ich hoffe, du kannst mir dabei helfen, Fragen zu beantworten.«

»Selbstverständlich«, erklärte Ball ihr nickend.

»Es ist alles für das Abendessen vorbereitet«, sagte Harlow zu Zoe.

»Danke, dass du eine zusätzliche Schicht übernimmst«, bedankte sich Zoe.

Harlow winkte ab. »Kein Problem. Nach allem, was gestern Abend passiert ist, wäre ich wahrscheinlich sowieso geblieben.«

»Du gehst jetzt am besten heim und entspannst dich«, sagte Zoe. »Ich lege das Hühnchen für morgen Abend zum Auftauen in den Kühlschrank, damit du startklar bist, wenn du hierherkommst, um das Abendessen vorzubereiten. Ich schulde dir aber immer noch eine Schicht.«

»Danke. Das werden wir schon regeln. Lowell, ich hole schnell meine Tasche und dann bin ich bereit zu gehen.« Zoe folgte ihr in die Küche.

Als nur noch er, Loretta und Ball im Raum waren, wandte Black sich an die ältere Frau und sagte: »Falls du irgendetwas brauchst, ruf einfach Rex an, verstanden? Er wird sich mit uns in Verbindung setzen und sobald es menschenmöglich ist, kommt dann jemand her.«

Sie lächelte in ihre Tasse und nickte, nachdem sie einen weiteren Schluck genommen hatte. »Ich werde daran denken.«

»Gut.«

Dann war Harlow wieder da. Sie hatte ihre Schürze ausgezogen und Black beschloss, dass es nichts Aufregenderes gab als die Jeans und das Trägerhemd, die sie trug. Sie zog sich ein langärmeliges Hemd über und er war fast enttäuscht. Harlow mochte denken, dass sie übergewichtig war, aber sie irrte sich. Sie war perfekt. Es juckte ihn in den Fingern, einen der Träger ihres Hemds herunterzuziehen, damit er an ihrer Haut lecken konnte. Er wusste bereits, dass sie nach Vanille roch, aber er wollte wissen, ob sie auch so schmeckte.

Er sagte sich, er sollte sich beruhigen, konnte sich aber trotzdem nicht davon abhalten, seine Hand auf ihren Rücken zu legen, als sie vorbeiging. Er musste sie berühren. Als sie nicht zurückwich, zuckten seine Lippen. Es gefiel ihm, dass Harlow seine Berührung genoss.

Sie gingen zur Tür hinaus und zum Parkplatz, die verbrannte Ruine der Tankstelle auf der anderen Straßenseite erinnerte sie daran, was in der Nacht zuvor geschehen war. Zum hundertsten Mal war Black froh, dass das verdammte Ding nicht explodiert war – vor allem, als sie abfuhren. Sie hatten Glück gehabt.

»Es fühlt sich fast so an, als hätten wir das schon mal gemacht«, sagte Harlow, als sie bei ihrem Wagen ankamen.

Er grinste sie an. »Das haben wir.«

»Willst du mich morgen früh wirklich um vier Uhr abholen?«

»Ja.«

»Was soll ich anziehen?«

Er betrachtete sie von oben bis unten und erklärte schließlich: »Was du jetzt anhast, ist perfekt.«

Sie nickte. »Also ist eine Jeans okay? Und Sportschuhe? Soll ich eine Jacke mitbringen?«

»Ja, für alle drei Fragen. Vielleicht solltest du den Zwiebellook wählen. Morgens ist es ziemlich kalt, doch wenn die Sonne aufgeht, heizt die Temperatur schnell auf.«

»Kannst du mir keinen Hinweis geben? Für mich ergibt es überhaupt keinen Sinn, dass wir um diese Uhrzeit irgendwo hinfahren. Besonders wenn wir über das Geschäft sprechen möchten oder so was.«

Black schüttelte den Kopf. »Du wirst mir eben einfach vertrauen müssen.«

Sie seufzte und zuckte dann mit den Achseln. »Wunderbar. Aber ich hoffe, dass es in Ordnung ist, wenn ich mir einen riesigen Becher Kaffee mitnehme.«

»Selbstverständlich.«

»Lowell?«

»Ja, Harl?«

Sie biss sich auf die Lippe und fragte schließlich: »Glaubst du, sie sind alle in Sicherheit?«

Er wusste ganz genau, was sie damit meinte. »Vorläufig schon. Aber bis wir nicht herausgefunden haben, wer die Tankstelle angezündet hat und warum, wissen wir auch nicht, womit wir es zu tun haben. Wir können nur die

Kameras im Auge behalten, und wenn jemand zu nahe ans Frauenhaus kommt, lassen wir denjenigen überprüfen. Mach dir deshalb keine Gedanken.«

»Ich kann nicht anders. Diese Kinder bedeuten mir viel. Und ihre Mütter sind bereits durch die Hölle gegangen. Wer tut so etwas?«

»Ich weiß es nicht«, gab Black zu; dann ging er ein Risiko ein, lehnte sich zu ihr und legte seine Stirn an ihre. So blieben sie ein oder zwei Minuten sitzen, bevor er spürte, wie sie ihre Hände sicher an seine Seiten legte. Dann drehte sie den Kopf so, dass er auf seiner Schulter lag, und lehnte sich an ihn.

Da er wusste, dass dieser Moment eine Art Wendepunkt in ihrer Beziehung war, sagte Black nichts, schlang einfach seine Arme um ihre Taille und erwiderte ihre Umarmung. Er vergrub seine Nase in ihrem Haar und liebte den Duft von Vanille auf ihrer Haut. Als sie sich schließlich zurückzog, konnte Black nicht umhin zu bemerken, wie einige Strähnen ihres Haares hartnäckig an den Stoppeln seines Kiefers klebten. Als wollten sie ihn ebenso wenig loslassen wie er sie.

Er strich ihr mit dem Finger über die Wange. »Alles okay?«, fragte er leise.

Sie nickte. »Ja. Ich bin müde.«

Das war das zweite Mal, dass er diese Worte heute aus dem Mund einer Frau gehört hatte. »Dann sollten wir dich wohl besser nach Hause schaffen, damit du ein wenig Schlaf bekommst vor unserer ... unserem Ausflug morgen.«

Er hätte sich fast schon wieder versprochen und *Verabredung* gesagt. Glücklicherweise war es ihm gerade noch rechtzeitig gelungen, es herunterzuschlucken, bevor das Wort seinen Mund verlassen konnte.

Black öffnete ihre Wagentür und wartete, bis sie sich auf dem Sitz niedergelassen hatte, bevor er sie hinter ihr schloss. Als er sich umsah, sah er nichts Ungewöhnliches, aber das bedeutete nicht, dass er zufrieden war. Etwas Böses lauerte. Er konnte es in der Luft spüren. Was auch immer los war, es war noch nicht vorbei. Meat und Rex mussten schneller arbeiten, um aufzudecken, was immer es war.

Er kannte die Frauen, die im Frauenhaus lebten, nicht so gut, aber er hatte die Kinder kennengelernt. Sie waren offener als ihre Mütter. Jasper war die härteste Nuss zu knacken. Er hatte seine Schilde oben und war nicht bereit, sie für Black oder einen anderen Mann fallen zu lassen.

Die Mädchen – Lacie, Sammie und Jody – waren meist fröhliche Kinder, die ihn nach anfänglicher Schüchternheit akzeptiert hatten. Black wusste, dass es hauptsächlich daran lag, dass Harlow deutlich gemacht hatte, dass er ihr Freund war, aber er würde sich damit zufriedengeben.

Milo war hin- und hergerissen zwischen dem Wunsch, ihm zu vertrauen, und dem Wunsch, wie sein Idol Jasper zu sein. Black hatte das Gefühl, dass der kleine Junge mit ein paar weiteren Besuchen genügend Selbstbewusstsein finden würde.

Ja, er wollte auf keinen Fall, dass eine der Familien im Frauenhaus in irgendetwas von dem hineingezogen wurde, was vor sich ging. Wenn jemand ein Problem mit einer der Frauen hatte, sollte Rex das herausfinden können. Wenn es etwas mehr war, brauchten sie einen Hinweis, eine Information, *irgendetwas*. Im Moment tappten sie noch im Dunkeln. Und das hasste er. Sie *alle* hassten das.

Harlow winkte ihm kurz zu, als Black in sein Fahrzeug stieg. Er ließ den Wagen schnell an und nickte ihr zu, um sie wissen zu lassen, dass es okay war, wenn sie losfuhr. Obwohl er seine Augen nach irgendjemandem oder etwas Ungewöhnlichem offen hielt, sah Black nichts Verdächtiges, als sie zu Harlows Wohnung fuhren.

KAPITEL ELF

Harlow nahm einen Schluck von ihrem Kaffee und starrte aus der Windschutzscheibe von Lowells Mazda. Draußen war es noch dunkel und sie war zu müde, um darüber nachzudenken, wohin er sie bringen würde.

Sie hatte die Nacht zuvor nicht gut geschlafen. Sie hatte immer wieder Albträume davon, dass das Frauenhaus in Flammen aufging und dass sie von außen zusehen musste, wie alle im Inneren verbrannten. Als ihr Wecker also um halb vier klingelte, war sie versucht, sich umzudrehen und ihn zu ignorieren, aber sie hatte das Gefühl, dass Lowell sie aus dem Bett zerren würde, wenn er es müsste. Sie konnte sehen, dass er sich auf den Ausflug – wohin er auch gehen mochte – freute.

Außerdem ... war sie neugierig.

Und sie freute sich auf das, was er geplant hatte, egal was es war.

Es war schon lange her, dass jemand sie mit etwas überrascht hatte. Normalerweise mochte sie keine Überraschungen, aber sie hatte das Gefühl, dass das, was Lowell für sie in petto hatte, grandios sein würde.

Sie hatte ihm gesagt, dass sie ihm vertraute, und sie hatte nicht gelogen.

Hier war sie also. Um vier Uhr morgens, todmüde, aber zu jeder Schandtat bereit, die Lowell vorhatte.

Harlow hatte nicht viel Zeit gehabt, die Gegend zu erkunden, und als sie endlich daran dachte, darauf zu achten, wohin sie fuhren, hatte sie bereits die Orientierung verloren. Und die Tatsache, dass es noch dunkel war, machte das Ganze auch nicht leichter.

»Könntest du mir vielleicht jetzt verraten, wo wir hinfahren?«, war das Erste, was sie sagte, nachdem sie »Guten Morgen« gemurmelt hatte, als er an ihre Tür geklopft hatte.

»Warte es ab.«

Da Harlow zu müde war, um nachzuhaken, stellte sie einfach ihren Kaffeebecher in die Getränkehalterung, lehnte sich im Sitz zurück und machte die Augen zu.

»Schlaf nur, Harl«, sagte Black leise.

Sie spürte, wie er ihr die Hand auf den Oberschenkel legte, und sah ihn an. »Ich habe letzte Nacht nicht besonders gut geschlafen«, entschuldigte sie sich.

Bei ihren Worten sah er etwas beunruhigt aus, erwiderte aber einfach: »Ich wecke dich, wenn wir da sind.«

Sie hätte ihn gern geneckt und gesagt, dass er sie natürlich wecken würde, wenn sie endlich an ihrem mysteriösen Ziel angekommen waren. Schließlich würde er sie ja nicht irgendwohin fahren und sie dann im Wagen weiterschlafen lassen und alleine weitermachen. Doch stattdessen sagte sie: »Ich werde nur ein bisschen dösen, nicht richtig schlafen.«

Er grinste sie an. »Okay, meine Süße. Döse ein bisschen.«

Sie schloss wieder die Augen und der letzte Gedanke, den sie hatte, war, wie schön sich seine Hand auf ihrem Bein anfühlte und wie froh sie war, dass er sie nicht weggenommen hatte.

Sekunden oder Stunden später fühlte Harlow eine Hand auf ihrer Schulter und hörte Lowells tiefe Stimme. »Wach auf, Süße. Wir sind da.«

Seufzend richtete Harlow sich auf und öffnete die Augen. Sie schien noch müder zu sein als zuvor. Sie schaute aus der Windschutzscheibe und blinzelte verwirrt. Sie standen vor einem ziemlich großen Gebäude. Sie erkannte es nicht und hatte keine Ahnung, wo sie waren, aber auf einem Schild über der Tür stand **CHALLENGE UNLIMITED.**

Sie fuhr sich mit der Hand übers Gesicht und sagte das Erste, was ihr einfiel. »Ähm ... also ich mag keine Herausforderungen. Das ist doch nicht so eine Einrichtung, wo man so heftige Trainingseinheiten hat, oder? Denn ich kann dir jetzt gleich sagen, dass ich in meinem Leben noch nie einen Liegestützsprung gemacht habe. Und ich habe auch nicht vor, jetzt damit anzufangen.«

Lowell lachte laut auf und sie drehte sich überrascht zu ihm um. Sie hatte ihn schon zuvor Lachen hören, doch es kam nicht oft vor.

»Ich dachte, du vertraust mir«, sagte er, als er sich endlich wieder unter Kontrolle hatte.

»Das tue ich auch. Aber du hast mir erzählt, dass du jeden Morgen trainierst, und schließlich ist es früh am Morgen und wir stehen vor einem Gebäude, in dessen Name *Challenge* vorkommt. Was sollte ich also sonst davon halten?«

»Warte, ich komme um den Wagen«, erklärte er ihr, anstatt ihre Frage zu beantworten. Harlow nahm ihren inzwischen lauwarmen Kaffee in die Hand – sie mussten wohl länger als ein paar Minuten gefahren sein – und nahm einen großen Schluck. Sie dachte sich, dass sie das Koffein für das, was auch immer Lowell geplant hatte, definitiv brauchen würde.

Er öffnete ihre Wagentür und hielt ihr eine Hand hin.

»Du musst das jetzt nicht alles auf einmal austrinken. Nimm den Kaffee einfach mit.«

»Willst du damit etwa sagen, dass in der Hölle Kaffee erlaubt ist?«, scherzte sie.

Er lachte und wieder einmal traf der Klang sie direkt in den Bauch. Sie nahm seine Hand an und stieg aus dem niedrigen Wagen aus, dann umklammerte sie ihren Reisebecher mit der anderen Hand, während er die Fahrzeugtür schloss und verriegelte, bevor sie sich auf den Weg zum Eingang des Gebäudes machten.

Sie gingen Hand in Hand und er öffnete ihr die Tür. Sie betraten einen hell erleuchteten Verkaufsraum, in dem alles von Fahrrädern bis hin zu Kleidung zum Verkauf angeboten wurde. Sie schaute Lowell verwirrt an, aber er ging einfach in den hinteren Teil des Raumes, wo eine Art Schreibtisch aufgebaut war.

»Lowell Lockard und Harlow Reese, wir möchten uns bitte anmelden«, erklärte er dem jungen Mädchen hinter dem großen Holzschalter.

Das Mädchen lächelte zur Begrüßung und sagte: »Hi! Willkommen bei Challenge Unlimited. Im hinteren Raum gibt es ein kontinentales Frühstück. Hier ist eure Haftungsausschlusserklärung und sobald alle da sind, zeigen wir euch ein Sicherheitsvideo. Ich denke, dass es so in einer halben Stunde losgeht. Falls ihr noch auf die Toilette müsst, macht das auf jeden Fall, bevor wir loslegen. Sobald wir nämlich oben sind, besteht dazu keine Möglichkeit mehr.«

Harlow blinzelte. Oben? Wo oben? Sie öffnete den Mund, um das Mädchen vor sich zu fragen, aber Lowell kam ihr zuvor, bevor sie das tun konnte.

»Vielen Dank. Wir werden rechtzeitig fertig sein.« Dann zog er sie in die Richtung, in die der Teenager gezeigt hatte.

Sie waren fast durch die Tür zum Hinterzimmer gegangen, als Harlow kräftig an Lowells Hand zerrte und ihn zum Stehen brachte.

Er drehte sich zu ihr um und sie schmolz fast dahin angesichts der Sorge in seinen Augen. »Was ist denn los?«, fragte er sie.

»Nichts ist los. Ich will nur auf der Stelle wissen, was wir hier machen und was los ist. Warum kann ich nicht später auf die Toilette gehen? Und wo befindet sich dieses Oben?«

Lowell sah sie einen Moment lang an und sagte dann: »Ich bin ein wenig erstaunt, dass du keine Überraschungen magst.«

»Das habe ich noch nie. Ganz besonders nicht, wenn es darum geht, etwas gemeinsam mit jemandem vom anderen Geschlecht zu unternehmen. Das ist für mich bis jetzt noch nie gut ausgegangen, wie du sehr wohl weißt. Ich würde mich am liebsten auf die Bank dort drüben setzen«, erklärte sie und zeigte auf eine ausgesprochen ungemütlich aussehende Holzbank, die an einer Wand stand, »und darauf warten, bis du von dem zurückkommst, was du hier vorhast.«

»Wir lassen uns den Pikes Peak hochfahren und fahren dann mit dem Fahrrad runter«, erklärte Lowell ihr, ohne zu zögern.

»Ähm ... du weißt aber schon, dass ich so gut wie kein Koordinationsvermögen habe, ja?«

»Außer Lenken musst du eigentlich nicht viel tun«, versuchte er, sie zu beruhigen.

»Lowell, ich bin das letzte Mal Fahrrad gefahren, als ich zehn war«, erklärte sie ihm.

Er runzelte die Stirn. »Du machst dir wirklich Sorgen, nicht wahr?«

»Ja!«, schrie sie ihn praktisch an. Dann atmete sie tief durch. »Der Pikes Peak ist wirklich ziemlich hoch. Ich sehe ihn von meinem Fenster aus. Wahrscheinlich mache ich einen Abgang über den Lenker oder so was. Wie schnell fahren wir denn? Wahrscheinlich bringe ich mich um, wenn ich bei hoher Geschwindigkeit einen Unfall habe.«

Lowell legte seine Hände an ihre Wangen. »Atme tief durch, Harl.«

»Ich habe dir doch schon einmal gesagt, dass ich nicht gern draußen bin. Ich dachte, du hättest es verstanden. Ich bin ...« Sie beendete den Satz nicht.

»Du bist was?«, hakte er nach.

Sie würde normalerweise nie zugeben, was sie jetzt sagte, wenn sie eine richtige Verabredung hätten. Denn dann würde sie auf keinen Fall etwas sagen wollen, das ihn enttäuschen würde. Aber da sie ja *keine* richtige Verabredung hatten, schlug sie die Vorsicht in den Wind.

»Ich möchte dich nicht in Verlegenheit bringen. Ich habe ein paar von den anderen gesehen, die ebenfalls mitmachen. Sie sehen alle ... athletisch aus. So wie du. Mein Hintern passt wahrscheinlich nicht mal auf den Sitz. Und wahrscheinlich kann ich nicht mithalten und dann hast du das Gefühl, dich meinetwegen zurückhalten zu müssen, und wirst keinen Spaß haben.«

»Harlow, du könntest mich nie in Verlegenheit bringen. Ich bin stolz darauf, mit dir zusammen zu sein. Du bist ein erstaunlicher Mensch und wunderschön obendrein. Selbst im Halbschlaf bist du hinreißend. Ich dachte, das würde dir Spaß machen. Es geht wirklich nicht um sportliche Betätigung. Ich schwöre es. Ich habe die Fahrräder gesehen, die wir benutzen werden, und sie sind nicht gerade Profigeräte. Sie haben große, gepolsterte Sitze. Meinst du, ich sitze gern auf einem Fahrradsattel? Die tun einem Mann weh. Unsere Hoden werden ziemlich gequetscht. Und in Bezug auf das Mithalten, wir steigen oben auf die Räder und rollen den ganzen Weg runter. Es ist kein Rennen, nur eine schöne, leichte Fahrt bergab. Wir werden Sicherheitsausrüstung tragen und du musst nur so schnell fahren, wie es dir angenehm ist. Ich dachte nur, du würdest gern etwas Lustiges machen. Um dich von dem abzulenken, was hier los ist. Aber wenn du wirklich gehen willst, gehen wir. Ich würde dich nie zwingen, etwas zu tun, was du nicht tun willst.«

Harlow starrte in seine Augen und konnte die Aufrichtigkeit darin sehen. Er hatte recht, was die kleinen Sitze und seine Geschlechtsteile anging. Der Gedanke an seinen Schwanz ließ sie innerlich ganz kribbelig werden, also versuchte sie, sich abzulenken. Sie leckte sich über die Lippen und bemerkte, wie sein Blick zu ihrem Mund wanderte, bevor er ihr wieder in die Augen sah. Sie mochte den Ausdruck in seinen Augen, aber sie war sich immer noch nicht sicher, was das Ganze anging.

»Pass auf, wir machen es so«, sagte Lowell. »Wir schauen uns das Sicherheitsvideo an und wenn du dann immer noch Zweifel hast, gehen wir einfach. Zum Beispiel frühstücken. Und dann fahre ich dich nach Hause.«

»Aber du hast doch schon gezahlt«, protestierte sie.

Er zuckte mit den Achseln. »Das ist nicht so schlimm.«

Es gefiel ihr nicht, so feige zu sein, also atmete Harlow tief durch und nickte. »Ich schaffe das. Ich bin kein Feigling. Ich habe mir nur kurz Sorgen gemacht. Aber falls mir was passiert, dann darf ich sagen: ›Ich habe es dir gleich gesagt.‹«

Lowell lehnte sich zu ihr und legte seine Stirn an ihre. Es war das zweite Mal, dass er das in ebenso vielen Tagen getan hatte. Harlow wusste nicht, was sie davon halten sollte.

»Ich passe auf dich auf, meine Süße. Ich weiß, dass du das kannst. Aber was noch viel wichtiger ist, ich glaube, du wirst Spaß haben. Du musst nicht mal treten, sondern nur lenken. Ich habe gehört, dass die Aussicht von dort oben großartig ist, und während unserer Fahrt den Berg hinunter werden wir den Sonnenaufgang erleben.«

»Du hast das vorher auch noch nicht gemacht?«, fragte sie ihn.

Er zog sich zurück. »Nein.«

Damit war ihr Entschluss ein für alle Mal gefasst. Aus irgendeinem Grund hatte sie sich vorgestellt, dass er andere Frauen hierherbrachte, um das Gleiche zu tun. Das hier kam ihr vor wie eine Verabredung, aber er hatte sie nicht darum *gebeten*. Er hatte ihr einfach gesagt, dass er sie abholen und hierherbringen würde. Er verhielt sich auch nicht gerade, als wäre das eine Verabredung ... außer dass er sie abgeholt, die Fahrradtour bezahlt und ihre Hand gehalten hatte.

Okay, all diese Dinge ähnelten schon sehr einer Verabredung. Obwohl er ihr gesagt hatte, dass diese Dinge, abgesehen vom Händchenhalten, dazugehören, wenn man Teil »seiner Welt« war.

»Na gut. Ich ziehe es durch. Aber wenn ich mit einem Schädelbruch im Krankenhaus lande, dann musst du meine Mutter anrufen und erklären, was passiert ist und wessen Idee es war.«

»Abgemacht«, entgegnete Lowell mit breitem Grinsen. »Es macht mir nichts aus, mit deiner Mutter zu sprechen. Ich wette, sie ist genauso witzig wie du.«

Moment, wie bitte? Was hatte er da gerade gesagt? Es machte ihm nichts aus, mit ihrer Mutter zu sprechen? Niemand sprach gern mit den Eltern von jemand anderem. Das war ... eine Tatsache. Eine Regel oder so was.

Harlow folgte Lowell, der sie wieder zu dem Raum mit dem kontinentalen Frühstück und den Furcht einflößenden Haftungsausschlusserklärungen führte, die sie unterschreiben mussten.

»Ich hatte einmal eine Verabredung und als ich im Restaurant eintraf, saß bereits eine Frau bei dem Typen, mit dem ich verabredet war. Sie war schon etwas älter und er stellte sie als seine Mutter vor.« Harlow wusste, dass sie plapperte, aber sie wollte auf etwas hinaus. »Und da war mir bereits klar, dass die Sache kein gutes Ende nehmen würde, aber ich blieb trotzdem. Während des ganzen Essens stellte sie mir merkwürdige Fragen, zum Beispiel, wann ich Geburtstag hätte. Ich schwöre, es fühlte sich fast so an, als wollte sie genügend Informationen sammeln, um mich überprüfen zu lassen. Aber das war noch nicht das Merkwürdigste daran. Bei Weitem nicht. Als das Essen kam, zog sie den Teller ihres Sohnes zu sich und schnitt ihm sein Steak in kleine Stücke! Und dann fing sie an, *meins* auch zu schneiden. Und als wäre das noch nicht schlimm genug, erklärte sie uns nach dem Essen, dass wir unsere Verabredung auf der Kegelbahn fortsetzen sollten und sie bereits eine Bahn für uns gebucht hatte.«

Harlow war fast außer Atem, als sie mit ihrer Geschichte fertig war. Lowell hatte sie in das Zimmer und ein wenig abseits des halben Dutzends Leute geführt, die bereits da waren.

»Wieso macht es dir nichts aus, mit meiner Mutter zu sprechen?«, fragte Harlow. »Schließlich ist sie meine *Mutter*. Das ist nicht normal.«

»Liebst du sie?«, wollte Lowell wissen.

Sie blinzelte. »Natürlich.«

»Sorgt sie sich um dich?«

»Lowell, ja. Schließlich ist sie meine Mutter.«

»Dann habe ich kein Problem damit, mit ihr zu reden. Du bist ihre Tochter. Sie liebt dich und will das Beste für dich. Wenn du verletzt wirst, übernehme ich die volle Verantwortung und werde deiner Mutter *und* deinem Vater erklären, was passiert ist und was ich tue, damit es dir besser geht. Sie sind ein Teil deines Lebens und werden *immer* ein Teil deines Lebens sein. Ich wäre ein Narr, sie nicht kennenlernen zu wollen. Und nur um dich zu beruhigen, ich liebe meine Eltern auch. Aber ich würde sie nie zu einer Verabredung mitnehmen und ich würde meine Mutter nie mein Essen schneiden lassen. Also musst du dir darüber keine Sorgen machen.«

Harlow drehte sich der Kopf. Schließlich schüttelte sie

ihn einfach nur und fragte: »Warum reden wir überhaupt darüber?«

»Du hast damit angefangen.«

Sie lachte auf. »Du hörst dich wie ein Zehnjähriger an.« Sie hob die Stimme um eine Oktave, damit sie wie ein Kind klang. »Du hast angefangen!«

Er lächelte – dann hob er die Hände und fing an, sie zu kitzeln.

»Lowell ... hör auf! Nicht! Ich bin kitzelig!« Sie kicherte, wandte sich und versuchte, seine Hände wegzuschieben. Schließlich hörte er auf und Harlow wurde klar, dass er sie im Arm hatte und ihre Hände auf seiner Brust lagen.

»Bist du jetzt ein bisschen weniger nervös?«, fragte er leise.

»Ja. Viel weniger. Danke«, erwiderte sie genauso leise. Und es stimmte. Sie konnte es nicht fassen, dass sie ihm von einer *weiteren* gescheiterten Verabredung erzählt hatte, und er hatte sie nicht ausgelacht. Er hatte sie einfach nur getröstet und das Thema fallen lassen.

Und es wurde immer schwieriger, sich vorzumachen, dass sie nicht mit diesem Mann zusammen sein wollte.

»Komm mit. Holen wir dir was zum Knabbern. Es ist sicher nicht so gut wie deine selbst gebackenen Plätzchen, die du für die Kinder im Frauenhaus machst, aber es wird deinen Bauch füllen. Wir können zum Brunch gehen, wenn wir zurück sind.« Und damit drückte er beruhigend ihre Taille, nahm erneut ihre Hand und führte sie zu dem Tisch, der voll mit Leckereien aus dem Supermarkt war.

Eine Stunde später waren sie oben an der Straße, die zum Pikes Peak hinaufführte. Es war kühl, aber absolut klar. Ein paar Sterne funkelten noch über ihren Köpfen und die

Lichter von Colorado Springs weit unter ihnen waren atemberaubend.

Harlow holte tief Luft und drehte sich um, um Lowell anzugrinsen. Es war schwer zu atmen, da sie sich in über viertausend Metern Höhe befanden, und sie hatte eine Gänsehaut, weil ihr kalt war, aber es war eine erstaunliche Erfahrung.

Sie war immer noch nervös, dass sie über den Lenker ihres Fahrrads geschleudert werden könnte, aber nachdem sie das Video gesehen hatte, fühlte sie sich schon besser. Darin wurde erklärt, dass sie nicht in einem Affenzahn den Berg hinunterrasen würden. Sie würden häufig Pausen einlegen und wenn jemand Angst bekam oder nervös wurde, konnte derjenige abbrechen und den Rest des Weges in dem Bus fahren, der aus Sicherheitsgründen den Fahrrädern folgte.

»Für den Fall, dass ich vergesse, es dir später zu sagen, ich hatte heute Morgen sehr viel Spaß«, erklärte Harlow Lowell.

Als Antwort lehnte er sich zu ihr, nahm ihre Hand mit dem Handschuh und küsste ihren Handrücken. Sie konnte durch den Lederhandschuh die Berührung seiner Lippen auf ihrer Haut zwar nicht spüren, wusste die Geste aber trotzdem zu schätzen.

»Schön, dass ich dich zum Lächeln bringen konnte, Harl. Das steht dir nämlich.«

Sie wollte etwas erwidern, doch der Gruppenleiter fragte genau in diesem Moment: »Seid ihr alle bereit?«

Die anderen um sie herum bejahten lautstark und dann ging es los.

Harlow war in den ersten fünf Minuten oder so ausgesprochen vorsichtig, dann ließ sie sich ein wenig gehen. Sie machte sich nicht so viele Gedanken darüber, wie schnell sie unterwegs war oder ob ihr ein wildes Tier vor die Füße springen würde. Sie genoss einfach das Erlebnis.

Das Beste war, als sie alle an einem Aussichtspunkt anhielten und den Sonnenaufgang über den östlichen Ebenen von Colorado beobachteten. In der einen Minute war der Himmel ganz rosa und dunstig, und in der nächsten hatte sie das helle gelbe Licht der Sonne in den Augen. Es war wahrscheinlich einer der schönsten Anblicke, die sie je gesehen hatte.

Zu allem Überfluss hatte Lowell sein Fahrrad direkt neben ihres gestellt und hielt die ganze Zeit über ihre Hand. Harlow drehte sich zu ihm um, um ihm zu sagen, wie viel ihr dieser Moment bedeutete, aber er nahm ihr die Worte aus dem Mund, als er sich zu ihr beugte und sie sanft auf die Wange küsste.

Er sagte nichts, aber Harlow wusste, dass sich dieser Moment für immer in ihr Gehirn einbrennen würde.

»Macht es dir Spaß?«

Sie nickte, da sie wusste, dass ihre Stimme sowieso nicht funktionieren würde.

»Gut.«

»Okay, Leute, wir haben noch ungefähr den halben Berg vor uns. Es ist an der Zeit, wieder aufzubrechen!«, rief der Gruppenleiter, als die Sonne am Horizont ganz aufgegangen war.

Der Rest der Fahrt den Berg hinunter verlief ereignislos, aber Harlow konnte sich nicht erinnern, jemals so viel Spaß gehabt zu haben. Als sie auf die Uhr sah, war sie erstaunt, dass es erst halb zehn war. Es schien, als wäre ein ganzer Tag vergangen. Als die Gruppenführer die Fahrräder zurück in den Anhänger packten, gähnte Harlow.

Lowell legte seinen Arm um sie und es fühlte sich wie die natürlichste Sache der Welt an, ihren Kopf an seine Schulter zu legen. »Du siehst todmüde aus.«

Sie zuckte mit den Achseln. »Ich habe dir gesagt, dass ich nicht so gut geschlafen habe. Ich hatte immer wieder

Albträume davon, wie das Frauenhaus in Flammen aufgeht.«

Er versteifte sich. »Wahrscheinlich ist es am besten, wenn ich dich nach Hause bringe«, erklärte er. »Dann kannst du noch ein Schläfchen halten, bevor du heute Nachmittag wieder arbeiten musst. Es ist sowieso noch ein bisschen früh für einen Brunch.«

Harlow wollte wirklich nicht in ihre leere Wohnung zurückkehren, aber es gab keinen Grund für Lowell, noch mehr Zeit mit ihr zu verbringen.

Wenn man darüber nachdachte, gab es auch keinen Grund für ihn, sie heute Morgen zu der Fahrradtour mitzunehmen.

»Ich kann später im Frauenhaus vorbeikommen und dann können wir all die Dinge besprechen, die ich eigentlich heute Morgen mit dir besprechen wollte.«

Und schon war ihre Freude über den gemeinsam verbrachten Morgen verflogen.

Es war eben doch keine Verabredung.

Es war ihr eh viel zu leicht gefallen, davon auszugehen, dass es sich vielleicht *doch* um eine Verabredung handeln könnte. Aber Lowell wollte die Lage im Frauenhaus mit ihr besprechen und sie hatte mehr daraus gemacht.

»Alles klar«, sagt sie schließlich, als das Schweigen zwischen ihnen unangenehm wurde. »Das hört sich gut an.«

Lowell sagte nichts, aber Harlow konnte spüren, dass sein Blick auf ihr ruhte. Sie beobachtete mit viel mehr Interesse, als es die Situation rechtfertigte, wie die letzten Fahrräder verladen wurden. Als sie alle wieder in den Fünfzehn-Personen-Bus kletterten, manövrierte sie sich so, dass sie am Ende einer Sitzreihe saß und er in einer anderen Reihe hinter ihr Platz nehmen musste.

Sie wusste, dass ihm das nicht gerade gefiel, aber er sagte kein Wort. Als sie wieder am Gebäude von Challenge Unlimited ankamen, wartete sie geduldig bei seinem

Wagen, während Lowell den Tourführern Trinkgeld gab und sich verabschiedete.

Es war dumm, enttäuscht zu sein. Er hatte nicht gesagt, dass es sich um eine Verabredung handelte, und sie hatte ihm immer wieder gesagt, dass sie nicht an einer Verabredung interessiert war. Sie fühlte sich wie eine bockige Sechsjährige, konnte aber ihre schlechte Laune nicht abschütteln.

Wie üblich öffnete Lowell ihr die Wagentür und wartete, bis sie sich auf dem Sitz niedergelassen hatte, bevor er die Tür hinter ihr schloss. Er ging um den Wagen herum und stieg auf seiner Seite ein. Er ließ den Motor an und fuhr los, ohne ein Wort zu sagen.

Das Schweigen war unerträglich und unangenehm, aber Harlow wusste nicht, was sie sagen sollte, um das Schweigen zu durchbrechen. Es dauerte wegen des Verkehrs etwa fünfundvierzig Minuten, bis sie wieder an ihrer Wohnung ankamen. Fünfundvierzig Minuten, in denen sie am liebsten die ganze Zeit geweint hätte.

Sie riss sich so lange zusammen, bis Lowell ihr die Wagentür öffnete. »Dann also bis später«, sagte sie leichthin und beachtete sein Stirnrunzeln nicht. »Danke für die tolle Erfahrung heute Morgen. Allein hätte ich so was niemals getan.«

»Harlow ...«, begann er, doch sie unterbrach ihn.

»Ich hatte Spaß. Vielen Dank.« Und damit drehte sie sich um und floh.

Aber Lowell hielt sie am Ellbogen fest. »Schreib mir eine Nachricht, bevor du losfährst. Wir treffen uns am Frauenhaus und ich bringe dich rein.«

Harlow, die die Tränen nur durch bloße Willenskraft zurückhielt, nickte. In diesem Moment hätte sie alles getan, um von ihm wegzukommen, bevor sie sich blamierte. Er würde wissen wollen, warum sie weinte. Und es gab keine Möglichkeit, den Aufruhr der Gefühle zu erklären, der in ihr brodelte. Enttäuschung. Beschämung. Traurigkeit.

Glücklicherweise ließ er seine Hand sinken und sie drehte sich sofort um und ging blindlings auf das Apartmentgebäude zu. Sie öffnete die Tür und ging in die Eingangshalle, ohne sich umzudrehen.

Hätte sie das getan, hätte sie sich vielleicht ein wenig besser gefühlt, nachdem sie den ebenso unglücklichen Ausdruck auf Lowells Gesicht gesehen hätte.

Black war in mieser Stimmung. Sein Morgen war unglaublich gewesen. Eine der besten Verabredungen, die er je gehabt hatte. Harlow war anfangs nervös gewesen, aber als sie sich entschlossen hatte, sich auf das Erlebnis einzulassen, hatte sie sich voll ins Zeug gelegt. Er hatte das Lächeln und die Freude in ihrem Gesicht so gern gesehen. Nichts von dem Stress, an den er sich viel zu sehr gewöhnt hatte, war zu erkennen gewesen.

Sie hatten gemeinsam den Sonnenaufgang beobachtet und er hatte eine echte Verbindung zu ihr gespürt. Er hatte sich nicht zurückhalten können, sie zu küssen. Natürlich hatte er ihren Mund unter seinem spüren, sie schmecken wollen, aber er hatte sich beherrscht und ihr nur einen Kuss auf die Wange gegeben. Der Vanilleduft, den er so sehr mit ihr verband, wehte herauf, und er musste sich wahnsinnig beherrschen, um sie nicht auf den Boden zu legen und sie genau dort zu nehmen.

Black konnte sich nicht erinnern, wann er jemals wegen einer Frau so aufgekratzt gewesen war. Er konnte sich nicht erinnern, denn er hatte sich noch *nie* so sehr für jemanden interessiert. Der Gedanke hatte ihn erschreckt und er hatte es vermasselt. Er hatte versucht, ihren Ausflug weniger wie eine Verabredung und mehr wie eine Pause vom Geschäftlichen erscheinen zu lassen, und in der Sekunde, in der er das Frauenhaus erwähnt hatte, hatte sie dichtgemacht.

Die ganze Freude war aus ihrem Gesicht gewichen und sie hatte sich vor ihm verschlossen. Er hatte ihr im Bus Freiraum gegeben, damit sie hoffentlich darüber hinwegkam, aber das hatte die Unbehaglichkeit zwischen ihnen nur noch verstärkt.

Er hatte ihr wehgetan. Und dieser Gedanke machte ihn fertig. Er hasste es, dass seine unbedachte Bemerkung das Gegenteil von dem bewirkt hatte, was er beabsichtigt hatte. Er wollte sie daran erinnern, dass es keine Verabredung war, damit sie sich wohler fühlte.

Die Tränen in ihren Augen, als sie sich umgedreht hatte, um in ihre Wohnung zu gehen, hatten ihn schier fertiggemacht. Er wollte sich selbst ohrfeigen. Er hätte einfach den Mund halten sollen. Keine Frau wollte sich sagen lassen, dass ein Mann nur wegen der Arbeit Zeit mit ihr verbrachte, egal wie sehr sie gegen eine Verabredung protestierte. Besonders nach dem Morgen, den sie erlebt hatten. Er war ein Narr.

Einzig die Tatsache, dass sie etwas empfunden hatte bei dem, was er gesagt hatte, ließ ihn sich besser fühlen. Sie war vielleicht nicht bereit zuzugeben, dass sie mit ihm zusammen sein wollte, aber ihre Taten sprachen lauter als Worte.

In diesem Moment schwor er sich, die Arbeit nicht mehr zu erwähnen, wenn sie zusammen waren, es sei denn, sie waren im Frauenhaus, und plante in Gedanken seine nächsten Schritte. Er würde vorsichtig sein müssen; sie war jetzt besonders wachsam. Ihr Vertrauen in ihn war erschüttert und er musste es zurückgewinnen. Er brauchte ihr Vertrauen mehr, als er jemals erwartet hätte.

Sie steckten nicht knietief in einer Dschungelrettung oder mitten in einer Schießerei in irgendeinem Scheißland. Er rettete sie nicht vor einem zugedröhnten Sexhändler und versuchte nicht, sie über die Grenze zu schmuggeln, um sie mit ihrer Familie zu vereinen. Aber das Bedürfnis nach ihrem Vertrauen war immer noch da. Es war genauso wichtig, als würden sie mitten im Ozean auf Rettung warten.

Black beschloss, dass Verstärkung nötig war, und lächelte. Er wusste genau, was er tun musste, um Harlow wieder für sich zu gewinnen. Er wollte sie lächelnd und glücklich sehen, nicht verärgert. Es würde vielleicht ein paar Tage dauern, das zu koordinieren, aber er wusste, dass seine Freunde bereitwillig mitmachen würden.

KAPITEL ZWÖLF

Eine Woche war vergangen, seit Lowell sie zu der Fahrt den Pikes Peak hinunter mitgenommen hatte, und Harlow hatte wieder einen klaren Kopf bekommen. Sie und Lowell waren Freunde. Das war's. Sie mochte sich fragen, wie es wohl wäre, ihn zu küssen, von ihm auf ein Bett geworfen zu werden und sich von ihm verführen zu lassen, aber das war die Fantasie ihres alten Highschool-Ichs.

Sie war eine Erwachsene. Eine Erwachsene, die vollkommen glücklich damit war, allein zu leben und Single zu sein. Sie wollte Lowell nicht als festen Freund haben. Er hätte sie irgendwann sowieso enttäuscht, und das wäre scheiße gewesen. Also waren sie Freunde. Sie schrieb ihm jeden Tag eine Nachricht, bevor sie das Haus verließ, und er traf sich auf dem Parkplatz in der Nähe des Frauenhauses mit ihr. Dann begleitete er sie zu ihrem Wagen, wenn sie mit der Arbeit fertig war. Es war gut. Perfekt.

Sogar die Belästigungen hatten sich gelegt. Die Männer lungerten immer noch herum, aber mit den Kameras und der auffälligen Präsenz der Mountain Mercenaries hatten sie ihre Eskapaden heruntergeschraubt.

Natürlich passierten immer noch hin und wieder seltsame Dinge. Fahrzeuge fuhren sehr langsam vorbei, die Insassen starrten auf jeden, der zufällig in das Frauenhaus hinein- oder herausging. Der Fahrer und der Beifahrer sagten nie etwas, aber es war trotzdem unheimlich.

Als Lowells Freund die Kennzeichen überprüfte, kam immer zurück, dass sie gestohlen waren oder von Fahrzeugen stammten, die seit Jahren nicht mehr zugelassen waren. Er sagte, die Nummernschilder seien wahrscheinlich von einem Schrottplatz gestohlen worden – die Besitzer hätten einfach nicht daran gedacht, sie von ihren schrottreifen oder alten Autos zu entfernen.

Loretta schien so müde und gestresst wie immer, aber Edward übernachtete jetzt fast jeden Abend im Frauenhaus. Es war eigentlich gegen die Regeln, einen Mann dort schlafen zu lassen, aber Loretta hatte jede der Bewohnerinnen gefragt, ob es ihnen etwas ausmachte, und niemand hatte etwas dagegen gehabt.

Heute Morgen war Harlow mit Zoe einkaufen gegangen, um sich mit dem zu versorgen, was sie für den nächsten Monat brauchten. Zoe war im Begriff, für ein paar Wochen wegzufahren. Bei ihrer Schwiegertochter stand morgen ein Kaiserschnitt an und Zoe wollte auf keinen Fall die Geburt ihres zweiten Enkelkindes verpassen.

Loretta hatte den Arbeitsplan geändert, sodass Harlow morgens nicht im Frauenhaus sein musste. Die Bewohner konnten sich Müsli oder Muffins holen, die Harlow am Abend zuvor zubereitet hatte. Trotzdem würde der Tagesablauf hart sein, aber das machte ihr nichts aus. Es würde ihre Gedanken von Lowell ablenken.

Die beiden Frauen verließen die Unterkunft um zehn Uhr morgens, um zur Metro zu fahren. Sie nahmen Lorettas Kleintransporter, damit sie genügend Platz für die ganzen Lebensmittel hatten.

»Hey, Mädels. Gut schaut ihr heute Morgen aus!«, rief eine Stimme, als sie aus dem Frauenhaus traten.

Harlow verdrehte die Augen.

»Warum kommt ihr nicht rüber und lasst euch eine Tätowierung machen?«, rief ein zweiter Mann von der anderen Straßenseite.

»Nein danke«, erklärte Harlow ihm und ging weiter in Richtung Parkplatz.

»Sei doch nicht so eine Zicke!«, rief jetzt wieder der erste Mann.

»Wieso bin ich eine Zicke?«, fragte Harlow Zoe leise. »Ich habe ihm doch höflich geantwortet.«

Zoe lachte leise.

»Glaubt ihr etwa, ihr seid zu gut für uns?«, wollte der erste Mann wissen und kam über die Straße.

Harlow war sofort in Alarmbereitschaft; der Mann kam direkt auf sie zu. Bis jetzt hatten sie immer Abstand gehalten.

Sie hob den Arm, um Zoe hinter sich zu schieben, stolperte aber dabei über ihre eigenen Füße und fiel mit dem Rücken gegen die Wand des leer stehenden Gebäudes neben dem Frauenhaus.

Der Mann kam direkt zu ihr und beachtete Zoe gar nicht. Jetzt kam auch noch der zweite Mann und stellte sich seitlich neben Harlow.

»Wir sind es leid, dass du und deinesgleichen euch in unserer Gegend herumtreibt«, zischte der Mann ihr zu.

Harlow drehte den Kopf, um etwas Abstand zu gewinnen, blickte aber direkt in die Augen des anderen Mannes. Sie waren beide braun gebrannt, weil sie den ganzen Tag in der Sonne abhingen, und ihre Zähne waren braun vom Kautabak. Sie trugen schmutzige T-Shirts und lange, ausgebeulte Shorts, die tief in der Taille saßen und bis zu den Knien reichten.

Harlow versuchte, sich von niemandem einschüchtern zu lassen, aber diese beiden Männer machten ihr definitiv eine Heidenangst.

»Das Frauenhaus gibt es schon seit Ewigkeiten«, entgegnete sie leise und versuchte, ihre Stimme davon abzuhalten zu beben. Sie wusste, dass sie im Angesicht des Feindes keine Furcht zeigen durfte. Das würden sie nur gegen sie verwenden.

»Seht ihr blöden Schlampen denn nicht, dass das jetzt *unser* Revier ist?«

»Die Stadt versucht, die Gegend wiederzubeleben«, bemerkte Zoe ganz in der Nähe. Harlow sah, dass sie ihre Hände rang und darüber nachdachte, was sie tun konnte, um zu helfen. Aber Harlow wollte auf keinen Fall, dass die ältere Frau verletzt wurde. Und es bestand kein Zweifel daran, dass diese Männer ihnen beiden wehtun konnten. Sie waren größer, stärker und auf jeden Fall sehr viel gemeiner.

»Was für ein verdammter Witz«, entgegnete der erste Mann. »Wiederbelebung bedeutet hier gar nichts. Wenn hier Wohngebäude gebaut werden, wer glaubst du, wird dann hier leben? Ich und meine Freunde. Wir übernehmen die ganze Gegend.«

In Harlows Kopf drehten sich die Fragen. Wohnungen? Sie wusste nichts davon, dass irgendwelche Wohnungen gebaut wurden. Sie hatte nicht einmal gewusst, dass die leer stehenden Gebäude auf beiden Seiten der Unterkunft verkauft worden waren. Der Kerl laberte wahrscheinlich einfach nur dummes Zeug. Versuchte, hart zu sein.

Als könnte er ihre Gedanken lesen, sagte der zweite Mann: »Sozialer Wohnungsbau, Schlampe. Das ist es, was aus den Gebäuden werden wird. Und du und die anderen Schlampen, die so sicher und gemütlich leben, werden sich mitten in unserer Welt wiederfinden. Tagein, tagaus. Wir haben den fetten Jungen gesehen, der da wohnt. Er sieht einsam aus. Er braucht ein paar richtige Männer, mit denen er abhängen kann, nicht wahr, Bear?« Der Mann stieß seinen Freund mit dem Ellbogen in die Rippen.

Harlow starrte die beiden böse an. »Lasst ihn in Ruhe. Er braucht auf keinen Fall die Gesellschaft von Typen wie euch.«

»Typen wie wir?«, fragte der Mann namens Bear durch zusammengepresste Zähne hindurch.

Harlow schluckte. Ups. Das hätte sie vielleicht besser nicht sagen sollen.

»Du hältst dich wohl für etwas Besseres?«, fragte Bear.

Harlow ging davon aus, dass es sich um eine rhetorische Frage handelte, also sagte sie nichts. Allerdings gab er ihr sowieso nicht die Gelegenheit zu antworten, bevor er weitersprach.

»Ich habe Neuigkeiten für dich, du blöde Schlampe. Das Einzige, was dich vor mir und meinen Kumpels schützt, sind ein paar Hundert Dollar pro Woche. Aber ich fange an zu glauben, dass das nicht genug ist. Ich lasse keine Schlampe mit Respektlosigkeit davonkommen. Offensichtlich verstehen du und die anderen nicht, worum es hier geht. Keiner will euch hier haben«, zischte er und lehnte sich näher an sie heran.

Weder er noch sein Freund hatten sie angefasst, trotzdem zitterte Harlow. Sie konnte praktisch fühlen, wie er seine Hand bedrohlich um ihren Hals schloss.

»Jetzt haut schon endlich ab, damit die neuen Wohngebäude gebaut werden und wir alle ganz normal mit unserem Leben weitermachen können.«

Harlow antwortete nicht, starrte nur in die kalten, toten blauen Augen, deren Blick sich in sie bohrte. Sie wünschte sich, Zoe würde etwas tun, zum Beispiel zurück zum Frauenhaus laufen, um Hilfe zu holen. Stattdessen blieb sie einfach neben ihr, als wollte sie sie nicht mit den Ganoven allein lassen.

Das Spinnennetz-Tattoo am Hals des Mannes sah gruselig aus und sie wusste, was die zwei Tränen unter seinem Auge bedeuteten. Das war kein netter Kerl. Nicht einmal ansatzweise.

Sie stand stocksteif da, hatte Angst, sich auch nur einen Zentimeter zu bewegen und ihn zu verärgern. Sie wagte nicht einmal zu atmen.

»Was zum Teufel?«, rief eine tiefe Stimme ganz in der Nähe.

»Verschwindet von hier. Ein für alle Mal!«, knurrte Bear, dann drehte er sich um und lief mit seinem Freund über die Straße. Sie liefen am Tätowierstudio und der Pfandleihe vorbei und verschwanden hinter dem Gebäude.

»Verdammt! Alles in Ordnung?«, fragte Lowell.

Anstatt ihm zu antworten, beugte Harlow sich vor, stützte die Hände auf die Knie und versuchte, wieder zu Atem zu kommen. Sie atmete ein und aus, als wäre sie gerade kilometerweit gelaufen. Sie spürte Lowells Hand auf ihrem Rücken, als er neben ihr stehen blieb.

»Soll ich ihnen nachgehen und ihnen den Hintern versohlen?«, fragte Ro neben Lowell.

»Nein. Nicht ohne Verstärkung und ich lasse Harlow jetzt nicht allein«, erklärte Lowell.

Harlow wollte lächeln, aber hatte dazu jetzt noch nicht die Kraft.

»Harlow? Alles okay?«, wollte Zoe wissen.

Harlow schloss die Augen und wusste, dass sie sich zusammenreißen musste. Bear und sein Freund hatten sie nicht angerührt. Sie hatten nichts getan, wirklich nicht. Sie hatten nur noch mehr Mist geredet, wie sie es schon seit Wochen taten.

»Sie ist okay«, erklärte Lowell. Sie spürte, wie er seine Finger unter den Saum ihres T-Shirts gleiten ließ, und erschauerte, als er mit seinen schwieligen Fingern die empfindliche Haut auf ihrem Rücken streichelte.

Wie immer bekam sie eine Gänsehaut, wenn er sie berührte.

Langsam richtete sie sich auf und ging einen Schritt von Lowell weg. Sie konnte nicht denken, wenn er sie berührte. Und sie konnte es sich nicht leisten, irgendetwas in diese Berührung hineinzulesen. Er war tabu. So tabu, dass es schon nicht mehr lustig war. *Freunde. Nur Freunde*, skandierte sie innerlich.

»Es geht mir gut«, versuchte sie, Zoe und den beiden Männern zu versichern, die sie stirnrunzelnd ansahen.

Ro sah zu einer der Kameras und erklärte Lowell: »Wir sollten das Ganze auf Video haben.«

»Was hat er zu dir gesagt?«, wollte Lowell wissen, ohne den Blick von ihrem Gesicht abzuwenden.

Harlow presste die Lippen zusammen, denn sie war noch nicht dazu bereit, das Erlebte noch einmal durchzumachen.

»Er hat gesagt, dass er und seine Freunde bald hier in die Wohnungen einziehen würden, die hier gebaut werden. Er hat behauptet, es handle sich um sozialen Wohnungsbau und dass es überhaupt nicht infrage käme, dass die Gegend wiederbelebt werden würde«, platzte Zoe heraus.

»Was sonst noch?«, fragte Ro in einem tödlichen Ton, der Harlow überraschte.

Sie wusste, dass Lowell und seine Freunde sicher gut in dem waren, was sie taten. Immerhin waren sie ehemalige Soldaten der Spezialeinheit. Aber sie hatte diesen Teil von ihnen nie gesehen. Alles, was sie gesehen hatte, waren Männer, die versuchten, misshandelten Frauen zu helfen, sich sicher zu fühlen, die auf dem Boden saßen und mit den Kindern Spiele und Puppen spielten.

Aber Ro hörte sich so anders an als der Mann, den sie kennengelernt hatte, dass es richtiggehend beängstigend war.

»Irgendwas über ein paar Hundert Dollar, die uns in Sicherheit wahren. Den Teil habe ich nicht so ganz verstanden«, erklärte Zoe sofort.

»Ich rufe Meat an«, erklärte Ro und zückte sein Handy. »Wir benötigen die Audiodateien der Kameras.«

Harlow spürte eine Hand auf ihrem Gesicht und erschrak heftig. »Ganz ruhig, mein Schatz. Ich bin es nur.«

Sie nickte und kam sich albern vor. Natürlich war es Lowell, der sie berührte. Er strich ihr das Haar über die Schulter. »Wo wolltet ihr denn hin?«

»Zum Supermarkt«, erklärte sie ihm. »Wir müssen ein paar Sachen einkaufen. Zoe verlässt für ein paar Wochen die Stadt.«

Irgendetwas leuchtete in Lowells Augen auf, aber Harlow wusste nicht was. Er wandte sich an Ro. »Ich werde sie begleiten«, erklärte er seinem Freund.

Ro nickte. Er hatte sein Handy am Ohr. »Ich kümmere mich um diese Angelegenheit. Und ich bleibe hier, bis ihr wieder da seid.«

»Wenn du uns nur zu dem Kleintransporter bringen könntest, würde das schon reichen«, versuchte Harlow, ihm zu versichern, doch Lowell hörte gar nicht zu. Er griff nach Zoes Hand und führte Harlow über den Parkplatz. »Kommt schon. Je schneller wir das erledigen, desto früher sind wir zum Mittagessen zurück.«

Da sie wusste, dass er sich nicht umstimmen lassen würde, ließ Harlow sich von Lowell zum Wagen auf dem Parkplatz begleiten. Während sie gingen, sah sie sich um, entdeckte aber keinerlei Anzeichen von Bear oder seinem Freund. Gott sei Dank. Sie schloss Lorettas Kleintransporter auf und sah Lowell an.

»Ich folge euch«, sagte er, als könnte er ihre Gedanken lesen. Dann beugte er sich vor und küsste sie auf die Wange, bevor er sich umdrehte und zu seinem Mazda ging.

Harlow kletterte wie benommen in den Wagen. Das war das fünfte Mal, dass Lowell sie geküsst hatte, und jedes Mal war es noch verwirrender als das letzte Mal. Sie versuchte, sich einzureden, dass Lowell einfach so war, dass er andere auf diese respektvolle, fast brüderliche Art küsste, aber ganz ehrlich, sie hatte nicht gesehen, dass er *irgendjemand* anderen küsste. Weder Loretta noch irgendeine der anderen Bewohnerinnen.

Als sie auf dem Weg waren, sagte Zoe: »Vielleicht sollte ich besser nicht fahren.«

»Nein, kommt überhaupt nicht infrage. Du fährst«, erklärte Harlow ihr nachdrücklich.

»Aber ...«

»Nein. Du fährst nach Pueblo, entspannst dich und lernst dein Enkelkind kennen.«

Zoe lächelte. »Also gut.«

Harlow erwiderte das Lächeln. Dann sagte sie: »Also, das hat ja Spaß gemacht. Oder besser gesagt, ganz im Gegenteil. Warum bist du nicht zurück zum Frauenhaus gelaufen? Oder hast um Hilfe geschrien?«

»Ich wollte dich nicht alleine lassen«, erklärte Zoe ein wenig eingeschnappt.

»Selbst zu zweit hätten wir es nicht mit ihnen aufnehmen können«, erklärte Harlow. »Du hättest nichts tun können, wenn sie sich dazu entschlossen hätten, uns zu verprügeln. Es wäre mir lieber gewesen zu wissen, dass du im Haus in Sicherheit bist.«

»Meine Liebe«, erklärte Zoe leise, »wenn ich geflohen wäre, hätte mich sicher einer der beiden verfolgt. Ich hätte es nicht nach drinnen geschafft. Wir waren viel zu weit weg. Und nach dem Adrenalinstoß, den sie bekommen hätten, weil sie mich jagen mussten, wäre es wahrscheinlicher gewesen, dass sie etwas gebraucht hätten, an dem sie sich abreagieren konnten. Falls du verstehst, was ich meine.«

Leider tat Harlow das.

»Also bin ich ruhig geblieben und habe versucht, sie nicht noch weiter zu reizen. Ich bin davon ausgegangen, dass sie sagen würden, was sie sagen wollten, und dann abhauen. Und davon mal ganz abgesehen ... als ich sah, wie der Mazda deines Freundes auf den Parkplatz fuhr, wusste ich, dass er bei uns sein würde, bevor ich überhaupt Hilfe holen konnte.«

»Er ist nicht mein Freund«, protestierte Harlow.

Zoe zog ungläubig die Augenbrauen hoch.

»Im Ernst. Ich kannte ihn in der Highschool, aber das ist ewig her. Ich habe dir von meinem schrecklichen Liebesleben erzählt. Ich werde nichts tun, was unsere Freundschaft gefährden oder wobei ich herausfinden könnte, dass er insgeheim ein Freak ist, der meine Zehen lecken will.«

»*Ich* würde mir von diesem Typen die Zehen lecken lassen«, erklärte Zoe grinsend.

»Zoe!«, rief Harlow empört.

»Was? Er ist ein tolles Exemplar von einem Mann. Genau wie seine Freunde.« Sie schüttelte den Kopf über Harlows weiterhin überraschten Blick. »Mach dich mal locker, Harl. Natürlich ist der Mann nicht perfekt. Keiner ist das. Ich denke, das ist dein Problem. Du suchst nach jemandem, den es nicht gibt. Jeder Mann hat Fehler. Manche sind offensichtlicher als andere, aber wenn du auf jemanden wartest, der nie einen Fehler macht, nie etwas Falsches sagt und dich behandelt, als wärst du aus purem Gold, dann wirst du enttäuscht werden. Außerdem wäre das doch langweilig. Du machst Fehler, also warum kann der Mann, mit dem du zusammen bist, keine Fehler machen?«

»Zoe, ich erwarte von einem Kerl doch überhaupt nicht, dass er perfekt ist. Aber es wäre schon schön, wenn er zur ersten Verabredung nicht gleich seine Mutter mitbringt, in Tränen ausbricht, wenn ich seinen Heiratsantrag an unserem ersten Treffen ablehne, und wenn er nicht heimlich auf mein Kissen ejakuliert, wenn ich ihn in meine Wohnung einlade ...«

»Okay, okay, das waren zugegebenermaßen ziemlich harte Fälle, aber, meine Süße, ich bin wirklich davon überzeugt, wenn du deinen Schutzschild runterlässt und es nicht ganz so sehr versuchst, sondern dich entspannst und einfach umsiehst, wirst du Liebe dort finden, wo du es am wenigsten erwartet hättest.«

»Das habe ich schon probiert«, protestierte Harlow. »Ich habe mich mit Männern verabredet, die ich im Supermarkt kennengelernt habe, ich habe ihnen in der Bücherei zugelächelt und ich bin immer wieder mit Kollegen aus dem Restaurantbereich ausgegangen ... aber nichts ist passiert. Außerdem habe ich mich mit Typen getroffen, die ich im Internet kennengelernt habe, und viele dieser Verabredungen waren schrecklich. Tatsache ist, dass ich einfach nicht mehr weiß, wo ich noch Männer kennenlernen kann, abgesehen von Webseiten zur Partnersuche.«

»Du darfst deine Zuversicht nicht verlieren, meine Süße«, erklärte Zoe und tätschelte ihre Hand. »Ich habe bei dir ein gutes Gefühl. Du bist das Risiko eingegangen und nach Colorado gezogen, ohne irgendjemanden zu kennen, und ich bin der Überzeugung, dass alles aus einem bestimmten Grund passiert. Du musst einfach nur Geduld haben und den Dingen ihren Lauf lassen.«

Harlow grinste, als sie auf den Parkplatz der Metro einbog. »Ja, klar. Hast du die Einkaufsliste?«

»Natürlich«, erwiderte Zoe.

Harlow drehte sich um, um die Tür zu öffnen – und kreischte erschreckt auf, als jemand vor ihrem Fenster stand.

Sie legte sich die Hand aufs Herz und sah Lowell böse an. Sie hörte, wie Zoe neben ihr lachte, doch sie war jetzt zu sehr damit beschäftigt, die Tür zu öffnen und Lowell anzumeckern, als sich um ihre Freundin zu kümmern.

»Du hast mir einen Schreck eingejagt!«, schalt sie ihn.

»Es tut mir leid«, erwiderte er, lachte dabei aber.

»Nein, tut es dir gar nicht«, grummelte sie.

Lowell nahm ihre Hand und führte sie um den Wagen herum zu Zoe. »Seid ihr bereit loszulegen?«

»Auf jeden Fall«, zwitscherte Zoe fröhlich, als hätten sie nicht gerade eine äußerst unangenehme Begegnung mit zwei dieser Tyrannen gehabt.

Lowell drückte Harlows Hand und sie seufzte. »Ich bin ebenfalls bereit«, entgegnete sie.

Sie schoben zwei Einkaufswagen durch den riesigen Laden und deckten sich mit Lebensmitteln und Snacks ein. Die Kinder aßen viel und die Frauen wollten sichergehen, dass das, was sie sich in den Mund steckten, gut für sie war und keine leeren Kalorien. Es dauerte eineinhalb Stunden, bis sie alles auf der Liste zusammenhatten und sich mit den überquellenden Einkaufswagen auf den Weg zur Kasse machten.

Lowell war klaglos neben ihnen hergegangen, hatte die Artikel aus den oberen Regalen genommen und die schwereren Gläser und Kartons hochgehoben. Er schob sogar Zoes Wagen, als er zu voll wurde, um ihn problemlos schieben zu können.

Alle Lebensmittel waren eingescannt und zurück in die Wagen gelegt worden, als Harlow die Kreditkarte durchzog, die Loretta ihr für den Einkauf gegeben hatte.

»Entschuldigen Sie, Ihre Kreditkarte funktioniert nicht. Möchten Sie es noch einmal probieren?«, fragte die Kassiererin.

»Selbstverständlich. Eigentlich sollte es kein Problem damit geben«, entgegnete Harlow und zog die Karte erneut durch.

»Es tut mir leid«, erwiderte die Kassiererin mit traurigem Blick. »Es hat wieder nicht funktioniert.«

»Was ist denn da los?«, schimpfte Harlow leise.

Dann tauchte plötzlich Lowells Hand vor ihr auf und er zog seine eigene Kreditkarte durch. »Wir versuchen es einfach mal mit der hier«, erklärte er der nervösen Kassiererin.

»Cool. Die Karte ist anscheinend durchgegangen.« Sie

wartete darauf, dass die lange Rechnung ausgedruckt wurde, und hielt sie Lowell hin. »Hier bitte. Einen schönen Tag noch.«

Harlow schnappte sich schnell die Rechnung, bevor Lowell sie einstecken konnte. »Ich werde mit Loretta sprechen und herausfinden, was da los ist«, erklärte sie ihm. »Sie bitten, dir sofort das Geld zurückzugeben.«

»Darum mache ich mir keine Sorgen«, erklärte er ihr.

»Lowell, du hast gerade Lebensmittel im Wert von über siebenhundert Dollar bezahlt«, erklärte sie ihm, obwohl er sich dessen natürlich bewusst war.

»Na und?«

»Das kannst du doch nicht machen.«

»Harl, es ist schon in Ordnung. Ich bin mir sicher, dass Loretta herausfinden wird, was los war, und mir das Geld zurückerstattet.«

Sie seufzte und drehte sich um, um mit dem Einkaufswagen den Supermarkt zu verlassen.

»Warum regst du dich so darüber auf?«, fragte er und schob den anderen Einkaufswagen neben ihr her. Zoe lief vor ihnen zum Kleintransporter.

»Ich ... ich will nur nicht das Gefühl haben, dich auszunutzen«, platzte sie heraus.

»Warum solltest du das? Du hast mich ja schließlich nicht darum gebeten, die Lebensmittel zu kaufen. Du hast mich nicht mal darum gebeten, heute mit hierherzukommen. Tatsächlich hast du mich überhaupt noch nie um *irgendetwas* gebeten. Warum um alles in der Welt sollte ich denken, dass du mich ausnutzt?«

Wenn er es so sagte, hörte es sich wirklich dumm an.

»Erinnerst du dich noch, dass ich dir gesagt habe, dass du jetzt in meiner Welt lebst, meine Süße?«, fragte Lowell.

Harlow nickte.

»Das bedeutet, dass du dich nie schuldig fühlen musst, wenn ich etwas für dich tue. Du bist meine Freundin, und

Freunde tun Dinge füreinander. Wenn ich mit Allye zusammen bin und Gray nicht da ist, lasse ich sie auch nicht für irgendetwas bezahlen. Wenn ich mit Chloe einkaufen gehe und ihre Karte abgelehnt wird, würde ich es auf jeden Fall für sie übernehmen. Das Gleiche gilt für Morgan. Oder Zoe. Oder Loretta. Du denkst zu viel darüber nach, Harlow. Lass mich doch ruhig etwas Nettes tun.«

Er hatte recht. Sie dachte nur wieder, es ginge um sie, obwohl das nicht der Fall war. »Okay. Danke, Lowell.«

»Gern geschehen. Und jetzt komm, wir müssen all diese Sachen in den Wagen und dann zum Frauenhaus schaffen, bevor alles auftaut. Bist du dir sicher, dass alles in die Vorratskammer passt?«

Sie lächelte. »Da bin ich mir sicher.« Harlow zwang sich, ihre Stimme unbekümmert zu halten, so wie seine es war. Mit Lowell befreundet zu sein war gut. Vielleicht nicht so gut, wie unter ihm im Bett zu liegen, während er in sie eindrang und sie zum Orgasmus brachte ... aber trotzdem gut.

Ja, sie war wirklich eine Närrin.

KAPITEL DREIZEHN

»Darf ich mich um ihn kümmern?«, bat Black Rex.

Er und die anderen Mountain Mercenaries saßen im *The Pit* und unterhielten sich über das, was zuvor an diesem Tag geschehen war. Es war spät, weil sie auf Gray gewartet hatten, der an diesem Abend das Frauenhaus bewacht hatte. Er war geblieben, um sich zu vergewissern, dass niemand auf der Lauer lag, und dann direkt in die Kneipe zum Treffen gekommen.

»Nein«, entgegnete die digital veränderte Stimme am anderen Ende der Leitung. »Er hat niemanden angerührt und kein Gesetz gebrochen.«

»Aber er hat Harlow bedroht«, gab Ro zu bedenken. »Sie hatte wirklich große Angst.«

»Es ist noch nicht der richtige Zeitpunkt«, beharrte Rex. »Ich behaupte ja gar nicht, dass diese Mistkerle nicht einen Dämpfer brauchen. Das tun sie. Aber bis wir mehr Informationen haben, mit denen wir sie unter Druck setzen können, werden sie nicht reden.«

»Ich werde sie schon zum Reden bringen«, erklärte Black.

Er war sauer. Und frustriert. Je mehr Zeit er mit Harlow

verbrachte, desto besser gefiel sie ihm. Was ihm allerdings nicht gefiel, waren die Dinge, die mit ihr und den anderen Frauen geschahen.

»Was konnten wir bis jetzt über diesen Mistkerl Bear und das, was er zu Harlow gesagt hat, in Erfahrung bringen?«, wollte Arrow wissen. »Was meinte er, als er das Geld erwähnt hat? Von wem bekommen sie jede Woche ein paar Hundert Dollar?«

»Viel wissen wir nicht«, erklärte Meat. »Das Geld, das Brian Pierce – oder Bear, wie er auch genannt wird – bekommt, wird ihm anscheinend bar gegeben, denn seine Bankauszüge zeigen keine Geldeingänge.«

»Und was ist mit seinen Freunden? Haben wir ihre Namen?«, wollte Ro wissen.

»Natürlich. Der Jugendliche, mit dem er heute unterwegs war, ist Malcolm Sullivan. Er ist neunzehn Jahre alt und hat die Highschool nicht beendet«, las Meat von dem Tablet vor sich ab. »Die anderen, die in der Gegend Frauen tyrannisieren und die wir auf Video haben, sind Elliott Chapman, dreiundzwanzig Jahre alt, und Brody Garvey, fünfundzwanzig Jahre alt.«

»Und wie alt ist Pierce?«, wollte Black wissen.

»Er ist der Älteste«, erwiderte Meat. »Er ist neunundzwanzig.«

»Also sind sie alle alt genug, um ernsthaft in Schwierigkeiten zu geraten, wenn sie angezeigt und verurteilt werden«, stellte Ball fest.

»Tja, aber bis jetzt haben sie noch nicht wirklich etwas *getan*«, gab Gray zu bedenken.

»Von wegen. Du hast ja Harlow nicht gesehen, bevor ich zu ihr gelangen konnte. Dieser Mistkerl war ganz nahe an ihr dran und er hat sie bedroht«, knurrte Black.

»Aber er hat sie nicht angerührt«, erklärte Rex durchs Telefon.

»Es spielt verdammt noch mal keine Rolle!«, rief Black

wütend. »Sollen wir darauf warten, dass er jemanden windelweich prügelt, bevor wir etwas unternehmen? Das ist normalerweise nicht unser Vorgehen, und das weißt du ganz genau, Rex. Worauf warten wir also?«

Nach Blacks Ausbruch war es still im Raum. Er wusste, dass er sich auf dünnem Eis bewegte, indem er Rex so anbrüllte, aber er war sauer auf ihren Kontaktmann, weil er nicht mehr unternahm. Sie saßen herum und schauten in die Kameras wie ein Haufen Weicheier. Er wollte Bear – verflucht, den verdammten Brian Pierce – in einen Raum holen und ihn dazu *bringen*, ihnen die Antworten zu geben, die sie suchten. Es würde eine Nacht dauern, das war's, und alle Sorgen des Frauenhauses hätten sich erledigt. Aber aus irgendeinem Grund wollte Rex es nicht zulassen.

»Bist du fertig?«, fragte Rex ruhig.

Ob er fertig war? Keineswegs. Doch trotzdem entgegnete Black aufgebracht: »Ja.«

»Gut. Hör zu, drei von vier dieser Idioten haben bereits Straftaten in ihren Akten. Sie sind extrem vorsichtig, damit sie nichts Illegales tun. Sie alle haben hieb- und stichfeste Alibis von der Nacht, in der die Tankstelle abgefackelt wurde. Diese Mistkerle sind nicht die, die wir haben wollen. Wir suchen nach einem Geist, und der einzige Weg, ihn zu finden, führt über diese Mistkerle. In der Sekunde, in der wir uns einen schnappen und ihn bearbeiten, wird derjenige, der die Fäden zieht, in einer Rauchwolke verschwinden.«

»Und ... wie geht es jetzt weiter? Sollen sie in der Zwischenzeit einfach damit weitermachen, schutzlose Frauen und Kinder zu Tode zu erschrecken?«, fragte Gray und schlug sich damit auf Blacks Seite.

»Deswegen wechselt ihr euch ja immer ab, dort Wache zu halten«, erklärte Rex ruhig. »So übt ihr Druck auf die graue Eminenz im Hintergrund aus. Und so langsam wird es diesem Kerl zu viel, wie es aussieht. Wir müssen einfach weiter Druck ausüben und irgendwann wird er zerbrechen.«

»Und wer gerät dabei ins Kreuzfeuer?«, fragte Meat rein rhetorisch.

»Ich habe die Sache im Griff«, entgegnete Rex und ließ zum ersten Mal seine Ungeduld durchblicken. »Wir werden herausfinden, wer dahintersteckt.«

Black starrte auf seine Hände, die auf dem Tisch lagen. Das Gefühl, das ihn durchströmte, gefiel ihm nicht.

Zweifel.

Seit dem Tag, an dem Rex ihn und die anderen angeheuert hatte, hatten sie alles getan, was der geheimnisvolle Mann verlangt hatte, ohne zu fragen. Sie vertrauten ihm von ganzem Herzen und Rex hatte sie nie im Stich gelassen. Dennoch konnte er sich des Eindrucks nicht erwehren, dass Rex sich in dieser Sache irrte.

Ja, dieser Fall war etwas Persönliches für ihn, aber Rex' Einstellung zu diesem Fall – und seine Untätigkeit im Allgemeinen – setzten ihm zu.

»Arbeitet einen Plan aus, sodass das Frauenhaus unter ständiger Bewachung steht«, befahl Rex ihnen. »Wir können nicht jede Stunde des Tages über alle Frauen wachen, also müssen sie auch zusammenarbeiten, um aufeinander aufzupassen. Immer zu zweit unterwegs sein. Ihre Handys griffbereit halten, damit sie bei Bedarf sofort den Notruf wählen können.«

Wieder erdrückte das Gefühl der Ungerechtigkeit Black fast. In der Unterkunft lebten zehn Frauen. Fast alle von ihnen hatten Arbeit. Dann waren da noch Loretta, Zoe und Harlow. Ganz zu schweigen von den fünf Kindern. Es gab keine Möglichkeit, dass die sechs Mountain Mercenaries für ihre Sicherheit sorgen konnten, mit all den Frauen, die kamen und gingen, wenn sie nicht einmal wussten, woher die Bedrohung kam. Es war zum Verrücktwerden und frustrierend.

»Ich bleibe mit euch in Verbindung. Falls noch etwas Wichtiges passiert, informiert mich bitte darüber.« Und damit beendete Rex den Anruf.

Die sechs Männer schwiegen einen Moment lang, bevor Ro feststellte: »Die Sache gefällt mir ganz und gar nicht.«

Niemand sonst sagte etwas, aber Black wusste, dass sie alle einer Meinung waren.

Irgendetwas stimmte mit ihrem Kontaktmann nicht. Es war nicht seine Art, Gefahren für Frauen und Kinder zu ignorieren. Sie konnten auf keinen Fall alle beschützen. Irgendjemand würde verletzt werden. Und Black hatte Angst, dass dieser Jemand Harlow war.

Sie hatte Angst, aber sie war nie in solchen Situationen gewesen wie die meisten Bewohnerinnen. Sie hatte nicht gelernt, wann sie sich zurückziehen oder wie sie sich schützen konnte. Ja, er hatte Harlow und den anderen ein paar einfache Selbstverteidigungstechniken beigebracht, aber das schützte sie nicht, wenn jemand die Belästigungen auf die Spitze treiben wollte.

»Ich halte es für einen Fehler, uns nur auf die Bewohnerinnen zu konzentrieren«, erklärte Meat nach einer Weile. »Ich habe mir alles angesehen, was mit ihnen in Zusammenhang steht, und mir ist nichts aufgefallen. Entweder haben wir jemanden übersehen oder wir sind auf der falschen Fährte.«

»Edward?«, fragte Gray.

»Was ist mit diesen Idioten, mit denen Harlow sich verabredet hat?«, fragte Black.

»Zoe? Die ist schließlich geschieden, nicht wahr?«, gab Arrow zu bedenken.

»Verwitwet«, erklärte Meat.

»Und dann gibt es da noch Loretta«, stellte Ball fest. »Was ist mit *ihren* Ex-Freunden?«

»Und was ist mit dem, was Bear noch gesagt hat?«, gab Black nach einer Weile zu bedenken.

»Was genau meinst du?«, hakte Meat nach.

»Der Typ hat doch irgendetwas davon gefaselt, dass Wohnungen gebaut werden sollen.«

»Ja ...« Meat begann, auf seinem Tablet zu schreiben. »Mist. Ich war so sehr damit beschäftigt, alles über die Ex-Freunde herauszufinden und ein paar andere Dinge zu erledigen, für die Rex aus irgendeinem Grund keine Zeit hatte, dass ich überhaupt nicht daran gedacht habe, die Bauunternehmer und ihre Vorhaben zu prüfen.«

»Okay. Und wenn sich herausstellt, dass jemand all die anderen Gebäude gekauft hat, warum brauchen sie dann unbedingt auch noch das Frauenhaus?«, wollte Ball wissen.

»Wir müssen unbedingt mit Loretta reden und herausfinden, ob sie irgendwelche Angebote erhalten hat, und von wem. Dann müssen wir in Erfahrung bringen, wem die anderen Gebäude gehören, und herausfinden, was derjenige damit vorhat. Vielleicht können wir bei der Stadtverwaltung nachfragen, ob schon irgendwelche Bauanträge oder so was gestellt wurden«, bemerkte Ro, der sich zunehmend für das Thema erwärmte.

»Ich habe das ungute Gefühl, dass wir sehr viel Zeit mit den Ex-Freunden verschleudert haben«, erklärte Black frustriert.

»Also, ich habe getan, was ich konnte«, entgegnete Meat fast ein wenig trotzig. »Rex scheint sich überhaupt nicht für die Sache zu interessieren und ist keinerlei Hilfe. Ich hingegen habe in der Zwischenzeit versucht, so viel wie möglich über alle herauszufinden.«

»Niemand macht dir Vorwürfe«, versicherte Arrow ihm. »Wir hätten nur schon viel früher auf den Gedanken kommen können, dass das Gebäude selbst der Grund für all die Belästigungen sein könnte.«

»Das wird eine Weile dauern«, murmelte Meat und begann, auf seinem Tablet herumzuhämmern. »Und ich brauche einen anständigen Computer. Mit diesem Ding komme ich nicht weiter.«

Black, der das Gefühl hatte, dass ihr Treffen sich dem Ende zuneigte, sagte: »Ich hätte da noch eine Frage an euch.«

Als alle ihm ihre Aufmerksamkeit zuwandten, fragte er: »Ich dachte, es wäre eine gute Ablenkung für Harlow und für alle anderen Frauen des Frauenhauses, die mitkommen möchten, wenn wir zu einem dieser Escape Rooms fahren. Ihr wisst schon, wo man Rätsel lösen muss, um die Kombination zu bekommen, mit der man den Raum wieder verlassen kann. Ich habe mich gefragt, ob ihr auch kommen würdet. Und Gray, Ro und Arrow, vielleicht wollen eure Frauen mitkommen?«

»Das hört sich gut an«, entgegnete Ball.

»Ich bin dabei«, erklärte Arrow.

»Escape Rooms?«, fragte Ro.

»Wir erklären es dir später«, sagte Gray zu seinem Freund, der ursprünglich aus England stammte. »Und wann wolltest du das machen, Black?«

»Ziemlich bald. Ich habe das Gefühl, dass wir alle ein wenig Abwechslung gebrauchen können«, stellte Black fest.

»Wie wäre es in ein paar Tagen? Vielleicht Donnerstagabend?«, meinte Meat und blickte von seinem Tablet auf. »Da es sich nicht um das Wochenende handelt, gibt es sicher noch ein paar freie Plätze in dem Escape Room in der Innenstadt.«

»Um wie viel Uhr?«

»Um sieben«, sagte Meat.

»Gut, dann hat Harlow Zeit, allen noch etwas zu essen zu machen, bevor wir gehen. Am besten reservierst du für zwanzig Personen. Ich weiß, dass einige der Frauen arbeiten, also werden sie nicht kommen können, und manche haben vielleicht keine Lust, aber mit zwanzig Plätzen sollten wir hinkommen. Allerdings wird jemand beim Frauenhaus zurückbleiben müssen.«

»Das mache ich«, meldete Meat sich freiwillig. »Für mich sind diese Dinger sowieso viel zu einfach.«

Black verdrehte die Augen, aber es war Gray, der erwiderte: »Ja klar, Mann, du kommst nur keine Stunde ohne Elektronik aus.«

»Das stimmt«, gab Meat offenherzig zu. »Erledigt. Die Reservierung ist gemacht. Black, ich habe es auf deine Kreditkarte schreiben lassen.«

Black zuckte daraufhin nicht mal mit der Wimper. Ihm war das Geld völlig egal. Er hatte genug. Aufgrund der Tatsache, dass er Single und ein Navy SEAL war, zusammen mit dem Geld, das er mit seinem Schießstand verdiente und von Rex bekam, hatte er eigentlich ausgesorgt.

»Sollen wir einen Plan erarbeiten, wer wann beim Frauenhaus Wache schiebt?«, wollte Ro wissen.

»Ich kann ja mal einen vorläufigen Plan entwerfen und ihr könnt mir dann sagen, was funktioniert und was nicht. Gray, ich weiß, dass du von Allyes Tanzprogramm abhängig bist, und Ro, du und Arrow könnt mir dann einfach Bescheid sagen, falls Chloe und Morgan irgendetwas vorhaben, das ihr nicht verpassen dürft.«

»Verdammt, du bist ja wie eine übervorsorgliche Mutter, die unsere Freizeitaktivitäten für die nächste Woche plant«, neckte Ball.

»Allerdings, das bin ich«, erwiderte Meat, dem das überhaupt nichts auszumachen schien.

Black schob seinen Stuhl zurück. »Harlow hat jetzt immer morgens frei, weil Zoe fast zwei Wochen lang Urlaub hat. Falls ihr mich braucht, werde ich früher am Schießstand sein.«

»Möchtest du, dass jemand sie morgen früh bei ihrer Ankunft im Frauenhaus begleitet?«, fragte Gray, der wusste, dass Black auf die hübsche Köchin aufpasste.

»Nein danke. Das erledige ich selbst.« Black wusste, dass seine Freunde neugierig waren, was zwischen ihm und Harlow vor sich ging, aber er wollte sich nicht um ihren Mist kümmern. Gray, Ro und Arrow würden rührselig werden und ihm sagen, dass die Liebe alles besiegt, und Ball und Meat würden sich einfach nur für ihn freuen, weil er jemanden hatte, mit dem er schlafen konnte.

Was auch immer zwischen ihm und Harlow vor sich ging, ging nur die beiden etwas an und niemanden sonst. »Bis später«, sagte er, stand auf und ging zum Ausgang.

Er nickte Noah zu, der hinter der Theke arbeitete, und schrieb dann auf dem Weg zum Wagen schnell eine Nachricht an Harlow.

Lowell: Ich wollte nur mal hören, wie es dir geht.

Nach drei Sekunden erschienen die drei kleinen tanzenden Punkte am unteren Rand des Bildschirms, die ihm anzeigten, dass sie antwortete. Es gefiel ihm, dass sie ihn nicht warten ließ. Er bekam nur keine umgehende Antwort von ihr, wenn sie dabei war, etwas zu kochen.

Harlow: Hier ist alles in Ordnung. Und bei dir?

Lowell: Auch. Sag mir Bescheid, wenn du morgen zur Arbeit fährst, und ich hole dich ab. Steig AUF KEINEN FALL aus dem Wagen, bevor ich da bin.

Harlow: Hat dir schon mal jemand gesagt, dass du ziemlich autoritär sein kannst?

Lowell: Ja.

Harlow: Aber wie ich sehe, hat es nichts gebracht.

Er musste lächeln.

Lowell: Bis morgen. Versuche zu schlafen.

Harlow: Leichter gesagt als getan.

Lowell: Hast du immer noch Albträume?

Harlow: Nicht mehr so oft.

Er wusste, dass sie log, und er war wahnsinnig frustriert, dass er nichts dagegen tun konnte. Natürlich würde ein schöner, langer Orgasmus Wunder wirken, um ihrem

Körper beim Abschalten zu helfen, aber er glaubte nicht, dass sie es zu schätzen wüsste, wenn er das vorschlug. Gott, er musste sich zusammenreißen und aufhören, daran zu denken, Harlow ins Bett zu kriegen. Als ob *das* möglich wäre.

Lowell: Es tut mir leid. Wir sind an dem Fall dran.

Harlow: Das weiß ich doch. Und ich bin euch dankbar.

Er wollte verdammt noch mal nicht, dass sie dankbar ist.

Lowell: Gute Nacht.

Er wartete nicht auf ihre Antwort, sondern schaltete einfach sein Telefon aus und warf es auf das Armaturenbrett seines Wagens, bevor er den Motor anließ und vom Parkplatz raste. Er wusste, er hätte noch etwas sagen sollen. Ihr Gespräch anders beenden sollen, aber er war so verdammt frustriert, dass er kurz davor war, die Nerven zu verlieren.

Er war sauer auf Rex. Wütend auf Brian »Bear« Pierce, weil er Harlow bedroht hatte. Verärgert darüber, dass sie so viel Zeit damit verbracht hatten, sich auf die Ex-Freunde zu konzentrieren, obwohl der wahrscheinlichste Grund für die Belästigung – das Interesse an dem Gebäude selbst – die ganze Zeit direkt vor ihrer Nase gelegen hatte. Und er war frustriert über seine Beziehung zu Harlow.

Er lachte verächtlich. Welche Beziehung? Es war erst zwei Wochen her, dass sie sich wiedergetroffen hatten, wurde ihm klar. Sie waren sich nicht nähergekommen, als sie es waren, als er sie vor fast zwei Monaten zum ersten Mal gesehen hatte.

Nein, das stimmte nicht ganz. Es kam ihm so vor, als würde er sie langsam ziemlich gut kennen. Sie hatten viel Zeit miteinander verbracht, einfach nur geredet und sich amüsiert.

Er knallte seine Handfläche auf das Lenkrad.

Er mochte Harlow Reese. Sie war mitfühlend und lustig und eine verdammt gute Köchin. Er hatte schon genügend von ihren Gerichten gegessen, um das zu wissen. Aber er wollte mehr. Er wollte das Recht haben, seinen Arm um ihre Schultern zu legen, nur weil er gern in ihrer Nähe war. Er wollte in ihrer Wohnung vorbeischauen können, einfach, weil er es vermisste, in ihrer Nähe zu sein.

Das Entscheidende war, dass er nicht mehr so tun wollte, als würde er nur wegen des Frauenhauses oder der Belästigungen mit ihr reden.

Er wollte eine Beziehung mit Harlow. Er wollte Liebe mit ihr machen. Er wollte wissen, was für Geräusche sie machte, wenn sie zum Orgasmus kam. Er wollte wissen, auf welcher Seite des Bettes sie am liebsten schlief. Er wollte wissen, ob sie schnarchte oder die Decke in Beschlag nahm.

Morgen Abend musste er sich mehr ins Zeug legen. Er musste immer noch in ihrer Nähe bleiben, zu ihrer Sicherheit. Er würde das als Ausrede benutzen, um so viel Zeit wie möglich mit ihr zu verbringen, und schließlich, so hoffte er, würde er ihre Mauern durchbrechen.

Zufrieden mit seiner Entscheidung ließ Black den Motor an und ließ seinen Frust auf die übliche Weise ab. Indem er schnell fuhr.

Später an diesem Abend tat er das andere, was die Spannung in ihm immer abbaute. Er holte sich einen runter. Und die ganze Zeit über dachte er dabei an Harlows Gesicht.

Nolan Woolf wurde langsam ungeduldig. Er war bereit, Genehmigungen zu beantragen und seine Pläne in die Tat umzusetzen, aber die unbedeutende Tatsache, dass ihm das Frauenhaus noch immer nicht gehörte, machte alle seine Pläne zunichte. Es lag genau in der Mitte der anderen Gebäude, die er erworben hatte, und ohne dieses Grundstück konnte er seinen Plan nicht weiterverfolgen.

Er hatte vorausschauend die anderen Gebäude unter

verschiedenen Firmennamen gekauft. Er benutzte einen Freund seines Cousins, einen etwas zwielichtigen Anwalt, um ihm dabei zu helfen, den Papierkram so anonym wie möglich einzureichen, indem er Scheinfirmen mit beschränkter Haftung gründete. Wenn jemand ihn oder die Immobilien in der Gegend überprüfte, würde derjenige hoffentlich nie herausfinden, dass sie alle einer Person gehörten.

Was wollte die alte Schachtel denn noch? Er hatte einen sehr attraktiven Preis für das Gebäude geboten, aber er hatte kein Wort von ihr gehört. Er wusste, dass sie in letzter Zeit ein paar andere Angebote für das Grundstück erhalten hatte, aber er war sich sicher, dass seins das beste war.

Nolan wusste, die Stadt wollte, dass die Bauträger die bestehenden Gebäude umgestalteten, um ihren »historischen Charme« zu erhalten, aber das war ihm egal. Er wollte die verdammten Dinger abreißen. Seine Pläne sahen vor, an ihrer Stelle billige Mietshäuser zu bauen und Geld von Arschlöchern zu kassieren, die von der Regierung leben, wie die vier Trottel, die er angeheuert hatte, um Loretta Royster und die Bewohnerinnen ihres Frauenhauses zu schikanieren. Er hatte schon Pläne, um die Wohnungen so klein wie möglich zu machen. Wohnungen zu bauen würde ihm das Zehnfache an Mieteinnahmen einbringen. Es war der perfekte Plan.

Bis auf diese verdammte alte Frau, die ihm im Weg stand.

Er scherte sich einen Dreck um die Frauen, die ihr Zuhause verlieren würden, wenn sie das Gebäude verkaufte. Sie hatten es wahrscheinlich verdient, geschlagen und obdachlos zu werden.

Er musste sich mehr Mühe geben. Das Feuer in der Tankstelle hatte es nicht gebracht. Es hatte Loretta nicht genügend Angst gemacht, um sein Angebot anzunehmen.

Er musste der alten Schlampe einen Grund geben zu

verkaufen. Er hatte bereits ihre Post abgefangen und ihre Kreditkarten als gestohlen gemeldet, damit sie gesperrt wurden, aber das war offensichtlich auch nicht genug. Sie konnte das schnell in Ordnung bringen. Er musste etwas Drastischeres tun.

Ein Lächeln erschien auf seinem Gesicht. Er konnte nicht glauben, dass er nicht schon früher darüber nachgedacht hatte.

Das First Hope Frauenhaus war eine gemeinnützige Einrichtung. Loretta war wahrscheinlich auf Gelder von der Regierung angewiesen, um es am Laufen zu halten.

Was wäre, wenn dieses Geld nicht mehr käme? Vielleicht würde sein Angebot dann plötzlich wesentlich attraktiver aussehen.

Nolan rieb seine Hände aneinander, während er plante. Er würde denselben zwielichtigen Anwalt anrufen, der ihm schon einmal geholfen hatte, und sehen, was er sich einfallen lassen konnte. Loretta würde es bereuen, sein Angebot nicht angenommen zu haben.

KAPITEL VIERZEHN

»Ich bin mir dieser Sache nicht so sicher«, flüsterte Harlow Black zu, als sie im Vorzimmer von Great Escape standen.

»Warum?«, fragte Black.

Er schaute sich in der Menge um, die darauf wartete, in die drei ihnen zugewiesenen Zimmer geführt zu werden. Sie waren achtzehn, die sich entschieden hatten, an der spontanen Abendveranstaltung teilzunehmen.

Sie hatten sich in drei Sechser-Teams aufgeteilt. Gray, Allye, Carrie, Violet, Lacie und Ball waren in einem Team. Ro, Chloe, Julia, Jasper, Harlow und Black waren in einem anderen. Und Arrow, Morgan, Loretta, Edward, Ann und Sue waren im letzten Team.

Black wusste, dass seine Freunde den anderen in ihren Teams die meiste Arbeit überlassen würden, da sie alle sehr gut in solchen Dingen waren. Sie würden nur eingreifen, wenn ihre Teams feststeckten.

Als Harlow seine Frage nicht beantwortete, stupste Black sie an und fragte erneut: »Warum bist du verunsichert?«

Sie zuckte mit den Achseln. »Ich weiß es auch nicht.«

Er stellte sich hinter sie und legte ihr die Hände auf die

Hüften. Dann lehnte er sich zu ihr und flüsterte ihr ins Ohr: »Entspann dich einfach und genieß es. Das Ganze soll schließlich *Spaß* machen, weißt du.«

»Und warum bin ich dann so nervös?«, fragte sie und drehte sich über ihre Schulter zu ihm um.

Black fiel es sehr schwer, seine Gefühle für Harlow für sich zu behalten. Er war an diesem Nachmittag zum Frauenhaus gegangen und mitten in ein kontrolliertes Chaos hineingelaufen. Die Kinder waren in der Küche und »halfen« ihr, das Abendessen zuzubereiten, verursachten dabei aber mehr Arbeit für Harlow als alles andere. Loretta hatte Bethany und Carrie bei den Bewerbungen geholfen; sie versuchten, etwas Lukrativeres zu finden als die Fast-Food-Restaurants, in denen sie derzeit arbeiteten. Sue und Lisa waren am Telefon und die anderen saßen alle beisammen, redeten und lachten.

Anstatt genervt zu wirken, nahm Harlow wie immer alles gelassen hin, blieb stehen, um den Kindern ein Kompliment zu machen, wenn sie etwas gut gemacht hatten, und umarmte sogar Kristen, als sie an ihr vorbeiging.

Diese Frau stand nie still. Immer half sie jemand anderem. Black wurde schon müde nur vom Zusehen. Aber er liebte das an ihr. Er mochte es, dass sie so freundlich und offen war. Er mochte ihr sonniges Gemüt.

Er hatte noch nie jemanden getroffen, der einfach weitermachen und weitermachen und weitermachen konnte ... und dabei die ganze Zeit total freundlich war.

»Es gibt keinen Grund, nervös zu sein. Wir können nicht wirklich in dem Raum festsitzen, weil jemand die ganze Zeit durch Kameras zusieht. Auch wenn es ein Zeitlimit von einer Stunde gibt, habe ich keinen Zweifel daran, dass wir die Hinweise finden und vor Ablauf der Zeit rauskommen werden.«

»Das ist es nicht. Es ist nur ...«

»Was denn, Harl?«

Ihr Vanilleduft brachte ihn dazu, ganz andere Gedanken zu haben, intime Gedanken, und Black hatte Probleme, sich auf das zu konzentrieren, was sie sagte.

»Ich möchte einfach, dass Jasper Spaß hat. Ich möchte, dass er hierbei ein Erfolgserlebnis hat. Er hat eine harte Zeit hinter sich, jetzt, wo sein Vater ihn verlassen hat und er im Frauenhaus lebt. Er hat sich den anderen gegenüber immer noch nicht sehr geöffnet.«

Black wurde ganz warm ums Herz. Sie dachte eben immer an andere.

»Ich verspreche dir, dass er es lieben wird. Ich habe keinerlei Zweifel daran, dass er sich voll und ganz auf die Sache einlassen wird und sehr gut darin ist, Hinweise zu finden. Falls das allerdings aus irgendeinem Grund nicht der Fall sein sollte, werde ich ihm sanft auf die Sprünge helfen.«

»Hast du so was schon mal gemacht?«

Black nickte. »Ja. Nicht genau diesen Escape Room, aber andere ähnliche.«

Sie drehte sich zu ihm um und entweder hatte sie vergessen, dass seine Hände noch auf ihren Hüften lagen, oder es war ihr egal. Sie hielt sich an seinen Ärmeln fest und sagte: »Diese Escape Rooms sind doch sicher langweilig für dich und deine Freunde, oder? Schließlich tut ihr so was in der Art beruflich. Oder zumindest habt ihr das getan, als ihr noch beim Militär wart.«

Er grinste. »Sie sind ganz und gar nicht langweilig. Und außerdem ist mir nie langweilig, wenn ich in deiner Nähe bin, Harlow.«

Sie errötete und es gefiel ihm, wie leicht er sie beeinflussen konnte. Ihre blauen Augen funkelten mit einer Emotion, die er nicht lesen konnte. Sie leckte sich über die Lippen und Black musste sich zwingen, sich nicht zu ihr zu beugen und sie auf den Mund zu küssen.

Es war offiziell. Er war von ihr besessen.

»Ich mag die Freundinnen deiner Kollegen«, erklärte Harlow, wandte den Blick ab und sah zu der Seite des Raumes, wo sie standen.

»Sie sind eben nett«, erklärte Black ihr.

»Ich meine, es ist nicht so, dass ich gedacht hätte, ich würde sie *nicht* mögen, aber ich war mir nicht sicher, was ich zu Morgan sagen sollte. Ich bin so froh, dass es ihr gut geht, und sie sieht toll aus. Findest du nicht auch, dass sie toll aussieht? Ich habe keine Ahnung, wie sie das durchgestanden hat. Und Allye ist wunderschön. Ich wusste nicht, was mit ihr passiert ist, ich schaue nicht viele nationale Nachrichten, aber ich liebe ihr Haar. Diese weiße Strähne ist so einzigartig. Ihre Augen sind auch super cool. Ich kann nicht glauben, dass dieser Kerl sie wegen solch einfacher Dinge zur Zielscheibe gemacht hat. Das ist verrückt. Und ich finde, Chloe und ich sind uns sehr ähnlich. Wir sind gleich alt und gleich groß und haben sogar den gleichen Körpertyp. Oh, ich wollte sie fragen, ob sie Loretta einen Rat geben kann. Du hast gesagt, sie ist im Finanzwesen, richtig?«

Harlows Kommentar erinnerte ihn daran, dass er mit Rex sprechen und ihn Lorettas Geldsituation überprüfen lassen musste. Meat hatte anfangs einen flüchtigen Blick auf ihre Konten geworfen und nichts Ungewöhnliches gefunden. Aber es konnte nicht schaden, es noch einmal zu überprüfen, und Meat hatte im Moment mehr als genug um die Ohren. Es war möglich, dass die Kreditkarte, die sie Harlow und Zoe gegeben hatte, aus irgendeinem bürokratischen Grund nicht funktioniert hatte, aber er musste sichergehen.

»Sie berät offiziell keine Leute mehr in Geldsachen, aber ich bin sicher, sie wird eine Ausnahme machen«, erklärte er Harlow.

»Oh, dann sollte ich sie vielleicht nicht belästigen.

Schließlich möchte ich keine schlimmen Erinnerungen wecken oder so was.«

Black hatte Harlow grob die Geschichten der drei Frauen erzählt, die heute Abend anwesend waren. Über Morgan hatte sie schon Bescheid gewusst; jeder wusste über die Frau Bescheid, die entführt und über ein Jahr in der Karibik festgehalten worden war. Ihr Vater hatte dafür gesorgt, dass niemand vergaß, dass sein Kind vermisst wurde.

»Mach dir darüber keine Gedanken«, erklärte er ihr.

»Seid ihr alle bereit?«, fragte eine fröhliche Angestellte von der Tür aus.

Alle nickten und sie führte sie einen Flur entlang zu einem offenen Bereich mit drei Türen. Sie hielt ihnen eine Rede darüber, dass sie vollkommen sicher seien und dass jemand die Räume überwachen würde, um dafür zu sorgen, dass niemand in Panik geriet, und um zu helfen, wenn sie bei einem Hinweis stecken blieben. Dann wünschte sie ihnen viel Glück und die drei Gruppen teilten sich auf.

»Ich bin gleichzeitig aufgeregt und ein bisschen nervös«, bemerkte Chloe.

»Das Gleiche habe ich gerade zu Lowell gesagt«, stimmte Harlow ihr zu.

»Es ist blöd«, murmelte Jasper.

»Benimm dich, Jas«, schalt Julia ihren Sohn.

Die Tür hinter ihnen schloss sich und sie fanden sich in einem kleinen Raum wieder, der fast zu klein war, um sie alle aufzunehmen. Neben einer anderen Tür stand ein Aktenkoffer auf dem Boden und sonst nichts. Chloe versuchte, die Tür zu öffnen, und natürlich war sie verschlossen.

Und so begann der Abend. Schließlich fanden sie heraus, dass die Taschenlampe in der Aktentasche auch ein Schwarzlicht war, und sie benutzten sie, um einen Code an der Wand zu finden, der ein Geheimfach in der Aktentasche öffnete. Darin befand sich ein Schlüssel, der die Tür öffnete, die in einen größeren Raum führte, der mit Kisten und anderem Zeug gefüllt war.

Black und Ro hielten sich zurück und ließen die Frauen und Jasper die meiste Arbeit machen. Sie fanden Holzblöcke, auf denen scheinbar Kauderwelsch stand, Löcher, durch die man schauen konnte, um weitere Hinweise zu finden, und schließlich drei weitere Schlüssel, die benötigt wurden, um eine große Kiste im hinteren Teil des Raumes zu öffnen.

Es gab einen Punkt, an dem die Frauen ratlos waren und langsam frustriert wurden. Black fing Jaspers Blick auf und gestikulierte zu einem Werkzeugkasten auf dem Boden. Der Junge sah einen Moment lang verwirrt aus, kniete sich aber schnell hin und inspizierte den Werkzeugkasten, und es dauerte nur einen Moment, bis er die kleine Karte fand, die unter den verschiedenen Schraubenschlüsseln und Schraubenziehern versteckt war.

Seine Mutter, Chloe und Harlow waren begeistert, dass er den Hinweis gefunden hatte, den sie zum Weitermachen brauchten, und es war offensichtlich, wie stolz Jasper auf sich war.

Am Ende brauchten sie neunundvierzigeinhalb Minuten, um alle Hinweise zu finden und das Rätsel zu lösen. Jasper war derjenige, der den Code in das Zahlenschloss eingab, das die schwere Tür öffnete und sie hinausließ.

Es stellte sich heraus, dass sie die zweite Gruppe waren, die hinausging. Arrow, Morgan, Loretta, Edward, Ann und Sue hatten sie um ganze fünf Minuten geschlagen. Sie machten sich einen Spaß daraus, so zu tun, als ob sie sich zu Tode langweilten und schon ewig auf sie gewartet hätten.

Gray, Allye, Carrie, Violet, Lacie und Ball waren nicht weit hinter Black und den anderen und entkamen in zweiundfünfzig Minuten.

Sie machten ein großes gemeinsames Gruppenfoto und

dann benutzte jedes Team die Requisiten, die das Unternehmen zur Verfügung stellte, um alberne Bilder zu machen, die mit den Rätseln zu tun hatten, die sie jeweils gelöst hatten.

Insgesamt war der Ausflug ein großer Erfolg und Black war froh darüber, Harlow entspannt und glücklich zu sehen. »Bist du bereit zu gehen?«, fragte er leise, nachdem sie sich verabschiedet hatte.

Sie biss sich auf die Lippe und sah den anderen nach, die zu ihren Wagen gingen. »Glaubst du, sie sind im Frauenhaus in Sicherheit?«

»Natürlich. Ball wird sie alle hineinbegleiten und du weißt ja, dass Meat bereits da ist. Edward bleibt heute auch über Nacht bei Loretta. Ich würde sagen, sie sind in Sicherheit.«

Daraufhin sah sie ihn an. »Danke, dass du mit Jasper so großartig warst. Du brauchst nicht zu denken, ich hätte nicht gesehen, wie du ihm ein wenig geholfen hast. Er war unheimlich stolz darauf, dass er einige der Rätsel lösen konnte, bei denen wir nicht weiterwussten.«

»Er ist ein guter Junge«, erklärte Black achselzuckend.

»Du hast dich heute Abend nicht zu sehr gelangweilt, oder?«

»Gelangweilt? Auf keinen Fall, mein Schatz. Dir dabei zuzusehen, wie du den kleinen Siegestanz hingelegt hast, als du herausgefunden hast, dass du den Hinweis lesen kannst, wenn du mit dem Schwarzlicht in die Kiste leuchtest, war einfach unbezahlbar.«

Sie errötete und schlug ihm spielerisch auf den Arm. »Ach, halt den Mund.«

Als Rache drehte Black sie herum und legte einen Arm über ihre Brust. Mit der freien Hand kitzelte er sie. »Hast du etwa gerade gesagt, ich soll den Mund halten?«

»Hör auf! Oh mein Gott, lass mich los, Lowell!«

Er kitzelte sie noch eine Weile, merkte aber schnell, dass

er nur sich selbst quälte, nicht sie. Ihr Hintern rieb gegen seinen Schwanz und er konnte spüren, wie ihre Brüste seinen Arm berührten, als sie sich in seinem Griff wand. Er betete, dass er sich im Zaum halten konnte, ließ los und trat einen Schritt zurück.

Sie drehte sich zu ihm um – und Black verschlug es fast den Atem. Sie war absolut hinreißend. Ihr blondes Haar war durcheinander, die lila Spitzen streiften ihre Brüste. Die Baumwollbluse, die sie trug, war nicht besonders schick, aber er konnte sehen, dass ihre Brustwarzen unter dem Stoff hart waren. Sie lächelte und strahlte über das ganze Gesicht.

»Du kämpfst mit unfairen Mitteln«, beschwerte sie sich.

Irgendwie gelang es Black, normal zu sprechen. »Das tun alle«, entgegnete er ernst.

Bei seinen Worten entgegnete sie nüchtern: »Das ist wirklich schlimm.«

Da es ihm jetzt leidtat, dass er ihr die Stimmung verdorben hatte, versuchte Black, es wiedergutzumachen. »Du schlägst wie ein Mädchen«, neckte er sie.

»Das liegt daran, dass ich eins bin.«

»Ja, das ist mir nicht entgangen.« Die Worte hatten seinen Mund verlassen, bevor er sie zurückhalten konnte.

Harlow starrte ihn einen Moment lang an und Funken knisterten in der Luft zwischen ihnen. Schließlich sagte sie: »Ich habe mir dich nie so vorgestellt.«

»Wie meinst du?«

Sie machte eine Geste mit der Hand. »Entspannt. Locker. Lächelnd. Sogar in der Highschool warst du eher der ernste Typ.«

»Ich bin *normalerweise* auch gar nicht so«, erklärte er ihr ehrlich. »Ich glaube, dass du es bist, die diese Seite an mir zum Vorschein bringt.«

Sie brauchte einen Moment, um diese Worte zu verarbeiten, doch dann grinste sie. »Juhu!«

»Ja. Bereit, nach Hause zu gehen?«

Sie nickte. »Danke, dass du diesen Abend organisiert hast, Lowell. Ich wünschte, all die Frauen hätten mitkommen können, aber wenigstens weiß ich, dass Carrie, Violet und die anderen Spaß hatten. Sogar Loretta, glaube ich. Sie stand in letzter Zeit ziemlich unter Druck mit allem, was los war, es war also ziemlich gut für sie, eine Auszeit zu bekommen.«

»Gern geschehen«, erklärte Black Harlow. Er streckte die Hand aus, nahm ihre Hand in seine und ging zu seinem Wagen auf dem Parkplatz. Er war ihr zuvor zu ihrer Wohnung gefolgt, damit sie ihren Wagen abstellen konnte, dann hatte er sie beide zu dem Einkaufszentrum gefahren, in dem sich der Escape Room befand.

Er brachte sie in seinem Wagen unter und sie schwiegen eine Weile, während er sie zurück zu ihrer Wohnung fuhr. »Zoe kommt ungefähr in zehn Tagen zurück«, bemerkte Harlow nach ein paar Minuten. »Vielleicht bleibt sie einen Tag länger, es kommt drauf an, wie die Dinge mit ihrer Schwiegertochter laufen.«

»Ja. Du kannst es wahrscheinlich kaum erwarten, auch mal ein paar Tage Pause zu machen.«

»Nein. Ich meine, ja, schon, aber es wird irgendwie auch komisch sein, weil ich dann alle vermissen werde, wenn ich sie nicht mehr so oft sehe.«

Black wusste, dass sie das wirklich so meinte. Sie liebte das Frauenhaus. Liebte es, für alle zu kochen.

»Ich ... äh ... ich habe mich gefragt, ob du vielleicht mal zu mir zum Essen kommen möchtest, wenn sie wieder da ist.«

Black blinzelte überrascht und wandte sich zu ihr um. Im Licht der Straßenlaternen konnte er sehen, wie sich ihre Wangen vor Verlegenheit röteten.

»Es ist keine Verabredung.« Sie lachte nervös. »Du weißt schon, weshalb ... aber ich dachte, nach allem, was du für mich getan hast, kann ich dir wenigstens ein schönes

Abendessen kochen. Schließlich begleitest du mich ständig zur Arbeit und holst mich wieder ab und lauter solche Sachen.«

Als er daraufhin immer noch nichts erwiderte, sprach sie weiter. »Es ist keine große Sache. Wahrscheinlich bist du sowieso viel zu beschäftigt, aber ich wollte es dir eben anbieten.«

»Wie wäre es, wenn du stattdessen zu mir kommst?«, fragte er. Black hätte am liebsten den Kopf in den Nacken geworfen und vor Begeisterung laut geschrien, dass sie ihm angeboten hatte, für ihn zu kochen. Sie wollte es vielleicht nicht als Verabredung bezeichnen, aber das war es sehr wohl. Beim ersten Mal, dass sie zusammen aßen, wollte er allerdings in seinem Revier sein. Er wollte sie verwöhnen. Um ihr zu zeigen, dass er nicht wie diese Trottel war, mit denen sie in der Vergangenheit zusammen gewesen war.

»Oh, ähm … ja, das würde auch gehen. Dann gehe ich einfach einkaufen und bringe mit, was ich brauche.«

»Nein. Schick mir einfach deine Einkaufsliste und ich werde alles vorher einkaufen.«

»Aber das geht doch nicht. Ich kann …«

»Harlow«, unterbrach er sie, »schick mir die Liste. Das ist das Mindeste, was ich tun kann, wenn du mir schon anbietest, an deinem freien Abend für mich zu kochen.«

»Na gut. Wie wäre es Mittwoch in einer Woche?«

»Klingt gut.« Es war noch viel zu lange bis dorthin, aber wenn sie dachte, dass sie bis dahin nichts mehr zusammen machen würden, hatte sie sich geirrt. »Am Samstagmorgen habe ich in Manitou Springs zu tun. Ich weiß nicht, wie lange es dauert, und ich will deine Nachricht nicht verpassen, wenn du das Frauenhaus verlässt. Wie wäre es also, wenn ich dich so um acht Uhr morgens abhole und wir zusammen zur Manitou Springs Incline fahren und anschließend bringe ich dich zur Arbeit?«

»Oh, du brauchst nicht auf mich aufzupassen. Ich

denke, dass ich es einmal durchaus allein vom Parkplatz zum Frauenhaus schaffe.«

»Harlow ... willst du mitkommen oder nicht? Wenn nicht, verschiebe ich es einfach.«

»Nein, nein, ist schon in Ordnung. Ich komme mit.«

Es war schon fast beängstigend, wie gut Black sie kannte. Er wusste ganz genau, dass sie ihm nicht zur Last fallen wollte. »Wunderbar. Oh, und zieh bitte Turnschuhe und gemütliche Klamotten an.«

»Ich trage immer gemütliche Klamotten«, scherzte sie. »Aber Moment mal ... was ist denn überhaupt diese Manitou Incline? Du erinnerst dich noch daran, was ich dir vor unserem Fahrradausflug erzählt habe, richtig? Dass ich kein besonders gutes Koordinationsvermögen habe und Sport nicht so mein Ding ist?«

»Ja, daran erinnere ich mich«, entgegnete Black, dem es schwerfiel, ernst zu bleiben.

»Warum beschleicht mich plötzlich das Gefühl, dass ich das bereuen werde?«, murmelte sie.

Black lachte leise und strich ihr eine Haarsträhne hinters Ohr, bevor er seine Hand wieder auf das Lenkrad legte. Es fiel ihm auch schwer, seine Hände bei sich zu behalten. Er wollte sie immer berühren, und das nicht nur auf sexuelle Art und Weise. Er fühlte sich in ihrer Nähe wohl, mochte es, sie um sich zu haben.

»Nein, du wirst überhaupt nichts bereuen«, versicherte er ihr. Das würde er nicht zulassen. Egal, wie lange ihre Beziehung dauern würde, er würde dafür sorgen, dass sie im Guten auseinandergingen. Er wollte nicht, dass sie ihn jemals hasste. Allein der Gedanke war ihm zuwider.

Die restliche Fahrt zu ihrem Wohngebäude über sprachen sie nicht. Der Parkplatz war gut beleuchtet und sie lebte in einem sicheren Teil der Stadt. Glücklicherweise hatte er sich nie Sorgen darüber machen müssen, dass sie hier lebte.

»Also, dann bis morgen«, sagte sie.

»Ja.«

»Vielen Dank, dass du den heutigen Abend organisiert hast. Bin ich dir etwas schuldig?«

Er zog die Augenbrauen hoch und sah sie einfach nur an.

Harlow verdrehte die Augen. »Bitte entschuldige, das war eine dämliche Frage. Ich habe vergessen, dass ich heute Abend im Lowell-Land bin und nicht in der echten Welt.«

»Schön, dass du Spaß hattest«, sagte er und ging nicht auf ihre Sticheleien ein.

»Den hatte ich wirklich. Außerdem fand ich es toll, dass Jasper mal mitgekriegt hat, dass nicht alle Männer Idioten sind.«

»Ich hoffe, dass *du* das früher oder später auch noch lernst«, erklärte Black ihr.

Harlow sah ihn mit überraschtem Blick an und biss sich dann auf die Unterlippe. »Fahr vorsichtig. Bis morgen.«

»Das werde ich. Tschüss, mein Schatz.«

Er beobachtete sie, bis sie die Eingangshalle ihres Wohngebäudes betreten hatte, bevor er losfuhr. Er hatte sie ein bisschen mehr gedrängt, als er wahrscheinlich hätte tun sollen, aber er wollte so sehr, dass sie erkannte, was sie zusammen haben konnten.

Zwischen den beiden konnten die Funken sprühen, wenn sie nur die Augen öffnete und erkannte, dass er nicht wie die Idioten war, mit denen sie in der Vergangenheit ausgegangen war. Er würde sie wie die erstaunliche Frau behandeln, die sie war.

»Ein weiterer Tag, ein weiterer Stein bei ihr im Brett«, sagte er sich, als er nach Hause fuhr.

KAPITEL FÜNFZEHN

Harlow sah auf die Treppe vor sich und verschränkte die Arme. »Nein«, sagte sie nachdrücklich.

Lowell hatte sie genau um acht abgeholt und sie waren nach Manitou Springs gefahren. Dabei handelte es sich um eine wunderbare kleine Touristenstadt mit hübschen, kitschigen Läden und einem Schokoladengeschäft, bei dem ihr das Wasser im Mund zusammenlief ... und das um halb neun morgens.

Aber Lowell war abgebogen, an den Läden vorbeigefahren und eine Zeit lang in Richtung Süden gefahren, bevor er auf einen Parkplatz fuhr, der bereits ziemlich voll war. Sie konnte kaum glauben, wie viele Fahrzeuge schon so früh am Morgen hier waren.

Als sie ausstieg, sah sie genau, worum es sich bei der Manitou Incline handelte, und weigerte sich, auch nur einen weiteren Schritt zu tun.

»Komm schon, es macht sicher Spaß«, versuchte Lowell sie zu überzeugen.

»Im Ernst?«, fragte sie ihn und sah ihn böse an. »Was hast du denn bitte an ›Ich bin nicht besonders sportlich‹ nicht verstanden?«

»Wir müssen ja nicht schnell gehen. Schau, sogar Kinder und Hunde gehen die Steigung hoch.«

Harlow verschränkte die Arme und machte ein böses Gesicht. Dann schüttelte sie den Kopf und sagte leise: »Ich könnte jetzt gemütlich mit einer Tasse Kaffee in meinem Schlafanzug oder meiner Jogginghose in meiner Wohnung sitzen. Und ich dachte, ich würde dir einen Gefallen tun. Und ich habe mir nicht die Mühe gemacht nachzusehen, was es mit dieser speziellen Sehenswürdigkeit auf sich hat.« Sie seufzte, blickte dann zu Lowell und sagte lauter: »Ich werde im Wagen warten. Du kannst schon losziehen und«, sie machte eine Handbewegung in Richtung der steilen Treppe, »dein Ding durchziehen.«

»Es sind nicht mal zwei Kilometer, Harl. Das schaffst du.«

»Wie viele Stufen?«, fuhr sie ihn an, da sie sich sicher war, dass sie ihm nicht vertrauen konnte.

»Zweitausendsiebenhundertvierundvierzig.«

»Du meine Güte«, murmelte sie. »Lowell, ich bin schon völlig erledigt, wenn ich die zwei Stockwerke zu meiner Wohnung hochgehen muss.«

»Aber die Stufen sind Eisenbahnschwellen. Und die Aussicht vom Gipfel ist unglaublich cool.«

Harlow blickte nach oben. Und dann weiter nach oben und weiter nach oben.

»Der Höhenunterschied beträgt rund sechshundert Meter. Die durchschnittliche Steigung beträgt einundvierzig Prozent, wobei der steilste Teil achtundsechzig Prozent beträgt. Es ist so toll. Du wirst es lieben.«

Sie schaute von Lowells begeistertem Gesicht zurück zu den Stufen. Sie sahen aus, als würden sie buchstäblich direkt nach oben führen. Sie verstand die Prozentzahlen, die er ihr gegeben hatte, nicht wirklich, aber sie war auch nicht dumm. Sie konnte sehen, dass die Treppe an bestimmten Stellen fast senkrecht verlief.

Ohne ein Wort zu sagen, wandte sie sich von der Treppe ab und ging zurück zu seinem Mazda auf dem Parkplatz.

»Harl ...«, sagte er und lief ihr hinterher, um sie einzuholen.

»Mach du nur, Lowell. Ich warte hier auf dich. Ich bin mir ziemlich sicher, dass du innerhalb von zwanzig Minuten oben und wieder unten bist.«

»Harl«, sagte er erneut und hielt sie am Ellbogen fest, sodass sie gezwungen war anzuhalten.

Sie drehte sich zu ihm um. »Das war doch ein Witz, richtig?«

Er starrte sie eine Sekunde lang an und ihr wurde ein wenig bange. Sie war sich so sicher gewesen, dass er sie auf den Arm nahm. Nach ihrem Gespräch vor der Abfahrt vom Pikes Peak konnte er doch nicht wirklich denken, dass das eine gute Idee war ... oder?

Dann zuckten seine Lippen amüsiert – und sie atmete erleichtert auf.

»Mann, du Idiot!«, sagte sie lachend und schlug ihn auf den Arm.

»Au!«, entgegnete er, hielt sich den Bizeps und tat so, als hätte es ihm tatsächlich wehgetan. »Du hättest mal dein Gesicht sehen sollen«, erwiderte er grinsend.

»Bitte sag mir, dass du heute tatsächlich etwas geplant hast, außer mich auf den Arm zu nehmen«, sagte sie und war ausgesprochen erleichtert, dass er nicht wirklich erwartet hatte, dass sie all diese Stufen nach oben steigen würde.

Er zwinkerte ihr zu. »Natürlich habe ich das. In Manitou Springs gibt es eine Künstlergenossenschaft, die tolle Sachen anbietet. Und es gibt einen Schokoladenladen, der wundervolle Pralinen hat. Ich dachte, wir könnten ein bisschen rumlaufen und ausspannen, bevor ich dich zurück zur Arbeit bringen muss.«

»Das war aber wirklich gemein, Lowell. Was, wenn ich dir tatsächlich geglaubt hätte?«

»Ich weiß«, entgegnete er. »Aber ich war mir sicher, dass du das nicht tun würdest.«

Es hatte tatsächlich einen kurzen Moment gegeben, wo sie sich ehrlich gesagt nicht ganz sicher gewesen war, ob er sie auf den Arm nahm, aber sie beschloss, das nicht zu erwähnen. »Ich verzeihe dir unter einer Bedingung«, sagte Harlow.

»Ich würde alles dafür tun«, versicherte er ihr.

»Zuerst holen wir uns etwas von der Schokolade.«

»Das machen wir, mein Schatz.« Dann streckte er die Hand aus und zog sie zu sich. Sie legte ihre Arme wie selbstverständlich um seine Taille und er legte eine seiner Hände flach auf ihre Wirbelsäule, die andere ruhte auf ihrem Rücken. Er sagte nichts, starrte nur auf sie herab mit einem Blick in seinen Augen, den sie nicht deuten konnte.

Harlow atmete ein und wieder einmal fiel ihr auf, wie gut Lowell roch. Sie wünschte, sie könnte seinen Duft in Flaschen abfüllen und aufbewahren, um ihn mitzunehmen und daran zu schnuppern, wenn sie einen beschissenen Tag hatte. Sie zog sich zurück und sagte ganz sachlich: »Ich werde nie so sportlich sein wie du, Lowell. Es war kein Scherz, als ich sagte, dass ich nicht mal gern trainiere. Ich bin bereit, eine Menge Dinge auszuprobieren. Fallschirmspringen, in einem Heißluftballon fahren, den Pikes Peak mit dem Fahrrad runterfahren – aber freiwillig Tausende von Stufen zu erklimmen wird mir nie Spaß machen. Ich meine, sieh mich an. Besser wird es nicht.«

Seine Lider waren halb geschlossen, als er tat, was sie verlangte, und er ließ seinen Blick von ihrem Gesicht zu ihrer Brust hinunter zu ihren Hüften und dann wieder hoch zu ihrem Gesicht wandern. »Du bist einfach wunderschön, Harlow. Du gefällst mir, genau so, wie du bist. Und jetzt holen wir dir erst mal deine Schokolade. Die haben auch gleichzeitig ein Café. Ich würde sagen, keiner von uns beiden hat etwas gegen eine schöne große Tasse Kaffee einzuwenden.«

Harlow sah sich noch einmal um, als Lowell ihre Hand nahm und sie zurück zu seinem Wagen führte. »Hast du das wirklich gemacht? Bist den ganzen Weg nach oben geklettert?«, fragte sie ihn.

»Ja. Und es hat wirklich überhaupt keinen Spaß gemacht. Ich würde es nicht wieder tun, außer ich bin dazu gezwungen.«

Daraufhin konnte Harlow nur lachen. Sie war unglaublich erleichtert, dass er nicht wirklich davon ausgegangen war, dass sie all diese Stufen nach oben steigen würde. Sonst wäre dieser Morgen sicherlich irgendwo ganz oben auf ihrer Liste mit den schrecklichen Verabredungen gelandet.

Black lächelte über etwas, das Harlow sagte, aber innerlich stellte er sich selbst infrage.

Er hatte ihren Gesichtsausdruck gesehen, als sie gefragt hatte, ob er Witze machte. Er hatte gedacht, sie würde lachen, als sie an der steilen Steigung ankamen und ihm sagen, er könne sie mal. Aber stattdessen hatte sie einen Moment lang ernsthaft geglaubt, dass er einen Ausflug geplant hatte, bei dem sie eine riesige Treppe hinaufsteigen mussten.

Es war eine Fehleinschätzung seinerseits gewesen, und obwohl er es als Witz gemeint hatte, hätte er alles ruinieren können, was er zwischen ihnen aufzubauen versuchte, wenn sie geglaubt hätte, dass er es ernst meinte. Er hatte gelächelt und die richtigen Dinge gesagt, als sie durch die Stadt gingen, aber die Sache ließ ihm keine Ruhe.

»Lowell«, sagte sie.

»Ja?«

»Du hast kein Wort von dem gehört, was ich dir gesagt habe, stimmt's?«

Oh Mist. »Entschuldige, Harl. Um ehrlich zu sein ... ich kann nicht aufhören, darüber nachzudenken, was für eine schlechte Idee es war, den Witz mit der steilen Wanderung den Berg hinauf zu machen.«

Sie grinste.

Black sah sie fragend an.

»Lowell, du wärst ein Volltrottel, wenn du tatsächlich erwartet hättest, dass ich all diese Stufen hochsteige. Du wärst ein Volltrottel, wenn du dich nicht entschuldigen würdest. Du wärst ein Volltrottel, wenn du dich nicht wenigstens ein bisschen schlecht fühlen würdest. Aber du bist offensichtlich kein Volltrottel.« Sie hielt ihren großen Becher Kaffee hoch und zeigte auf die Tüte mit all den Pralinen, die er ihr gekauft hatte und die er jetzt trug. »Du hast die Minute, in der ich mich unwohl gefühlt habe, mehr als wieder wettgemacht.«

Er hielt inne und drehte sich zu ihr um. »Tut das ... ändert das die Dinge zwischen uns?«

»Was? Nein.«

»Gut.«

»Lowell, ich mag dich. Du bist lustig, du bist selbstlos und du gibst mir ein Gefühl der Sicherheit. Ich weiß, wenn ich mit dir zusammen bin, muss ich mir keine Sorgen machen, dass sich jemand mit mir anlegt. Oder mich auch nur anrempelt. Ich bin gern in deiner Nähe. Du bist klug und ich liebe es, dir beim Umgang mit den Kindern zuzusehen. Ich fände es schlimm, wenn meine Unsportlichkeit etwas daran ändern würde.«

»Und ich fände es schlimm, wenn mein blöder Witz etwas daran ändern würde«, entgegnete er.

»Gut. Also, komm schon. Ich habe in der Künstler-

Kooperative ein paar schöne Glasmalereien entdeckt, die ich mir näher ansehen möchte.«

Als Black dieses Mal lächelte, war es echt. Er wusste nicht, warum Frauen so gern einkaufen, aber er freute sich sehr, dass er sich die Zeit genommen hatte, das heute mit Harlow zu machen.

Und außerdem hatte der Morgen noch etwas Gutes mit sich gebracht, denn er hatte jetzt eine weitere Idee für eine ihrer »Nicht-Verabredungen«. Sie hatte sie ihm selbst gegeben. Er wusste nicht, ob es ihm gelingen würde, das Ganze noch vor dem geplanten gemeinsamen Abendessen durchzuziehen, aber er würde es versuchen.

An diesem Abend, nach der Arbeit und nachdem Lowell ihr nach Hause gefolgt war, saß Harlow auf ihrem Sofa und starrte eine lange Zeit ins Leere. Der Morgen hatte etwas holprig begonnen, aber Lowell hatte die Situation schnell gerettet.

Aber wenn sie daran dachte, wie leicht sie Lowell seinen Scherz verziehen hatte, musste sie an all die anderen schlechten Verabredungen denken, auf denen sie gewesen war.

War sie zu kritisch mit ihnen umgegangen? Sie hatte eigentlich nicht das Gefühl.

Harlow beschloss, dass sie einen Rat brauchte, nahm ihr Telefon in die Hand und wählte. Es war schon spät zu Hause, aber sie wusste, dass es ihrer Mutter egal wäre.

Das Telefon klingelte zweimal, bevor sie die Stimme ihrer Mutter hörte. »Hallo, meine Süße.«

»Hi, Mom.«

»Alles in Ordnung? Es ist schon ziemlich spät.«

»Ich weiß. Es geht mir gut. Wir haben uns nur schon

länger nicht mehr gesprochen und ich dachte, ich rufe mal an und erkundige mich, wie es euch geht.«

Sie unterhielten sich zwanzig Minuten lang über nichts Besonderes. Harlow erfuhr alles über die ehrenamtliche Arbeit ihrer Mutter im örtlichen Theater und über die guten und schlechten Vorstellungen, die sie umsonst gesehen hatte. Sie erfuhr, dass ihr Vater angefangen hatte, einige der Dinge, die er in seiner Holzwerkstatt herstellte, online zu verkaufen.

Irgendwann sagte ihre Mutter: »Warum sagst du mir nicht, warum du wirklich anrufst? Alles in Ordnung mit dem neuen Job?«

Harlow seufzte. Das war ja klar, dass ihre Mutter wusste, dass sie nicht einfach so anrief. »Mit dem Job ist alles in Ordnung. Mom ... woher wusstest du, dass Dad der Richtige für dich ist?«

»Wow, das kam jetzt aber aus dem Nirgendwo«, entgegnete ihre Mutter.

Harlow lachte. »Ich weiß. Es tut mir leid.«

»Verabredest du dich mit jemandem?«

»Nein!«, erwiderte Harlow sofort. Dann sagte sie sanfter: »Ich meine, nicht so richtig. Du weißt ja, was ich davon halte. Ich hatte genügend schreckliche Verabredungen für ein ganzes Leben.«

»*Nicht so richtig*, was?«, hakte ihre Mutter nach, der ihre Wortwahl nicht entgangen war.

»Ich habe mich öfter mal mit jemandem getroffen ... ich kenne ihn noch von der Highschool. Erinnerst du dich vielleicht noch an Lowell Lockard?«

»Hmmmm, nein, das könnte ich nicht behaupten.«

»Er war ein Jahr älter als ich und wir hatten verschiedene Freundeskreise. In meinem dritten Jahr waren wir gemeinsam im Jahrbuchklub und ich war in ihn verknallt. Er ging direkt nach der Highschool zur Navy und zog los, um die Welt zu retten.«

»Und jetzt ist er in Colorado Springs?«, fragte ihre Mutter.

»Ja. Es ist eine lange Geschichte, aber er ist aus der Navy ausgeschieden und betreibt jetzt einen Schießstand.« Harlow entschied, dass es ihr nicht zustand, ihrer Mutter von seinem anderen Job zu erzählen. »Jedenfalls passieren beim Frauenhaus merkwürdige Dinge und ich habe ihn angerufen, um ihn zu fragen, ob er den Bewohnerinnen ein paar Selbstverteidigungskurse geben kann. Eins führte zum anderen und jetzt treffen wir uns eben gelegentlich.«

»Aha.«

Harlow hatte keine Ahnung, warum ihre Mutter »Aha« gesagt hatte, ging jedoch vorläufig nicht darauf ein. »Jedenfalls musste ich an dich und Daddy denken und dass du mir immer erzählt hast, dass du bereits nach wenigen Verabredungen wusstest, dass er der Richtige für dich ist. Woher wusstest du das? Lag es an irgendetwas, was er gesagt hat? Oder getan?«

»Ich weiß nicht genau, wie ich dir das erklären soll«, entgegnete ihre Mutter sanft. »Es war eher ein Gefühl als alles andere. Wenn wir nicht zusammen waren, musste ich ständig an ihn denken. Wenn mir etwas Lustiges einfiel, wollte ich es ihm erzählen, wenn irgendetwas Interessantes in meinem Leben passierte, wollte ich immer ihn zuerst anrufen, im Gegensatz zu meinen Freundinnen. Bei ihm fühlte ich mich wohl. Nach einer Weile war es mir nicht mehr so wichtig, dass ich immer perfekt aussah, wenn ich mit ihm zusammen war. Ich konnte meine alten Klamotten tragen und musste mir keine Sorgen darüber machen, was er wohl denken würde. Ich konnte ihm alles erzählen und war mir sicher, dass er mich nicht für albern halten würde.«

»Und woher wusstest du, dass er deine Gefühle erwidert? Dass er auch mit dir zusammen sein wollte?«

»Bei uns hat es einfach klick gemacht, mein Schatz. Das geschah ganz ohne Worte. Zwischen uns herrschte eine wahnsinnige Chemie und ich erinnere mich noch daran, dass all meine Freundinnen dachten, ich würde in die Hölle kommen, weil ich Sex vor der Ehe hatte, aber der Tag, an dem wir zum ersten Mal miteinander geschlafen haben, war der schönste Tag meines Lebens.«

»Bähhhh, Mom, so was will ich gar nicht wissen!«, erklärte Harlow und rümpfte die Nase.

Ihre Mutter lachte leise. »Du hast mich schließlich gefragt. Aber im Ernst. Egal was ich tat oder wohin ich ging, ich konnte mich immer darauf verlassen, dass er für mich da war, wenn ich ihn brauchte. Habe ich dir jemals die Geschichte erzählt, als das Haus, in dem ich mit meinen drei Freundinnen lebte, ausgeraubt wurde?«

Harlow atmete erschreckt ein. »Nein, Mom. Verdammt! Was ist genau passiert? Nicht zu fassen, dass du mir das nicht schon vorher erzählt hast.«

»Beruhige dich. Mir geht's gut, wie du weißt. Wie auch immer, es war gegen Abend und ich war mit deinem Vater im Einkaufszentrum verabredet. Er musste an dem Abend arbeiten und bot mir an, mich abzuholen, aber mein Haus lag nicht auf seinem Weg, also sagte ich ihm, ich würde ihn dort treffen. Jedenfalls war ich gerade dabei, mich fertig zu machen, als ein Mann in mein Haus einbrach. Er hatte eine Waffe und zwang meine Mitbewohnerinnen und mich, uns mit ihm in einem Schlafzimmer im Obergeschoss zu verschanzen. Wir hatten solche Angst, dass er uns entweder erschießen oder vergewaltigen würde. Wir hatten keine Ahnung, was wir tun sollten. Der Mann lief hin und her, offensichtlich verrückt, entweder auf Drogen oder einfach geisteskrank, murmelte und schlug sich ab und zu mit der Pistole auf den Kopf.

Wie auch immer, ich glaube, wir saßen etwa eine Stunde lang zusammengekauert in diesem Raum, und plötzlich war dein Vater da. Er stürmte ins Zimmer und griff den Eindringling an. Er schlug ihn so heftig, dass ich Angst hatte, er würde ihn umbringen. Zusammen mit zwei meiner Mitbewohnerinnen musste ich ihn von dem Mann wegziehen. Ich fragte deinen Vater, woher er wusste, dass ich in Schwierigkeiten war, und er sagte mir, dass er sofort wusste, dass etwas nicht stimmte, als er merkte, dass ich nicht im Einkaufszentrum war, um ihn zu treffen.«

»Wow«, bemerkte Harlow. »Das ist ja verrückt.«

»Ja. Der Mann wurde ins Gefängnis gesteckt und am nächsten Tag hat dein Vater mich gefragt, ob ich seine Frau werden möchte. Er sagte, er hätte fast den Verstand verloren, als ihm klar wurde, was los war. Worauf ich hinaus möchte: Wenn ich mit deinem Vater zusammen bin, fühle ich mich sicher. Er ist zwar nicht der beste Sportler und kann auch nicht so toll mit Waffen umgehen, aber wenn es hart auf hart kommt, weiß ich, dass er alles in seiner Macht Stehende tun wird, um mich zu beschützen. Und selbst wenn das bedeutet, einen bewaffneten Mann anzugreifen und ihn zu verprügeln, so wird er es tun. Und wenn es bedeutet, mich direkt vor dem Supermarkt abzusetzen, damit ich nicht im Regen vom Wagen bis zum Laden laufen muss, so würde er es ebenfalls tun. Dieses Gefühl, einen Partner zu haben, der wirklich das Beste für mich will – als mir das klar wurde, wusste ich, dass ich den Rest meines Lebens mit ihm verbringen möchte.«

Harlow hätte am liebsten geweint. Sie liebte ihren Vater, natürlich tat sie das, aber sie hatte ihn nie wirklich in demselben Licht gesehen, wie ihre Mutter es offensichtlich tat. Es war fast unmöglich, sich den kahlköpfigen Mann mit dem Hängebauch vorzustellen, der einen Mann mit einer Pistole angriff.

Aber hatte sie nicht auch so für ihn empfunden, als sie klein war? Er konnte ein Wehwehchen küssen, damit es sich besser anfühlte. Er konnte ihr ein Eis kaufen und einen schlechten Tag vergessen machen. Und wenn er ihr eine Geschichte vorlas, war das der Höhepunkt ihres Abends.

Ihre Mutter hatte Harlow jedoch nicht dabei geholfen, ihre Gefühle für Lowell klarer zu sehen. Sie hatte sie eigentlich nur noch mehr verwirrt.

»Ich wusste, dass er mich genauso liebte wie ich ihn, als er nicht gezögert hat, nach mir zu suchen, obwohl ich nur eine Minute zu spät dran war«, beantwortete ihre Mutter schließlich Harlows Frage. »Die Leute kommen ständig zu spät. Wenn ich nur eine weitere Verabredung für ihn gewesen wäre, hätte er sich keine Sorgen gemacht. Er hätte einfach angenommen, dass ich ihn versetzt hätte. Damals hatten wir noch keine Handys, mit denen wir jemanden kontaktieren konnten, um herauszufinden, was los ist. Er sorgte sich so sehr um mich, dass er kam, um nachzusehen, was los war. Daher wusste ich, dass er der Richtige für mich war.«

Harlow seufzte. Verdammt, wie sehr sie ihre Eltern liebte. »Du hast wirklich großes Glück«, stellte sie schließlich fest.

»Ja, das habe ich. Und jetzt erzähl mir von diesem Lowell.«

»Da gibt es nicht viel zu erzählen«, erwiderte Harlow ausweichend.

»Harlow«, schalt ihre Mutter sie. »Seit Jahren hast du mir nicht mehr den Namen eines deiner männlichen Freunde genannt. Ich glaube sogar, es ist das erste Mal, dass du überhaupt einen männlichen Freund hast. Ich habe alles über deine schrecklichen ersten Verabredungen gehört und du hast mir gesagt, dass du den Männern für die nahe Zukunft abgeschworen hast. Jetzt rufst du an und erzählst mir, dass du mit einem ehemaligen Klassenkameraden rumhängst, in den du zufällig verknallt warst, *und* du fragst mich, woher ich wusste, dass dein Dad der Richtige für mich war? Raus mit der Sprache.«

»Es ist nur ... ich habe Angst.«

»Angst wovor?«

»Was, wenn er mich nicht genauso gernhat wie ich ihn. Dass ich mein Herz an ihn verliere und er mir sagt, dass es ihm leidtut, aber er will, dass wir nur gute Freunde bleiben. Er hat mir gesagt, dass er nicht auf der Suche nach einer Beziehung ist, was, wenn ich mich bis über beide Ohren verliebe und er mir wehtut?«

»Es gibt für nichts im Leben eine Garantie, Harlow«, erwiderte ihre Mutter. »Dieser Einbrecher hätte genauso gut mich und meine Freundinnen töten können. Wenn das geschehen wäre, wärst du jetzt nicht hier. Du musst das Leben eben einen Tag nach dem anderen leben.«

»Aber ich habe ihm immer und immer wieder gesagt, dass ich keine Verabredung will.«

»Na und?«

»Und das ist ihm recht. Wir treffen uns als Freunde und ich weiß nicht, wie ich die Dinge jetzt noch ändern soll oder ob ich es überhaupt versuchen soll.«

»Ihr trefft euch als Freunde?«

»Ja. Heute waren wir in einem bezaubernden kleinen Touristenörtchen und sind einkaufen gegangen. Vor ein paar Tagen hat er mich auf eine Radtour vom Gipfel des Pikes Peak eingeladen. Er kommt am Frauenhaus vorbei, wenn ich arbeite, und bald treffen wir uns bei ihm und ich werde für ihn kochen, um mich bei ihm zu bedanken, dass er kostenlose Selbstverteidigungskurse für die Bewohnerinnen gegeben hat.«

»Mein Schatz«, sagte ihre Mutter sanft und hielt dann inne.

»Was ist?«

»Ich glaube nicht, dass du dir Gedanken drüber machen musst, deine Beziehung zu diesem jungen Mann zu verändern.«

»Und warum nicht?«

»Du bist ja nicht dumm. Deswegen verstehe ich auch nicht, warum du es nicht selbst siehst«, erwiderte ihre

Mutter lachend. »Mein Schatz, ihr geht doch *ständig* auf Verabredungen.«

Harlow schüttelte vehement den Kopf. »Nein, tun wir nicht. Wir haben abgemacht, dass wir uns nicht verabreden.« Doch in dem Moment, in dem sie diese Worte aussprach, wurde ihr klar, wie dumm sie sich anhörte. Sie schlug sich mit der flachen Hand gegen die Stirn.

»Ich hoffe, dieses Geräusch bedeutet, dass bei dir jetzt der Groschen gefallen ist«, stellte ihre Mutter trocken fest.

»Oh mein Gott. Ich habe mich mit ihm verabredet, ohne dass es mir klar war«, entgegnete sie.

»Ding, ding, ding!«, erklärte ihre Mutter. »Für mich hört es sich so an, als hättest du da einen echten Gentleman erwischt. Das wurde ja auch langsam mal Zeit. Es hat mir nicht gefallen, immer nur die Schauergeschichten über die Verlierer zu hören, mit denen du sonst ausgegangen bist.«

Harlow lachte so schwer, dass sie sich fast verschluckt hätte. »Soll ich etwas sagen? Soll ich ihn wissen lassen, dass ich es weiß?«

»Lass es einfach laufen«, empfahl ihr ihre Mutter. »Man muss nicht alles totreden. Du warst schon immer so, mein Schatz. Genieße einfach die Zeit mit ihm, okay?«

»Ich werde es versuchen.« Harlow drehte sich noch immer der Kopf von der Erleuchtung, dass sie sich ständig mit Lowell Lockard verabredete und allem Anschein nach mit ihm zusammen war.

»Und würdest du mir jetzt vielleicht mal erklären, warum du denkst, dass die Bewohnerinnen des Frauenhauses Selbstverteidigungskurse nötig haben? Bist du in Sicherheit?«

Harlow verbrachte die nächsten zehn Minuten damit, ihrer Mutter zu erklären, was am Frauenhaus vor sich ging, zumindest alles, was sie wusste, was nicht gerade viel war. Sie versicherte ihrer Mutter, dass Lowell und seine Freunde sich um die Sache kümmerten und sie in guten Händen war. Und sie endete mit: »Du hast gesagt, dass du dich bei Daddy immer sicher gefühlt hast. Bei Lowell habe ich das gleiche Gefühl.«

»Gut. Es hört sich wirklich so an, als wäre er für dich da, wenn du ihn brauchst. Ganz im Gegensatz zu den anderen Vollpfosten, mit denen du dich sonst immer verabredet hast.«

»Mom!«, schalt Harlow sie.

Doch ihre Mutter lachte nur. »Ich liebe dich, mein Schatz. Es freut mich, dass auf der neuen Arbeit alles gut läuft. Ich weiß, dass du in dem Hotel in Seattle nicht glücklich warst.«

»Ja, es gefällt mir, dort zu arbeiten«, versicherte Harlow ihrer Mutter. »Die Kinder gehen mir wirklich nahe. Grüßt du bitte Daddy von mir?«

»Natürlich. Und ich erwarte, dass du mich jetzt öfter anrufst, um mir von deinem jungen Mann zu erzählen.«

»Er ist nicht mein junger Mann, Mom.«

»Hmmm.«

Harlow wusste, dass es nichts brachte, ihrer Mutter zu widersprechen. Wenn sie sich erst mal etwas in den Kopf gesetzt hatte, würde sie ihre Meinung nicht mehr ändern. »Ich rufe bald wieder an. Ich liebe dich.«

»Ich dich auch, mein Schatz. Pass auf dich auf.«

»Das werde ich. Tschüss.«

»Tschüss.«

Harlow legte auf und seufzte. Sie war sich nicht sicher, ob sie sich besser fühlen sollte, nachdem sie mit ihrer Mutter gesprochen hatte, oder ob sie wegen der neuen Erkenntnisse ausflippen sollte.

Ohne sich Zeit zu lassen, darüber nachzudenken, nahm sie ihr Handy wieder in die Hand, surfte im Internet nach dem perfekten Bild und bearbeitete es dann. Das Bild war von der Spitze der Manitou Incline aufgenommen worden, mit Blick auf die steilen Stufen nach unten. Oben zeichnete sie ein Strichmännchen, das die Arme in die Luft streckte, à la Rocky Balboa. Sie klickte auf Lowells Namen und versah das Bild mit einem Smiley-Emoji. Sie tippte die Worte *Schau, ich habe es bis zum Gipfel geschafft!* Dann schickte sie es mit einem kleinen Anflug von Zweifel ab.

Sie biss sich auf die Lippe, wartete einen Moment und sah dann die drei Punkte, die ihr anzeigten, dass er eine Antwort tippte. Innerhalb von Sekunden vibrierte ihr Telefon.

Lowell: Nur damit du es weißt, ich habe nie daran gezweifelt, dass du es die Treppe hinaufschaffst.

Es überraschte sie, dass ihr plötzlich Tränen in die Augen stiegen. Harlow blinzelte, um sie zu vertreiben, lächelte und tippte dann schnell ihre Antwort.

Harlow: Hätte ich auch locker.

Lowell: Ich hatte heute Morgen wirklich großen Spaß ... zumindest, nachdem ich mich nicht mehr wie ein Volltrottel benommen habe.

Harlow: Ich auch.

Lowell: Bis morgen. Schreib mir eine Nachricht, bevor du von Zuhause wegfährst.

Harlow: Das mache ich. Schlaf schön.

Lowell: Du auch.

Harlow ließ sich mit breitem Lächeln seitlich auf ihr Sofa fallen, hob sich ein Kissen vors Gesicht und schrie hinein. Dann ließ sie das Kissen sinken und sagte leise: »Ich bin mit Lowell Lockard zusammen. Nicht zu fassen.«

KAPITEL SECHZEHN

Die nächsten Tage verliefen relativ reibungslos – und das machte Black nervös. Er hatte weder Brian Pierce noch seine Kumpane gesehen, was seinen inneren Alarm auslöste. Er begleitete Harlow jeden Tag zum und vom Frauenhaus. Er hatte ein paar Tage Zeit, um seine nächste Überraschung für sie vorzubereiten, und er hoffte inständig, dass er diese nicht vermasselte, so wie er es bei ihrem letzten morgendlichen Ausflug fast getan hätte.

Sie würde nächsten Mittwoch zum Abendessen in seine Wohnung kommen und er konnte es kaum erwarten. Harlow war noch nicht in seiner Wohnung gewesen und er war davon überzeugt, dass es irgendwie seelisch befriedigend sein würde, sie in seinem Bereich zu sehen. Seine Wohnung war nichts Besonderes. Im Gegensatz zu Gray und Ro hatte er kein riesengroßes Haus mit Blick auf riesige Bäume, aber er hatte eine schöne Terrasse, die er so oft wie möglich nutzte.

Und davor – seine nächste Überraschung. Er musste sie nur davon überzeugen, dass er sie wieder in aller Herrgottsfrühe abholen durfte.

Er lehnte an der Theke in der Küche des Frauenhauses, mit Harlow an seiner Seite, und sah Sammie und Milo zu, wie sie das Geschirr vom Abendessen abräumten. Sie spülten es in der Spüle ab und räumten es in die Spülmaschine.

»Also ... ich habe mir gedacht, dass ich dich morgen früh abhole und wir irgendetwas unternehmen«, erklärte er Harlow so beiläufig er konnte. Er war sich nicht sicher, wie lange er noch Verabredungen für die beiden planen konnte, ohne dass sie bemerkte, was er tat.

Sie lachte leise. »Wann soll es diesmal sein?«

Black zuckte zusammen. »Halb fünf.«

»Gehört körperliche Betätigung auf irgendeine Weise dazu?«

Er lächelte. »Nein.«

»Bist du dir da sicher? Und sagst du das jetzt einfach nur so?«

»Denkst du, ich würde in dieser Hinsicht lügen, nach allem, was beim letzten Mal passiert ist?«

Sie neigte den Kopf zur Seite und sah ihn an. »Wenn du es so sagst, wahrscheinlich eher nicht. Okay, ich lasse mich ködern. Warum nicht.«

»Du wirst es nicht bereuen.«

Harlow sah ihn mit einem Blick so voller Emotionen an, dass Black nicht einmal wusste, wo er damit anfangen sollte, ihre Gedanken zu ergründen.

»Das weiß ich doch«, sagte sie nach einem kurzen Moment. »Ich habe keinerlei Zweifel daran, dass du mich nicht enttäuschen wirst. Das hast du immer und immer wieder bewiesen.«

Ihre Worte hallten in Blacks Gedanken wider. Sie hatte recht. Er *würde* sie nicht enttäuschen.

Ein lautes Krachen ertönte vor ihnen und Black machte sofort einen Schritt nach vorn, um Harlow vor dem, was auch immer geschah, zu schützen und hinter sich abzuschirmen.

Sammie und Milo sahen ihn mit großen Augen an. Eine zerbrochene Schüssel lag zu ihren Füßen auf dem Boden. Der kleine Junge schaute schnell von Blacks Gesicht zu seinen Händen – die immer noch in Fäusten an seinen Seiten lagen – und brach in Tränen aus. Sammie, die nicht wusste, warum ihr Idol weinte, stimmte sofort mit ein.

Im nächsten Moment war Jasper vom Tisch herübergelaufen und hatte sich zwischen ihn und die weinenden Kinder am Waschbecken gestellt.

»Ganz ruhig«, entgegnete Black und wich einen Schritt vor dem Jugendlichen zurück.

»Das haben sie nicht absichtlich gemacht«, knurrte Jasper. »Du darfst ihnen nicht wehtun.«

Black war wütend auf Wyatt Newton, den Mann, der Jasper offensichtlich beigebracht hatte, dass die angemessene Bestrafung auf einen zerbrochenen Teller eine Tracht Prügel war.

Er öffnete die Hände, spreizte die Finger und hob sie langsam. »Niemand tut irgendwem weh«, erklärte Black leise und in einem, so hoffte er, versöhnlichen Ton. »Das war ein Unfall. Unfälle passieren nun mal.«

»Du bist mit geballten Fäusten auf sie zugegangen«, beschuldigte Jasper ihn und behauptete seinen Standpunkt.

»Als ich die Hände zu Fäusten geballt habe, habe ich an etwas anderes gedacht«, erklärte Black dem Jugendlichen. »Als ich den Krach gehört habe, habe ich einen Schritt nach vorn gemacht, um Harlow zu beschützen, weil ich nicht wusste, was los war. Und es dauerte einen Moment, bis es mir klar wurde. Das ist alles. Ich würde niemals eine Hand gegen irgendjemanden hier erheben. *Niemals.*«

Jasper blickte von Black zu Harlow. »Alles in Ordnung, Harlow?«

»Natürlich, Jasper«, entgegnete sie leise und Black spürte ihre Hand auf seinem Rücken, als sie um ihn herum blickte, aber sie schob ihn nicht aus dem Weg. »Lowell und ich haben uns unterhalten und ich habe nicht aufgepasst, was die Kinder machen.«

»Was zum Teufel ist denn hier los?«, fragte Loretta, die gefolgt von Lisa und Melinda ins Zimmer kam.

»Sammie, bist du verletzt?«, fragte Lisa ihre Tochter.

»Milo? Was ist denn los?«, meldete sich jetzt auch Melinda.

»Jemand hat einen Teller fallen lassen. Mehr nicht«, informierte er die Neuankömmlinge. »Ich glaube, sie weinen nur, weil sie sich erschreckt haben. Und vielleicht auch, weil sie dachten, ich könnte sie bestrafen. Aber Jasper ist ihnen zu Hilfe gekommen und jetzt wissen alle, dass ich nicht verärgert bin. Harlow übrigens auch nicht. Solche Dinge passieren eben. Geschirr geht kaputt. Das ist nicht schlimm.« Er hielt die Arme weiterhin seitlich ausgestreckt und betrachtete das kleine Mädchen und den Jungen, die immer noch schnieften. »Glaubt ihr, ihr könntet euren Müttern helfen, die zerbrochene Schüssel aufzuräumen, sodass niemand auf die Scherben tritt und sich wehtut?«

Milo nickte, doch Sammie sah ihn einfach weiterhin mit großen Augen an.

»Du wolltest Harlow beschützen?«, fragte Jasper und es war offensichtlich, wie sehr ihn das verwirrte.

»Ja«, erklärte Black ihm. »Ich weiß, dass es nicht leicht ist, jemandem zu vertrauen, aber du kannst mir, Gray und den anderen vollständig vertrauen. Wir verbringen unser ganzes Leben damit, Kindern wie dir zu helfen und Leuten wie deiner Mutter und den anderen Frauen hier in diesem Frauenhaus. Wir sind ziemlich große Kerle, also wissen wir, dass es ein Leichtes wäre, all denjenigen wehzutun, die nicht so groß und stark sind wie wir, aber das ist falsch. Ich habe nur einen Krach gehört und wusste nicht, was los war, also bestand mein erster Instinkt darin, mich vor Harlow zu stellen und sie zu beschützen.«

»Ich brauche niemanden, der mich beschützt«, hörte er Harlow hinter sich murmeln.

Black ließ jedoch Jasper nicht aus den Augen. Er sah, wie der Junge seine Worte aufnahm. Es würde sicher eine Weile dauern, besonders in Anbetracht all der Dinge, die er in seinem jungen Leben schon mitgemacht hatte, aber Black hoffte, dass Jasper eines Tages verstehen würde, dass nicht alle Männer so sind wie sein Vater.

»Ich vertraue ihm«, erklärte Harlow und stellte sich nun schließlich doch neben Black. »Er hat mich beschützt, genau wie du Milo und Sammie beschützt hast.«

Jaspers Körper entspannte sich endlich. Er nickte und ging langsam zurück zum Küchentisch, wo er Hausaufgaben gemacht hatte.

Nach ein paar Minuten war das Chaos beseitigt, und Milo und Sammie waren nach oben gegangen, um sich bettfertig zu machen. Loretta hatte sich um die beiden gekümmert und Black sah, wie sie den Kleinen ein kleines Stück Schokolade zusteckte.

»Also, das war ja ziemlich aufregend«, bemerkte Harlow trocken, als die Küche endlich wieder leer war.

»Es ist so traurig, dass Jasper das Gefühl hatte, diese Kinder vor mir beschützen zu müssen«, stellte Black fest.

Harlow legte ihm eine Hand auf den Arm. »Nimm es nicht persönlich. Es dauert eben eine Weile, bis sie alles vergessen haben, was sie bis jetzt auf die harte Tour lernen mussten.«

»Ich weiß. Trotzdem finde ich es traurig.«

»Du bist ein guter Mann«, erklärte Harlow und sah ihn voller Bewunderung an.

Jetzt hätte Black sie *wirklich* gern geküsst ... aber sie war immer noch der Überzeugung, dass sie nur Freunde waren. Sie wollte mit niemandem zusammen sein.

Black konzentrierte sich bewusst auf seine Hände, damit er sie nicht erneut zu Fäusten ballte, und beschloss, dass er Harlow morgen darüber informieren würde, dass sie sich nicht nur verabredeten, sondern dass auch für die nächste Zukunft tun würden.

Sie passten einfach zusammen. Sie verstanden sich besser, als Black sich mit den meisten Menschen in seinem Leben verstand.

»Bist du langsam bereit zu gehen?«, fragte er. Meat würde in Kürze am Frauenhaus vorbeifahren, um sich zu vergewissern, dass alles in Ordnung war, und um die Gegend zu erkunden. Es hatte keine weiteren Brände oder Vorfälle gegeben, aber da die Brandstiftungsermittler keine Hinweise darauf hatten, wer das Feuer in der Tankstelle gelegt haben könnte, wollte niemand etwas dem Zufall überlassen.

»Ja. Ich muss nur die Müslischalen runterholen, damit die Kinder nicht auf Möbel klettern müssen, um sie morgens aus dem Schrank zu holen, und das Obst rausstellen und dafür sorgen, dass genügend Milch und Saft da ist.«

Black lächelte, während Harlow durch die Küche flitzte, um alles für das Frühstück morgen vorzubereiten, da sie selbst nicht da wäre. »Wann kommt Zoe eigentlich zurück?«

»Eigentlich am Sonntag. Ich habe gehört, dass Loretta heute Abend mit ihr telefoniert hat. Allerdings habe ich nicht die Möglichkeit gehabt zu fragen, ob alles in Ordnung ist.«

»Ich bin mir sicher, dass alles in Ordnung ist. Zoe hätte dich sonst sicher angerufen.«

»Das stimmt. Okay. Ich glaube, ich bin so weit«, erklärte Harlow ihm.

Ohne nachzudenken, streckte Black die Hand aus und

nahm ihre Hand in seine. Er verschränkte seine Finger mit ihren und genoss es, wie gut sich das anfühlte. Sie protestierte nicht und zog die Hand auch nicht weg, also spürte sie es wohl auch.

Er öffnete die Haustür und sah sich um, um sich zu vergewissern, dass alles ruhig war. Er wollte gerade auf den Bürgersteig treten, als er innehielt und auf die Hauswand starrte.

In großen, roten Druckbuchstaben standen da die Worte **HAUT AB**.

Er hörte, wie Harlow tief einatmete, als sie den Vandalismus sah.

Black zückte wortlos sein Handy und wählte Meats Nummer.

»Ich bin schon unterwegs«, entgegnete Meat.

»Gut, jemand hat nämlich irgendeinen Blödsinn an die Hauswand des Frauenhauses gesprüht«, erwiderte Black.

»Was? Mistkerle. Okay, okay, ich habe meinen Laptop dabei. Anstatt nur vorbeizufahren, werde ich einfach reingehen und sehen, was ich herausfinden kann. Ist Loretta noch auf? Ich muss mit ihr reden, ihr vielleicht die Bänder zeigen und fragen, ob sie den Täter erkennt.«

Black fühlte sich sofort besser. Es gefiel ihm allerdings überhaupt nicht, dass jemand so nahe an Harlow und die anderen herangekommen war. Während sie zu Abend aßen, hatte jemand direkt vor dem Gebäude gestanden und es verschandelt.

Noch schlimmer war, dass sie immer noch nicht wussten, wer die Frauen und das Heim loswerden wollte oder warum. Wahrscheinlich handelte es sich um jemanden, der das Gebäude haben wollte, aber Meat hatte bisher noch nicht eingrenzen können wer. Er gab auch zu, dass er noch keine Gelegenheit gehabt hatte, die Eigentümer der umliegenden Gebäude genauer unter die Lupe zu nehmen, aber oberflächlich betrachtet schienen diese Grundstücke alle von verschiedenen Entwicklern oder Firmen gekauft worden zu sein.

Als er die Angst auf Harlows Gesicht sah, die sie so sehr zu verbergen versuchte, traf Black eine Entscheidung.

Vergiss das, was Rex wollte.

Black würde es zu seiner obersten Priorität machen, ein nettes Gespräch unter vier Augen mit Brian »Bear« Pierce zu führen. Diese Schikane musste ein für alle Mal ein Ende haben.

Er wusste, dass es riskant war, Rex zu hintergehen. In der Tat, wenn Black auch nur einen einzigen Fehler machte, konnte das die gesamte Operation der Mountain Mercenaries gefährden und er würde sogar möglicherweise ganz aus dem Team geworfen werden. Aber es musste einfach getan werden.

Black wusste, dass die anderen genauso frustriert über Rex waren, da er in letzter Zeit überhaupt nicht bei der Sache zu sein schien. Aber dieses Mal hatte es Auswirkungen auf ihren Einsatz, und das war noch nie zuvor passiert.

Arrow hatte sich mit dem Team zusammengesetzt und ihnen alles erzählt, was er über Rex und seine Frau wusste, was allerdings nicht viel war. Sie waren nicht überrascht, als sie erfuhren, dass ihr Kontaktmann direkt vom Menschenhandel betroffen war, wenn man bedachte, wie sehr er sich für das Aufspüren vermisster Frauen und Kinder einsetzte. Aber es erklärte möglicherweise seine momentane Abgelenktheit.

Black konnte nicht umhin, sich zu fragen, ob die Tatsache, dass die Hälfte der Männer im Team Frauen gefunden hatte, mit denen sie ihr Leben verbringen wollten, die Qualen von Rex' eigenem Verlust seiner Frau wiederaufleben ließ. Arrow hatte den Eindruck gewonnen, dass sie sehr verliebt waren. So wie Black bereits die Unterschiede in der Art und Weise gesehen hatte, wie Gray, Ro und Arrow ihre Arbeit machten, jetzt, da sie jemanden hatten, auf den sie Rücksicht nehmen mussten, begann er, auch bei Rex einen Unterschied zu sehen.

In Anbetracht der Tatsache, wie hilflos Black sich in Bezug auf Harlows Situation fühlte, wie er es hasste, nicht alle Informationen zu haben, die sie brauchten, um die Belästigung zu stoppen und sie in Sicherheit zu bringen, konnte er sich nur vorstellen, wie Rex sich fühlen musste, der nicht wusste, ob seine Frau tot oder lebendig war.

All das entschuldigte nicht die mangelnde Aufmerksamkeit ihres Vorgesetzten in diesem Fall. Selbst wenn es bedeutete, abtrünnig zu werden, konnte Black sich nicht mehr zurücklehnen und Bears Rolle in dieser ganzen Situation ignorieren.

»Danke, ich weiß es zu schätzen«, erklärte Black Meat. »Und ich bin mir sicher, dass Loretta noch wach ist. Sie sagte, sie hätte noch Papierkram, um den sie sich kümmern müsse. Schick einfach eine Nachricht und sag Bescheid, dass du auf dem Weg bist und dass du gern kurz vorbeischauen möchtest. Aber momentan sieht alles ruhig aus. Es scheint niemand herumzulungern. Ich bleibe mit Harlow auf dem Parkplatz, bis du auftauchst. Nur um sicherzugehen, dass alles in Ordnung ist.«

»Alles klar. Ich bin in zehn Minuten da.« Und dann legte Meat auf.

»Lowell?«, fragte Harlow zaghaft, nachdem er sein Handy wieder weggesteckt hatte.

Er antwortete nicht, sondern zog sie sanft aus der Tür und schloss und verriegelte die Tür hinter sich. Als er angefangen hatte, Harlow zur Arbeit zu begleiten und so viel Zeit im Frauenhaus zu verbringen, hatte sie ihm einen Schlüssel gegeben. Black schaute erst nach rechts, dann nach links und sah nichts Ungewöhnliches. Es war dunkel und die Straßenlaternen ließen die Schatten noch dunkler erscheinen. Er drehte sich um und ging in schnellem Tempo auf den Parkplatz zu.

Harlow sagte kein Wort, hielt sich nur fester an seiner Hand fest und folgte ihm. Er zog sie zu ihrem Mustang und wartete darauf, dass sie die Tür öffnete. Er sorgte dafür, dass sie hinter dem Lenkrad Platz nahm, ging dann zur Beifahrerseite und stieg ein.

»Warum passiert das alles?«, flüsterte sie, während sie in der Dunkelheit in ihrem Wagen saßen.

»Ich weiß es nicht«, entgegnete Black, wobei es ihm ganz und gar nicht gefiel, dass er keine Antworten für sie hatte.

»Soll ich Loretta anrufen und ihr sagen, was passiert ist? Wir müssen die Wand wieder sauber kriegen, damit die Kinder es nicht sehen. Vielleicht könnte ich …«

»Immer mit der Ruhe«, beruhigte Black sie. »Meat hat sie wahrscheinlich schon angerufen und ihr alles erklärt. Außerdem würde ich darauf wetten, dass er bereits seine Verbindungen hat spielen lassen, damit die Wand heute Abend noch sauber gemacht wird.«

»Wirklich?«

»Wirklich. Also … sehen wir uns morgen um halb fünf?«, fragte er, um sie abzulenken, da er ihren besorgten Tonfall nicht mochte.

Sie sah ihn lange an. Kein Wunder, dass so viele Leute in ihren Wagen rumknutschen. Hier mit Harlow zu sitzen fühlte sich irgendwie besonders intim an.

»Was ist das nur mit dir und dem Aufstehen in aller Herrgottsfrühe?«

»Ist das ein Ja?«, hakte er nach.

Sie schnaubte. »Natürlich ist das ein Ja. Und du versprichst mir auch hoch und heilig, dass wir uns nicht körperlich anstrengen müssen?«

Das hatte sie ihn bereits gefragt, aber er würde seine Antwort so oft wiederholen, wie sie sie hören wollte. »Versprochen.«

Sie wandte den Kopf, blickte aus der Windschutzscheibe und biss sich auf die Unterlippe.

»Was ist denn los? Ich schwöre dir, dass ich dich nicht mehr auf den Arm nehmen werde.«

»Das ist es nicht. Es ist nur ...« Sie sprach nicht weiter.

Er sah ganz genau den Moment, in dem sie sich dagegen entschied, ihm zu sagen, was ihr auf der Zunge lag. »Du kannst mich alles fragen und mir alles sagen, Harl«, versicherte Black ihr.

»Danke, dass du heute Abend so toll mit Jasper warst.«

Black hätte gern gewusst, was sie *wirklich* sagen wollte, doch er ließ zu, dass sie das Thema wechselte. »Das ist doch selbstverständlich. Der Junge hat es nicht leicht im Leben. Wenn du nicht mal deinem eigenen Vater vertrauen kannst, wem kannst du dann vertrauen?«

»Du verstehst dich gut mit deinen Eltern, stimmt's?«, fragte sie ihn.

»Ja. Mein Vater ist großartig. Allerdings arbeitet er zu viel.«

»Da kenne ich aber noch jemanden«, erklärte Harlow lächelnd.

»Ich arbeite überhaupt nicht zu viel«, entgegnete Black.

»Lowell, du hast dein eigenes Geschäft, du verlässt das Land auf Zuruf, du hast mir geholfen, als du mich kaum kanntest, und jetzt verbringst du die meisten deiner Tage damit, auf mich und die anderen im Frauenhaus aufzupassen. Ich bin sicher, dass bei den Ermittlungen hinter den Kulissen Dinge passieren, von denen ich nichts weiß, *und* du verbringst an manchen Vormittagen Zeit mit mir. Du arbeitest definitiv zu hart.«

»*Du* bist nicht Teil meiner Arbeit«, entgegnete Black, ohne darüber nachzudenken. »Wenn überhaupt, vergeht die Zeit mit dir schneller und außerdem tue ich nichts lieber, als mit dir zusammen zu sein.«

Seine Worte hingen in der Luft und die Chemie, die immer zwischen ihnen vorhanden war, entfachte aufs Neue.

Black wusste nicht, ob er sich nach vorn lehnte oder Harlow, aber plötzlich waren sie nur Zentimeter voneinander entfernt. Er konnte den Blick nicht von ihren Lippen nehmen. Sie leckte darüber und hinterließ einen feuchten Schimmer, den er unbedingt schmecken wollte.

Gerade als er die letzten Zentimeter hinter sich bringen wollte, klopfte es an sein Fenster.

Harlow kreischte erschrocken auf und auch er erschrak heftig.

Black drehte sich um und erblickte Meat, der dort stand und ihn angrinste. Er winkte kurz.

Mit einem bedauernden Blick auf Harlow sagte Black: »Warte mal kurz«, dann drehte er sich um und stieg aus dem Wagen. »Ich habe Loretta noch nichts von dem Vandalismus erzählt«, erklärte er Meat, während er vor den Mustang ging und Harlow im Auge behielt, während sie sich unterhielten.

»Ich kümmere mich darum. Sie erwartet mich. Ich mache ein paar Fotos von der Hauswand und dann werde ich ein paar Leute rufen, die die Hauswand heute wenigstens noch abdecken können. Morgen fangen sie an, sie sauber zu machen, nachdem die Kinder zur Schule gegangen sind.«

»Und was ist mit der Videoüberwachung?«

»Ich werde die Dateien heute Abend runterladen und sie Rex schicken, und dann herausfinden, was Loretta mir darüber sagen kann.«

»Glaubst du, dass Rex mehr tun wird, als er bisher getan hat?«, fragte Black. Er wusste, dass Meat genauso wie er über das fehlende Interesse ihres Kontaktmannes an diesem Fall dachte.

»Ich weiß es nicht. Aber mir gefällt nicht, in welche Richtung dieser Fall sich entwickelt. Auch wenn bis jetzt außer Vandalismus noch keine anderen Straftaten vorgefallen sind. Auf dem Weg hierher habe ich Gray angerufen, und falls du vorhast, dich mal mit diesem Bear zu ›unterhalten‹, stehen wir hinter dir.«

Black nickte. Allerdings hatte er ein Hühnchen mit ihm zu rupfen. »Ich hatte schon beschlossen, nicht auf Rex' Erlaubnis diesbezüglich zu warten. Morgen ist noch zu früh, aber vielleicht in ein paar Tagen?«

»Du hast wohl große Pläne?«, neckte Meat ihn.

»Ja. Wenn du es unbedingt wissen willst, haben Harlow und ich morgen etwas vor. Es gibt da ein paar Dinge, die wir besprechen müssen.«

»Natürlich geht es dabei einzig um das Frauenhaus, nicht wahr?«, bemerkte Meat und lachte leise.

»Selbstverständlich.«

Noch immer grinsend sagte Meat: »Also gut. Ich setze mich mal mit den anderen zusammen und überlege mir, was wir tun können, um Bear zu einem kleinen Gespräch unter vier Augen einzuladen.«

»Danke, Meat«, sagte Black.

»Kein Problem. Und jetzt bring sie nach Hause«, erwiderte er und deutete mit einem Kopfnicken auf Harlow.

Black nickte und ging zur Fahrerseite von Harlows Mustang, während Meat in Richtung Frauenhaus davoneilte. »Alles okay?«, fragte er sie.

»Ja. Warum sollte es das nicht sein?«

»Nur so. Ich folge dir jetzt wieder nach Hause.«

Sie verdrehte die Augen. »Davon bin ich ausgegangen, da du das jedes Mal machst, wenn ich hier wegfahre.«

»Fahr vorsichtig und wir sehen uns morgen.«

»Okay. Lowell?«

»Ja, Harl?«

Sie biss sich auf die Lippe und dann sagte sie mit verlegenem Lächeln: »Bis morgen.«

Black ging zu seinem Mazda. Er hätte wirklich gern gewusst, was sie ihm nicht sagte, aber ein dunkler Parkplatz war nicht der richtige Ort für eine lange Unterhaltung oder dafür, sich zu küssen ... obwohl er sich beides wahnsinnig wünschte.

»Immer mit der Ruhe, Junge«, murmelte er zu sich selbst, als er in den Wagen stieg und den Motor anließ.

Morgen war ein neuer Tag.

KAPITEL SIEBZEHN

Harlow lehnte den Kopf an den Sitz in Lowells Wagen und starrte ihn an. Das wurde langsam zur Gewohnheit ... eine Gewohnheit, die ihr gefiel. Er war heute Morgen pünktlich um halb fünf vor ihrer Wohnung aufgetaucht. Sie hatte ihren Kaffeebecher dabei und trug Jeans, ein langärmeliges T-Shirt und ein Paar Turnschuhe. Lowell hatte eine schwarze Jeans und ein weißes T-Shirt an, über das er ein Hemd gezogen hatte. Sein schwarzes Haar sah aus, als wäre er gerade mit der Hand hindurchgefahren, anstatt es zu kämmen, und er hatte sexy Bartstoppeln.

Er sah zum Anbeißen aus.

Harlow ging das Gespräch mit ihrer Mutter nicht mehr aus dem Kopf. Und gestern Abend hätte sie Lowell fast geküsst. Es wäre ihr peinlich gewesen, wenn er sich nicht auch zu ihr gelehnt hätte.

Der Gedanke, dass Lowell Lockard sie küssen wollte, hätte fast dazu geführt, dass sie ein Notizbuch herausgezogen und angefangen hätte, Herzen zu malen und *Harlow & Lowell* darauf zu kritzeln.

Aber sie begnügte sich mit dem Wissen, dass sie definitiv Interesse in seinen Augen sah, wenn er sie ansah. Und dass er sie wieder einmal zu etwas abholte, das er ganz bewusst nicht als Verabredung bezeichnete.

Wenn sie so darüber nachdachte, waren alle ihre *schlechten* Verabredungen am Nachmittag oder Abend passiert. Vielleicht war es besser, stattdessen frühmorgens eine Verabredung zu haben.

»Hast du gut geschlafen?«, fragte er leise während der Fahrt.

»Ja, nicht schlecht. Und du?«

Er zuckte mit den Achseln. »Meat hat etwa eine halbe Stunde, nachdem ich zu Hause angekommen war, angerufen, um sich mit mir über die Dinge zu unterhalten.«

Als er nicht weiter ins Detail ging, hakte Harlow nach: »Was für Dinge?«

Lowell sah so aus, als fühlte er sich bei der Frage unwohl, was Harlow wiederum nervös machte.

»Nichts, worüber ich mich heute Morgen unterhalten möchte. Ich möchte mich einfach nur entspannen und Spaß haben. Wir haben später noch genügend Zeit für all die anderen Sachen.«

Okay, *das* verhieß nichts Gutes, was ein Gespräch mit Meat anging, aber Harlow hatte keine Gelegenheit, zu widersprechen und Lowell zu sagen, dass sie schon groß war und damit umgehen könnte, egal worum es sich handelte, denn er fuhr bereits auf den Parkplatz.

»Warum sind wir hier?«

Bei »Hier« handelte es sich um das Colorado Springs Hotel Eleganté Conference and Event Center. Harlow hatte noch nie davon gehört und fragte sich, was er wohl mit ihr in einem Hotel vorhatte.

»Du wirst schon sehen«, erklärte Lowell grinsend und stellte den Motor ab.

Sie schüttelte den Kopf über sein Grinsen und die Tatsache, dass er es liebte, so geheimnisvoll zu tun, aber Harlow beschloss, ihm zu vertrauen, während sie Lowell dabei beobachtete, wie er vorn um den Wagen herumging. Sie musste zugeben, dass, obwohl sie in der Vergangenheit Überraschungen nie wirklich gemocht hatte, wahrscheinlich, weil sie immer scheiße waren, sie bei ihm anfing, ein Fan davon zu werden. Ein großer Fan.

Er öffnete ihr die Tür, half ihr beim Aussteigen und ging dann Händchen haltend mit ihr zur Eingangstür des Hotels. Harlow mochte es, wie selbstverständlich er seine Finger mit ihren verschränkte. Als dachte er nicht einmal darüber nach.

Sie betraten die Eingangshalle – und sie blieb wie angewurzelt stehen, starrte auf das Schild vor dem kleinen Tisch an der Seite und dann zu Lowell. »Das hast du doch nicht wirklich getan.«

Er grinste. »Doch, habe ich. Du hast behauptet, dass du kein Problem damit hättest, also dachte ich, warum zum Teufel nicht?«

Auf dem Schild stand: RAINBOW RYDERS HEISSLUFTBAL-LONFAHRTEN.

»Wir fahren mit einem Heißluftballon?«, fragte sie.

»Wenn das für dich in Ordnung ist.«

Sie strahlte. »Ja! Es ist mehr als nur in Ordnung! Ich wollte das schon immer mal tun. Unglaublich!«

»Na, dann komm. Melden wir uns an und bringen wir es hinter uns«, erklärte Lowell.

Harlow zog an seiner Hand, sodass er anhielt und sie besorgt ansah. »Alles okay?«

Ohne nachzudenken, trat Harlow zu ihm und küsste ihn.

Sie hatte ihn mit dem kurzen Kuss so überrascht, dass sie sich zurückzog, bevor er überhaupt die Chance hatte, sich zu bewegen. Aber sobald ihre Lippen seine verließen, schlang Black einen Arm um ihre Taille und zog sie an sich, bis sie gegen ihn gepresst war.

Dann neigte er den Kopf und küsste sie zurück. Ganz fest.

Harlow war nicht unerfahren, wenn es um Küsse ging. Sie hatte ihren Anteil an guten Küssen, großartigen Küssen und auch einigen ziemlich ekligen abbekommen. Aber *nichts* war vergleichbar mit dem Gefühl von Lowells Lippen auf ihren. Sie spürte die Stoppeln auf seinen Wangen an ihrem Gesicht, als er sie küsste. Sofort lief ihr eine Gänsehaut über die Arme und den Nacken und sie schloss die Augen, um den ersten Geschmack seiner Lippen auf ihren voll auszukosten.

Er strich mit seiner Zunge über ihren Mund und sie öffnete sich begierig für ihn. Anstatt sich in sie zu stürzen und sie zu verschlingen, spielte seine Zunge mit ihrer, leckte und zog sich zurück, um sie zu überreden, sich zu lockern und ihn tiefer eindringen zu lassen.

Als sie tief in ihrer Kehle stöhnte und sich ganz eng mit ihm verschmolz, legte er eine Hand an ihren Nacken und küsste sie, als gäbe es kein Morgen. Er neckte sie nicht mehr. Er verschlang ihren Mund und sie genoss jede Sekunde, in der er die Kontrolle übernahm.

Erst als sie jemanden flüstern hörte, dass sie sich ein Zimmer nehmen sollten, erinnerte sie sich daran, wo sie waren.

Lowell hörte den Kommentar offensichtlich auch, denn er ließ sofort von ihr ab, ließ aber seine Hand an ihrem Nacken und seinen Arm um ihre Taille liegen. Er starrte sie einfach an, als sähe er sie zum ersten Mal.

Harlow fühlte sich ein wenig unbehaglich und hatte das Bedürfnis, die Stille zu füllen, und platzte heraus: »Ich hoffe, ich habe keinen schrecklichen Atem von dem Kaffee.«

Er grinste und schüttelte den Kopf. »Nein, mein Schatz. Du bist perfekt. Wenn ich das Gefühl, dich zu küssen, in Flaschen abfüllen könnte, würde ich morgens nie wieder Kaffee trinken müssen.«

Sie errötete.

Sein Grinsen wurde breiter. »Bist du bereit?«

»So bereit, wie ich es jemals sein werde.« Sie war davon ausgegangen, sie würde verlegen sein, doch das machte Lowell unmöglich. Er schaute sie nicht an und machte auch keine sexuellen Anspielungen, sondern ergriff einfach wieder ihre Hand und machte sich auf den Weg zum Schalter, um sie anzumelden.

Binnen fünfzehn Minuten kletterten sie in einen Kleinbus, der sie zum Startplatz brachte. Als sie ankamen, sah sie drei Ballons auf dem Boden liegen, bereit, aufgeblasen zu werden. Harlow sah fasziniert zu, wie Lowell beim Aufblasen half, und bald wurden sie mit zwei anderen Paaren in einen großen Weidenkorb gebracht.

Harlow schaute in das klaffende Loch des Ballons und konnte das alberne Grinsen in ihrem Gesicht nicht unterdrücken. Der Ballon, in dem sie fuhren, war gelb mit verschiedenfarbigen Streifen und dem Logo der Rainbow Ryders in der Mitte. Das Zischen der Brenner, die zum Aufsteigen des Ballons eingeschaltet wurden, war laut in der morgendlichen Stille.

Sie drehte sich zu Lowell um und ihr Grinsen wurde noch breiter. »Oh mein Gott, das ist so großartig!«

Er lächelte sie an und gab ihr einen Kuss auf die Stirn. »Allerdings.«

Dann drehte sie sich wieder um und hielt sich an der Seite des Korbs fest, während der Pilot die letzten Anpassungen vornahm. Ehe sie sichs versah, hoben sie ganz langsam vom Boden ab. Harlow spürte, wie Lowell hinter sie trat. Seine Hände ruhten neben ihren auf dem Rand und sie fühlte sich völlig von ihm umschlossen.

Sie hörte vage, wie der Pilot mit ihnen darüber sprach, was er vorhatte und wohin sie an diesem Morgen fahren würden, aber sie konnte nur auf den Pikes Peak starren, der in das Morgenlicht getaucht war, während sie sich langsam in die Luft erhoben.

Zufrieden seufzend lehnte sie sich an Lowell. Er nahm eine seiner Hände vom Korb und legte sie auf ihren Bauch. Harlow war in ihrem Leben noch nie so zufrieden gewesen wie in diesem Moment.

Die Fahrt schien eine Ewigkeit zu dauern, aber gleichzeitig verging die Zeit wie im Flug, bis der Pilot sie auf ein großes offenes Feld steuerte. Harlow schlug alle Vorsicht in den Wind und drehte sich in Lowells Armen um.

Er schaute sie an, anstatt die beeindruckende Aussicht vor ihm zu betrachten. »War es so schön, wie du es dir vorgestellt hattest?«

»Du musst aufhören, Dinge für mich zu arrangieren, die ich nebenbei erwähne«, lautete ihre Antwort. »Und bitte sag mir, dass du uns nicht auch noch einen Fallschirmsprung gebucht hast.«

»Würdest du gern Fallschirmspringen gehen?«, fragte Lowell sie.

Sie rümpfte die Nase und schüttelte den Kopf.

Er lachte leise. »Dann nein, ich werde keinen Fallschirmsprung buchen.«

»Gut. Allerdings habe ich keine Ahnung, wie mir jetzt noch etwas Besseres als das einfallen soll.«

Lowell schüttelte sofort den Kopf und runzelte die Stirn. »Du musst dir überhaupt nichts Besseres einfallen lassen, Harl. Schließlich ist das kein Wettbewerb.«

Sie beschloss, reinen Tisch zu machen – obwohl dies nicht gerade der beste Ort dafür war, mit den anderen Pärchen um sie herum und mit dem Zischen des Brenners, der ab und zu aufflammte –, und holte tief Luft. Sie leckte sich über die Lippen, dann platzte sie heraus: »Das ist die beste Verabredung, auf der ich jemals war.«

Dann hielt sie den Atem an und wartete auf seine Reaktion.

Sie war sich ziemlich sicher, dass er über ihre Worte nicht schockiert sein würde. Denn es mochte zwar lange gedauert haben, bis sie verstanden hatte, was los war, aber trotzdem war es mehr als offensichtlich, dass sie zusammen waren, auch wenn sie auf unkonventionelle Weise zusammengekommen waren.

»Für mich auch«, erwiderte er einfach.

Harlow atmete tief aus, denn sie hatte die Luft angehalten, und lächelte ihn an.

»Also ist bei dir endlich der Groschen gefallen, was?«, fragte er. Er rieb mit dem Finger über ihre Seite, und zwar gerade so fest, dass er sie nicht kitzelte.

Sie zuckte mit den Achseln. »Das war meine Mutter, die mich darauf hingewiesen hat.«

»Und du drehst nicht durch?«, fragte er sie.

»Nein, eigentlich nicht. Ich meine, ich verstehe es schon. Schließlich habe ich dir geradeheraus gesagt, dass ich keine Verabredung möchte. Und du hast es so clever angestellt, dass ich überhaupt nicht bemerkt habe, was los ist.«

»Darin bin ich ziemlich gut«, sagte er und klang kein bisschen eingebildet.

»Das habe ich gemerkt«, erwiderte sie. »Aber nur, um das klarzustellen: Du kannst mir die Füße massieren, aber ich möchte keinen Sex damit haben; es kommt überhaupt nicht infrage, dass du in Restaurants Servietten stiehlst; und wenn du unbedingt masturbieren musst, dann bitte nicht auf meine Kuscheltiere.«

Er warf den Kopf in den Nacken und lachte. Und Harlow stellte fest, dass sie seinen Hals extrem faszinierend fand. Sie hatte nicht mal annähernd ausreichend Zeit, um ihre Neugier zu befriedigen, bevor er den Kopf senkte und sie küsste. Es war ein kurzer, schneller Kuss, ganz anders als der von heute Morgen, aber nicht weniger aufregend. »Verstanden«, entgegnete er.

»Okay, Leute, wir sind zur Landung bereit. Stellt euch darauf ein und haltet euch gut fest«, verkündete der Pilot.

Lowell drehte sie um und stellte sich erneut hinter sie. Harlow spürte, wie er sich an ihren Rücken, ihre Hüften und ihre Oberschenkel schmiegte. Er stand gegen sie gelehnt da, stützte sie – und in diesem Moment wusste sie, dass sie da in eine Sache hineingeraten war, die ihr über den Kopf wuchs. Es wäre ein Leichtes für sie, sich in ihn zu verlieben ... wenn sie es nicht schon war. Was verrückt war, denn er hatte ganz offen gesagt, dass er nicht auf der Suche nach einer festen Beziehung war, und noch vor ein paar Tagen hätte sie das Gleiche gesagt.

Aber als sie hier stand, sicher in Lowells Armen, wusste sie ohne Zweifel, dass er niemals zulassen würde, dass ihr etwas zustößt, solange er es verhindern konnte. So wie ihr Vater über ihre Mutter dachte.

Harlow hatte das Gefühl, dass sie es geschafft hatte, den Mann zu finden, mit dem sie den Rest ihres Lebens verbringen würde. Das Problem war nur, dass sie sich nicht sicher war, ob er auch so empfand.

Sie schüttelte den Kopf und sagte sich, dass sie die Dinge einen Tag nach dem anderen nehmen sollte, und schwor sich, ihre Zeit mit Lowell zu genießen, egal wie lange sie dauern würde.

Sie war eine Realistin. Sie wusste, dass er sie jetzt mochte, aber wenn die Dinge noch ernster wurden, würde er sich dann zurückziehen? Würde er entscheiden, dass er eine Beziehung nicht fortsetzen wollte, weil sie eventuell heiraten wollte? Sie hatte keine Ahnung, aber sie war bereit, dieses Risiko einzugehen.

Der Gedanke, wieder mit Männern ausgehen zu müssen, war ihr zuwider. Lowell hatte es geschafft, sich heimlich einzuschleichen und den ganzen Prozess extrem schmerzlos zu machen, und das war ihr nur recht.

Black verschränkte die Arme vor der Brust und zwang sich zu bleiben, wo er war. Er war wieder einmal im Frauenhaus und sah Harlow zu, wie sie die letzten Handgriffe in der Küche machte, bevor sie Feierabend hatte und mit ihm wegging.

Die letzten paar Tage waren unglaublich gewesen. Am Morgen der Ballonfahrt war er endlich dazu gekommen, Harlow zu küssen, und es war genauso, wie er es sich erträumt hatte, und mehr. Sie war in seinen Armen aufgegangen. Und jedes Mal, wenn er sie seitdem sah, stahl er sich noch ein paar Küsse.

Er begehrte sie mehr denn je.

Heute Nachmittag hatte er sie ins Frauenhaus begleitet und war dann gegangen, um mit Meat und den anderen zu reden, während sie in der Küche beschäftigt war. Morgen würden Arrow und Ball Brian Pierce ausfindig machen und ihn zu einem Gespräch »einladen«. Black würde sich mit ihnen und dem Rest des Teams treffen und sehen, was sie von ihm in Erfahrung bringen konnten. Black hatte keine Skrupel, ihn zu vermöbeln. Es wäre nicht das erste Mal, dass sie nicht fair spielten, um Informationen zu bekommen, und es war nicht so, dass Black den Mann töten wollte – er wollte nur alle Fakten des Falles, und je schneller Bear verriet, was er wusste, desto schneller würde er an seine Straßenecke zurückgebracht werden.

Bei diesen Gedanken fühlte sich Black ein wenig ruhiger. Er wollte auf keinen Fall, dass Harlow oder einer der Bewohnerinnen des Frauenhauses etwas zustieß. Er war in letzter Zeit oft genug dort gewesen, um alle recht gut kennengelernt zu haben. Die Kinder waren entzückend und erinnerten ihn daran, warum er und die Mountain Mercenaries taten, was sie taten.

Er arbeitete ab und zu auf dem Schießstand und auch

dort lief alles reibungslos. Er hatte großartige Mitarbeiter, und sie brauchten ihn nicht, um den Laden am Laufen zu halten.

Und da Rex in letzter Zeit abgelenkt schien, gab es auch keine anderen Fälle. Black konnte sich also auf Harlow konzentrieren und auf das, was im Frauenhaus vor sich ging. Vielleicht war es nichts. Vielleicht hatte Rex ja recht, wenn er sich nicht allzu viele Gedanken machte. Aber Black glaubte das nicht. Er hatte ein unangenehmes Kribbeln im Nacken, und das verhieß nichts Gutes.

Aber er musste es vorerst verdrängen. Heute Abend wollte Black Harlow mit in seine Wohnung nehmen, sich von ihr bekochen lassen und dann hoffentlich noch ein paar Küsse von ihr bekommen. Er machte sich keine allzu großen Gedanken darüber, sie ins Bett zu kriegen. Er genoss die Jagd. Jetzt, da sie wusste, dass sie zusammen waren, und damit einverstanden war, konnten sie sehen, wohin die Dinge sie führten. Black hatte das Gefühl, dass es ziemlich schnell gehen würde, wenn man die Chemie zwischen ihnen bedachte und wie heiß ihr erster Kuss gewesen war.

Er hatte keine Ahnung, wie lange er darauf gewartet hatte, dass Harlow mit den Vorbereitungen für das Abendessen fertig wurde, aber das war auch egal. Er könnte ewig dastehen und sie beobachten. Er hatte sich mit ein paar der Bewohnerinnen unterhalten, Kristen, Melinda und Sue. Kristen erzählte ihm, dass sie und Sue eine Wohnung gefunden hatten, die sie sich leisten konnten, wenn sie sich die Miete teilten. Er war froh, dass sie wieder auf eigenen Füßen standen und sich eine eigene Wohnung leisten konnten.

Melinda war noch nicht ganz so weit, aber sie war im Moment zufrieden, dass es Milo in der Schule viel besser zu gehen schien. Bevor die beiden ins Heim gezogen waren, waren seine Noten wegen der Misshandlungen zu Hause mit ihrem Ex immer schlechter geworden. Aber sie wurden langsam besser, jetzt, wo er mehr Stabilität in seinem Leben hatte und sein Vater von der Bildfläche verschwunden war.

Dann kam Loretta in die Küche – und Black versteifte sich sofort.

Er konnte an ihrem Gesicht ablesen, dass etwas nicht stimmte. Sie versuchte, es zu verbergen, aber es war offensichtlich – zumindest für ihn.

»Hier drinnen riecht es aber lecker«, rief sie übertrieben fröhlich.

Harlow hatte offensichtlich auch bemerkt, dass etwas nicht stimmte, denn sie legte sofort das Küchenhandtuch weg, das sie in der Hand gehabt hatte, und kam zu der älteren Frau herüber. »Ist alles in Ordnung?«

»Aber natürlich«, entgegnete Loretta.

Harlow runzelte die Stirn und sah hinüber zu Milo und Sammie, die an einem Tisch in der Nähe saßen, und dann zu der kleinen Jody, die in einer Ecke mit einer alten Barbie spielte. »Bist du sicher?«, fragte sie leise.

»Ja, ich bin mir sicher«, erwiderte Loretta. »Wir können morgen darüber sprechen. Ich habe dir den Abend freigegeben und du solltest langsam mal gehen. Du hast mehr als genug getan, als du die Lasagne in den Ofen geschoben hast – ich denke, dass ich es schaffen werde, sie rauszunehmen, bevor sie verbrennt.« Sie lächelte, um Harlow zu zeigen, dass sie nur Spaß machte.

»Ich gehe schon, ich gehe schon«, erwiderte Harlow und erwiderte ihr Lächeln. Dann senkte sie die Stimme. »Aber du weißt, dass du immer anrufen kannst, falls du etwas brauchst.«

»Das weiß ich, meine Kleine. Vielen Dank. Mach dir keine Gedanken um uns. In einer halben Stunde kommt Edward und außerdem habe ich auch Blacks Telefonnummer und die von seinen Freunden nur für den Fall in meinem Handy gespeichert.«

Black wollte mit Loretta unter vier Augen sprechen, um

herauszufinden, was sie bedrückte, aber als er sah, wie gestresst sie bei dem Gedanken aussah, dass Harlow das Thema ansprach, gab er nach. Hoffentlich würde er die Informationen, die sie brauchten, aus Brian Pierce herausbekommen, und er würde Loretta etwas Positives zu sagen haben. Es musste sehr anstrengend sein, für all die Frauen und Kinder, die im Frauenhaus lebten, die Verantwortung zu tragen.

»Die Lasagne sollte in ungefähr vierzig Minuten fertig sein. Und ich habe heute auch frisches Brot gebacken. Wenn noch so ungefähr zehn Minuten übrig sind, bestreiche es mit ein bisschen Knoblauchbutter und schiebe es zur Lasagne in den Ofen für ungefähr fünf Minuten. Wenn du möchtest, kannst du auch noch ein bisschen Käse drüberstreuen. Im Kühlschrank ist Salat und ich habe Schokoladenpudding zum Nachtisch gemacht.«

Black lief das Wasser im Mund zusammen. Er war nicht der beste Koch, aber er kam zurecht. Normalerweise aß er, wenn er hungrig war, und machte sich nicht viele Gedanken darüber, was er in seinen Mund steckte. Aber die Anwesenheit von Harlow brachte ihn dazu, seine Meinung über Nahrungsmittel zu ändern. Die Sachen, die sie machte, waren absolut köstlich. So lecker, dass ihm das Wasser im Mund zusammenlief. Er machte eine mentale Notiz, dreißig Minuten zu seinem Trainingsplan hinzuzufügen, denn da Harlow für ihn kochte, hatte er das Gefühl, dass er sie brauchen würde.

»Wir kümmern uns schon darum«, versicherte Loretta Harlow erneut. »Und jetzt verschwinde, Mädchen. Raus mit dir.«

Sie lachte und umarmte Loretta. »Danke, dass du mir den Abend freigegeben hast. Ich weiß, dass ich am Anfang ja auch alleine gearbeitet habe, aber ich hatte vergessen, wie schön es ist, Zoe zu haben.«

Black hätte den Ausdruck auf Lorettas Gesicht übersehen, wenn er sie nicht direkt angesehen hätte. Sie sah aus, als hätte Harlow ihr gerade erzählt, dass jemand gestorben war.

Aber als Harlow sich aus der Umarmung löste, lächelte Loretta schon wieder.

»Ruf mich an, falls du Fragen hast«, erklärte Harlow erneut. »Morgen bin ich wieder da. Wahrscheinlich so um halb elf.«

»Ich wünsche dir einen schönen Abend. Wir unterhalten uns morgen«, erwiderte Loretta.

Harlow nickte und wandte sich dann an Black. »Bereit?«

Er nickte. Er war wahnsinnig neugierig, was Loretta Harlow zu sagen hatte, aber jetzt war nicht der richtige Zeitpunkt, um nachzuhaken. Als Harlow ging, um ihre Tasche zu holen, trat er zu Loretta und sagte leise: »Meat kommt nach dem Abendessen her. Falls du vorher irgendetwas brauchst – *egal was* –, ruf auf jeden Fall an.«

»Vielen Dank«, sagte Loretta. »Schön, dass ihr Jungs da seid. Dadurch wirkt dieser alte Kasten nicht nur viel sicherer, es ist auch gut, dass die Frauen und Kinder mal sehen, wie Männer sich *wirklich* verhalten sollten.«

Black nickte, beugte sich dann spontan vor und küsste sie auf die Wange. Er lächelte, als sie errötete.

Als Harlow zu ihnen zurückkam, bemerkte Loretta: »Du solltest wirklich aufpassen, sonst schnappe ich dir deinen Mann noch vor der Nase weg.«

Harlow hakte sich bei ihm unter und sagte leichthin: »Zwischen euch würde es nie funktionieren. Er ist ein Morgenmensch, genau wie ich.«

Loretta lachte und runzelte dann zum Spaß die Stirn. »Mist.«

Black schüttelte einfach den Kopf. »Bereit?«, fragte er Harlow.

»Ja.« Dann drehte sie sich um und rief: »Tschüss. Wir sehen uns alle morgen.«

Alle winkten und verabschiedeten sich. Als Black sie durch das Haus begleitete, musste er lachen, weil sie ewig brauchte, um aus der Tür zu kommen. Sie musste sicherstellen, dass jeder um sie herum alles hatte, was er brauchte, und sie sprach mit jeder Bewohnerin, bevor sie ging.

Black schloss die Eingangstür hinter ihnen und sie meinte: »Das ist ja mal ganz was Neues.«

»Was meinst du?«

»Das Haus zu verlassen, während es noch hell draußen ist«, erklärte sie ihm.

»Das heißt noch längst nicht, dass es sicherer ist«, warnte Black sie.

Genau wie er erwartet hatte, verdrehte Harlow die Augen. »Das weiß ich doch. Aber tagsüber ist es hier weitaus weniger gruselig.«

»Hey!«, rief ihnen jemand zu und Black erstarrte. Er drehte sich um, um auf die andere Straßenseite zu sehen, und schob Harlow hinter sich.

Alle vier Männer, die sie überprüften, hingen auf Bänken vor dem Tätowierstudio herum. Elliott, Malcolm, Brody und Brian lungerten dort herum, als hätten sie keinen anderen Ort, an dem sie sein konnten, was wahrscheinlich auch der Fall war.

Black reagierte nicht, er stand einfach da und starrte die vier an.

»Das ist nur eine freundliche Begrüßung unter Nachbarn«, rief Elliott.

»Ja ... denn uns geht es darum, dass es hier in der Nachbarschaft niemanden gibt, der hier nicht hergehört«, meldete Malcolm sich zu Wort.

Black runzelte die Stirn und wusste, dass sie auf irgendwas hinauswollten, allerdings war ihm nicht klar, auf was.

»Komm«, bat Harlow ihn und zog an seinem Hemd. »Gehen wir einfach.«

Er starrte die Männer einen weiteren Moment lang an, bevor er einen Arm um Harlows Taille legte und den Mistkerlen den Rücken zuwandte. Er hatte keinen Zweifel daran, dass er es hören würde, sollten sie sich entschließen, sie aus dem Hinterhalt anzugreifen. Außerdem glaubte er nicht, dass sie den Mumm hatten, ihn anzugreifen. Zumindest nicht am helllichten Tag.

Brian, auch bekannt als Bear, brüllte ihnen einen letzten Abschiedsgruß hinterher: »Hey, Schlampe, wenn du es mal mit einem richtigen Mann treiben willst, sag mir einfach Bescheid!«

Black biss die Zähne zusammen und überlegte, ob er den Kerl gleich an Ort und Stelle verprügeln sollte. Er wusste, dass er alle vier Männer überwältigen konnte, auch wenn sie nicht fair kämpften. Er war ein Navy SEAL gewesen und hatte auch ein oder zwei Dinge von seinen Freunden gelernt.

Aber die Straße zu überqueren, um mit ihnen zu kämpfen, bedeutete, Harlow ungeschützt zu lassen. Und das würde er nicht tun.

»Beachte ihn gar nicht«, sagte Harlow leise und hielt ihn an der Gürtelschlaufe hinten an seiner Jeans fest. »Bitte?«

»Ist schon okay«, erklärte er und drehte sich nicht um, um Brian nicht zu geben, wonach es ihm verlangte: Aufmerksamkeit. »Ich werde ihn nicht verprügeln.«

»Aber du würdest gern«, scherzte sie.

»Und wie. Aber weißt du, was ich noch lieber möchte?«

»Was?«, fragte sie und sah ihn an, während sie zügig über den Parkplatz auf seinen Wagen zugingen.

»Ich möchte dich in meiner Wohnung sehen. In meiner Küche. Glücklich und entspannt und lächelnd.«

Sie lächelte. »Das hört sich gut an.«

Er entsperrte seinen Wagen und hielt ihr die Tür auf. Dann achtete er darauf, dass sie es sich gemütlich gemacht hatte, bevor er die Tür wieder schloss und auf die andere

Seite ging. Nachdem er ebenfalls eingestiegen war und die Türen erneut verschlossen hatte, erklärte er ihr leichthin: »Ich wollte dir noch sagen, dass du heute Abend nicht für mich kochst.«

»Wie bitte? Lowell, aber das war doch so abgemacht!«, entgegnete sie eingeschnappt.

Er zuckte mit den Schultern und war kein bisschen reumütig. »Wenn du denkst, dass ich dich zu mir einlade und dir dann dabei zusehe, wie du dich abrackerst, um das Abendessen für mich vorzubereiten, bist du verrückt.«

»Ich hatte vor, Beef Bourguignon zu machen. Das ist leicht vorzubereiten und ich muss mich nicht abrackern.«

»Ist mir egal. Am ersten Abend in meiner Wohnung lasse ich dich nicht für mich kochen. Ich habe Steaks oder Hühnchen, was dir lieber ist. Die werde ich grillen und dann können wir es uns gemütlich machen und einen Film ansehen oder so was. Ich möchte, dass du dich entspannst, Harl.«

»Aber beim *Kochen* entspanne ich mich«, beharrte sie.

Black hob die Hand und strich ihr eine Strähne aus dem Gesicht. Dann ließ er sich die violetten Haarspitzen durch die Finger gleiten, bevor er ihr in die Augen sah. »Ich weiß. Aber ich bin ein wenig egoistisch. Ich weiß ja, wie du bist, wenn du kochst. Du vergisst die ganze Welt um dich herum und du kannst dich auf nichts anderes konzentrieren. Es ist wirklich süß. Aber ich möchte, dass du dich heute Abend auf mich konzentrierst. Auf *uns*.«

»Oh«, hauchte sie mehr, als dass sie es sagte. »Okay.«

»Okay«, wiederholte Black und wandte seine Aufmerksamkeit der Straße zu.

Es dauerte etwa fünfzehn Minuten, bis er an seiner Wohnanlage ankam. Er hatte sich kürzlich überlegt, ein Haus zu kaufen, aber er hasste es, an die Instandhaltungskosten zu denken, die das erfordern würde. Er mähte nicht gern den Rasen und wollte sich nicht darum sorgen müssen, dass das Haus leer war, wenn er auf Einsätze ging.

Er fuhr auf den Parkplatz und hörte, wie Harlow tief einatmete. »Wow. Diese Wohnanlage ist wunderschön.«

Da hatte sie nicht unrecht. In der Mitte der Gebäude, die strategisch um die sanften Hügel der Gegend platziert waren, befand sich ein großes Schwimmbecken. »Warte nur, bis du die Aussicht von meinem Balkon siehst«, erklärte Black. »Es ist definitiv völlig anders als die Gegend, in der wir aufgewachsen sind.«

Sie kicherte. »Das steht jedenfalls fest.«

»Ich musste zusätzlich noch drei Monate warten, bis die perfekte Wohnung frei wurde, aber jeden Morgen, an dem ich aufwache und sehe, wie die Sonne auf den Pikes Peak scheint, weiß ich, dass es das wert war.« Black fuhr auf den ihm zugewiesenen Parkplatz und notierte sich in Gedanken, dass er sich an das Sekretariat wenden sollte, um einen Besucherausweis für Harlow zu bekommen. Er half ihr aus dem Wagen und führte sie zur Tür seines Gebäudes.

Gerade als sie eintreten wollten, hörte er ein weiteres Fahrzeug heranfahren.

Black schaute aus Gewohnheit in diese Richtung und blieb sofort stehen.

Er hätte diesen schwarzen Audi überall erkannt. Dahinter fuhr ein alter, ramponierter Pritschenwagen.

»Verdammt«, fluchte Black leise.

»Was ist denn los?«, fragte Harlow und sah ihn verwirrt an.

»So wie es aussieht, hat sich das mit unserem geruhsamen Abend zu zweit erledigt.«

»Warum?«

Mit einem Kopfnicken zeigte er in Richtung Parkplatz. »Weil wir Gesellschaft bekommen haben.«

Harlow drehte sich um, um zu sehen, wohin er deutete. Gray, Allye, Ro, Chloe, Arrow und Morgan stiegen gerade aus den beiden Fahrzeugen. Die Männer hatten ein fettes Grinsen im Gesicht und die Frauen lächelten fröhlich.

Gray ging auf sie zu und hielt ihnen eine Hand hin. Black schüttelte sie, schüttelte aber auch gleichzeitig den Kopf. »Wir haben gehört, dass ihr grillen wollt«, sagte sein Freund. »Und da haben wir uns gedacht, wir kommen vorbei und machen mit.«

»Wir haben auch etwas zu essen mitgebracht«, bemerkte Allye entschuldigend.

»Ich habe Brownies gebacken«, erklärte Morgan lächelnd. Arrow legte einen Arm um die sehr viel kleinere Frau. Sie hatte einen Glasbehälter mit Brownies in der Hand und Arrow hatte eine Einkaufstasche in seiner freien Hand.

»Ich habe für den Alkohol gesorgt«, warf Chloe triumphierend ein. Sie hatte eine Flasche Tequila und Margarita Mix dabei.

»Hey, Black«, grüßte Ro grinsend. Er trug ebenfalls eine Einkaufstasche, die bis zum Rand mit Lebensmitteln für alle gefüllt war.

Da Black klar war, dass seine Pläne für den heutigen Abend über den Haufen geworfen worden waren, beschloss er, es so zu nehmen, wie es kam. »Dann sollten wir nicht den ganzen Nachmittag hier herumstehen, schließlich müssen wir Steaks und Hühnchen grillen.«

»Hi«, sagte Harlow. »Schön, euch alle wiederzusehen.«

»Und nur damit du es weißt, nur weil wir Lebensmittel mitgebracht haben, bedeutet das noch längst nicht, dass du für uns kochen musst«, erklärte Allye. »Black hat uns erzählt, was für eine hervorragende Köchin du bist, und ich habe dich gegoogelt. Ziemlich beeindruckend.«

Während sie ins Haus gingen, tat Harlow Allyes Kompliment ab. »Es würde mir nichts ausmachen, für euch zu kochen. Ich liebe es zu kochen. Das ist ja wohl offensichtlich, weil ich es zu meinem Beruf gemacht habe.«

»Kommt überhaupt nicht infrage. Sie haben sich selbst eingeladen, also können sie auch ihr eigenes Essen zubereiten«, erklärte Black und es war ihm durchaus klar, dass es verärgerter herauskam, als er beabsichtigt hatte.

Ro lachte leise. »Wenn du zugelassen hättest, dass wir euch zu uns einladen, hätten wir hier nicht einfach auftauchen müssen«, schalt er ihn.

Black wollte sich im Moment nicht darauf einlassen. Er hatte seine Freunde immer wieder abblitzen lassen und ihnen gesagt, dass er und Harlow nicht zusammen seien. Dass sie nur darüber sprachen, was im Frauenhaus passierte. Offensichtlich hatten sie die Sache selbst in die Hand genommen.

Black hielt an der Tür inne und hielt Harlow zurück, nachdem alle anderen eingetreten waren. »Noch hast du die Möglichkeit zu entkommen«, sagte er und meinte es durchaus nicht unernst. Sie wandte sich zu ihm um und er stellte erneut voller Bewunderung fest, wie wunderschön sie war. Und es lag nicht an den Sachen, die sie trug; und auch nicht an ihrem Make-up, da sie ohnehin nicht geschminkt war. Er fand einfach nur sie wunderschön. Ihre bunten Haare, ihre blauen Augen, ihre Persönlichkeit.

»Wenn du dich jetzt drückst, werden sie dich das niemals vergessen lassen«, erklärte sie ihm. »Außerdem würde es mir nichts ausmachen, sie besser kennenzulernen. Ich kenne noch nicht so viele Leute hier in Colorado Springs.«

Plötzlich kam er sich wie ein Narr vor, zog sie an sich und küsste sie auf die Wange. »Sie mögen dich jetzt schon, Harl. Du musst in ihrer Gegenwart nicht das Gefühl haben, du müsstest vorgeben, jemand zu sein, der du nicht bist.«

»Ich mag sie auch ... zumindest das wenige, was ich an jenem Abend im Escape Room über sie erfahren habe.«

»Kommt ihr oder was?«, rief Arrow.

»Bist du bereit dazu?«, fragte Black Harlow, ohne auf seinen Freund zu achten.

»Nur zu«, erklärte Harlow mit einem kleinen Lächeln.

Black ergriff sie bei der Hand und folgte seinen Freunden zu den Aufzügen. Er wusste nicht, was der Abend bringen würde, aber sie würden wahrscheinlich nicht auf seinem Sofa herumknutschen, wie er es vorgehabt hatte.

Aber immerhin würde er Zeit mit Harlow verbringen, was bedeutete, dass es ein schöner Abend werden würde, egal was passierte.

KAPITEL ACHTZEHN

»Und konntest du Nina oft besuchen, seit du ganz hierher-
gezogen bist?«, fragte Harlow Morgan.

Es war spät. Das Abendessen war gekocht und verspeist
worden. Die Mädels hatten ununterbrochen Margaritas
getrunken, bis auf Allye, die gepasst hatte.

Sie hatten es sich auf seinem übergroßen Sofa gemütlich
gemacht, auf dem Black eigentlich mit Harlow hatte knut-
schen wollen. Morgan hatte Harlow und den anderen von
dem kleinen Mädchen Nina erzählt, das mit ihr aus Santo
Domingo gerettet worden war.

Es gab nicht viele Plätze zum Sitzen in der Wohnung,
weshalb Black im Allgemeinen nicht viele gemeinsame
Treffen veranstaltete. Er und die anderen Jungs standen
gerade in der Küche und gewährten den Frauen etwas Zeit
allein.

»Also ... willst du immer noch leugnen, dass du mit
Harlow zusammen bist?«, fragte Gray grinsend.

Black wandte den Blick von Harlow ab, um seinen
Freund anzusehen, dann schüttelte er den Kopf. »Wusste ich
doch, dass ihr Idioten deswegen heute Abend rüberge-
kommen seid. Um mich zu belästigen.«

Ro lächelte und nahm einen Schluck Bier. »Nein, nicht nur.«

»Aber im Ernst, es sieht so aus, als würde es zwischen euch gut laufen«, stellte Arrow fest. »Ich dachte, du hättest gesagt, sie wäre ein gebranntes Kind, was Verabredungen angeht, und dass sie sich weigerte, das noch einmal mitzumachen.«

»Dem war auch so. Und ist es immer noch. Aber mir ist es gelungen, es so einzurichten, dass sie nicht bemerkt hat, dass wir uns verabredet haben.«

»Ich wusste, dass du es schaffen würdest«, bemerkte Arrow. »Tatsächlich habe ich fünfzig Dollar darauf gewettet.«

Black starrte seine Freunde wütend an. »Ihr habt eine Wette darauf abgeschlossen, ob sie sich mit mir verabreden würde oder nicht?«

Gray und Ro sahen nur ein wenig reumütig aus. »Du musst ja wohl selbst zugeben, dass es für ein Mädchen eher ungewöhnlich ist, nichts mit dir zu tun haben zu wollen«, sagte Gray.

»Wenn du solche Verabredungen gehabt hättest wie sie, würdest du das nicht finden. Einer dieser Idioten war zum Abendessen in ihrer Wohnung eingeladen und hat sich doch tatsächlich einen runtergeholt und auf eins ihrer Kuscheltiere abgespritzt.« Er erschauderte. »Gott, ich mag mir nicht vorstellen, wie knapp sie daran vorbeigeschrammt sein mag, von ihm verletzt zu werden. Denn wir alle wissen, dass er es vielleicht nicht dabei belassen hätte.«

Die Belustigung schwand aus den Gesichtern der anderen Männer.

»Machst du dich über uns lustig?«, fragte Ro mit gerunzelter Stirn.

»Und das ist nur die Spitze des Eisbergs. Ich habe dir ein wenig über den Typen mit dem Rohypnol und der Hochgeschwindigkeits-Verfolgungsjagd erzählt. Als sie mir erklärt hat, warum sie sich nicht mehr verabredet, verstand ich es sofort. Und ehrlich gesagt war das für eine Weile in Ordnung für mich. Aber je mehr ich sie kennenlernte, desto mehr mochte ich sie. Und den Rest kennt ihr ja. Ich fing an, heimlich mit ihr auf Verabredungen zu gehen, ohne es wirklich eine Verabredung zu nennen. Aber irgendwann bemerkte sie, was los war.«

»Und sie war nicht sauer?«, wollte Arrow wissen.

»Nein. Es war ihr eher peinlich, dass es ihr nicht schon viel früher aufgefallen war. Ich glaube, sie hat mit ihrer Mutter gesprochen, und erst dann ist der Groschen gefallen.«

»Du weißt schon, dass es jetzt um dich geschehen ist, richtig?«, fragte Gray.

»Na, das hoffe ich doch«, scherzte Black.

»Ich meine es ernst. Du kannst ruhig deine Scherze darüber machen, aber sie ist anders als die anderen Frauen, mit denen du zusammen warst. Sie ist eine Frau zum Heiraten.«

Black verdrehte die Augen und nahm einen großen Schluck Bier. »So ein Blödsinn. Nur weil Allye und du heiraten wollt, bedeutet das noch lange nicht, dass wir anderen das auch tun wollen.«

»Ich schon«, entgegnete Ro.

»Wenn sie mich darum bitten würde, würde ich Morgan auf der Stelle heiraten«, fügte Arrow hinzu.

»Und ich habe den Ring, der mir sozusagen ein Loch in die Tasche brennt«, erklärte Gray. »Ich warte nur noch auf den richtigen Moment, um Allye zu bitten, meine Frau zu werden ... ihr wisst schon, da wir ein gemeinsames Kind bekommen, habe ich mir gedacht, wir sollten das Ganze offiziell machen.«

Black blieb bei Grays Enthüllung der Mund offen stehen. »Im Ernst?«

»Im Ernst«, versicherte Gray ihm. »Warum glaubst du,

trinkt sie dort draußen mit den anderen Frauen keine Margaritas?«

»Verdammt!«, rief Arrow. »Herzlichen Glückwunsch!«

»Im Ernst, das ist großartig, verdammt noch mal!«, fügte Ro hinzu.

Black stellte sein Bier ab und umarmte Gray herzlich. »Herzlichen Glückwunsch«, gratulierte er, nachdem er ihn wieder losgelassen hatte. »Ihr seid doch sicher überglücklich?«

»Das sind wir. Sie hat keine Eltern, denen sie die Neuigkeiten mitteilen kann, also hoffe ich, dass ich meine Mutter bald besuchen kann, und wir werden ihr die Neuigkeiten offiziell mitteilen. Allye ist im Moment erst im zweiten Monat, also wollen wir noch einen Monat warten, bis meine Mutter erfährt, dass sie Großmutter wird. Ich werde sie vorher auf jeden Fall noch fragen, ob sie meine Frau werden will.«

»Kümmere dich darum«, riet Arrow ihm. »Wenn du verheiratet sein möchtest, bevor euer Kind kommt, müsstet ihr die Dinge relativ zeitnah planen. Keine Frau möchte auf ihren Hochzeitsfotos schwanger aussehen.«

»Oh, wir haben bereits besprochen, was für eine Art von Hochzeitsfeier wir wollen«, versicherte Gray seinen Freunden. »Wir möchten eine kleine Feier, bei uns zu Hause und nur mit unseren liebsten Freunden.«

»Trotzdem gibt es eine Menge zu planen«, erklärte Arrow. »Der Kuchen, die Einladungen, die Musik ... die Liste ist endlos.«

»Das hört sich ja fast so an, als wüsstest du genau, wovon du sprichst«, bemerkte Ro. »Gibt es da vielleicht etwas, das du uns sagen möchtest?«

Sie lachten alle, doch Arrow zuckte nur mit den Achseln. »Ich habe euch doch gesagt, dass ich Morgan vom Fleck weg heiraten würde, wenn ich könnte.«

Black sagte: »Also, ich bin gerade erst mit Harlow

zusammengekommen. Wir sind noch nicht an dem Punkt angekommen, wo wir eine Hochzeit planen und uns überlegen, wie viele Kinder wir haben möchten.«

»Ah-ha«, bemerkte Gray skeptisch.

»Wirklich nicht«, beharrte Black.

»Also, ich sage ja bloß, dass ich dich noch nie zuvor so mit einer Frau gesehen habe. Nicht dass du in letzter Zeit eine Freundin gehabt hättest. Aber sie ist anders. *Du* bist bei ihr anders. Wenn ich raten müsste, würde ich sagen, sie ist die Richtige für dich.«

Black schüttelte den Kopf. »Jetzt werd bloß nicht so verdammt sentimental. Nur weil *ihr* alle mit Frauen zusammen seid, denen ihr bereits nach ein paar Wochen einen Antrag machen möchtet, bedeutet das noch längst nicht, dass das bei mir auch der Fall ist. Wir sind zusammen. Ich genieße es, Zeit mit ihr zu verbringen, aber wenn sie mir morgen sagen würde, dass sie keine Lust mehr hat, hätte es sich erledigt.«

»Tatsächlich?«, fragte Arrow. »*Du* bist nämlich derjenige, der sich über Rex beschwert, weil er sich deiner Meinung nach nicht genügend um diesen Fall kümmert.«

»Und außerdem weigerst du dich, einen von uns Harlow zur Arbeit begleiten zu lassen«, fügte Gray hinzu.

»Mal ganz abgesehen von der Tatsache, dass du es kaum erwarten kannst, diesen Brian in die Finger zu bekommen, weil er gemein zu ihr war«, fügte Ro hinzu.

»Ich beschütze *alle* im Frauenhaus«, widersprach Black. »Ihr habt doch gehört, was er gesagt hat. Er hat nicht nur sie bedroht, sondern auch alle, die dort wohnen. Wir beschützen die Frauen und Kinder. Das ist die Aufgabe der Mountain Mercenaries.«

»Gut, lass es mich anders ausdrücken«, erklärte Gray. »Du hast dir um Allye Sorgen gemacht, als du uns im Meer aufgesammelt hast, richtig?«

»Selbstverständlich«, sagte Black.

»Du hast mit ihr gescherzt und dabei geholfen, sie zu beschäftigen, während wir sie zurück zum Ufer gebracht haben.«

»Ja und?« Black wusste nicht, worauf sein Freund hinauswollte, doch er wünschte sich, er würde sich damit beeilen.

»Und als wir am Ufer ankamen, hatten wir nicht mehr genügend Zeit, um dafür zu sorgen, dass sie tatsächlich in Sicherheit war. Wir mussten sie bei irgendeinem Typen lassen, den Rex beauftragt hatte, und uns einfach darauf verlassen, dass er etwas draufhatte und sie sicher zurück nach San Francisco schaffen würde.«

»Verdammt, jetzt sag schon endlich, worauf du hinauswillst«, knurrte Black.

»Was, wenn das Harlow gewesen wäre?« Grays Blick war abschätzend, als er Black ansah. »Was wäre, wenn die Rollen vertauscht wären und es *Harlow* wäre, die mitten im Ozean getrieben wäre, und du hättest sie gerettet und hättest sie dann zurücklassen müssen?«

»Das war aber nicht der Fall«, erklärte Black mit einem unguten Gefühl im Bauch.

»Aber es hätte durchaus der Fall sein können. Was, wenn es *Harlow* gewesen wäre, die wir in dieser Hütte in Santo Domingo gefunden hätten? Was, wenn *ihr* Bruder versucht hätte, sie zu töten? Wärst du ihr gegenüber so gleichgültig, wie du es jetzt bist? Wäre sie für dich nur eine weitere Frau, die wir gerettet haben?«, fragte Gray.

»Ich kenne Harlow schon sehr lange«, konterte Black. »Sie ist keine Fremde. Das ist etwas völlig anderes.«

»Ist es das? Du bist normalerweise ein Beschützer, Black«, fuhr Gray fort. »Wir haben es alle gesehen. Aber nicht so. Nicht so, wie du es bei ihr bist. Du kannst nicht mal an ihr vorbeigehen, ohne sie zu berühren. An der Schulter, an der Hand, irgendwas. Kannst du uns ehrlich sagen, dass es für dich okay wäre, eine Weile mit ihr zusammen zu sein und sie dann ihren eigenen Weg gehen zu lassen?«

»Ich kann die Frage nicht beantworten, weil wir gerade erst zusammengekommen sind. Das ist ja so, als würde ich dich fragen, ob du glaubst, dass du niemals mit Allye Schluss machst. Das ist keine faire Frage«, protestierte Black.

»Du kannst dir jede Ausrede ausdenken, die du willst, aber mehr sind sie nicht. Ausreden. Also, was ist falsch daran, mehr zu wollen? Warum gehst du in eine Beziehung hinein und denkst, dass sie enden wird? Warum schaust du nicht einfach, wie sich die Dinge entwickeln?«

Black nahm noch einen Schluck von seinem Bier und dachte über Grays Frage nach. Es war ja nicht so, dass er wollte, dass es mit Harlow zu Ende ging. Es war nur so, dass sie *immer* irgendwann zu Ende gingen. Es wurde ihm langweilig. Die Frau wurde anhänglich. Irgendetwas an ihr ging ihm auf die Nerven. Es war einfach eine Tatsache, dass er es selten länger als ein paar Monate in einer Beziehung aushielt. Es gab einen Grund, warum seine Freunde ihn mit dem legendären *Seinfeld* verglichen.

Aber ... es waren schon fast anderthalb Monate mit Harlow vergangen. Zugegeben, ihre Beziehung war nicht gerade »normal« verlaufen, aber er hatte viel Zeit mit ihr verbracht und sein Interesse war nur noch gewachsen. Er hatte sich Mühe gegeben, Dinge für sie zu planen, von denen er wusste, dass sie ihr gefallen würden. Obwohl er sie wollte, mit Haut und Haaren, war das die meiste Zeit über nicht sein Ziel, wenn er mit ihr zusammen war. Er mochte es, in ihrer Nähe zu sein. Es gefiel ihm zu sehen, wie sie mit den anderen im Frauenhaus umging. Er brachte sie gern zum Lachen.

»Wie ich sehe, fällt bei dir langsam der Groschen«, erklärte Ro frech.

»Lass mich in Ruhe«, murmelte Black.

Die anderen grinsten.

»Und wenn du mich jemals bittest, mir Harlow in irgendeiner anderen beschissenen Situation vorzustellen, in der wir waren, oder andeutest, dass sie jemals in einer solchen Situation sein wird, aus der wir regelmäßig Frauen retten, werde ich dir in den Hintern treten. Euch allen«, warnte Black sie.

»Habe ich es euch doch gesagt«, sagte Gray zu Ro und Arrow. »Er ist überfürsorglich ... genau wie ich es mit Allye, du es mit Morgan und du es mit Chloe warst.«

»Na gut. Ich gebe es zu, wenn ich mir vorstelle, dass Harlow in Gefahr ist, habe ich das Bedürfnis, jemandem wehzutun. Und genau aus diesem Grund müssen wir jetzt diesen Brian ausfindig und ihn unschädlich machen«, bemerkte Black. Und dann erzählte er ihnen über Brian und seine Freunde und was sie gesagt hatten, als er an jenem Nachmittag zusammen mit Harlow das Frauenhaus verlassen hatte.

»Rex findet immer noch nicht, dass wir uns um Brian kümmern müssen«, entgegnete Arrow.

»Da liegt er falsch«, bemerkte Black trocken. »Ich weiß nicht, was mit ihm los ist, aber er ist abgelenkt. Meat hat mir gesagt, dass er ihn zweimal um zusätzliche Informationen bitten musste, die er über Wyatt Newton gesammelt hatte. Und das sieht Rex so gar nicht ähnlich.«

»Hat er sich bei Meat mit dem Ergebnis der Überprüfung von Edward gemeldet? Oder Loretta?«, fragte Ro.

»Nicht dass ich wüsste. Das Ganze gefällt mir nicht«, bestätigte auch Gray. »Ich bin da ganz einer Meinung mit Black. Ich weiß, er ist besorgt, weil er Harlow beschützen will, aber wir haben noch keinerlei brauchbare Hinweise in Bezug auf diesen Fall. Also werden wir Brian aufgreifen und sehen, was wir herausfinden können. Und wir sagen Rex, was wir getan haben, wenn wir die nötigen Informationen haben. Aber Black, du darfst die Selbstbeherrschung nicht verlieren«, mahnte Gray. »Ich weiß, du willst dem Kerl in den Hintern treten, und du kannst dein Ding durchziehen und ihm drohen und ihn glauben machen, dass er nie wieder das Tageslicht sehen wird ... aber du weißt, dass du ihn nicht töten kannst, richtig?«

Black seufzte, ging hinüber zur Spüle und schüttete den Rest seines Biers hinein. »Ich weiß«, sagte er voller Bedauern. »Ich bin zwar sauer auf ihn, aber ich bin kein Idiot. Schließlich wollen wir nicht, dass die Frauen im Frauenhaus irgendwelche negativen Auswirkungen davon zu spüren bekommen. Wenn er allerdings anfängt, irgendwelchen Blödsinn über Harlow zu sagen, müsst ihr Jungs darauf achten, dass ich nicht zu weit gehe.«

»Du weißt doch, dass du dich auf uns verlassen kannst«, entgegnete Arrow.

»Selbstverständlich«, stimmte auch Ro zu.

»Wir halten dir den Rücken frei«, erklärte Gray. »Keiner, der irgendeinen Blödsinn über unsere Frauen erzählt, kommt ungestraft davon.«

Black wollte eigentlich protestieren, was das »unsere Frauen« in Bezug auf Harlow anging, aber da er versuchte, ehrlich mit sich selbst zu sein ... musste er zugeben, dass es sich richtig anhörte.

Harlow *war* seine Frau. Vielleicht nicht für immer. Vielleicht nur so lange, bis sie zur Besinnung kam und ihr klar wurde, dass er alles andere als perfekt war.

Aber insgeheim hoffte er, dass sie für sehr, sehr lange Zeit seine Frau sein würde.

»Also ... du und Black, was?«, fragte Morgan.

Harlow lächelte ihre neuen Freundinnen schüchtern an. Sie war nervös gewesen, mit ihnen Zeit zu verbringen, weil sie alle viel gebildeter und kultivierter wirkten als sie selbst.

Allye war eine schöne Tänzerin, Chloe war eine Multimillionärin und Morgan war ... nun, sie war die stärkste Frau, die Harlow je getroffen hatte. Chloe und Allye hatten viel Schlimmes durchgemacht, aber was Morgan überlebt hatte, imponierte ihr gewaltig.

Harlow war nicht so stark. Auf keinen Fall wäre sie mutig genug gewesen, das zu ertragen, was die anderen Frauen durchgemacht hatten, und trotzdem so lustig, aufgeschlossen und freundlich geblieben. Man konnte mit Sicherheit sagen, dass diese Frauen sie verdammt einschüchterten. Sie war nichts Besonderes. Sie hatte liebevolle Eltern, war in Topeka aufgewachsen, um Himmels willen, und verdiente ihren Lebensunterhalt mit der Zubereitung von Speisen. Sie wollte nicht berühmt sein, wollte nicht reich sein, wollte nur in der Lage sein, Menschen glücklich zu machen, indem sie ihnen leckere Gerichte kochte.

»Ich kenne Lowell noch aus der Highschool«, erwiderte Harlow als Antwort auf Morgans Frage. »Er war ein Jahr älter als ich und wir waren zusammen im Jahrbuchklub. Er war nur dort, weil er etwas in seinem Lebenslauf haben wollte, das für Personalchefs gut aussieht.«

»Ich kann mir Black gar nicht als Schüler vorstellen«, erklärte Allye. »Ich meine, als ich ihn das erste Mal getroffen habe, hat er mich frierend aus dem Pazifischen Ozean gezogen. Er war ganz in Schwarz gekleidet und war superhöflich. Ich wette, er war beliebt, nicht wahr?«

Harlow nickte. »Äußerst. Ich war überrascht, dass er überhaupt mit mir gesprochen hat. Aber das hat er. Er war richtig nett.«

»Du hast ihn damals schon gemocht«, rief Chloe ein wenig zu laut.

»Pst!«, schalt Harlow sie und blickte nervös in Richtung Küche, wo die Männer sich angeregt unterhielten.

»Hast du aber«, erklärte die andere Frau ein wenig leiser.

»Na logisch«, knurrte Harlow. »Wer hätte das nicht?«

Alle kicherten.

»Aber ich wusste, dass er mich nie zweimal ansehen würde. Außerdem machte er gerade seinen Abschluss und zog los, um die Welt zu retten. Ich kann euch nicht sagen, wie überrascht ich war, als ich ihn das erste Mal im Frauenhaus sah. Und er hat sich tatsächlich an mich erinnert! Ich war schockiert. Im Ernst. Ich sehe nicht mehr so aus wie in der Highschool.«

»Aber dein Name ist kein Allerweltsname«, informierte Allye sie. »Natürlich hat er sich an dich erinnert.«

Harlow schüttelte den Kopf. Sie hatte nicht vor, darüber zu streiten, aber sie wusste, dass das wahrscheinlich nicht der Fall war. »Wie auch immer, dann gab er mir seine Nummer und ich wäre fast gestorben. Ich wollte ihn praktisch jeden Tag anrufen, aber mir fiel kein guter Grund ein. Ich meine, ich fragte ihn nach einem Waffensicherheitskurs für Anfänger, aber es war nicht so, dass ich es eilig hatte, den Umgang mit der Waffe zu erlernen. Aber als die anderen Frauen belästigt wurden und niemand wusste, was man dagegen tun sollte, dachte ich, es wäre eine gute Idee anzurufen. Ihnen zuliebe.«

»Und jetzt seid ihr zusammen«, sagte Chloe. Als Morgan ungläubig den Kopf schüttelte, sagte sie zu ihrer Verteidigung: »Hey, ich will langsam mal zur Sache kommen. Wir wissen ja nicht, wie lange unsere Männer sich da drin noch unterhalten werden, und ich will alles über diese Nicht-Verabredungen erfahren, auf denen ihr wart.«

»Du weißt davon?«, fragte Harlow überrascht.

»Nur das, was Ro mir erzählt hat. Black hat ihm wohl gesagt, dass du schlechte Erfahrungen mit Verabredungen gemacht hast, sodass er die Verabredungen heimlich machen musste, damit du es nicht mitbekommst.«

Harlow kicherte erneut. Ja, genau das waren sie, Nicht-

Verabredungen. »Also wusstet ihr alle vor mir Bescheid, dass ich Verabredungen mit Lowell hatte, was?«

Morgan lächelte und zuckte mit den Achseln.

Allye nickte.

Und Chloe bestätigte: »Ja. So ist das nun mal, wenn man mit einem der Mountain Mercenaries zusammen ist. Nichts ist ein Geheimnis und wir wissen alles über jeden von uns. Wusstest du zum Beispiel, dass Black seinen Spitznamen bekommen hat, weil er am ersten Tag des Trainingslagers in eine Tür gelaufen ist und sich ein riesiges blaues Auge geholt hat, das so dunkel war, dass die anderen Rekruten anfingen, ihn Blackie zu nennen? Irgendwann verkürzten sie es dann zu Black und das war dann sein Spitzname.«

Das hatte Harlow nicht gewusst. Fasziniert schüttelte sie den Kopf.

»Und Ball heißt mit Nachnamen Black, also sollte man meinen, dass die Leute *ihn* so nennen, aber als er noch bei der Küstenwache war, hatte er den Ruf, immer zu wissen, wann es hart auf hart kommen würde, und er blieb ›immer am Ball‹. Und so wurde Ball dann irgendwann sein Spitzname.«

Es war faszinierend, all diese Kleinigkeiten über die ausgesprochen männlichen Männer im anderen Zimmer zu erfahren. Harlow hörte wie gebannt zu und nahm jedes bisschen Information in sich auf.

»Wisst ihr, warum Ball bei der Küstenwache aufgehört hat?«, fragte Morgan flüsternd.

Harlow hätte eigentlich gern bemerkt, dass es nicht besonders nett war, hinter dem Rücken über die Männer zu reden, aber andererseits interessierte es sie. Also hielt sie den Mund, während Morgan weitersprach.

»Ich hörte Arrow eines Abends am Telefon mit ihm reden. Ich hörte nur Arrows Seite des Gesprächs, aber er beklagte sich bei Ball über eine Frau, die eine Mission vergeigt hatte. Ich vermute, sie hatten ein Boot im Golf von

Mexiko verfolgt und sie hat etwas nicht richtig gemacht. Als sie den Schurken Handschellen anlegen wollten, zog einer eine Waffe, die die Frau nicht bemerkt hatte, und schoss auf Ball.«

»Oh mein Gott, wirklich?«, fragte Allye. »Das wusste ich gar nicht.«

Morgan nickte. »Balls Arm ist nie wieder ganz verheilt und er wurde deswegen ehrenhaft aus der Küstenwache entlassen. Dann wurde er Mitglied der Mountain Mercenaries.«

Harlow hatte Mitleid mit Ball. Er schien ein wirklich netter Kerl zu sein und es war schlimm, dass er angeschossen worden war. Es war umso schlimmer, dass es passiert war, weil jemand anderes etwas nicht richtig gemacht hatte, und es war sogar noch schlimmer, dass er als Ergebnis der Fehler eines anderen aus der Küstenwache entlassen worden war. Sie hatte in ihrem Leben schon ein paar ziemlich starke Frauen getroffen. Polizistinnen, die es mit einem Mann aufnehmen konnten, der dreimal so groß war wie sie. Frauen bei der Feuerwehr, die nicht zögerten, in ein brennendes Gebäude zu laufen. Soldatinnen, die genauso engagiert für ihr Land kämpften wie ihre männlichen Kollegen.

Sie schaute hinüber zu Lowells Küche, wo er und seine Freunde sich immer noch unterhielten.

Als sie sahen, wohin sie schaute, sagte Allye: »Du brauchst kein schlechtes Gewissen zu haben. Ich spüre, dass unsere Männer manchmal mehr quatschen als wir. Sieh sie dir doch nur an, wie angeregt sie sich unterhalten.« Sie nickte in Richtung Küche.

»Wahrscheinlich reden sie über Meat und die Tatsache, dass er mehr Zeit vor seinem Computer verbringt als damit, sich mit echten, lebenden Menschen zu unterhalten«, mutmaßte Morgan.

»Vielleicht hat er eine heimliche Geliebte, die er noch

nie wirklich kennengelernt hat, und bis jetzt haben sie sich immer nur über das Internet unterhalten«, spekulierte Chloe lächelnd.

Die Frauen kicherten.

Dann atmete Allye tief durch und bemerkte: »Oder sie reden davon, dass ich schwanger bin und Gray fragt wahrscheinlich alle nach Ideen, wie er mir einen großartigen Heiratsantrag machen kann.«

Nachdem Allye das verkündet hatte, waren alle einen Augenblick lang still – dann kreischten Chloe und Morgan vor Aufregung und sprangen die andere Frau geradezu an, um ihr zu gratulieren.

Harlow kreischte zwar nicht, ging aber trotzdem schnell zu der anderen Frau hinüber, um sie ebenfalls zu umarmen.

»Du bist tatsächlich *schwanger*?«, fragte Chloe, nachdem sie sich wieder unter Kontrolle hatte.

Allye nickte. »Ich bin bereits im dritten Monat. Wir haben noch nichts gesagt, weil, ihr wisst schon ... wir waren uns noch nicht sicher. Aber ihr seid meine Freundinnen, und wie ihr es richtig bemerkt habt, bei den Mountain Mercenaries gibt es keine Geheimnisse.«

»Das ist wirklich großartig«, bemerkte Morgan mit breitem Lächeln. »Herzlichen Glückwunsch!«

»Deswegen trinkst du auch nicht mit uns«, stellte Harlow fest.

»Genau. Obwohl ich wirklich neidisch auf euch bin.«

»Warum?«, wollte Morgan wissen.

»Weil ich genau weiß, wie Gray sich benimmt, wenn ich mich betrinke. Er kann dann seine Finger nicht von mir lassen«, erklärte Allye mit zufriedenem Lächeln.

»Bei ihm ist es auch so?«, fragte Chloe.

»Ist das nicht großartig?«, warf Morgan ein.

»Ich habe keine Ahnung«, entgegnete Harlow.

Die anderen drei Frauen sahen sie fragend an. »Damit hätte sich die Frage, wie Black im Bett ist, erledigt«, entgegnete Allye trocken. »Ihr lasst es wohl langsam angehen, was?«

Harlow nickte.

»Ich würde sagen, es besteht kein Zweifel daran, dass er großartig im Bett ist«, erklärte Chloe. »So wie er dich den ganzen Abend lang angesehen hat.«

»Wie denn?«, wollte Harlow wissen. Sie wusste, dass sie rot wurde, wollte die Antwort aber trotzdem unbedingt hören.

»Als würde er seit Wochen durch die Wüste wandern und du bist ein großes Glas Wasser«, erklärte Morgan ihr.

Harlow spürte, dass sie noch mehr errötete, konnte aber nicht anders, als »Wirklich?« zu sagen.

»Wirklich«, bestätigte Allye. »Anscheinend war es doch noch zu früh, jetzt schon einfach so bei eurem kleinen Abendessen aufzutauchen.«

»Also, äh ... ich glaube nicht, dass heute Abend in sexueller Hinsicht viel passiert wäre«, erklärte Harlow ehrlich. »Ich meine, versteht mich nicht falsch, ich kann es kaum erwarten, aber bis jetzt haben wir uns nur geküsst. Ich denke nicht, dass wir von ein paar Küssen direkt zu Sex übergehen.«

»Das wird sich zeigen«, erklärte Chloe nicht ganz so unschuldig und blickte zur Decke.

Erneut brachen alle in Gelächter aus. Sie setzten sich wieder und Chloe und Morgan fragten Allye über ihre Schwangerschaft aus und warum sie dachte, dass Gray die anderen bezüglich eines Hochzeitsantrags ausfragte.

Harlow ließ ihre Gedanken schweifen. Sie freute sich darüber, in die Gruppe aufgenommen worden zu sein, aber sie wäre noch viel lieber mit Lowell allein gewesen. Sie hatte sich darauf gefreut, mit ihm zu kochen und dann auf dem Sofa zu kuscheln. Sie hatte die Wahrheit gesagt, als sie den anderen Frauen erklärt hatte, dass sie nicht glaubte, dass heute der Abend wäre, an dem sie sich zum ersten Mal liebten, das bedeutete aber noch längst nicht, dass sie nicht bedauerte, dass sie nicht allein waren.

»Sind diese Plätze schon besetzt?«, fragte Arrow hinter dem Sofa.

»Was denn für Plätze?«, fragte Allye. »In dieser Wohnung gibt es nicht genügend Platz für uns alle.«

»Es hat euch auch niemand eingeladen«, neckte Black, der um das Sofa herum trat. Ohne innezuhalten, lehnte er sich vor und nahm Harlows Hand. Er zog sie auf die Beine, setzte sich und zog sie dann auf seinen Schoß. Er stützte ihren Rücken mit einer Hand ab und legte den anderen Arm über ihre Oberschenkel.

Harlow blinzelte überrascht. Er hatte nur zehn Sekunden gebraucht, um sie komplett neu auf dem Sofa zu platzieren. Er hatte nicht einmal ihr Getränk verschüttet, während er sie umsetzte. Sie wollte sich ärgern, aber wie konnte sie das? Sie hatte sich gerade beklagt, dass sie die Kuscheleinheiten mit dem Mann verpasste, und jetzt war sie hier ... und kuschelte mit ihm.

»Wir organisieren das nächste Treffen«, bot Ro augenblicklich an. »Und sorgen dafür, dass Ball und Meat auch dabei sind.«

»Ohne sie fühlt es sich merkwürdig an«, stimmte Morgan ihm zu.

»Wir sollten besser gehen«, sagte Gray leise zu Allye. »Geht es dir gut?«

»Es geht mir gut. Schließlich bin ich schwanger und nicht krank«, rügte sie ihn.

Sie stand auf und sofort war Gray bei ihr. Er legte ihr eine Hand auf den Bauch und zog sie an sich, sodass sie sich mit dem Rücken an ihn lehnte. »Stimmt.«

Harlow liebte das Geplänkel nicht nur zwischen den Paaren selbst, sondern auch zwischen den Freunden. Es war das, was in ihrem Leben immer gefehlt hatte. Freunde. Wahre Freunde, mit denen sie abhängen, sich betrinken und mit denen sie Frauengespräche führen konnte. Ohne nachzudenken, lehnte sie sich ein wenig vor und legte ihren Kopf auf Lowells Schulter. Er schlang den Arm um sie und sie wusste ohne Zweifel, dass er dafür sorgen würde, dass sie nicht das Gleichgewicht verlor und von seinem Schoß kippte. Was natürlich durchaus möglich war, und nicht nur, weil sie getrunken hatte.

Die anderen waren sich einig, dass es Zeit war zu gehen, und Harlow bemerkte, dass Lowell nicht protestierte. Sie fragte sich, ob er die Kuschelzeit genauso herbeisehnte wie sie.

»Wir finden schon allein zur Tür«, bemerkte Gray trocken, als Black nicht aufstand, um sie zu begleiten.

»Nur zu«, erklärte er.

Alle lachten und verabschiedeten sich. Die Frauen versprachen, sich bald wieder bei ihr zu melden, da sie Nummern ausgetauscht hatten.

»Ich werde die Tür hinter mir abschließen«, sagte Ro.

»Danke, das ist lieb von dir«, erklärte Black ihm.

Und dann waren sie allein. Harlow bewegte sich nicht von Lowells Schoß herunter. Wenn überhaupt, schmiegte sie sich noch mehr an ihn.

»Hattest du bis jetzt einen schönen Abend?«

Sie nickte. »Ja.«

»Du klingst erstaunt«, stellte Lowell fest.

»Es ist nur ... sie sind alle so unkompliziert. Ich hätte nie im Leben gedacht, dass ich mal mit Morgan Byrd etwas trinken würde. Ich meine, ich habe die Sendung gesehen, in der sie interviewt wurde, und wenn mir das passiert wäre, wäre ich wahrscheinlich immer noch in einer Nervenklinik und würde versuchen, mit dem ganzen Kram fertigzuwerden, den sie durchgemacht hat.«

»Nein, würdest du nicht«, sagte Lowell.

»Das weißt du doch gar nicht«, protestierte Harlow.

»Doch, das tue ich. Du hast einen erstaunlichen Wesenskern an Stärke in dir. Er kommt nicht oft zum Vorschein, weil du ihn nicht brauchst, aber jedes Mal, wenn einer der Mistkerle vor dem Frauenhaus etwas zu dir sagt oder tut, denkst du zuerst an andere. Du willst wissen, wie Loretta damit umgeht. Ob die Kinder es gehört haben. Ob die Frauen es gesehen haben. Ich habe keinen Zweifel daran, dass du mit allem, was auf dich zukommt, mehr als fertig wirst.«

»Danke«, flüsterte Harlow.

»Du hörst dich müde an.«

»Aus irgendeinem Grund bin ich heute Morgen um halb sechs aufgestanden. Vielleicht lag es daran, dass mir jemand eine Nachricht mit *Guten Morgen* geschrieben hat«, scherzte Harlow und gähnte dann.

Daraufhin musste er ebenfalls gähnen.

Sie kicherte. »Anscheinend ist Gähnen wirklich ansteckend.«

»Allerdings. Warum machst du nicht einen Moment lang die Augen zu?«, fragte er.

»Ich sollte besser gehen. Ich weiß ja, dass du morgen ziemlich viel zu tun hast.«

»Bleib doch noch einen Moment«, versuchte er sie zu überreden. »Ich wecke dich nach einem Weilchen und bringe dich nach Hause. Ich habe nur das Gefühl, dass ich heute Abend nicht genügend Zeit mit dir verbracht habe.«

»Wir haben fast den gesamten Tag gemeinsam verbracht«, erklärte sie ihm.

»Aber da musste ich dich mit anderen teilen.«

»Wow. Das ist ja wirklich ein tolles Kompliment.«

»Hmmm«, murmelte er. »Ich liebe meine Freunde, aber ich habe mich den ganzen Abend lang darauf gefreut, mit dir allein zu sein. Stattdessen haben sie mich ausgefragt und ich musste die Steaks, die ich für uns gekauft habe, mit ihnen teilen.«

»Aber dafür haben wir Brownies bekommen«, neckte Harlow ihn.

»Also bevorzugst du Brownies und nicht meine erlesene Gesellschaft?«, fragte er.

»Nein.« Harlow setzte sich aufrecht hin und sah ihm in die Augen. »Ich hatte sehr viel Spaß mit dir in den letzten Tagen. Von der Heißluftballonfahrt bis zum Zusehen, wie du mit Jody Barbie-Puppe spielst, wie du mit deinen Freundinnen lachst und scherzt, wie du die anderen Frauen kennenlernst. Aber hier so zu sitzen, nur mit dir, ist das Sahnehäubchen auf dem Kuchen.«

Er legte ihr eine Hand in den Nacken und zog ihren Kopf wieder auf seine Schulter. »Mach die Augen zu. Wie nennst du es noch? Dösen? Nach einer Weile werden wir wieder aufstehen.«

»Okay.« Es gab tatsächlich keine andere Antwort als diese.

Nolan Woolf beobachtete, wie der Mann das Frauenhaus verließ, und grinste. In der letzten Woche hatte er angefangen, im zweiten Stock des Gebäudes neben der Unterkunft zu sitzen und zu beobachten, wer kam und ging. Er hatte die Gewohnheiten der Männer schnell herausgefunden. Sie versuchten nicht, sich zu verstecken oder zu verbergen, was sie taten.

Wenn Loretta Royster dachte, dass das Anheuern von Leibwächtern ihr kostbares Gebäude schützen würde, hatte sie sich geirrt.

Nolan wischte sich eine Schweißperle von der Stirn und blickte finster drein, als der Mann den Bürgersteig hinunter in Richtung Parkplatz ging. Er hatte eine Computertasche über der Schulter und sah aus, als wollte er dringend irgendwohin. Um etwas zu erledigen. Um etwas herauszufinden.

Nolan spürte, dass ihm langsam die Felle davonschwammen. Loretta hatte immer noch nicht auf sein Angebot zum Kauf des Gebäudes reagiert. Warum sie es hinauszögerte angesichts der vielen Schikanen, wusste er nicht. Aber das war auch egal ...

Er hatte seinen anderen Plan in die Tat umgesetzt. Und er hatte die Gewissheit, dass bereits etwas unternommen worden war. Dass man die Anschuldigungen ernst genommen hatte und sie überprüfte.

Die Regierung mochte es nicht, wenn jemand Gelder veruntreute, die für gemeinnützige Zwecke bestimmt waren.

Warum er die anonyme Beschwerde nicht früher eingereicht hatte, wusste er auch nicht.

Ohne Geld würde Loretta Royster nicht im Geschäft bleiben können. Sie würde die Angebote zum Kauf ihres Hauses ernst nehmen müssen. Und wenn die Zeit reif war, würde Nolan ein letztes Gebot abgeben, nur ein wenig höher als der Rest, nur um sicherzugehen, dass sie ihm den Zuschlag gab. Er könnte mehr bieten, als das Gebäude wert war, aber das würde ihn nur verdächtig aussehen lassen. Vor allem, wenn die Sicherheitsleute, die hier lauerten, es schafften, ihn eingehender zu überprüfen.

Sie hätte *sein* Angebot für das Gebäude einfach annehmen sollen; dann hätte er nicht auf all diese Tricks zurückgreifen müssen und ihr Ruf stünde nicht am Rande des Ruins.

KAPITEL NEUNZEHN

Nach dem Mittagessen am nächsten Tag trat Harlow in Lorettas Arbeitszimmer im zweiten Stock und schloss die Tür hinter sich. Es war ein gemütlicher Raum mit einem Fenster, von dem man auf die Gasse auf der Rückseite des Gebäudes blickte. An einer Wand befanden sich Regale voller Bücher und sonstigem Krimskrams, ein Fensterplatz unter dem Fenster und ein großer hölzerner Schreibtisch an der anderen Wand.

Loretta saß dahinter und sah sehr düster aus.

Harlow fühlte sich sofort unwohl und setzte sich auf einen der beiden Stühle vor dem Schreibtisch. Sie hatte Loretta noch nie so ernst gesehen.

»Als Erstes«, sagte Loretta sofort, »möchte ich mich bei dir dafür entschuldigen, dass die Kreditkarte, die ich dir geliehen habe, nicht funktioniert hat. Aus irgendeinem Grund wurde sie gesperrt. Als ich bei der Bank angerufen habe, um herauszufinden, was passiert ist, hat man sich dort tausendmal entschuldigt und gesagt, dass jemand eine Buchung angezweifelt hatte, woraufhin die Kreditkarte automatisch gesperrt wurde.«

»Ist schon okay«, bemerkte Harlow. »Lowell hat gesagt, es mache ihm nichts aus auszuhelfen.«

Loretta nickte. »Wie du weißt, ist das First Hope Frauenhaus eine gemeinnützige Einrichtung. Ich bekomme Geld vom Staat, um alles zu finanzieren.« Sie fuhr sich mit zitternder Hand durchs Haar. »Und gestern wurde mir mitgeteilt, dass es eine anonyme Anschuldigung gäbe, dass ich die Gelder, die ich erhalte, veruntreut hätte.«

Harlow richtete sich auf. »Aber das ist doch eine Lüge!«, rief sie aufgebracht.

»Vielen Dank, meine Liebe«, seufzte Loretta. »Natürlich stimmt es nicht, doch der Staat nimmt solche Anschuldigungen nicht auf die leichte Schulter. Deswegen wurden alle Konten des Frauenhauses vorübergehend eingefroren, bis die Sache geklärt ist. Auch zusätzliche Gelder, die ich als Beihilfe erhalten habe, werden zurückgehalten, solange die Ermittlungen laufen.«

»Aber das ist nicht fair!«, sagte Harlow und ihr wurde ganz schwer ums Herz. »Können die das wirklich einfach machen? Durch eine anonyme Anschuldigung müssen jetzt alle, die hier leben, leiden, während die Ermittlungen laufen. Was ist denn aus dem Grundsatz *Im Zweifel für den Angeklagten* geworden?«

Loretta sah traurig aus. »Sie können das aber trotzdem einfach machen. Die Ermittlungen können Monate dauern, selbst wenn ich hundertprozentig kooperiere und ihnen Zugriff auf alle Bücher und Konten gebe.«

»Und was ist mit einem Anwalt? Könnte der die Dinge etwas beschleunigen?«, wollte Harlow wissen.

»Vielleicht.«

»Was kann ich tun, um dir zu helfen?«

Loretta lächelte sie traurig an. »Du bist wirklich unglaublich, Harlow. Anstatt dir um dich selbst Sorgen zu machen, denkst du zuerst an andere und möchtest ihnen helfen, allerdings weiß ich nicht, was du tun könntest.«

»Wir können eine Wohltätigkeitsveranstaltung ins Leben rufen. Die Gemeinde mit einbeziehen«, überlegte Harlow.

»Du bist wirklich süß. Aber ... es ist so ... ich bin mir nicht sicher, ob ich überhaupt kämpfen *will*.«

»Was? Wieso denn nicht? Schließlich hast du dir nichts vorzuwerfen!«

»Ich weiß, und die Prüfer werden auch irgendwann darauf kommen. Aber es ist nun mal so, dass ich müde bin. Ich bin fünfundsechzig Jahre alt. Ich erinnere mich nicht mal mehr an meinen letzten Urlaub. Ich habe so viel Zeit und Nerven in das Frauenhaus gesteckt, dass der Gedanke an den Ruhestand ehrlich gesagt fast eine Erleichterung ist. Ich muss mir keine Sorgen mehr machen, wenn eine neue Bewohnerin auftaucht, und mich fragen, wie ich dafür sorgen kann, dass sie sich sicher fühlt, und ich muss nicht mehr die Zeit der Mountain Mercenaries in Anspruch nehmen. Ich weiß, dass ich egoistisch bin, wenn ich mich entschließe, den Laden dichtzumachen, aber ich kann mir nicht helfen, ich habe das Gefühl, dass dies ein Zeichen ist.«

Harlow gönnte Loretta den Ruhestand und ein paar Jahre relativen Friedens. Es war ziemlich hart, das Frauenhaus am Laufen zu halten – das konnte selbst sie sehen. Und Loretta hatte es viele Jahre lang ganz alleine getan.

»Ehrlich gesagt denke ich schon geraume Zeit darüber nach, mich zur Ruhe zu setzen, selbst bevor mir mitgeteilt wurde, dass gegen mich ermittelt wird. Ich dachte nur, dass ich noch ein paar Jahre abwarten würde. Ich habe schon verschiedene Angebote für das Gebäude bekommen. Ich würde genügend daran verdienen, um mir eine Wohnung zu kaufen und vielleicht nach Florida und in eine dieser Senioren-Gemeinden zu ziehen.«

»Du hast Angebote für das Gebäude bekommen?«, fragte Harlow. »Das wusste ich nicht.«

»Ich habe das nicht absichtlich geheim gehalten. Nur habe ich es nie wirklich in Betracht gezogen zu verkaufen, also habe ich auch nicht über die Angebote gesprochen. Aber wenn ich jetzt so darüber nachdenke, ist es vielleicht der richtige Zeitpunkt.«

Harlow hätte sich gern für Loretta gefreut, aber sie konnte nicht umhin, sich selbst ein wenig zu bemitleiden. Sie liebte es, hier im Frauenhaus zu arbeiten. Sie liebte das Gefühl, dass sie einen positiven Einfluss auf das Leben der Frauen und Kinder hatte, die hier wohnten. Jetzt würde sie einen neuen Job finden müssen. »Weiß Zoe schon Bescheid?«, fragte Harlow.

»Ja. Ich habe heute Morgen noch vor dir mit ihr gesprochen. Sie hat gekündigt. Jetzt, nachdem sie Zeit mit ihrem Sohn und ihrem neuen Enkelkind verbracht hat, hat sie beschlossen, nach Pueblo zu ziehen, um in ihrer Nähe zu wohnen. Jetzt kann sie ihre Enkelkinder verwöhnen, indem sie nur noch für *sie* kocht.«

Harlow zog sich der Magen zusammen. »Und was ist mit mir?«, fragte sie leise. Harlow konnte nicht mehr weitersprechen. Sie wusste, dass sie weinen würde, wenn sie es täte.

»Es tut mir so leid, Harlow. Als ich dich eingestellt habe, hätte ich nie gedacht, dass so was passieren würde. Das würde ich nie jemandem antun. Ich werde alles in meiner Macht Stehende tun, um dir zu helfen, eine andere Stelle zu finden. Ich habe immer noch eine Menge Verbindungen in Colorado Springs. In Bezug auf die Arbeit hier kann ich die Teilzeitstunden kurzfristig aus eigener Tasche bezahlen. Ich denke, das Abendessen ist die wichtigste Mahlzeit. Alle schienen ganz gut damit zurechtzukommen, das Frühstück selbst zu organisieren, während Zoe weg war. Wenn du dafür sorgen kannst, dass es einfache Dinge zum Mittagessen gibt, und vielleicht sogar weiterhin das Mittagessen für die Kinder einpacken kannst, wäre das toll. Ich denke, es ist wichtig, dass wir unter der Woche weiterhin gemeinsame Abendessen haben, aber an den Wochenenden hättest du frei.«

Harlow konnte nicht verhindern, dass ihr die Tränen über die Wangen liefen.

»Oh mein Gott. Bitte weine nicht! Sonst fange ich auch wieder an«, erklärte Loretta mit erstickter Stimme.

Da sie es nicht aushalten konnte, die ältere Frau weinend zu sehen, ging Harlow um den Schreibtisch herum, um Loretta zu trösten. Sie ging in die Knie und schlang die Arme um die Taille der Frau. Es dauerte ziemlich lange, bis sie wieder sprechen konnten.

»Selbstverständlich bleibe ich, um euch zu helfen«, erklärte Harlow ihr. »Es tut mir so wahnsinnig leid. Und was passiert mit all den Frauen, die jetzt hier leben?«

Loretta tätschelte ihr die Wange. »Ich wusste von der ersten Sekunde an, dass du gut für diese Einrichtung sein würdest. Die Küche ist das Herz und die Seele eines jeden Hauses, und du hast dies zu einem wahren Zuhause für jeden gemacht, der hier lebt. Ich arbeite mit einigen meiner Verbindungen, um dafür zu sorgen, dass alle unterkommen. Leider werden einige der Kinder den Schulbezirk wechseln müssen, aber ich denke, dass ich zumindest ein Zuhause für alle finden kann.«

»Wissen sie es schon?«

»Die meisten. Die Kinder allerdings nicht. Wir sagen es ihnen erst, wenn wir ein Auszugsdatum haben. Schließlich ist es unnötig, dass sie sich lange Sorgen um die Situation machen müssen.«

»Und geht es *dir* gut?«, fragte Harlow, stand auf und setzte sich wieder auf ihren Platz.

»Ich lebe schon eine gefühlte Ewigkeit hier. Wusstest du, dass dieses Gebäude früher ein Hotel war?«

Harlow hatte die Geschichte schon einmal gehört, als sie sich für die Stelle als Küchenchefin beworben hatte, aber

sie schüttelte den Kopf und ermutigte Loretta weiter-
zureden.

»Ich habe viel Zeit in genau der Küche verbracht, in der
du jetzt arbeitest. Ich habe meiner Großmutter geholfen,
das Frühstück für die Gäste vorzubereiten. Ich liebe dieses
alte, marode Gebäude. Es birgt so viele gute wie schlechte
Erinnerungen. Ich liebe es, was ich hier getan habe, Frauen
und Kindern zu helfen, die einen sicheren Ort brauchen,
um für eine Weile zu bleiben, aber wenn ich daran denke,
wie verängstigt die Frauen sind, wenn sie zum ersten Mal
ankommen, und wie verängstigt die Kinder sind, bricht mir
noch heute das Herz.«

Harlow hatte großes Mitleid mit ihrer Chefin. Loretta
war einer der großzügigsten Menschen, die sie je in ihrem
Leben getroffen hatte, aber auch selbstlose Menschen
brauchten Zeit für sich selbst. Es war schlimm, dass jemand
ihren Ruf besudelt und die Finanzierung des Frauenhauses
zum Erliegen gebracht hatte. Sie war enttäuscht, dass
Loretta nicht versuchte, sich gegen die Anschuldigungen zu
wehren, aber sie verstand, wie die ältere Frau sich fühlte.

Das hieß aber nicht, dass sie nicht auch unter Stress
stand. Harlow war nach Colorado Springs gezogen, um
etwas anderes zu machen. Sie wollte auf keinen Fall zurück
in das hektische Leben als Küchenchefin in einem geschäf-
tigen Restaurant.

Einen Moment lang dachte sie darüber nach, das
Gebäude von Loretta selbst zu kaufen, verwarf die Idee aber
sofort wieder. Sie hatte das Geld nicht und es erforderte
offensichtlich eine Menge Kapital, um den Laden am
Laufen zu halten. Wer wusste schon, ob sie in der Lage sein
würde, die gleichen Zuschüsse und Unterstützungen vom
Staat zu bekommen wie Loretta, vor allem angesichts des
Vorwurfs der Veruntreuung von Geldern.

Sie würde sich einen anderen Job suchen müssen, vielleicht einen, bei dem sie mit Kindern und Frauen arbeiten

konnte, so wie sie es jetzt tat. Sie wollte nicht in das Restaurantleben zurückkehren, aber sie würde es tun, wenn sie müsste.

»Ich möchte dich darum bitten, das Ganze vorläufig für dich zu behalten«, sagte Loretta. »Die meisten Bewohnerinnen wissen Bescheid, aber ich möchte auf keinen Fall, dass die Kinder etwas mitbekommen. Und ganz besonders nicht Jasper. Er hat sich langsam eingewöhnt. Fängt an, den anderen zu vertrauen. Das wird ihn ganz schön aus der Bahn werfen.«

»Kann ich es Lowell erzählen?«, fragte Harlow.

Loretta seufzte. »Ich hatte gehofft, das noch ein bisschen länger geheim zu halten, aber es ist nicht fair, es ihnen vorzuenthalten. Nicht nachdem sie versucht haben herauszufinden, wer hinter den Belästigungen steckt. Ja, du kannst es ihm sagen. Er und Rex haben vielleicht auch Verbindungen, die du nutzen kannst, um einen neuen Job zu finden.«

»Danke«, sagte Harlow. Sie stand auf und bemerkte: »Ich sollte wahrscheinlich besser runtergehen und das Abendessen vorbereiten, damit alles bereit ist, wenn ich heute Abend Feierabend mache.«

»Was gibt es denn heute?«, fragte Loretta, die offensichtlich versuchte, das Gespräch wieder in normale Bahnen zu lenken.

»Kalbsmarsala, Bohneneintopf und zum Nachtisch Engelskuchen mit Erdbeeren.«

»Vielleicht sollte ich dich als meine persönliche Köchin anheuern, wenn ich mich zur Ruhe setze«, scherzte Loretta.

Harlow schenkte ihr ein kleines Lächeln, drehte sich um und ging zur Tür.

»Es tut mir wirklich leid«, bemerkte Loretta leise, als Harlow gerade das Zimmer verlassen wollte.

Harlow wusste nicht, was sie darauf erwidern sollte, also nickte sie nur und ging in die Küche hinunter.

Black knackte mit den Fingerknöcheln und schaute auf Brian »Bear« Pierce herab.

Er war jetzt nicht mehr so arrogant. Er saß in einem hölzernen Stuhl, seine Arme waren mit einem Kabelbinder hinter seinem Rücken gefesselt und seine Beine waren ebenfalls fest am Stuhl gefesselt.

Black hatte ihn mindestens eine Stunde lang bearbeitet. Er könnte noch stundenlang weitermachen. Er war nicht einmal müde, aber er wusste, dass es nichts bringen würde, den Mann weiter zu foltern. Es war offensichtlich, dass sie alles aus ihm herausgeholt hatten, was sie kriegen konnten.

Verhörspezialist zu werden stand nicht auf der Liste der Dinge, die Black mit seinem Leben anfangen wollte. Während seiner Zeit bei der Navy hatte er ein Training absolviert, wie man übliche Foltermethoden übersteht, die der Feind anwenden könnte, um ihn zum Reden zu bringen. Er war nur einmal gefangen genommen worden, aber das hatte gereicht. Black war nicht eingeknickt, aber er hatte ein neues Verständnis für die Techniken gewonnen, mit denen man einen Mann brechen konnte.

Er hatte sie während seines Jobs bei den Mercenaries mehr als einmal angewandt. Er war nicht stolz darauf, aber wenn es hart auf hart kam, waren Informationen das Wichtigste, und er hatte ein Händchen dafür, sie zu beschaffen.

Gray, Ball, Arrow und Ro standen hinter Black und zeigten Brian gegenüber eine geschlossene Front. Meat war gerade im Frauenhaus. Er war sauer, dass er »den ganzen Spaß verpasste«, wurde aber durch die Tatsache etwas besänftigt, dass er kurz davor stand, neue wichtige Informationen zu erhalten.

Brian hatte zugegeben, dass er den Namen des Mannes, der ihn und seine Freunde angeheuert hatte, nicht kannte, aber er hatte ihn bis auf den Leberfleck im Nacken beschrieben. Natürlich war das Wissen, dass der Mann braune Haare und braune Augen hatte, »mittleren Alters« war und einen Bierbauch hatte, nicht gerade die Art von Information, die helfen würde, ihn zu finden.

»Ich bin es wirklich leid«, bemerkte Gray. »Bis jetzt hat er uns noch nichts Hilfreiches mitgeteilt.«

Black wusste, dass sein Teamkamerad versuchte, Brian einzuschüchtern, also spielte er mit. »Und wie soll ich weitere Informationen aus ihm herausbekommen?«

»Schneide ihm ein Ohr ab«, erklärte Ro nüchtern.

»Was? Nein! Komm mir nicht zu nahe!«, rief Brian hysterisch.

»Nicht das Ohr«, meldete sich nun auch Arrow zu Wort. »Schneide ihm lieber einen Daumen ab.«

»*Verdammt!* Nein!«, rief Brian, während sich in seinem Schoß ein großer, feuchter Fleck ausbreitete.

»Hast du dir gerade in die Hose gepinkelt?«, fragte Ball.

»Bitte, ich habe euch alles gesagt, was ich weiß! Das schwöre ich! Der Typ mit dem Leberfleck hat sich ein paarmal mit mir getroffen und mir gesagt, dass ich und meine Freunde alle belästigen sollen, die in dem Gebäude leben.«

Black beugte sich zu Brian und versuchte dabei, nicht zu tief einzuatmen, da der Mann ziemlich heftig nach Angstschweiß, Urin und Körpergeruch stank. »Warum?«, fragte Black in barschem, leisem Ton.

»Er will das Gebäude kaufen«, rief Brian. »Er hat mir ein paar Hundert Dollar gegeben und mir und meinen Freunden Gratiswohnungen versprochen, wenn sie erst einmal gebaut worden waren. Allerdings kann er damit nicht anfangen, solange er das Gebäude nicht besitzt.«

Black stand auf und streckte Ro die Hand hin. »Gib mir dein Messer.«

»Nein!«, kreischte Brian. »Ich sage die Wahrheit!«

»Wir wissen schon über die Wohnungen Bescheid«,

erklärte Black dem zitternden Mann. »Du erzählst uns da also nichts Neues.«

»Ihm gehören sie alle«, platzte Brian voller Verzweiflung heraus. »Alle Gebäude bis auf das Frauenhaus. Er hat ein paar Angebote gemacht, als er hörte, dass einige andere Investoren in der Gegend ihr unaufgefordert Angebote für das Gebäude geschickt haben, aber die alte Schachtel hat auf keines von ihnen reagiert. Er kann die Baugenehmigung nicht bekommen und anfangen, Geld vom Staat zu kassieren, bevor ihm nicht alle Gebäude im Viertel gehören. Er hat gesagt, er würde irgendetwas unternehmen, damit sie keine andere *Wahl* hatte, als zu verkaufen, und zwar an ihn.«

Das war für Black neu. Soweit sie wussten, waren die Gebäude alle von verschiedenen Firmen gekauft worden. Ganz zu schweigen von dem, was der mysteriöse Typ vorhatte oder bereits getan hatte, um Loretta zum Verkauf zu bewegen.

Er sah, wie Gray aus dem Raum schlich, vermutlich um Meat anzurufen und ihm die neuen Informationen zu geben.

Black knackte erneut mit den Fingerknöcheln und richtete sich auf. »Wie wäre es, wenn wir uns jetzt mal zu deiner Einstellung zu den Frauen und Kindern, die in jenem Gebäude leben, unterhalten?«, fragte Black.

»Ich habe nur getan, worum ich gebeten wurde«, erwiderte Brian. »Außerdem sind es ja eh nur Tussis.«

»Nur Tussis?«, fragte Black. »Und was soll das heißen?«

»Komm schon, das weißt du doch. Sie flirten mit dir und machen dich heiß, und wenn es an der Zeit ist, dass sie ihren Worten Taten folgen lassen müssen, sagen sie plötzlich Nein.«

Black gefiel ganz und gar nicht, was er da hörte, genauso wenig wie die Tatsache, dass Brian anscheinend neuen Mut gefasst hatte und jetzt wieder obenauf war. »Du behauptest also, es sei in Ordnung, dir zu nehmen, wovon du denkst, dass sie es dir anbieten, obwohl sie Nein sagen?«

»Ja, natürlich. Sie wollen es doch. Das tun sie immer.«

Genug war genug. Black nickte Ball und Ro zu und sie stellten sich hinter Brian und zogen seinen Kopf nach oben, sodass er den Mann vor sich betrachten musste.

»Was gibt dir das Recht, Frauen zum Sex zu zwingen? Es ist mir egal, ob sie dich vorher *angefleht* hat, mit ihr zu schlafen – sobald sie Nein sagt, hörst du auf. Und damit hat es sich«, erklärte Black, obwohl er sich der Tatsache durchaus bewusst war, dass Brian seine Einstellung nicht ändern würde, nur weil er es ihm sagte. »Und was gibt dir das Recht, andere Leute zu schikanieren? Ich sage dir ganz genau was – *nichts und niemand*. Du bist davon überzeugt, dass du alles machen kannst, was du willst, weil du größer und stärker als sie bist? Du findest es lustig, jemanden zum Weinen zu bringen? Es gefällt dir, wenn die Leute Angst vor dir haben?«

Black beugte sich vor, legte seine Hände auf Brians Oberschenkel und verlagerte sein ganzes Gewicht auf sie. Brian schrie vor Schmerz auf, als Druck auf die kleinen Schnitte ausgeübt wurde, die Black zuvor an seinen Beinen gemacht hatte, aber Ro und Ball hielten ihn ruhig, während Black seinen Standpunkt darlegte.

»Ich habe Neuigkeiten für dich, *Bear*. Es gibt immer jemanden, der größer und gemeiner ist. In deinem Fall sind das ich und meine Freunde. Du denkst, wir sind hübsche Jungs, die die Regeln eurer Welt nicht kennen, aber du liegst falsch. Wir brauchen keine Regeln, denn wir können *überall* hingehen und tun, was wir *wollen*. Du bist nichts weiter als ein niederträchtiges Stück Abschaum unter unseren Schuhen. Also, hier ist ein Tipp – wir werden dich nicht wiedersehen. Wenn wir es tun, wird dir dieses kleine Intermezzo wie ein Tag im Wellness-Center vorkommen. Und wenn du denkst, dass ich scherze, solltest du wissen, dass ich dich genau hier und jetzt umbringen könnte.«

Black bewegte seine Hand zu Brians Kehle und drückte zu. Er beobachtete, wie sich sein Gesicht rot färbte und seine Augen hervorquollen.

»Niemand würde wissen, wohin du verschwunden bist. Keiner würde jemals deine Leiche finden. Deine Familie würde sich immer fragen, was passiert ist. Dein Kind – ja, wir wissen von deinem Sohn – würde nie erfahren, was für ein Drecksack sein Vater war, was wahrscheinlich ein Glück für ihn wäre. Keiner würde dich vermissen. Wenn du weiteratmen willst, wirst du dir einen anderen Ort zum Herumlungern suchen. Du wirst dich nicht mehr mit diesem Typen treffen. Du wirst vergessen, dass das Frauenhaus existiert. Verstehst du mich?«

Zufrieden, als Brian nickte, so gut er konnte, mit einer Hand um seine Kehle, ließ Black ihn abrupt los. Brian schnappte nach Luft, und als Ball und Ro seinen Kopf losließen, ließ er ihn sofort auf die Brust sinken, als wäre er zu schwer, um ihn noch länger zu halten.

Black war aufgedreht. Frustriert, dass sie nicht mehr aus dem an den Stuhl gefesselten Mistkerl herausbekommen hatten, aber zufrieden, dass er dem Mann genügend Angst eingejagt hatte, dass er für die Frauen im Heim kein Problem mehr darstellen würde. Dass er Harlow nicht mehr belästigen würde.

Black rümpfte die Nase über den Gestank des Urins, der von Brian ausging. Es war wirklich erstaunlich, wie selbst der größte Tyrann einknickte, sobald jemand Stärkeres und Gemeineres ihn in die Finger bekam. Er nickte seinen Freunden zu und sie holten ihre Messer heraus und schnitten Brian los. Er fiel sofort seitwärts auf den Betonboden und stöhnte.

Alle gingen ein paar Schritte von dem erbärmlich am

Boden liegenden Mann weg, um ein Gespräch zu führen, ohne dass er es mitbekam.

»Du bist wirklich so wahnsinnig Furcht einflößend«, sagte Ball. »Ich schwöre, ich könnte den ganzen Tag auf jemanden einprügeln und er würde immer noch nicht brechen, aber ein Blick auf dich mit einem Messer in der Hand, und der Täter fängt immer an zu singen wie ein Kanarienvogel. Es ist schon fast unheimlich.«

Ohne auf seinen Freund einzugehen, sagte Black: »Wir müssen mit Loretta sprechen und herausfinden, was für Angebote sie bekommen hat.«

»Ich rufe Rex an«, bemerkte Ball.

»Er wird alles andere als glücklich sein«, warnte Ro ihn.

»Tja, schade. Wir haben weitere Informationen erhalten und hoffentlich kann Meat etwas damit anfangen, wenn er mit Gray gesprochen hat. Rex hätte besser achtgeben und tiefer nachforschen sollen, dann hätten wir vielleicht die Informationen nicht auf *unsere* Art sammeln müssen«, entgegnete Ball.

»Geh du nur«, befahl Arrow ihm. »Wir räumen hier noch auf.«

Black nickte und wandte sich zum Gehen. Er würde sich umziehen und duschen müssen, bevor er sich zum Frauenhaus begab.

Er musste Harlow sehen. Er brauchte ihr Leuchten, um die Dunkelheit zu bekämpfen, die sich in seiner Seele ausbreitete. Er war gut in dem, was er tat, aber es forderte einen Tribut. Normalerweise würde es Tage dauern, bis er sich wieder normal fühlte. Aber er hatte das Gefühl, dass die Nähe von Harlow ihn erden würde. Sie würde ihn daran erinnern, warum er tat, was er tat. Um sie und andere wie sie zu beschützen. Unschuldige. Menschen, die nicht die Möglichkeit hatten, sich selbst zu schützen. Und er würde alles dafür tun, dass Brian und seine Kumpane sie nicht anrührten. Es war schlimm genug, dass sie ihr mit Worten

Angst gemacht hatten. Aber der Gedanke, dass sie sie tatsächlich anrührten, war entsetzlich.

Black verließ das Lagerhaus und blickte nicht zurück. Er wusste, dass seine Teamkameraden alle Beweise beseitigen würden. Der Besitzer des Gebäudes war der Vater einer jugendlichen Ausreißerin, die sie gefunden hatten, nachdem sie drei Monate lang vermisst worden war. Sie war mit einem dreißig Jahre älteren Mann in New York City gewesen, völlig zugedröhnt mit Drogen. Sie hatten sie nach Hause gebracht und zuletzt hatten sie gehört, dass sie ein paar Kurse an der örtlichen Volkshochschule belegte und sich langsam an ihr neues Leben gewöhnte.

Ihr Vater hatte ihnen angeboten, dass die Mountain Mercenaries mehrere seiner Lagerhäuser nutzen konnten, wann immer sie sie brauchten, ohne dass jemand Fragen stellte. Das Team nahm das Angebot nicht oft in Anspruch, aber heute war diese Möglichkeit definitiv von Vorteil.

Wie sich herausstellte, konnte Black erst viel später als geplant zum Frauenhaus fahren. Rex rief an, als er gerade aus der Dusche kam, und dummerweise nahm Black das Gespräch an. »Black.«

»Was zum Teufel ist dein Problem?«

»Ich habe nur getan, was getan werden musste.«

»Blödsinn. Du hast die ganze Mission in Gefahr gebracht.«

»Das habe ich nicht. Du weißt doch, dass ich diskret vorgehe. Ich würde niemals etwas tun, das den Mountain Mercenaries schadet.«

»Du hast einen unschuldigen Zivilisten entführt, ihn verprügelt und bedroht. Welchen Teil davon kannst du auch nur ansatzweise rechtfertigen?«

Black hatte die Nase voll. Er zollte Rex normalerweise immer den ihm gebührenden Respekt, doch heute war das Maß voll. »Wenn du deinen Job ordentlich machen würdest, müsste ich vielleicht nicht auf solche Methoden zurückgreifen. Wenn du Brian Pierce so gründlich überprüft hättest, wie du es vorgegeben hast, hättest du vielleicht herausgefunden, wer ihn und seine Vollidioten von Freunden bezahlte, um Harlow und alle Bewohnerinnen des Frauenhauses zu schikanieren. Und ich hätte diesen Gefallen nicht einfordern müssen.«

»Sag mir nicht, wie ich meinen Job machen soll«, zischte Rex.

»Das müsste ich auch gar nicht, wenn du deinen Job denn überhaupt machen würdest«, hakte Black nach. »Ich habe wirklich großen Respekt vor dir, Rex. Aber diesen Fall vernachlässigst du – und das weißt du selbst ganz genau. Bei dir ist irgendetwas los, und das ist in Ordnung, das sollte allerdings nicht bedeuten, dass du mich und die anderen sitzen lässt. Wir brauchen dich. Wir brauchen deine Fähigkeiten. Wir sind die ausführende Gewalt und du kannst uns in jedes x-beliebige gottverlassene Land schicken, um Frauen und Kinder zurückzuholen, doch das können wir nicht tun, wenn du uns nicht den Rücken freihältst. Und momentan fühlt es sich wirklich so an, als hättest du uns im Stich gelassen.«

»Du weißt doch ganz genau, dass das nicht so ist.«

»Tatsächlich? Dann erzähl mir mal von Brian Pierce, Rex. Hat er Familie? Schwestern? Wo leben seine Eltern? Wo ist er zur Schule gegangen? Wir heißen seine besten Freunde? Hat er einen Job? Wie viel Geld hat er auf seinem Konto? Das sind alles Dinge, die du schon längst hättest herausfinden müssen. Dazu hätte es nur einiger Klicks auf deinem Computer bedurft. Aber nicht mal das hast du herausgefunden. Wir haben darauf gewartet, dass du uns mitteilst, was wir wissen müssen, doch wir mussten uns die Informationen selbst beschaffen.«

»Verdammt«, fluchte Rex.

»Es gibt noch eine Menge Dinge, die wir nicht wissen, was diesen Fall betrifft«, erklärte Black seinem Freund und

Mentor. Er hatte ihn zwar noch nie persönlich getroffen, sondern immer nur am Telefon mit ihm gesprochen. Verdammt, er wusste ja nicht einmal, wie sich Rex' Stimme in Wirklichkeit anhörte, da er sie immer nur digital verändert hörte. Trotzdem betrachtete er ihn als Freund und vertraute ihm mit seinem Leben.

»Du musst voll bei der Sache sein, Rex. Es ist etwas Großes in Gange und wir sind kurz davor, es herauszufinden, aber wir brauchen deine Hilfe. Ich kenne dich, Mann. Wenn einer der Frauen im Frauenhaus oder den Kindern etwas zustößt, wirst du dir das nie verzeihen. Ich sage nicht, dass das, was bei dir los ist, nicht wichtig ist. Ich bin sicher, es ist genauso wichtig wie alles andere, was du je getan hast. Ich bitte dich nur darum, dass du dieser Situation im Moment deine Aufmerksamkeit schenkst. Sobald wir es herausgefunden haben, kannst du tun, was immer du tun musst. Zur Hölle, du kannst uns sogar darum bitten, dir zu helfen. Jeder von uns wird *alles* stehen und liegen lassen, wenn du Hilfe brauchst – aber lass uns jetzt nicht hängen.«

Black stand mit nichts als einem Handtuch um die Hüften mitten in seinem Zimmer und wartete darauf, dass sein Kontaktmann irgendetwas sagte.

»Ich weiß, was du mir damit sagen willst«, erklärte Rex niedergeschlagen. »Und du hast recht. Ich war nicht bei der Sache ... und es tut mir leid. Es ist eine lange Geschichte, die ich euch eines Tages erzählen werde, aber noch nicht jetzt. Und es spielt sowieso keine Rolle, denn die neuen Hinweise, die ich in einem alten Fall erhalten habe, haben nirgendwohin geführt. Was brauchst du also?«

Black seufzte. Es fühlte sich merkwürdig an, dass er seinem Kontaktmann sagen musste, was in dem Fall vor sich ging. Normalerweise war es nämlich Rex, der *sie* mit Informationen versorgte. Die Tatsache, dass er fragte, was sie brauchten, war fast so, als würde er zugeben, dass er überhaupt nicht bei der Sache gewesen war. »Der Typ, der hinter all dem steckt, hat irgendetwas getan oder wird irgendetwas tun, um Loretta zu zwingen, das Gebäude zu verkaufen. Und wir müssen wissen, was es ist.«

»Was ist mit den anderen Dingen, die Pierce euch erzählt hat?«, fragte Rex.

»Gray hat die Informationen an Meat weitergegeben. Wir haben die Beschreibung eines Mannes mittleren Alters, der ihn und seine Freunde angeheuert hat, um die Bewohnerinnen zu belästigen. Ich habe alles getan, was mir einfiel, um ihn dazu zu bringen, uns den Namen des Mannes zu sagen, aber am Ende glaube ich, dass Brian ihn tatsächlich nicht kennt. Meat wird seine Gesichtserkennungs-Software benutzen, um zu sehen, was er finden kann. Und er wird tiefer graben, als er es bereits getan hat, um herauszufinden, wem all die Firmen gehören, die die umliegenden Gebäude gekauft haben. Anscheinend steckt hinter allen dieselbe Person – wir nehmen an, der mysteriöse Typ, der Brian und seine Freunde angeheuert hat. Wenn Meat Hilfe braucht, sage ich ihm, er soll dich anrufen.«

»Gut. Und, Black?«

»Ja?«

»Du hast recht. Ich würde es mir nie vergeben, wenn diesen Frauen und Kindern etwas passiert. Danke, dass du getan hast, was getan werden musste.«

»Gern geschehen.«

»Eins noch«, sagte Rex.

Black musste sich beherrschen, um nicht genervt aufzustöhnen. Aber gerade so. »Was ist?«

»Ich mag nicht so ganz bei der Sache gewesen sein, aber ich war nicht so abwesend, dass ich es nicht auf mich genommen hätte, Harlow Reese zu überprüfen.«

Black knirschte so fest mit den Zähnen, dass er sofort Kopfschmerzen bekam. »Ich habe dich nicht darum gebeten. Und es gefällt mir auch nicht.«

»Wie dem auch sei, ich habe es trotzdem getan. Genau

wie ich es bei Allye, Chloe und Morgan getan habe. Niemand führt meine Männer an der Nase herum, und ich weiß, dass du es vielleicht nicht so siehst, aber ich schütze dich genauso, wie ich diese Frauen und Kinder schütze, die wir ausfindig machen.«

Black antwortete nicht.

»Und nur damit du es weißt, ich mag sie. Sie hat eine blütenreine Weste. In ihrer Vergangenheit gibt es nichts, was Probleme bereiten sollte. Sie war nie lange genug mit jemandem zusammen, dass er ein Problem darstellen könnte. Sie hat keine Schulden. Sie fährt jedes Jahr zu Weihnachten nach Hause nach Topeka und sie ist eine verdammt gute Köchin, wenn man den Kritiken der Restaurants, in denen sie gearbeitet hat, Glauben schenken kann. Wenn du sie dir durch die Finger schlüpfen lässt, muss ich mich ernsthaft fragen, ob du verrückt bist.«

»Ach, so ein Blödsinn«, erklärte Black nicht sonderlich überzeugend. Er war sauer, dass Rex Harlow überprüft hatte, aber gleichzeitig war er erleichtert zu hören, dass sie keine schreckliche Kindheit gehabt hatte oder dass keiner der Verrückten, mit denen sie ausgegangen war, nach ihr suchen würde. Er wusste bereits, dass sie eine erstaunliche Köchin war, und es war ihm scheißegal, wie viel Geld sie hatte. Aber ... er wusste, dass Rex getan hatte, was nötig war, um zu beweisen, dass er hinter seinen Mercenaries stand.

»Ich versuche, weitere Informationen über diesen Kerl im Hintergrund herauszufinden.«

»Ich weiß es wirklich zu schätzen«, bemerkte Black.

»Bis später.«

Black klickte das Gespräch weg, ohne sich von seinem Kontaktmann zu verabschieden. Er wusste nicht, was mit Rex los war, aber zumindest schien er sich jetzt wieder zu beteiligen.

Er fühlte sich immer noch aufgedreht von seiner Unterhaltung mit Brian und musste Harlow mehr denn je sehen, besonders nach dem intensiven Gespräch mit Rex.

Er zog sich schnell an und nahm sich die Zeit, Gray anzurufen, um ihn über die Situation mit Rex zu informieren. Dann rief er Meat an, um ihm eine Vorwarnung zu geben, dass er auf dem Weg zum Frauenhaus war. Es war siebzehn Uhr dreißig und Harlow war sicher dabei, das Abendessen für die Bewohnerinnen vorzubereiten.

Er nahm nach dem ersten Klingeln ab. »Meat.«

»Hey. Ich bin es, Black. Ich wollte dir nur Bescheid sagen, dass ich auf dem Weg zu euch bin.«

»Großartig. Nachdem ich mit Gray gesprochen hatte, habe ich mich mit Loretta getroffen und mir Kopien all ihrer Angebote für das Gebäude geben lassen. Sie hat sich dafür entschuldigt, dass sie uns nicht vorher von den Angeboten erzählt hat, aber da sie nicht vorhatte, das Gebäude zu verkaufen, war sie nicht davon ausgegangen, dass es relevant wäre.«

»Und jetzt überlegt sie doch zu verkaufen?«, fragte Black.

»Verdammt, das habe ich ja ganz vergessen ... du weißt es ja noch nicht. Offenbar wurde sie beschuldigt, Geld aus dem Frauenhaus veruntreut zu haben. Jemand hat sie anonym angezeigt. Alle ihre Gelder wurden eingefroren, während der Staat die Vorwürfe untersucht. Sie hat nicht mehr die Mittel, um First Hope zu betreiben. Der Ort lebte größtenteils von Zuschüssen und jetzt, da das Geld von der Regierung gestoppt wurde, hat sie nicht genügend Kapital, um die lange Untersuchung zu überbrücken.«

»Verdammt! Das ist es sicher, wovon Brian gesprochen hat. Er hat gesagt, dass sein Auftraggeber etwas tun würde, das Loretta dazu bringt, das Gebäude doch zu verkaufen.« Black war überrascht davon, wie schnell die Dinge sich plötzlich zu entwickeln schienen. Harlow war sicher am Boden zerstört.

»Ja«, entgegnete Meat. »Offensichtlich weiß sie, dass sie uns hätte sagen müssen, dass sie schon Angebote erhalten hat. Ich hätte die potenziellen Käufer bereits überprüfen und das Ganze möglicherweise im Keim ersticken können. Wie auch immer, keines der Angebote sticht auf den ersten Blick wirklich heraus. Sie sind alle in der gleichen Größenordnung und von bekannten Bauträgern in der Gegend. Zu diesem Zeitpunkt scheint keines von jemandem zu sein, dem die Gebäude um sie herum gehören – was seltsam ist, wenn man bedenkt, dass jemand Wohnungen bauen will. Aber ich schaue mir das auch genauer an. Denn ich habe das Gefühl, dass derjenige, der hinter allem steckt, genau hier vor meiner Nase sitzt. Ich muss ihn nur finden.«

»Gut.«

»Ach – und sie ist nicht hier.«

»Was? Wer?«

»Harlow. Sie ist nicht hier«, entgegnete Meat. »Sie hat sich nach dem Mittagessen kurz mit Loretta getroffen, und als sie wieder runterkam, sah sie aus, als wäre das Ende der Welt angebrochen. Ich nehme an, dass sie herausgefunden hat, dass Loretta das Frauenhaus schließen muss.«

»Und wo steckt sie jetzt?«, fuhr Black ihn an und ihm wurde ganz übel vor Sorge. Er konnte kaum glauben, dass sie gegangen war, ohne sich bei ihm zu melden. Er wusste, dass Bear kein Problem darstellen würde, da er momentan nicht dazu in der Lage war, *irgendetwas* zu machen, aber vielleicht hatte er seine Freunde informiert.

»Nachdem sie das Abendessen vorbereitet hatte, ist sie nach Hause gefahren«, entgegnete Meat. »Und ja, ich habe sie zu ihrem Wagen gebracht. Die Mistkerle waren nirgendwo zu sehen, was mich auch nicht sonderlich überrascht hat. Wahrscheinlich haben sie zu viel Angst, um das Frauenhaus auch nur jemals wieder anzusehen.«

»Hast du wenigstens *versucht*, sie zum Bleiben zu überreden?«, fragte Black.

»Nein. Warum hätte ich das tun sollen? Gibt es da etwas, das ich wissen sollte?«

Anstatt es Meat zu erklären – denn je länger er am Handy blieb und Fragen stellte, desto länger würde es dauern, bis er bei Harlow war – fragte er: »Wann ist sie ungefähr gegangen?«

»Vor etwa zwanzig Minuten. Sie sagte, sie hätte Kopfschmerzen und Loretta hätte ihr freigegeben und dass sie sie erst morgen wiedersehen würde.«

»Ich dachte, sie hätte morgen frei. Schließlich sollte Zoe doch wiederkommen.«

»Ich weiß es doch auch nicht. Ich sage dir nur, was sie mir gesagt hat«, erklärte Meat ihm. »Loretta hat mir überhaupt nichts von Zoe oder Harlow erzählt, und seit ich von ihrer finanziellen Situation erfahren habe, sitze ich vor meinem Laptop.«

»Verdammt. Ich fahre jetzt zu ihr«, sagte er mit ungutem Gefühl im Bauch. »Allerdings werde ich mich noch einmal mit dir unterhalten müssen.«

»Jetzt fahr erst mal zu Harlow«, befahl Meat ihm.

Er war bereits auf dem Weg in die Küche, um seinen Schlüssel zu holen. »Das mache ich. Aber du solltest auch wissen, dass ich heute mit Rex gesprochen habe. Ich habe ihm gesagt, er solle sich zusammenreißen. So wie es aussieht, ist er jetzt wieder mit an Bord.«

»Das ist wirklich verdammt großartig«, erwiderte Meat. »Und es ist doch wirklich langsam mal an der Zeit. Es wurde mir langsam zu viel, die Recherchearbeit für uns beide zu übernehmen.«

»Genau. Er wird versuchen herauszufinden, ob er die Identität des mysteriösen Mannes im Hintergrund ermitteln kann. Ich bin mir nicht sicher, ob er etwas herausfinden wird, aber ich gehe davon aus, dass er sich bei dir melden wird, damit du ihn auf den neuesten Stand bringen kannst.«

»Das werde ich«, erwiderte Meat. »Ich melde mich morgen wieder. Pass auf dich auf.«

Black hielt abrupt inne. Wenn Meat sagte, er solle auf sich aufpassen, stimmte etwas nicht. »Warum? Gibt es da etwas, das du mir nicht erzählst?«

»Es ist nur so ein Gefühl. Als läge eine gewisse Spannung in der Luft. Irgendetwas steht uns bevor. Und es ist nichts Gutes.«

Black nickte. Er hatte das gleiche Gefühl. Allerdings hatte er gedacht, dass es nur an dem lag, was er zuvor an diesem Tag getan hatte. Dass es daran lag, dass der Adrenalinrausch abklang, den er nach einem solchen Verhör immer empfand. »Pass du auch gut auf dich auf«, erklärte Black seinem Freund.

»Natürlich. Gray kommt später rüber, um mich abzulösen, und bleibt die Nacht über hier.«

»Gut. Ich melde mich bei dir.«

»Und ich mich bei dir.«

Black legte das Handy weg, schnappte sich seinen Schlüssel und stopfte seine Brieftasche in die Jeanstasche. Irgendetwas war mit Harlow los; sie verließ die Arbeit nie früher. Es gefiel ihm nicht, im Dunkeln zu tappen.

Er wünschte sich auch, sie hätte das Frauenhaus nicht verlassen, ohne eine Nachricht zu schreiben. Ihm ging der Gedanke nicht aus dem Kopf, dass Bear seine Kumpels angewiesen haben könnte, es ihr heimzuzahlen. Er musste sich selbst davon überzeugen, dass es ihr gut ging. Wenn ihr irgendetwas zustieß, würde er sich das nie verzeihen.

Ja, er brauchte ihre Positivität und ihr Glück, um die Schatten in ihm zu vertreiben, aber er hatte ein größeres Bedürfnis, sich zu vergewissern, dass sie in Sicherheit war.

Auf dem Weg zu seinem Wagen wählte er ihre Nummer und wartete ungeduldig darauf, dass sie abnahm, aber es klingelte und klingelte, dann ging die Mailbox ran.

Jetzt noch besorgter als zuvor sprang Black in seinen

Wagen. Er wollte unbedingt zu ihr und sich selbst davon überzeugen, dass sie in Sicherheit war.

Er zweifelte nicht mehr an seinen Gefühlen und vermutete immer mehr, dass Gray recht hatte, dass Harlow die Frau war, mit der er den Rest seines Lebens verbringen wollte, und fuhr so schnell er sich traute zu ihrer Wohnung. Es war an der Zeit, ihr zu sagen, was er für sie empfand.

KAPITEL ZWANZIG

Harlow hatte es sich gerade mit einer Tasse Tee auf ihrem Sofa bequem gemacht, als jemand an ihre Tür klopfte. Sie war versucht, denjenigen zu ignorieren, aber die Höflichkeit, die ihre Mutter ihr beigebracht hatte, war zu tief verwurzelt.

Seufzend stellte sie ihren Tee auf den Tisch neben dem Sofa und stand auf.

Ihr Besucher klopfte erneut und dieses Mal hörte sie, wie jemand fragte: »Harlow? Bist du da? Mach auf.«

Lowell.

Jetzt konnte sie gar nicht schnell genug zur Tür kommen. »Ich komme«, rief sie. Sie freute sich so, dass er da war. Lowell war genau das, was sie im Moment brauchte. Sie war den ganzen Nachmittag deprimiert gewesen und hatte sich nicht nur um Loretta Sorgen gemacht, sondern um alle »ihre« Kinder und die Frauen, die im Frauenhaus lebten. Sie hatte keine Ahnung, wohin sie gehen sollten oder was sie tun würden. Sie hatte keinen Zweifel daran, dass Loretta sich bemühen würde, alle an einem sicheren Ort unterzubringen, aber sie hasste den Gedanken, sie nicht jeden Tag zu sehen.

Harlow entriegelte das Schloss und öffnete schnell die Tür.

»Hi«, sagte sie fröhlich.

Wortlos schob sich Lowell an ihr vorbei und sie schaute ihm nach, während er in ihre Wohnung stürmte.

Harlow schloss die Tür langsam, verriegelte sie wieder und folgte Lowell. Als sie ihn einholte, stand er in ihrer Küche, die Handflächen auf die Arbeitsplatte gestützt, den Kopf gesenkt.

Sie konnte sehen, dass seine Knöchel geprellt waren, aber sonst sah er normal aus. »Lowell?«, fragte sie. »Alles in Ordnung?«

Daraufhin sah er sie an. Und sie erstarrte bei dem Blick, den er ihr mit seinen dunklen Augen zuwarf. »Warum hast du das Frauenhaus vorzeitig verlassen?«, fragte er. Nein, er fragte es nicht – vielmehr verlangte er, es zu wissen.

Harlow spürte, wie ihre Nackenhaare sich sträubten, und verschränkte die Arme vor der Brust. Sie hatte einen schrecklichen Tag hinter sich und dass er in ihre Wohnung platzte und unhöflich war, war nicht gerade die Art, wie sie ihn beenden wollte.

»Darf ich etwa gar nichts machen, ohne dich vorher zu fragen?«, wollte sie wissen.

Anstatt dafür zu sorgen, dass er einsah, wie dämlich er sich benahm, schien er bei ihren Worten nur noch wütender zu werden. »Nein, darfst du nicht, nicht wenn Brian Pierce und seine Kumpane es darauf abgesehen haben, dich zu schikanieren, und zwar nur aufgrund der einfachen Tatsache, dass du im Frauenhaus arbeitest.«

»Wer?«, fragte Harlow verwirrt.

Doch entweder hatte er ihre Frage nicht gehört oder sich dazu entschlossen, sie zu ignorieren, denn er sprach einfach weiter. »Von jetzt an wirst du mir jedes Mal eine Nachricht schreiben, wenn du irgendwo hingehst, und zwar so lange, bis ich dir sage, dass du damit aufhören kannst. Ich will immer wissen, wo du bist.«

»Kommt überhaupt nicht infrage«, erklärte Harlow betont langsam.

»Doch, so wird es von nun an sein, Harlow, und du wirst eben lernen müssen, damit umzugehen.«

Sie schüttelte den Kopf. »Raus aus meiner Wohnung.«

»Nein«, erwiderte Lowell, richtete sich auf und stellte sich genauso hin wie sie, indem er die Arme vor der Brust verschränkte.

»Ich meine es ernst, Lowell. Du kannst nicht einfach hier hereinplatzen, dich merkwürdig benehmen und so tun, als würde ich dir gehören. Ich gehöre niemandem. Ich bin vierunddreißig Jahre alt und lebe schon sehr, sehr lange allein. Ich bin kein Kind mehr und du wirst mir nicht sagen, was ich tun soll und was nicht.«

Er ließ die Hände sinken und machte einen Schritt auf sie zu.

Instinktiv wich Harlow zurück und stolperte dabei sofort über ihre eigenen Füße. Sie schrie auf und fiel, landete auf ihrem Hintern und der Hand, mit der sie ihren Sturz abgefangen hatte.

In der einen Sekunde lag sie auf dem Boden und hielt sich das schmerzende Handgelenk, in der nächsten lag sie in Lowells Armen und er trug sie zum Sofa.

»Lass mich sofort runter!«, verlangte sie. Es gefiel ihr zwar einerseits, Lowells Arme um sich zu spüren. Schließlich war sie noch nicht oft in ihrem Leben getragen worden, doch andererseits war sie auch wütend auf ihn. Sie hatte keine Ahnung, was aus dem Mann geworden war, in den sie sich verliebt hatte, aber dieser wütende, herrische Idiot, der jetzt in ihrer Küche stand, ging ihr auf die Nerven. Was sie auf keinen Fall gebrauchen konnte, war ein Mann, der sagte, was sie zu tun hatte. Besonders dann nicht, wenn sie ohnehin schon einen schrecklichen Tag hinter sich hatte.

Doch anstatt sie abzusetzen, ließ er sich auf dem Sofa nieder und zog sie auf seinen Schoß. Kaum saß er, versuchte sie auch schon aufzustehen, aber er schlang einen Arm um ihre Taille und hielt sie fest, während er gleichzeitig mit der freien Hand nach ihrem Handgelenk griff. »Ist es sehr schlimm?«, wollte er wissen.

»Ist schon in Ordnung.«

»Lass mich mal sehen«, bat er sie.

Sie seufzte, und da sie wusste, dass er sie nicht loslassen würde, bis sie ihm ihr Handgelenk zeigte, streckte sie es ihm hin, damit er es untersuchen konnte. Er betastete vorsichtig das Gelenk und sah ihr dabei ins Gesicht, um festzustellen, ob sie Schmerzen hatte, wenn er ihr Handgelenk bewegte.

»Ich bin einfach nur ungeschickt«, erwiderte sie nach einer Weile. »Es geht mir gut.«

»Du bist nicht hingefallen, weil du ungeschickt bist«, erwiderte Lowell leise. »Du bist gefallen, weil ich dir Angst eingejagt habe und du versucht hast, von mir wegzukommen. Es tut mir wirklich leid, Harlow.«

Sie antwortete daraufhin gar nichts, da er recht hatte. Sie hatte *tatsächlich* Angst vor ihm gehabt. Sein wütender Gesichtsausdruck und der harte Ton seiner Stimme hatten gereicht, dass sie alles, was sie über ihn wusste, infrage stellen musste, und das fand sie schrecklich.

»Ich würde dir nie etwas tun«, versicherte er ihr. »Niemals. Ich bin heute hergekommen, weil ich dich sehen musste. Jetzt habe ich dir Angst gemacht. Es tut mir so leid, mein Schatz. So verdammt leid.« Beim letzten Wort brach seine Stimme und das reichte schon, damit Harlow ihm vergab.

Er hatte sie nicht angerührt. Hatte seine Hand nicht erhoben. Er hatte noch nicht mal die Stimme gehoben. Ja, er war herrisch gewesen und ein bisschen zu dreist, aber im Nachhinein wunderte sie das eigentlich nicht. Er war schon von Anfang an, seit sie ihn angerufen hatte, um ihn um

Hilfe zu bitten, so gewesen. Aber heute Abend war etwas anders. Und das war es anscheinend auch, worauf sie reagiert hatte.

»Was ist denn passiert?«, fragte sie, legte ihm einen Arm um die Schultern und lehnte sich an ihn. Er hielt ihr schmerzendes Handgelenk weiterhin fest und streichelte sanft mit dem Daumen darüber.

»Ich war früher ein SEAL«, sagte er.

Harlow runzelte die Stirn. »Ja.«

»Ich habe ein paar Dinge getan, auf die ich nicht stolz bin. Aber ich würde sie immer wieder tun, um dafür zu sorgen, dass meine Kollegen in Sicherheit sind. Meine Freunde. Mein Land.«

»Das weiß ich doch«, erklärte Harlow beruhigend und wusste nicht, worauf er hinauswollte.

»Eines der Dinge, in denen ich mich auszeichne, sind Verhöre. Ich scheine ein Händchen dafür zu haben, Menschen dazu zu bringen, mir Dinge zu erzählen, die sie normalerweise keiner Menschenseele erzählen würden.«

Die Worte schienen zwischen ihnen in der Luft zu hängen – und plötzlich machten seine geprellten Knöchel durchaus Sinn. Sie hatte keine Ahnung, wen er heute verhört hatte, aber es wirkte sich auf seine Stimmung aus.

Harlow überlegte, dass sie vielleicht entsetzt sein sollte. Angewidert, dass er zu Gewalt griff, um Informationen zu bekommen. Aber das war nicht der Fall.

»Deswegen willst du immer wissen, wo ich bin, nicht wahr? Weil du heute etwas herausgefunden hast?«

Er nickte.

»Okay.«

»Okay?«

»Ja. Ich weiß zwar nicht, was passiert ist oder mit wem du gesprochen hast, aber es ist offensichtlich, dass du etwas herausgefunden hast, was dir nicht gefällt. Ich möchte nicht verletzt werden, also werde ich daran denken, dir eine

Nachricht zu schreiben und dir mitzuteilen, was ich vorhabe.«

»Danke, mein Schatz«, murmelte er und küsste sie sanft auf die Stirn.

»Aber ... ich weiß nicht, wie lange ich noch hier sein werde.«

Lowell wich ein wenig zurück und sah sie mit zusammengekniffenen Augen an. »Kannst du das bitte erklären.«

»Also ... wie du anscheinend auch, hatte ich keinen besonders guten Tag. Loretta wird das Frauenhaus schließen. Sie hat Geldprobleme. Ich werde mich um einen neuen Job kümmern müssen. Und ich habe festgestellt, dass es mir wahnsinnig gefällt, für eine Gruppeneinrichtung zu arbeiten, aber es gelingt mir einfach nicht, hier etwas zu finden, das passt, deswegen kehre ich vielleicht nach Topeka zurück. Dann bin ich näher bei meinen Eltern und finde hoffentlich dort einen neuen Job.«

»Nein. Du kannst nicht gehen.«

Harlow starrte Lowell an und musste sich zusammenreißen, um nicht wütend zu werden. »Es ist nicht deine Entscheidung, Lowell«, sagte sie und es schwang nur ein kleines bisschen Verärgerung in ihrer Stimme mit.

Anscheinend hatte er es trotzdem gehört, denn er schüttelte den Kopf. »Ich weiß. Ich habe es auch nicht so gemeint, wie es sich angehört hat. Ich meine ... ich *möchte* nicht, dass du gehst. Ich habe das Gefühl, dass wir gerade erst herausfinden, was alles zwischen uns sein könnte.«

»Aber wäre es nicht besser, die Dinge zu beenden, bevor sie zu ernst werden? Dann tut es weniger weh.«

»Ich habe das Gefühl, dass es keine Rolle spielt, ob du jetzt, in einem Monat oder in einem Jahr mit mir Schluss machst«, erklärte Lowell ehrlich.

Harlows Herz machte einen Satz. »Was willst du damit sagen?«, wollte sie wissen.

Lowell drehte sie auf seinem Schoß um, bis sie rittlings

auf ihm saß. Dann nahm er ihr Gesicht zwischen die Hände und sah ihr tief in die Augen, als er sagte: »Nachdem ich heute getan habe, was getan werden musste, hatte ich nur einen Gedanken, nämlich zu dir zu kommen. Und dass *du* die Einzige bist, die die Dunkelheit in meiner Seele vertreiben kann. Einem Teil von mir hat es heute Spaß gemacht, Brian zu tyrannisieren, Harlow. Es hat mir *gefallen*, wenn er vor mir zusammengezuckt ist. Und ich fand es schade, dass es so leicht war, die Informationen aus ihm herauszubekommen. Ich wollte mehr Zeit dazu haben, ihm wehzutun, ihm Angst zu machen – so wie er es mit dir getan hat. Doch als alles vorbei war und ich mich schämte, wie sehr ich es genossen hatte, ihn zu verhören, wollte ich nur noch zu dir. Ich wusste, dass es mich erden würde, dich lächeln und in der Küche hantieren zu sehen«, erklärte er ihr. »Ich brauche also ein Licht, um die Dunkelheit in mir zu vertreiben. Sie ist da, aber ich würde dir trotzdem nie wehtun, Harl. Niemals. Das Gute in dir vertreibt das Böse in mir.«

»Du bist nicht böse«, widersprach sie ihm, griff nach seinem Handgelenk und hielt sich daran fest.

Er presste die Lippen zusammen und sagte dann: »Doch. Manchmal bin ich es schon. Aber es gefällt mir sehr, dass du es anscheinend nicht zu sehen scheinst. Kein Mann kann all die Dinge tun, die ich getan habe, ohne dass das Böse dieser Welt sich in seine Seele schleicht. Ich wollte nie eine Beziehung haben, weil ... weil ich immer das Gefühl hatte, ich würde die Frau verderben, und das wollte ich nicht. Bei dir habe ich das Gefühl allerdings nicht.«

»Hast du nicht?« Seine Worte verwirrten sie.

»Nein. Siehst du es denn nicht? Du hast die Fähigkeit, all die schlechten Dinge in mir verschwinden zu lassen, indem du einfach du selbst bist. Ich brauche dich nur anzusehen und ich fühle mich beruhigt. Geerdet. Ich brauche dich, Harlow.«

Sie schluckte schwer. Es war offensichtlich, dass er jedes Wort so meinte, wie er es sagte. Er versuchte nicht, sie um den kleinen Finger zu wickeln. Sie legte ihm eine Hand an die Wange. Als er die Augen schloss und sich fester an sie schmiegte, war sie verloren.

»Du hast mich doch«, erklärte sie ihm leise.

Sofort riss er die Augen auf. »Tatsächlich?«

Sie nickte.

»Wir müssen über Loretta sprechen und deinen Job ... aber jetzt kann ich an nichts anderes denken, als dich auszuziehen und mit dir zu schlafen.«

Sie wand sich auf seinem Schoß und bei seinen sinnlichen Worten wurde sie augenblicklich feucht. Sie hatte sehr lange davon geträumt, mit Lowell zusammen zu sein. Zuerst waren es die Schulmädchenträume einer Jugendlichen gewesen, aber während der letzten Monate waren sie zu den Bedürfnissen einer reifen Frau herangewachsen. »Ja«, sagte sie einfach nur.

Er fragte nicht, ob sie sich sicher sei. Er schob seine Hand nicht unter ihr Oberteil. Stattdessen küsste er sie ernst, dann half er ihr aufzustehen. Als er aufrecht neben ihr stand, ergriff er ihre unverletzte Hand und verschlang ihre Finger miteinander. »Wo ist dein Schlafzimmer?«, fragte er.

Ohne etwas zu sagen, ging Harlow auf den Flur neben dem Hauptwohnbereich zu. Sie ging an einem kleinen Bad und einem Gästezimmer vorbei und steuerte direkt auf die Tür am Ende zu. Sie öffnete sie und wartete auf seinen Kommentar zu ihrem Schlafzimmer.

Es war der Inbegriff von ihr. Unordentlich, aber gemütlich. Ein Regal stand an einer Wand, voll mit Büchern. Romane, Rezeptbücher, Zeitschriften und hier und da ein Foto. Eine Kommode stand daneben, ein paar Schubladen halb offen. Ihr Bett war nicht gemacht, die dunkelviolette Bettdecke hing halb von der Matratze herunter und am

Kopfende stapelten sich eine Menge Kissen. Sie wusste, wenn er in ihr Badezimmer schauen würde, würde er ihre Lotionflaschen sehen, die überall neben dem Waschbecken herumstanden.

Aber nach einem flüchtigen Blick in die Runde hatte Lowell nur Augen für sie. Er drehte sie mit dem Rücken zum Bett und legte seine Hände auf ihren Oberarm. Er schob sie zurück, langsam, ohne ein Wort. Sie hätte sich unbehaglich fühlen müssen, aber der Ausdruck in seinen Augen beruhigte sie.

Es war offensichtlich, dass er sie wollte. Er spielte kein Spiel. Er war nicht schüchtern. Sein Verlangen war für sie deutlich zu sehen. Es war berauschend und gab ihr das Gefühl, eine schöne Sirene zu sein und nicht die einfache Frau, für die sie sich die meiste Zeit über hielt.

Als ihre Kniekehlen die Matratze berührten, hörte er auf, sagte aber immer noch nichts. Er ließ seine Hände an ihren Seiten hinuntergleiten und griff nach dem Saum ihrer Bluse. Er hielt inne, als wollte er um Erlaubnis bitten, und Harlow folgte seinem Beispiel, sagte nichts, hob einfach die Arme über den Kopf und begegnete seinem Blick ohne Verlegenheit.

Black wollte ihr die Kleider vom Leib reißen und so tief in sie eindringen, dass sie ihn nie vergessen würde. Aber er zwang sich, es langsam anzugehen. Um ihr zu zeigen, wie viel sie ihm bedeutete.

Gray hatte wieder einmal recht gehabt; Harlow war anders als jede andere Frau, die er je getroffen hatte. Er konnte den Gedanken nicht ertragen, dass sie in Gefahr war. Wenn man sie ihm wegnehmen würde, so wie man Allye von Gray weggenommen hatte, wäre er buchstäblich nicht in der Lage, das zu verkraften.

Er war heute Abend in ihre Wohnung marschiert wie ein totales Arschloch. Er hätte sanfter sein können. Er hätte ihr sagen können, dass sie in Gefahr war und er sich Sorgen um ihre Sicherheit machte. Stattdessen hatte er von ihr verlangt, dass sie ihm zu jeder Tageszeit sagt, wo sie sich aufhält, wie ein totaler Idiot. Dann hatte er sie so sehr erschreckt, dass sie vor ihm zurückwich und sich dabei selbst verletzte. Das hatte ihn blitzschnell aus dem Zustand geistiger Umnachtung gerissen.

Die Tatsache, dass sie jetzt mit ihm in ihrem Schlafzimmer war, war ein absolutes Wunder. Eines, das er niemals als selbstverständlich betrachten würde.

Langsam zog er ihr das Hemd hoch und über den Kopf, wobei er Augenkontakt mit ihr hielt. Erst als er den Stoff hinter sich fallen ließ, senkte er auch seinen Blick. Ihre Brüste waren perfekt. Prall und voll, sie quollen fast über den rosa Spitzen-BH, der sie umhüllte.

Black spürte, wie die Dunkelheit ihn bedrängte. Sie sagte ihm, er solle nach den köstlichen Rundungen greifen und zudrücken, bis sie schrie. Aber er zwang sich zu warten. Sie einfach nur anzusehen.

Als könnte sie das kaum gebändigte Verlangen in ihm sehen, lächelte sie und griff nach seinen Händen. Sie legte sie auf ihre Brust und hielt sie dort fest. »Berühre mich, Lowell«, sagte sie leise. »Ich brauche das. Ich will dich.«

Black holte tief Luft und beherrschte sich mit eisernem Willen. Er knetete sanft ihre Brüste und genoss, wie sich ihre Brustwarzen unter dem Spitzen-BH durch seine Berührung verhärteten. Dann griff er hinter sie und öffnete ihren BH. Die Körbchen fielen sofort zu Boden und plötzlich waren seine Hände voll von nichts als warmem, willigem Fleisch.

Er stöhnte auf.

Das Monster in ihm hatte genug vom Warten. Wollte nicht länger edel sein.

Mit dem letzten bisschen Verstand, den er noch hatte, machte Black einen Schritt von Harlow weg und zog sich das Hemd über den Kopf. »Zieh dich ganz aus«, stieß er hervor, während er mit den Händen nach dem Verschluss seiner eigenen Jeans griff.

Er war mehr als erleichtert, als sie tat, was er verlangte, und nach dem Knopf ihrer Hose griff. Innerhalb von Sekunden war Black nackt. Er griff nach seiner Brieftasche und holte ein Kondom heraus. Ohne ein Wort zu sagen, riss er es auf und rollte es über seinen steinharten Schwanz. Er konnte sich nicht erinnern, jemals so verzweifelt gewesen zu sein. So verzweifelt nach einer Frau.

Harlow stand völlig nackt vor ihm und er fiel sofort vor ihr auf die Knie. Als er an ihrem kurvigen Körper hinaufschaute, war er sprachlos. Er hatte sich noch nie so daneben gefühlt. Selbst mitten im Kampf hatte er immer einen kühlen Kopf bewahrt. Aber er hatte noch nie etwas so Schönes wie Harlow nackt, wie Gott sie geschaffen hatte, gesehen.

Er griff langsam nach ihr und hielt ihre Hüften fest. Er zog sie zu sich und genoss das kleine Stöhnen, das ihrem Mund entwich, als sie näher kam. Er hielt sie sicher fest und zitterte, als sie ihre Hände auf seine Schultern legte. Jetzt war es an ihm, eine Gänsehaut zu bekommen.

Er konnte ihre Erregung riechen. Ihr blondes Schamhaar war ordentlich um ihre Muschi herum gestutzt und er konnte nicht anders, als sich nach vorn zu beugen und seine Nase dort zu vergraben. Black hörte ein weiteres Keuchen aus ihrem Mund, aber es war die Tatsache, dass sie ihre Hand von seiner Schulter zu seinem Kopf bewegte, die ihm sagte, was sie eigentlich wollte.

»Ja. Oh Gott, bitte, Lowell.«

Sein richtiger Name auf ihren Lippen war der Auslöser. Er war schon immer Black gewesen. Seit dem Trainingslager der SEALS nannten ihn alle so. Alle außer Harlow. Für sie war er Lowell. Kein Soldat. Kein Mann, der sie vor einem furchtbaren Schicksal bewahrt hatte. Einfach nur Lowell.

Er bewegte seine Hände zu den Innenseiten ihrer Schenkel und drückte sie nicht gerade sanft auseinander. Sie kicherte und fügte sich seinem unausgesprochenen Befehl. Ihr Duft wurde intensiver. Black beugte sich vor und ließ seine Zunge ohne Vorwarnung zwischen ihre Falten gleiten.

Sie erschauderte und er spürte, wie sich die Muskeln in ihren Schenkeln anspannten. Beim ersten Geschmack ihrer Muschi war es um ihn geschehen.

Black leckte sie jetzt richtig, fast verzweifelt, schloss die Augen, um die Ekstase, die die Frau in seinen Armen in ihm auslöste, voll auszukosten. Er hörte kaum ihr Stöhnen, spürte kaum, wie sie ihre Fingernägel in seine Schulter grub und ihre Hand gegen seinen Hinterkopf drückte, um ihn anzutreiben. Seine ganze Konzentration galt dem Lecken der Säfte, die zwischen ihren Beinen herabtropften.

Als er seine Aufmerksamkeit von ihrem Schlitz auf das empfindliche kleine Nervenbündel richtete, zuckte sie ihm entgegen, sodass er fast seinen Halt an ihr verloren hätte. Da er sich nicht die Zeit nehmen wollte, sie auf das Bett zu legen, sondern wollte, dass sie sich ihm sofort ganz hingab, hob Black einen ihrer Schenkel an und legte ihn auf seine Schulter. Sie keuchte überrascht auf.

»Ich lasse dich nicht fallen«, murmelte er und legte ihr eine Hand auf den Po, um sie festzuhalten. Langsam drang er mit einem Finger seiner anderen Hand in sie ein und fand es wunderbar, wie eng sie war, während er gleichzeitig seinen Mund auf ihre Klitoris senkte.

»Oh, verdammt ... Lowell«, rief sie, während er an ihrer Lustknospe saugte.

Er spürte, wie sich ihre inneren Muskeln um seinen Finger schlossen, und er wäre fast gekommen, als er sich vorstellte, wie sie sich um seinen Schwanz anfühlen würde.

Er drang langsam in sie ein und zog seinen Finger dann wieder heraus, während sie in seinen Armen zitterte.

Sie begann, sich gegen ihn zu pressen, und er musste sich anstrengen, seinen Mund an ihrer Muschi zu halten, während sie sich in seinen Armen wand.

Black gab alles, um sie zum Orgasmus zu bringen. Er wollte ihr Gesicht sehen, wenn sie den Höhepunkt erreichte. Er hob den Kopf und sah ihr ins Gesicht. Sie starrte auf ihn herab und in der Sekunde, in der sich ihre Blicke trafen, hätte er schwören können, dass etwas zwischen ihnen klick machte. Es war ein abwegiger Gedanke, aber es war ihm völlig egal.

Er zog seinen Finger aus ihrem Körper und bearbeitete damit ihre Klitoris. Er lernte schnell, dass die direkte Stimulation an ihrer Lustknospe effektiver war als das Reiben drum herum. Er drückte fest auf ihre Klitoris, während er die Hand an ihrem Hintern tiefer bewegte. Er fingerte ihren Schlitz mit seinem kleinen Finger und wurde dadurch belohnt, dass sie sich fester an ihn drängte und sich gegen den Finger auf ihrer Klitoris presste.

»Genau da! Oh Gott, ja. Lowell, ich ... verdammt, ich komme!«

Black hielt sie praktisch hoch, als sie über ihm schwebte, aber er hatte noch nie etwas Erotischeres und Schöneres in seinem Leben gesehen. Er hielt den Druck auf ihre Klitoris aufrecht, als sie kam. Ihre Brustwarzen waren hart und ihr Gesicht war gerötet. Sie umklammerte seinen Kopf und seine Schulter, als wären sie die einzigen Dinge, die sie davor bewahrten, in Millionen Stücke zu zerspringen.

Sie zitterte immer noch, als er ihr Bein absetzte, aufstand und sie auf das Bett hob. Er wartete nicht, bis sie sich beruhigt hatte, sondern kletterte mit ihr hoch und schob ihre Schenkel mit den Knien auseinander. Er strich mit der Spitze seines Schwanzes über ihre immer noch empfindliche Klitoris und wartete darauf, dass sie ihn ansah.

Als der Blick ihrer ozeanblauen Augen seinen traf, drang er in sie ein. Sie öffnete ihre Beine zur Begrüßung noch weiter. »Schlaf mit mir, Lowell«, bat sie ihn. »Ich will dich in mir spüren.«

Das war die einzige Erlaubnis, die er brauchte. Black drang mit einem Stoß in sie ein. Er hörte nicht auf, bis er spürte, wie seine Hoden gegen ihren Hintern drückten. Er stöhnte tief in seiner Kehle und vergrub sein Gesicht an ihrem Hals, versuchte, die Kontrolle über seine überwältigten Sinne zu gewinnen.

Er fühlte, wie sie ihn von innen umschloss, und er presste die Lippen zusammen. Sie roch nach Vanille und Lust, ein Duft, den er für immer mit diesem ersten Mal assoziieren würde. Er konnte ihre glatte Haut an seiner spüren und die Geräusche, die sie in ihrer Kehle machte, erregten ihn umso mehr.

Black leckte sich über die Lippen und konnte sie immer noch schmecken.

Sie drückte ihre Hüften so weit wie möglich nach oben, während er sie festhielt. »Beweg dich«, befahl sie.

»Ich halte mich hier gerade noch so zurück, Süße«, murmelte er an ihrem Hals. »Warte kurz.«

»Nein«, sagte sie. »Benutz mich, um die Dunkelheit in dir loszuwerden.«

Black erstarrte. Sie wusste nicht, worum sie ihn da bat.

»Reinige deine Seele«, flüsterte sie und streichelte seine Wange. »Nimm mich heftig und werde alles los.«

Und damit hätte er sich nicht mehr zurückhalten können, selbst wenn sein Leben davon abgehangen hätte. Er richtete sich über ihr auf und sagte rau: »Sag mir, wenn ich dir wehtue.«

»Du könntest mir nie wehtun.«

»Ich meine es ernst, Harl. Wenn es dir zu heftig wird, sag es mir. Ich werde es mir nie vergeben, wenn ich dir wehtue.«

»Halt den Mund und nimm mich, Lowell.«

Und das tat er.

Er hatte sie gewarnt.

Ihr gesagt, dass er eine dunkle Stelle in seiner Seele hatte.

Aber sie hatte nicht auf ihn gehört oder ihm nicht geglaubt.

Und jetzt war es zu spät.

Black zog sich ganz zurück, sodass nur noch die Spitze seines Schwanzes in ihr war.

Dann rammte er ihn wieder in sie hinein. Und wieder. Und noch einmal. Er konnte das Lustgefühl, das durch seinen Körper strömte, kaum aushalten. Sie fühlte sich so gut an, wie sie sich um seinen Schwanz schmiegte, als er sich zurückzog, als wollte sie nicht, dass er jemals wieder ging.

Als es nicht mehr reichte, weil er nicht tief genug in ihr war, legte Black eine Hand unter ihr Knie und hob ihr Bein hoch, bis ihr Knöchel auf seiner Schulter lag. So. Als er dieses Mal in sie stieß, spürte er, wie er noch tiefer eindrang.

Sie stöhnte unter ihm auf, drückte sich hoch, als er vorwärts stieß.

Black schob seine Hand unter ihren Hintern und hielt sie still, während er in ihren Körper stieß. Als er spürte, wie sich seine Hoden anspannten und bereit waren, ihre Ladung abzuschießen, bewegte er seine Hand von ihrem Hintern zu der Stelle, wo sie miteinander verbunden waren. Er nahm etwas von ihrem Saft auf, der seinen Schaft hinuntertropfte und seine Hoden benetzte, und begann, ihre Klitoris zu liebkosen. Und zwar fest.

Sie kreischte und wand sich unter seiner Berührung, aber er hörte nicht auf. Ließ nicht von ihr ab. Sie warf den Kopf zurück und wölbte ihren Oberkörper, als sie kam.

Black hielt so lange durch, wie er konnte, er liebte das Gefühl, wie sie sich um seinen knallharten Schwanz wand, aber es war unvermeidlich, dass ihr Orgasmus seinen eigenen auslösen würde. Er stützte sich mit beiden Händen über ihr ab, stieß so weit wie möglich in ihren Körper und schrie, als er kam.

Es fühlte sich an, als würde er nie aufhören, aber schließlich spürte er, wie sein Schwanz in ihr weicher wurde. Er wollte ihn noch nicht herausziehen, kümmerte sich nicht einmal darum, dass das Kondom reißen könnte, hob ihr Bein von seiner Schulter und sackte auf ihr zusammen. Er spürte, wie sie sich mit ihren Händen an seinem Rücken festhielt, und so lagen sie einige Augenblicke lang da. Beide verloren sich in den Gefühlen.

Schließlich nahm Black einen tiefen Atemzug und spürte, wie sein Schwanz aus ihrem Körper glitt. Es war keine Überraschung, denn sie war extrem feucht.

Er konnte es kaum erwarten, in ihr zu kommen und ihre vereinten Säfte zu spüren, während er sich erholte.

Der Gedanke hätte ihn eigentlich erschrecken müssen. Er war noch nie ohne Kondom in einer Frau gekommen. Niemals. Aber der Gedanke, seinen Samen mit Harlows Säften vermischt aus ihr herausfließen zu sehen, war erregend genug, um seinen Schwanz noch einmal hart werden zu lassen.

Er löste sich schnell von Harlow, verließ das Bett und ging ins Bad, um sich um das Kondom zu kümmern. Er war innerhalb von Sekunden zurück und stellte erleichtert fest, dass Harlow sich nicht bewegt hatte. Sie lag, wo er sie zurückgelassen hatte, seitlich auf dem Bett, auf der Decke, völlig nackt. Ihre Beine waren halb gespreizt und ihre Augen waren geschlossen.

Wenn er in diesem Moment ein Foto von ihr hätte machen können, ohne ein totaler Perverser zu sein, hätte er es getan. Aber das brauchte er nicht. Er würde nie vergessen, wie sie in diesem Moment aussah. Zufrieden, glücklich, entspannt.

»Komm, mein Schatz«, sagte er, als er wieder bei ihr war. »Komm hier nach oben.«

Sie stöhnte, erlaubte ihm aber, sie so zu bewegen, dass ihr Kopf in die richtige Richtung zeigte. Er richtete das Laken und die Bettdecke und kletterte mit ihr darunter. Er zog sie in seine Arme und sie schmiegte sich an ihn. Ihr Kopf ruhte auf seiner Brust, über seinem Herzen, und ihre Hand landete auf seinem Bauch. Sie schlang eines ihrer Beine über das seine. Er fühlte sich von ihr eingehüllt und nichts hatte sich jemals besser angefühlt.

»Sind deine Dämonen verschwunden?«, fragte sie, nachdem sie einen Moment lang in den Armen des anderen gelegen hatten.

»Ja, mein Schatz. Sie sind weg.«

»Gut«, murmelte sie.

Er wusste, dass sie über das Frauenhaus und Lorettas Pläne sprechen mussten. Aber Black wollte den intimen Moment nicht zerstören. Er war nur ein einziges Mal in seinem Leben egoistisch. Er mochte es, Harlow so in seinen Armen zu halten. Es gefiel ihm, dass er sie so sehr befriedigt hatte, dass sie fast völlig entkräftet auf ihm lag.

Er hatte es heute Abend vermasselt. *Schon wieder.* Er hätte sie fast weggestoßen mit seinen Forderungen. Aber der Gedanke daran, dass ihr etwas zustoßen könnte, daran, wie Brian sie belästigt hatte, daran, was *er* Brian angetan hatte, hatte ihn schwer getroffen.

Lektion gelernt. Harlow war eine erwachsene Frau. Eine erwachsene, kompetente Frau. Sie war keine Jugendliche oder ein Kind, dem man sagen musste, wie es leben sollte. Er würde in Zukunft vorsichtig sein müssen, um das nicht zu vergessen. Er wollte nur, dass sie in Sicherheit war.

Er lachte leise vor sich hin und verstand endlich, was Gray ihm die ganze Zeit gesagt hatte. Wenn er die Frau gefunden hatte, die für ihn bestimmt war, würde er es wissen. Er wollte jede Nacht genau auf diese Art verbringen. Harlow an sich gedrückt halten, ihren Atem an seiner Brust spüren. Er konnte sich nicht vorstellen, mit jemand anderem zusammen zu sein. Niemals. Er wollte Harlow beschützen und würde alles tun, um sie sicher, glücklich und gesund zu sehen.

Nichts anderes war von Bedeutung. Nicht sein Geschäft, nicht die Mountain Mercenaries.

Black war dankbar, dass er Brian erreicht hatte, bevor der Mann oder seine Freunde mehr tun konnten, als Harlow verbal zu belästigen, und entspannte sich. Jetzt genoss er jede Sekunde, in der er seine nackte, zufriedene Frau in den Armen hielt.

Auf der anderen Seite der Stadt saß Nolan Woolf in seinem Büro und starrte auf die E-Mail, die er gerade von einem seiner Maklerfreunde erhalten hatte.

Loretta Royster verhandelte mit jemand anderem über *sein* Gebäude.

Nein. Verdammt, nein! Das war inakzeptabel. Er wollte sie dazu bringen, *sein* Angebot anzunehmen, nicht das von jemand anderem. Er wusste genau, dass das Angebot des anderen Arschlochs unter dem lag, was er der alten Schlampe vorgelegt hatte. Wie konnte sie es wagen, hinter seinem Rücken mit einem anderen zu verhandeln!

Wenn er das Gebäude nicht bekam, würden alle seine Pläne den Bach runtergehen. All das Geld, das er für die Gründung von Firmen ausgegeben hatte, um sich zu tarnen, wäre umsonst gewesen.

Er *brauchte* dieses Gebäude.

Und er würde es bekommen. So oder so.

Nolan Woolf gewann am Ende immer. Ausnahmslos.

KAPITEL EINUNDZWANZIG

Harlow hatte mindestens eine Stunde lang wach neben Lowell gelegen. Sie war früh aufgewacht und hatte nicht wieder einschlafen können. Sie war müde, aber als sie merkte, dass sie immer noch an Lowell gekuschelt war, verschwand jede Hoffnung, dass sie wieder einschlafen würde.

Er atmete tief, sein Mund war leicht geöffnet. Die Stoppeln an seinem Kinn ließen ihn nur noch intensiver aussehen.

Sobald dieses Wort in ihrem Kopf war, konnte sie nicht mehr aufhören, daran zu denken. Intensiv. Es passte zu ihm. Er hatte sie in der Nacht zuvor hart rangenommen, aber sie hatte jede Sekunde davon genossen. Sie hatte ihn regelrecht darum angefleht.

Er hatte Angst gehabt, ihr wehzutun, aber Harlow wusste, dass sie es aushalten konnte. Er hatte es gebraucht. Brauchte sie immer noch. Sie war noch nie in ihrem Leben so gebraucht worden und es war ein berauschendes Gefühl. Sie hatte die Dunkelheit, von der er sprach, in seinen Augen lauern sehen, aber in der Sekunde, in der er seinen Mund auf sie gelegt hatte – sie wurde rot, wenn sie nur daran dachte –, war die Dunkelheit gewichen.

Als er sie genommen hatte, hatte sie in seinem Gesicht nur Verlangen gesehen und ... wagte sie es zu sagen?

Liebe.

Dafür war es natürlich noch zu früh, aber sie wusste, was sie gesehen hatte.

Sie war fest entschlossen gewesen, sich nicht zu verabreden, aber irgendwie war Lowell unter ihrem Schutzschild durchgeschlüpft und hatte sich den Weg zu ihrem Herzen gebahnt. Er hatte gesagt, wenn sie ihn verlassen würde, würde er sich nie wieder davon erholen. Das Verrückte daran war, dass sie bereits genau dasselbe für ihn empfand.

Sie wollte Colorado Springs nicht verlassen. Sie redete sich ein, dass sie die Gegend liebte, dass sie mehr die Wanderwege erkunden wollte, dass ihr gefiel, wie nett und offen die meisten Leute waren, die sie kennengelernt hatte. Aber in Wahrheit war Lowell der Grund, warum sie bleiben wollte.

Harlow seufzte, denn sie wusste, dass sie aufstehen sollte. Sie hatte eine Million Dinge zu tun – die Suche nach einem neuen Job stand an erster Stelle –, aber sie konnte sich nicht dazu durchringen.

Irgendwann rührte sich Lowell. Sie beobachtete, wie er innerhalb eines Augenblicks von schlafend zu völlig wach wechselte und sich seiner Umgebung sofort bewusst war. Sie nahm an, dass das vom SEAL-Dasein und der Arbeit mit den Mountain Mercenaries kam.

»Hey«, sagte sie und war plötzlich aus unerfindlichen Gründen verlegen.

»Hey«, erwiderte er. »Alles in Ordnung?«

Sie lächelte und nickte. »Ja, alles in Ordnung.«

»Ich habe dir nicht ...« Er stolperte über seine Worte und sie verliebte sich nur noch mehr in ihn. »Ich habe dir gestern nicht wehgetan, oder?«

Harlow legte ihm eine Hand an die Wange und gab damit dem Bedürfnis nach, die Stoppeln an seinen Wangen zu berühren. »Nein, Lowell. Du hast mir nicht wehgetan.«

»Ja, gut. Ich hätte dir wohl gestern Abend ein heißes Bad einlassen sollen, aber du hast mich zu sehr umgehauen und ich konnte nicht mehr klar denken.«

Sie lächelte. »Ebenfalls. Hast du Hunger?«

Gleich nachdem sie gefragt hatte, knurrte ihm der Magen.

Er lachte leise. »Sieht wohl ganz danach aus.«

»Ich werde aufstehen und dir was machen, bevor du losmusst.«

Er hielt sie davon ab, aus dem Bett zu steigen, indem er ihr eine Hand auf den Arm legte. »Wir müssen uns unterhalten.«

Oh verdammt. Harlow hasste es, wenn Männer das zu ihr sagten. Das hieß nie etwas Gutes für sie. »Okay.«

Anscheinend hatte er ihr ihre Stimmung am Gesicht ablesen können, denn er sagte mit sanfterer Stimme: »Über das Frauenhaus und deinen Job, Harl.«

»Oh. Ja.«

»Was mich betrifft, bist du jetzt offiziell meine Freundin und ich bin offiziell dein fester Freund«, sprach er weiter. »Wir können an den Details, was das genau bedeutet, arbeiten, aber kurz gesagt, ich möchte so viel Zeit mit dir verbringen, wie ich nur kann. Hier bei dir zu Hause und mit dir bei mir. Ich werde dich so oft wie möglich wissen lassen, was ich tagsüber vorhabe, und ich hoffe, du tust dasselbe. Ich sage das nicht, um ein Arschloch zu sein, sondern weil ich mir Sorgen um dich und deine Sicherheit mache. Es ist nicht leicht, mit mir zusammen zu sein«, warnte er sie. »Ich werde zu fürsorglich sein. Ich werde dich verärgern, aber das liegt an den Dingen, die ich gesehen und getan habe. Ich habe das Gefühl, dass ich mir jede Sekunde, die wir nicht zusammen sind, Sorgen um dich machen muss. Ich werde versuchen, mich zu beherrschen, aber du sollst wissen, dass ich nicht kontrollsüchtig bin, sondern will, dass du in Sicherheit bist. Ich weiß nicht, was ich tun würde, sollte dir etwas zustoßen.«

»Mir wird schon nichts passieren«, beruhigte Harlow ihn. »Mein Freund ist ein harter Ex-SEAL und hat einen Haufen Freunde, die genauso harte Kerle sind wie er.«

»Aber das bedeutet noch längst nicht, dass dir nichts zustoßen kann«, warnte er sie. »Sieh nur, was Allye und den anderen Frauen passiert ist. Es kann alles Mögliche passieren. Und wenn ich es recht bedenke, habe ich dir nie den Kurs über Waffensicherheit gegeben, um den du mich gebeten hast. Das werden wir in Kürze nachholen.«

»Lowell ...«, wollte Harlow protestieren, aber er sprach einfach weiter, als hätte sie nichts gesagt.

»Und dann solltest du auch einen Selbstverteidigungskurs besuchen. Die Handgriffe, die ich den Bewohnerinnen des Frauenhauses gezeigt habe, sind eine gute Grundlage, aber am besten ist es immer noch, wenn man Sicherheitsausrüstung benutzt und die Tritte und Griffe an einem echten Menschen übt.«

»Lowell!«, versuchte sie es erneut.

»Was ist?«, fragte er.

»Wie wäre es, wenn ich jetzt aufstehe und uns Frühstück mache, bevor du meine Woche damit verplanst, wie du mich zu einem Ninja machen kannst?«

»Erst mal sollten wir zusammen duschen«, entgegnete er und zog vielsagend die Augenbrauen hoch.

Harlow wurde rot und schüttelte den Kopf.

»Wirst du jetzt allen Ernstes rot, nach allem, was wir letzte Nacht miteinander getan haben?«, fragte er.

»Ja«, antwortete sie ihm, obwohl sie davon ausging, dass es sich um eine rhetorische Frage gehandelt hatte. »Bei Tageslicht sieht alles ein wenig anders aus.«

»Aber es hat sich nichts geändert. Allerdings werde ich

dir ein wenig Zeit geben, dich an mich zu gewöhnen. An diese Situation«, entgegnete Lowell und zeigte auf die Bettdecke, unter der sie immer noch zusammengekuschelt lagen. »Aber du solltest wissen, dass ich noch nie etwas so Schönes in meinem Leben gesehen habe wie dich, als du gestern Abend in meinen Armen zum Orgasmus gekommen bist ... zweimal. Danke für dieses Geschenk, mein Schatz. Ich werde es für den Rest meines Lebens in Erinnerung behalten.«

Harlow wusste, dass sie noch röter wurde, trotzdem gelang es ihr, ein wenig zu lächeln. »Danke, dass du mir dein wahres Gesicht gezeigt hast. Ich habe keine Angst vor dir, Lowell. Ich weiß, dass du in deinem Leben viel Mist durchgemacht hast, aber versteck das nicht vor mir. Ich mag es nicht, dass du Dinge tun musst, die dich in diese Lage bringen, aber ich wäre ein Heuchler, wenn ich dir sagen würde, du sollst aufhören. Die Welt braucht mehr Männer wie dich. Aber wenn ich dir helfen kann, damit zurechtzukommen, wie du dich fühlst, wenn die Dinge zu intensiv werden, gut. Wenn du Raum oder Zeit mit deinen Kumpels brauchst, um darüber zu reden, auch gut – aber bitte schließe mich nicht aus.«

»Das werde ich nicht, versprochen.«

»Gut. Und jetzt lass mich gehen, damit ich mich anziehen und das Frühstück vorbereiten kann, bevor wir unseren Tag starten.«

Er beugte sich vor, um sie zu küssen, und Harlow wandte den Kopf zur Seite. »Nein! Morgenatem ist tödlich, Lowell!«

Er gluckste und küsste sie stattdessen auf die Wange. Er hob seine Hand und streichelte ihre nackte Brust, rollte ihre Brustwarze zwischen seinen Fingern.

Stöhnend sagte Harlow: »Das ist unfair.«

Lowell zuckte mit den Schultern und sagte kein Wort, sondern warf die Decke zurück und rutschte nach unten. Er nahm ihre Brustwarze in den Mund und saugte daran. Nach einer Weile wechselte er die Seite und schenkte ihrer anderen Brustwarze die gleiche Aufmerksamkeit. Schließlich löste er sich von ihr und grinste sie an.

»Es macht mir nichts aus, dass ich deine Lippen morgens nicht küssen kann, Harl. Ich finde andere Dinge zum Küssen.« Und damit glitt er an ihrem Körper hinunter und sie spreizte bereitwillig die Beine für ihn, als er sich zwischen ihren Schenkeln niederließ.

Sie hatte keine verbale Antwort, da sie viel zu atemlos war, als er begann, ihre Muschi noch einmal zu lecken.

Es war fast dreißig Minuten später, als er sie endlich aus dem Bett ließ. Harlow war wackelig auf den Beinen, lächelte aber von einem Ohr zum anderen. Sie hatten sich nicht auf den Mund geküsst – wegen des Morgenatems –, aber er hatte sie zweimal mit seinen Lippen und seiner Zunge zum Orgasmus gebracht, bevor er sie von hinten genommen hatte. Das war ihr allemal lieber als ein Gutenmorgenkuss.

Nach dem Frühstück erzählte sie Lowell alles, was Loretta am Tag zuvor über die Unterkunft gesagt hatte. Dass ihre Kreditkarte auf mysteriöse Weise gesperrt worden war und die Anschuldigungen gegen sie. Sie erklärte ihm, wie erleichtert Loretta bei dem Gedanken war, in den Ruhestand zu gehen, sich aber gleichzeitig schuldig deswegen fühlte. Sie erzählte ihm von Zoe, die nicht mehr zurückkommen würde, von ihren verkürzten Arbeitszeiten und dass Loretta eines der Angebote annehmen würde, die sie für das Gebäude bekommen hatte.

»Loretta sagte aber, sie sei sich ziemlich sicher, dass sie für jede im Frauenhaus einen Platz finden könne, also ist das schon mal gut. Ich werde nur montags bis freitags zum Abendessen arbeiten und nicht an den Wochenenden.«

»Mal sehen, ob ich dir helfen kann, einen anderen Job zu finden«, entgegnete Lowell.

Harlow wollte sein Angebot eigentlich ablehnen, doch

wäre sie eine Närrin gewesen, wenn sie es tatsächlich getan hätte. »Ich weiß es zu schätzen. Loretta hat gesagt, sie würde mir auch helfen. Wahrscheinlich könnte ich einen Job in einem der feinen Restaurants in der Stadt bekommen, aber ich liebe es wirklich, mit diesen Frauen und Kindern zu arbeiten. Da fühle ich mich gebraucht. Und ich liebe die Verbindungen, die ich zu ihnen aufbaue. Macht das Sinn?«

»Natürlich macht das Sinn«, versicherte er ihr. »Ich weiß, dass es in der Gegend noch andere Frauenhäuser gibt. Ich halte mal die Ohren offen. In der Stadt gibt es auch eine Obdachlosenherberge, aber ich bezweifle, dass die dir genauso viel Spaß machen würde.«

Harlow schüttelte den Kopf. »Nein, würde es nicht, und nicht, weil mir die Leute, die dort unterkommen, nicht leidtun, aber es ist nicht so persönlich, wie jeden Abend mit der gleichen Gruppe Leute, die versuchen, wieder auf die Füße zu kommen, an einem Tisch zu sitzen. Macht mich das zu einem bösen Menschen?«

»Natürlich nicht«, entgegnete Lowell. »Es gibt nicht so viele Alternativen für das, was du machen willst. Als Hotelköchin würdest du leichter eine neue Stelle finden, aber wir werden uns etwas einfallen lassen. Vielleicht finden wir ein Wohnheim für geistig behinderte Erwachsene oder eine Art betreutes Wohnen, das einen Koch braucht.«

Es fühlte sich gut an, dass er das Wort »wir« benutzte anstatt »du«.

»Danke, Lowell.«

»Gern geschehen«, sagte er. »Ich gehe nur ungern, aber ich muss jetzt los. Ich muss mich mit den anderen treffen und herausfinden, welche Informationen sie über Nacht sammeln konnten. Du kommst hier schon klar, bis es Zeit ist, zur Arbeit zu gehen?«

»Selbstverständlich«, sagte sie und winkte ab. »Ich bin ein großes Mädchen. Ich denke, ich kann damit umgehen, wenn du für ein paar Stunden nicht da bist.«

Er knurrte, brachte die Hände an ihre Seite und begann, sie zu kitzeln. »Ist das so, was?«

Harlow kreischte und versuchte, sich aus seinem Griff zu winden, aber er war zu stark. »Hör auf! Okay, okay, ich vergehe vor Sehnsucht, wenn du nicht bei mir bist, und ich werde mich nicht vollständig fühlen, bis wir nicht wieder zusammen sind«, erwiderte sie sarkastisch.

Er hörte auf, sie zu kitzeln, und hielt sie stattdessen fest im Arm. »Gut, das ist es, was ich hören wollte.«

Harlow konnte seinen harten Schwanz spüren und sie rieb sich ein bisschen, weil sie es ihm heimzahlen wollte. »Ist das ein Schraubenschlüssel in deiner Tasche oder freust du dich nur, mich zu sehen?«, scherzte sie.

»Du Frechdachs«, beschwerte er sich lachend. »Komm mal her.« Dann küsste er sie. Es war ein langer, langsamer Kuss und er brachte sie dazu, ihn zu vermissen, bevor er überhaupt das Haus verlassen hatte.

»Schreib mir eine Nachricht, wenn du bereit bist, ins Frauenhaus zu fahren.«

»Es wird wahrscheinlich gegen drei oder so sein. Ich glaube, Loretta hat irgendeinen Finanzmenschen, der heute Nachmittag vor dem Essen mit den Frauen spricht. Letzte Woche war es ein Anwalt, der darüber sprach, warum es wichtig ist, ein Testament zu machen, und diese Woche ist es ein Investor oder so.«

»Denkst du, sie wird diese Lehrgänge fortsetzen, jetzt, wo sie verkaufen wird?«, fragte Lowell.

Harlow nickte. »Warum sollte sie nicht? Allerdings hat sie sich nicht dazu geäußert. Ich habe vergessen zu fragen. Wie auch immer, ich werde mir von den Kindern helfen lassen, ihr Mittagessen für morgen zu machen, während ihre Mütter dem Sprecher zuhören.« Der Gedanke, dass sie nicht mehr lange da sein würde, um ihnen das Mittagessen zu machen, stimmte sie wieder traurig.

Lowell legte seinen Finger unter ihr Kinn und sagte:

»Du bist fantastisch, Harl. Und ich bin ein echter Glücks-
pilz, weil ich dein Leben und dein Bett mit dir teilen darf.«

Harlow schüttelte den Kopf. »Das ist wirklich typisch
Mann.«

»Was?«, fragte er und tat so, als wäre er verwirrt. »Was
habe ich denn gesagt?«

»Wie auch immer, ich habe vor, heute Morgen eine
vorläufige Online-Recherche durchzuführen und zu sehen,
welche Jobs hier in der Gegend verfügbar sind, die Mahlzeiten im Frauenhaus zu planen und eine Einkaufsliste zu
erstellen. Ich werde gegen halb drei von hier losfahren. Ich
muss in den nächsten Tagen einkaufen gehen, aber ich
muss erst mit Loretta sprechen und sehen, ob sie Bargeld
für mich hat, das ich benutzen kann, oder so was.«

»Ich werde bereit sein und schon auf dich warten«,
entgegnete Lowell. »Pass auf dich auf.«

Harlow verdrehte die Augen. »Natürlich. Ich bin mir
sicher, dass mir in den nächsten«, sie sah auf die Uhr, »fünf
Stunden, in denen ich dich nicht sehe, nichts passieren
wird.«

Lowell verzog das Gesicht. »In meinem Beruf lernt man,
niemals das Schicksal herauszufordern, indem man so
etwas sagt. Wir sehen uns bald wieder.«

»Tschüss.«

Er küsste sie noch einmal, bevor er zu ihrer Tür ging. Er
trug die gleichen Klamotten wie am Abend zuvor, aber sie
wusste, dass er noch einen Zwischenstopp in seiner
Wohnung einlegen würde, bevor er sich mit dem Rest
seiner Freunde im *The Pit* traf. Nachdem sie erfahren hatte,
was er Brian am Vortag angetan hatte, fühlte sie sich so
sicher wie schon lange nicht mehr. Sie bezweifelte, dass er
oder seine Freunde sie weiter belästigen würden. Aber
wenn Lowell sie vom Parkplatz zur Tür begleiten wollte,
würde sie ihn nicht aufhalten. Sie wollte jede Sekunde der
Zeit mit ihm genießen, die sie hatte.

»Wer zum Teufel hat ihre Kreditkarten gesperrt?«, fragte Ball.

Das gesamte Team hatte sich an seinem Stammtisch im *The Pit* versammelt, auch wenn sie Kaffee tranken statt Bier.

»Es muss dieser mysteriöse Typ im Hintergrund sein«, erklärte Black. »Harlow erzählte mir, dass Loretta bei der Bank angerufen hatte, um sich zu erkundigen, was los sei. Ihr wurde gesagt, dass jemand angerufen und ihr automatisches System benutzt hätte, um eine Abbuchung von der Karte zu beanstanden.«

»Alles klar«, erklärte Ball. »In diesem Fall sperren viele Banken automatisch die Kreditkarte und stellen eine neue aus.«

»Die Karte stand nicht im Zusammenhang mit dem anonymen Bericht an die Regierung über die Gelder, die die gemeinnützige Einrichtung erhalten hat?«, fragte Ro.

»Ganz im Gegenteil«, erwiderte Meat. »Ich war fast die ganze Nacht wach und nach dem, was ich herausfinden konnte, würde ich sagen, dass ein und dieselbe Person für beides verantwortlich ist.«

»Erklär uns das«, befahl Arrow.

»Nun, wir wissen inzwischen, dass Loretta mehrere Angebote für das Gebäude erhalten hat. Sie hat es uns nicht gesagt, weil sie sie nicht für relevant hielt, da sie nicht verkaufen wollte. Das Gebäude war nicht einmal auf dem Markt.«

»Wie konnten die Leute dann überhaupt Angebote machen?«, unterbrach Black.

»Nur weil ein Haus nicht zum Verkauf steht, bedeutet das noch längst nicht, dass niemand ein Angebot unterbreiten darf«, erklärte Meat geduldig. »So könnte zum Beispiel jemand einfach an Grays Tür klopfen und ihm sagen, dass er eine Million für das Haus bieten würde.«

»Auch wieder wahr«, sagte Black. »Und weiter?«

»Da wir nichts von den Angeboten wussten, haben wir die Verbindung zwischen den Belästigungen und dem Gebäude nicht hergestellt. Aber dann fanden wir durch das Video von Brian, der Harlow bedrohte, heraus, dass jemand in der Gegend Sozialwohnungen bauen will. Als ich die Unterlagen überprüfte, schienen alle Gebäude von verschiedenen Personen und Firmen gekauft worden zu sein. Erst als ich von Lorettas Geldproblemen hörte, fing ich wirklich an zu graben. Ich hätte es schon früher getan, aber da Rex keine große Hilfe war, war ich damit beschäftigt, all die Ex-Partner und alles andere zu überprüfen.«

»Es macht dir niemand einen Vorwurf daraus«, entgegnete Arrow leise.

»Ich weiß. Jedenfalls habe ich dann ein paar meiner etwas kreativeren Recherchetechniken angewandt, um herauszufinden, wem die verschiedenen Unternehmen gehörten – und da fiel mir auf, dass jedes Unternehmen durch den *gleichen* Anwalt vertreten wurde. Und als ich *seine* Kontoauszüge überprüft habe, fand ich heraus, dass während der letzten Monate ziemlich große Beträge immer von der gleichen Person überwiesen worden sind.« Meat machte eine dramatische Pause.

»Und wer ist diese Person?«, knurrte Black, der langsam ungeduldig wurde.

»Ein gewisser Nolan Woolf.«

»*Wer?*«, hakte Gray nach.

»Kennen wir den?«, wollte Arrow wissen.

»Nolan Woolf ist ein Bauunternehmer, der dafür bekannt ist, beschissene Immobilien zu bauen und sich einen Dreck darum zu scheren, wenn etwas schiefläuft.«

»Und ihm gehören all die anderen Gebäude um das Frauenhaus herum?«, fragte Ball.

»Ja. Darunter auch die Tankstelle, die in Flammen aufgegangen ist«, erklärte Meat ihnen.

»Warum sollte er sein eigenes Gebäude in Brand stecken?«, fragte Gray. »Um Geld von der Versicherung zu kassieren?«

»Bis jetzt hat er noch keinen Antrag bei der Versicherung gestellt«, entgegnete Meat.

»Was an sich schon ziemlich verdächtig ist«, bemerkte Arrow.

»Allerdings. Ich habe aber eher das Gefühl, dass das Ganze Teil seiner Einschüchterungstaktik war«, erklärte Meat ihnen. »Lasst mich ausreden. Er heuerte Brian und seine Freunde an, um die Bewohnerinnen zu belästigen, um zu versuchen, sie so zu verängstigen, damit sie ausziehen. Sie wurden angewiesen, die Frauen weder zu verletzen noch sie anzufassen, sondern sie einfach zu belästigen. Die Belästigung ging in Drohungen über, wahrscheinlich mehr, weil Brian ein Mistkerl ist, und nicht, weil Nolan es ihm befohlen hat. Er machte ein weiteres Angebot für das Gebäude, gleich nachdem er die Tankstelle abgefackelt hatte, wahrscheinlich dachte er, Loretta wäre bereit, es anzunehmen. Aber entweder hat er nicht bemerkt, dass sie noch andere Angebote hatte oder Loretta war sturer, als er dachte. Wie auch immer, so kam er irgendwie an ihre Kreditkartenabrechnung und ließ die Karte sperren. Wieder simple Belästigung.«

»Dann hatte er die Idee, ihr den Geldhahn zuzudrehen«, unterbrach Black und griff damit das Szenario auf. »Er erstattete die anonyme Anzeige, und als die Regierung alle ihre Gelder einfror, glaubte er, sie müsse sein Angebot annehmen.«

»Genau«, sagte Meat und lehnte sich mit breitem Lächeln in seinem Stuhl zurück.

»Was für ein Schlamassel diese Untersuchung gewesen ist«, erklärte Gray seufzend. »Und die ganzen Ex-Partner zu überprüfen war völlig unnötig.«

»Wir müssen Rex anrufen«, erklärte Black. »Er sollte

herausfinden, wer Brians Kontaktmann ist. Wir müssen ihm den Namen von Woolf geben, wenn er ihn nicht schon hat.«

Die anderen stöhnten.

»Der ist doch überhaupt nicht bei der Sache«, entgegnete Ball.

»Ruf ihn an«, wiederholte Black. »Ich habe gestern mit ihm geredet. Ich habe ihn darauf angesprochen. Er ist jetzt wieder bei der Sache.«

»Du hast ihn darauf angesprochen?«, fragte Gray.

Sie wussten alle, dass es keine sonderlich gute Idee war, ihren Verbindungsmann »darauf anzusprechen«.

Black nickte. »Ich hatte es satt, dass er sich gehen ließ. Er sagte, er hätte an etwas gearbeitet, aber es hätte sich nicht ausgezahlt.«

»Etwas, das mit seiner Frau zu tun hatte?«, fragte Arrow.

Alle sahen ihn an.

»Ich habe dir doch erzählt, dass er die Mountain Mercenaries gegründet hat, weil seine Frau verschwunden ist«, erklärte Arrow leise. »An einem Tag war sie noch da, am nächsten war sie spurlos verschwunden. Die Polizei hatte keine Hinweise, und obwohl sie eine hohe Belohnung ausgesetzt hatte, bekam sie keine Tipps, die etwas brachten. Er beauftragte einen Privatdetektiv, der eine vermeintliche Spur von ihr fand, diese aber verlor, als die Täter die USA verließen. Ihre Leiche wurde nie gefunden und Rex ist überzeugt, dass sie noch irgendwo da draußen ist. Ich bin sicher, er hat nie aufgehört, nach ihr zu suchen.

Die Hälfte der Fälle, an denen wir arbeiten, sind für Leute, die uns damit beauftragen, ihre Angehörigen zu finden – aber die andere Hälfte ist das Ergebnis von Rex' Nachforschungen auf der Suche nach seiner *eigenen* Frau. Er geht Spuren nach und findet dabei zwangsläufig andere vermisste Kinder und Frauen. Soweit ich weiß, waren Rex und seine Frau unsterblich ineinander verliebt, aber als die

Polizei keine Spur von ihr fand, verdächtigte man *ihn*, sie vielleicht irgendwann umgebracht zu haben.«

»Du glaubst also, Black, dass er bei diesem Fall so nachlässig war, weil er nach seiner Frau gesucht hat?«, fragte Meat.

Black schüttelte den Kopf. »Vielleicht. Er hat es mir nicht gesagt. Er hat nur gesagt, er wäre einer Spur gefolgt, die zu nichts geführt hätte.«

»Verdammt, das ist wirklich schlimm«, sagte Ro.

»Wenn das hier vorbei ist, können wir ihn vielleicht dazu bringen, uns an dem Fall seiner Frau arbeiten zu lassen«, sagte Ball.

»Er hat uns nichts darüber erzählt«, erwiderte Gray kopfschüttelnd. »Wie kommst du darauf, dass er damit einverstanden ist, dass wir uns hinsetzen und sein Privatleben sezieren, so wie wir es immer tun, wenn wir einen Fall untersuchen?«

»Weil er es nach all den Jahren und mit all seinem Wissen und seinen Verbindungen immer noch nicht geschafft hat, sie zu finden«, sagte Arrow knapp. »Ich will ja nicht behaupten, dass wir mehr Glück haben als er, aber schaden kann es nicht. Er leidet offensichtlich innerlich sehr darunter, dass er nichts über den Verbleib seiner Frau herausfinden kann. Wenn wir ihm einen gewissen Abschluss bieten können, sind wir es ihm dann nicht schuldig, es wenigstens zu versuchen?«

»Auf jeden Fall«, entgegnete Gray. »Aber *ich* möchte nicht derjenige sein, der es ihm vorschlägt.«

Alle lachten leise und stimmten ihm zu.

»Na gut. Dann mache ich es«, sagte Arrow. »Er erzählte mir von ihr nach dieser Mission in Venezuela. Erinnert ihr euch? Ich sagte ihm, wir hätten von einer Amerikanerin bei den anderen entführten Frauen gehört, und er hat mir alle möglichen Fragen über sie gestellt. Ich weiß, dass er glaubte, sie könnte es gewesen sein. Er hat nicht aufgegeben, sie zu suchen.«

»Wie heißt sie?«, fragte Black.

Arrow presste die Lippen zusammen und verengte die Augen zu Schlitzen, offensichtlich in dem Versuch, sich an ihren Namen zu erinnern. »Raven«, sagte er schließlich.

Lange sprach niemand ein Wort. Schließlich sagte Black: »Meat, ruf Rex an. Wir müssen ihn darüber informieren. Und wir müssen diesen Nolan Woolf finden. Und zwar möglichst schnell.«

Meat nickte und griff noch, während Black aufstand, nach seinem Telefon.

»Wo willst du hin?«, fragte Ball und nahm seine Sachen.

»Es gibt ein paar Dinge am Schießstand, um die ich mich kümmern muss, bevor ich zum Frauenhaus fahre und mich dort mit Harlow treffe. Ich werde auch mit Loretta reden und herausfinden, ob sie etwas über diesen Nolan weiß.«

»So wie es aussieht, laufen die Dinge zwischen Harlow und dir ziemlich gut, ja?«, fragte Gray, als er sich ebenfalls erhob, um zu gehen.

Die drei überließen Meat seinen Nachforschungen und der Aufgabe, ihren Kontaktmann anzurufen, während sie in Richtung Theke gingen.

»Ja, das könnte man so sagen«, erklärte Black seinem Freund.

Gray klopfte ihm auf den Rücken. »Das freut mich.«

»Das bedeutet aber noch längst nicht, dass ich heiraten werde«, murmelte Black, da er nicht wollte, dass Gray sich zu viel einbildete, auch wenn er zugeben musste, dass er nichts dagegen hätte, Harlow auch offiziell zu seiner Frau zu machen.

»Das habe ich ja auch nie behauptet«, erklärte Gray lächelnd.

»Da wir gerade davon sprechen, hast du Allye schon gebeten, deine Frau zu werden?«, wollte Ro wissen.

»Ticktack«, scherzte Arrow. »Jeder Tag, den du es hinauszögerst, wächst das kleine Baby in ihr immer mehr. Und je größer es wird, desto wahrscheinlicher ist es, dass sie noch warten möchte.«

»Ach, lass mich doch in Ruhe«, erwiderte Gray gereizt und starrte seinen Freund böse an.

Arrow hielt beschwichtigend die Hände hoch. »Ich meine ja nur.«

»Wenn du es unbedingt wissen musst, ich fahre dieses Wochenende mit ihr nach Denver. Ich habe in einem schicken Restaurant einen Tisch reserviert und die Flitterwochensuite im Hotel Teatro gebucht. Es ist in der Nähe des Denver Centers für darstellende Kunst, wo wir uns eine Vorführung ansehen werden.«

»Großartig«, erwiderte Arrow. »Vielleicht besorge ich mir ebenfalls Eintrittskarten. Dann gehe ich mit Morgan zu der gleichen Vorstellung und dann können wir euch beobachten.«

»Vollidiot«, erklärte Gray seinem Freund und nahm ihn in den Schwitzkasten.

Die beiden Männer rauften sich, während die anderen über ihre Mätzchen lachten. Es dauerte weitere dreißig Minuten, bis Black und die anderen das *The Pit* verließen.

Black freute sich aufrichtig für seine Freunde. Er liebte Allye, Chloe und Morgan. Bevor er Harlow kennengelernt hatte, hätte er die Tatsache, dass alle seine Freunde heirateten, zynischer gesehen. Er hatte nie das Bedürfnis verspürt, sich an jemanden zu binden. Zum Teufel, er war von sich selbst beeindruckt, wenn er mit einer Frau länger als ein paar Monate zusammen blieb. Aber Harlow hatte ihn bereits jetzt verändert.

Ja, er war noch nicht sehr lange mit ihr zusammen, aber der Gedanke, dass ihr etwas zustoßen könnte, machte ihn verrückt, und das war ein Gefühl, das er noch nie zuvor gehabt hatte. Er war auf Missionen gegangen und hatte nicht zweimal über die Frauen nachgedacht, mit denen er sich getroffen hatte, bis er nach Hause zurückkam und realisierte, dass er wahrscheinlich anrufen und sich melden sollte.

Wenn ein Tag verging, ohne dass er mit Harlow sprach – selbst wenn nur ein paar Stunden vergingen –, wurde Black unruhig. Er wollte wissen, wo sie war, was sie tat und ob es ihr gut ging. Ein Teil von ihm machte sich Sorgen, dass er es übertrieb, aber solange Harlow sich nicht wehrte, wollte er sich nicht aufregen.

Jetzt, wo er an Harlow dachte, musste Black ihre Stimme hören. Er nahm das Handy und wählte ihre Nummer, bevor er die Kneipe verließ.

Sie nahm nach dem zweiten Klingeln ab. »Hi, Lowell.«

Und jetzt, da er ihre Stimme wieder hörte, wurde er erneut ganz ruhig. »Hey, mein Schatz.«

»Was ist los? Alles okay?«

»Es ist alles in Ordnung. Ich wollte nur deine Stimme hören.«

Sie seufzte. »Das ist ja lieb von dir.«

Es war nicht lieb, es war für ihn so lebensnotwendig wie das Atmen. »Hast du immer noch vor, so um halb drei zum Frauenhaus zu fahren?«

»Ja. Jetzt, wo ich weiß, was mit Loretta und der Unterkunft los ist, ist es viel schwieriger, die Mahlzeiten zu planen. Ich möchte darauf achten, wie viel sie sich leisten kann, aber gleichzeitig versuchen, weiterhin Lebensmittel zu kaufen, die für alle gut sind. Es frustriert mich, dass die gesündesten Lebensmittel die teuersten sind. Kein Wunder, dass Ramen-Nudeln so billig sind – sie sind voller Natrium und anderer Dinge, die für ein Kind ungesund sind, geschweige denn für einen erwachsenen Menschen.«

»Mm-hm«, murmelte Black, um sie wissen zu lassen, dass er ihr zuhörte.

»Wusstest du, dass du den Großteil deiner Einkäufe in den äußeren Gängen der Läden erledigen solltest? Die Kekse und Cracker und das meiste billige Zeug sind normalerweise in der Mitte, und das gesunde Gemüse und andere Sachen sind in den äußeren Gängen. Ich verstehe, warum Jasper so viel wiegt. Weil billige Lebensmittel voller Mist sind. Julia tut, was sie kann, aber es kostet Zeit, Energie und Geld, jeden Tag gute Mahlzeiten zuzubereiten.«

Als Black nicht sofort antwortete, fragte sie: »Lowell? Bist du noch da?«

»Ja, bin ich«, versicherte er ihr.

»Oh. Gut, entschuldige.« Sie lachte verlegen. »Ich rede und rede. Jedenfalls ist es momentan nicht so einfach, die Mahlzeiten zu planen. Aber ich muss wohl einfach kreativer sein.«

»Wenn jemand es schafft, dann du, meine Süße«, erklärte Black ihr.

»Danke.«

»Ich wollte nur, dass du weißt, dass ich auf dem Weg zum Schießstand bin.«

»Okay. Wie ist das Treffen mit den Jungs gelaufen? Habt ihr irgendetwas herausgefunden?«

Black hätte er gern von Nolan Woolf und all den Dingen erzählt, die sie herausgefunden hatten, aber er wollte sie auch nicht beunruhigen. Er machte sich jetzt nicht mehr so viele Sorgen um Brian und seine Bande, da er davon ausging, dass Brian sich nach ihrer kleinen »Unterredung« eher bedeckt halten würde. »Wir arbeiten daran«, sagte er. »Wir haben vielleicht ein paar neue Hinweise. Ich werde dir davon erzählen, wenn wir uns später sehen.«

»Okay«, sagte Harlow.

Black gefiel es, dass sie nicht verlangte, dass er ihr sofort alles erzählte. Er wusste, dass sie neugierig war, aber es fühlte sich gut an, dass sie ihm vertraute, ihr zu sagen, was er konnte, wenn der richtige Zeitpunkt gekommen war. Das war wichtig für ihn, in Anbetracht seines Jobs bei den Mountain Mercenaries. Es war nicht so wie damals, als er ein SEAL war und er buchstäblich niemandem etwas erzählen durfte, weil die meisten Missionen streng geheim waren, aber Rex zog es trotzdem vor, dass sie nicht über ihre Missionen sprachen, bis sie vorbei waren. Es würde also in Zukunft Zeiten geben, in denen er nicht darüber reden konnte, wohin er ging oder wie lange, aber wenn er nach Hause kam, wäre es schön, jemanden zum Reden zu haben, mit dem er sich entspannen konnte.

»Bis später. Schreib mir eine Nachricht, wenn du zur Arbeit losfährst«, bat er sie.

»Das werde ich. Und du pass am Schießstand auf dich auf.«

»Natürlich. Tschüss, meine Süße.«

»Tschüss.«

Black lächelte auf dem ganzen Weg zum Schießstand. Er konnte sich nicht erinnern, sich jemals so ausgeglichen gefühlt zu haben wie mit Harlow. Bei keiner Frau hatte er sich so entspannt gefühlt. Das lag einfach an ihrer Persönlichkeit. Er konnte es kaum erwarten, sie später wiederzusehen.

Nolan Woolf starrte auf das Gebäude auf der anderen Straßenseite seines Verstecks, im zweiten Stock der Pfandleihe, die ihm gehörte. Er hatte von Elliott, einem der Ganoven, die er angeheuert hatte, um die Bewohner der Unterkunft zu schikanieren, gehört, dass Brian, der vermeintliche Anführer der Gruppe, verprügelt worden war. Genau genommen hatte man ihm den Arsch versohlt. Und nicht von einer rivalisierenden Gang oder anderen Ganoven, die sich für was Besseres hielten.

Nein, er war von einem Profi bearbeitet worden – und Nolan wusste genau, wer es getan hatte. Eines der Arschlöcher, die angefangen hatten, in der Unterkunft herumzuhängen.

Seine Zeit lief ab, und das wusste er.

Er wischte sich eine Schweißperle von der Stirn und ging im Geiste noch einmal seinen Plan durch.

Es würde funktionieren. Es musste funktionieren.

Ein ausgebrannter Rohbau würde nicht viel wert sein und der Mann, mit dem Loretta gerade verhandelte, würde sein Angebot sicher zurückziehen. Dann könnte Nolan auftauchen und ein neues Angebot schicken. Sie würde keine andere Wahl haben, als es anzunehmen. Niemand sonst würde ihr nach dem heutigen Tag etwas für den wertlosen Haufen Ziegel geben.

Mit einem Nicken zu sich selbst wusste Nolan, dass er das Richtige tat. Er würde warten, bis die Schlampen bei ihrem wöchentlichen Treffen waren, bevor er handelte. Sie würden alle im Erdgeschoss versammelt sein und leicht aus dem Gebäude entkommen können.

Er war kein schlechter Mensch. Er wollte niemanden umbringen. Wenn die Schlampen ihre Besitztümer verloren – sie hatten ja ohnehin nicht viel –, konnten diese ersetzt werden. Nolan wollte nur das Gebäude. Geld war das, was ihn motivierte. Und auf diese Weise würde er beides bekommen. Er würde das Gebäude haben und gleichzeitig Hunderttausende von Dollar sparen.

Er hätte das schon viel früher tun sollen.

Lächelnd wischte sich Nolan noch einmal den Schweiß aus den Augen. Er blickte auf die Gegenstände zu seinen Füßen hinunter. Ein Ziegelstein, ein paar mit Benzin gefüllte Flaschen, aus deren Deckeln Stoffdochte ragten. Er hatte aus dem Internet gelernt, wie man einfache Molotowcocktails herstellt. Keiner würde sie zu ihm zurückverfolgen können. Er war sehr vorsichtig gewesen.

Er schaute noch einmal aus dem Fenster und beobachtete, wie die fette Tussi, die Köchin, auf das Frauenhaus zuging, mit einem der verdammten Leibwächter an ihrer Seite. Er kniff die Augen zusammen, hielt den Atem an und hoffte inständig, dass der Mann nicht bleiben würde. Frauen neigten dazu, in Panik zu geraten, wenn sie mit Feuer konfrontiert wurden, aber er hatte das Gefühl, der Mann würde das nicht tun. Deshalb musste er *verschwinden*.

KAPITEL ZWEIUNDZWANZIG

Harlow blieb an der Tür der Unterkunft stehen und sah sich um. Der Nachmittag war warm und alles war ruhig. Es waren ein paar Leute im Tätowierstudio, aber sie schienen niemandem außerhalb des Ladens Aufmerksamkeit zu schenken.

»Es tut mir leid, dass ich nicht bleiben kann«, erklärte Lowell ihr. »Ich habe ganz vergessen, dass ich ein paar Leute zum Vorstellungsgespräch einbestellt habe. Ich brauche dringend ein paar neue Mitarbeiter am Schießstand. Ich würde ja dafür sorgen, dass einer der anderen Jungs vorbeischaut, aber die sind alle damit beschäftigt, neue Hinweise zu verfolgen.«

»Ist schon in Ordnung, Lowell. Wir überleben den Nachmittag sicher, auch wenn keiner von euch vorbeischaut. Besonders jetzt, da diese Mistkerle, die uns belästigt haben, kein Problem mehr darstellen.«

»Ich habe mich nur um einen von ihnen gekümmert«, warnte Lowell sie. »Nicht um alle. Und obwohl wir davon überzeugt sind, dass wir den Namen der Person herausgefunden haben, die hinter all dem steckt, werden wir es nicht sicher wissen, solange wir den Kerl noch nicht gefunden haben.«

»Ihr werdet ihn schon finden«, erklärte Harlow und winkte ab. »Ich bin wirklich beeindruckt von der Tatsache, dass ihr Jungs all die Fälle, in denen ihr ermittelt, zu lösen scheint. Ihr hört nicht auf, bis alle in Sicherheit sind. Das liebe ich so sehr an dir.«

Kaum hatte sie diese Worte ausgesprochen, begann Harlow, in Panik zu verfallen. Sie hatte nicht sagen wollen, dass sie ihn liebte ... oder vielleicht doch? Schließlich sagten die Leute ständig solche Dinge, nicht wahr? Sie liebte zum Beispiel Brad Pitt, aber das bedeutete noch längst nicht, dass sie ihn tatsächlich *liebte*.

Glücklicherweise schien Lowell bei ihren Worten nicht nervös geworden zu sein, was ein gutes Zeichen war.

Richtig?

»Ich komme nach dem Abendessen vorbei«, erklärte er. »Dann muss Loretta nicht auch noch für mich die Lebensmittel bezahlen.«

Harlow wollte widersprechen, doch sie war diejenige gewesen, die sich darüber beklagt hatte, wie teuer Lebensmittel waren. »Okay. Bis später dann.«

»Ruf mich an, wenn du irgendetwas brauchst.«

»Das mache ich.«

Dann beugte er sich vor und küsste sie. Es war ein tiefer Kuss, bei dem Harlows Herz zu rasen begann, und sie wand sich in seinem Griff, weil sie mehr wollte. Er löste sich langsam von ihr, nahm ihr Gesicht in die Hand und strich mit dem Zeigefinger über ihre Wange. »Ich liebe es, wenn du rot wirst, meine Süße.« Dann gab er ihr noch schnell einen kleinen Abschiedskuss, der dafür sorgte, dass sie sich nach dem vorherigen Kuss sehnte. »Pass auf dich auf.«

Bevor sie antworten konnte – ihr Gehirn fühlte sich an, als hätte es durch seinen Kuss einen Kurzschluss erlitten –, war er schon wieder auf dem Bürgersteig und zu seinem Wagen unterwegs.

Schnell schlüpfte sie in das Frauenhaus und schloss die Tür hinter sich. Sie drehte sich um und stellte fest, dass Julia und Melinda dort standen und sie angrinsten.

»Äh ... hi«, stotterte Harlow.

»Hey.«

»Mann. Das sieht ja so aus, als würde es bei dir ziemlich abgehen«, scherzte Melinda.

»Ach, halt doch den Mund«, erklärte Harlow lächelnd und ohne Schärfe.

»Ich freue mich für dich«, bemerkte Julia. »Er scheint einer von den Guten zu sein.«

»Das ist er auf jeden Fall«, entgegnete Harlow. »Wie geht es euch denn?«

Sie zuckten mit den Achseln. »Ganz okay«, erklärte Melinda ihr. »Wir sind natürlich sehr nervös, aber Loretta hat uns versichert, dass sie alles tun wird, um uns dabei zu helfen, einen Ort zu finden, an dem wir leben können.«

»Das wird sie auf jeden Fall«, versicherte Harlow ihnen. »Ich weiß, wie schwer das Ganze für sie ist.«

Die beiden Frauen nickten. »Wir wissen einfach wirklich zu schätzen, was sie bis jetzt schon alles für uns getan hat«, entgegnete Julia. »Jasper hatte wirklich Schwierigkeiten, doch seit wir hier sind, geht es ihm viel besser. Er ist nicht mehr so zynisch, das hatte mir nämlich große Sorgen bereitet.«

»Er ist ein guter Junge. Das sind er und Milo beide«, sagte Harlow. Dann blickte sie auf ihre Uhr. »Ich muss wirklich anfangen, das Abendessen vorzubereiten. Steht das Treffen mit dem Finanzmann heute immer noch auf dem Programm?«

Melinda nickte. »Ja. Aber es handelt sich um eine Frau und sie wird in ungefähr einer halben Stunde da sein.«

Harlow wusste, dass ihr nicht mehr viel Zeit blieb, um

das Abendessen vorzubereiten. Schließlich kümmerte sie sich immer um die Kinder, wenn die Mütter bei solchen Treffen waren. Harlow beschloss, dass sie ihr heute dabei helfen würden, das Abendessen vorzubereiten, und fragte: »Sind heute alle zum Abendessen da? Wisst ihr das zufällig?«

Melinda zuckte mit den Achseln. Julia entgegnete: »Ich glaube, Sue und Kristen sind noch bei der Arbeit und Lauren ist wahrscheinlich auch nicht da, aber der Rest schon.«

»Okay, dann sind wir neun Erwachsene, fünf Kinder und Edward, falls er auftauchen sollte. Kein Problem.«

Julia schüttelte den Kopf. »Ich schaffe es kaum, für zwei Personen zu kochen. Ich weiß wirklich nicht, wie du das alles schaffst.«

Da hatte Harlow plötzlich eine Idee und fragte: »Ich habe euch ja schon ein paarmal einige Handgriffe beigebracht, aber vielleicht wäre es besser, wenn ich anfange, euch allen richtige Kochkurse zu geben. Würde euch das gefallen?«

Julia strahlte. »Das finde ich großartig! Zumindest solange du uns Sachen beibringst, die schnell und einfach zuzubereiten sind. Ich weiß nämlich, dass ich viel arbeiten muss, wenn ich endlich eine eigene Wohnung habe, und dann bleibt mir nicht viel Zeit in der Küche.«

Harlow schwirrte der Kopf von all den Ideen, die sie plötzlich hatte. So könnte sie zum Beispiel eine Kochschule für berufstätige Frauen gründen. Ihnen beibringen, wie sie gesunde, schnelle und günstige Mahlzeiten kochen konnten. Denn nur weil jemand nicht viel Zeit und Geld hatte, bedeutete das noch längst nicht, dass man keine nahrhaften Mahlzeiten zubereiten konnte.

»Vertraut mir«, erklärte sie den beiden Frauen.

Sie lächelten.

»Und jetzt muss ich mich aber wirklich beeilen«,

entschuldigte sich Harlow. »Wenn die Kinder nach Hause kommen, schickt sie zu mir. Ich bin bereit für sie.«

»Danke, dass du dich so toll um sie kümmerst«, erklärte Melinda.

»Ihr braucht euch nicht bei mir zu bedanken«, versicherte Harlow ihr ehrlich. »Ich würde alles für die kleinen Mäuse tun.« Und dann ging sie durch den Wohnbereich zu der Tür, die zur Küche führte.

Und während sie die Küche für die Ankunft der Kinder vorbereitete und in ihrem Kopf einen Zeitplan schuf, was wann vorbereitet werden musste, damit sie um achtzehn Uhr mit dem Abendessen fertig waren, dachte Harlow nur einmal kurz an Lowell. Sie zog ihr Handy heraus und schrieb ihm schnell eine Nachricht.

Harlow: Ich möchte dir nur kurz sagen, wie viel die letzte Nacht mir bedeutet hat. Danke, dass du so bist, wie du bist, und dich nicht verstellst, um jemand zu sein, von dem du denkst, dass ich ihn will oder brauche.

Es war ziemlich mutig von ihr, so etwas zu schreiben, und sie hätte es ihm wahrscheinlich nie ins Gesicht gesagt. Aber als sie Liebe gemacht hatten, war alles perfekt gewesen. Sie hatte es großartig gefunden, für ihn da sein zu können. Er hatte sie ziemlich stürmisch genommen und sie hatte jede Sekunde davon genossen. Das bedeutete natürlich noch längst nicht, dass sie es jedes Mal so wollte, aber wenn es offensichtlich war, dass er gegen seine inneren Dämonen kämpfte, war es ein gutes Gefühl, ihm helfen zu können.

Und sofort erhielt sie eine Antwort von ihm.

Lowell: Es war eine Nacht, die ich mein ganzes Leben lang nicht vergessen werde. Vielen Dank, meine Süße.

Sie lächelte, steckte ihr Handy weg und machte sich wieder an die Arbeit.

Es war so weit.

Draußen war es noch nicht dunkel, aber Nolan konnte nicht länger warten. Er hatte gesehen, wie ein schicker Mercedes auf dem Parkplatz parkte und eine Frau in einem dunkelblauen Anzug das Gebäude betrat. Er hatte ihnen zehn Minuten Zeit gegeben, um zur Ruhe zu kommen, denn er wusste, dass alle Anwesenden jetzt im Hauptaufenthaltsbereich im Erdgeschoss saßen. Er konnte nichts gegen die verdammten Kameras am Gebäude tun, aber er hatte sich dem Anlass entsprechend angezogen.

Er zog sich die Baseballkappe, die er trug, tiefer ins Gesicht und atmete tief ein. Er schlüpfte hinten aus der Pfandleihe und ergriff den Ziegelstein. Die Tasche auf seiner Schulter war schwer und er konnte das Benzin schwappen hören, als er zügig um die Rückseite der Gebäude ging. Am Ende der Straße hielt er inne.

Das Tätowierstudio war noch geöffnet, aber da es fast Abendessenszeit war, war es größtenteils leer. Die Pfandleihe war geschlossen und er sah niemanden auf der Straße herumlungern. Er hielt den Atem an, senkte den Kopf und ging zügig auf das Frauenhaus zu.

An der Vorderseite des Gebäudes befand sich ein großes Fenster. Die Vorhänge waren normalerweise zugezogen, aber Nolan kannte den Grundriss des Bunkers, weil er die Baupläne gesehen hatte. Außerdem waren die Gebäude, die ihm gehörten, auf beiden Seiten des Frauenhauses fast identisch.

Er umklammerte den Ziegelstein fest, dann holte er kurzerhand aus und warf ihn durch das Fenster.

Das Glas zersplitterte und er hörte erschrockene Schreie aus dem Inneren des Raumes.

Nolan griff in seine Tasche und zog die erste seiner selbst gebauten Bomben heraus. Er zündete den Stoff mit dem Feuerzeug, das er in der anderen Hand hatte, an und ließ ihn durch das Fenster fliegen.

Weitere Schreie brachen aus und er zündete schnell den zweiten Molotowcocktail an.

»Hey!«, hörte er von der anderen Straßenseite, und da er wusste, dass ihm die Zeit davonlief, warf er die zweite Bombe durch das Fenster, wobei er mehr Kraft in den Wurf legte.

Dann drehte er sich um und rannte so schnell er konnte die Straße hinunter zu seiner geplanten Fluchtroute. Im nächsten Straßenzug hatte er ein Moped versteckt, aber er musste es erreichen, bevor ihn jemand erwischte. Nolan war nicht gerade in der besten Verfassung. Er hatte es irgendwie geschafft, sich über die Jahre einen höllischen Bierbauch zuzulegen.

Er hustete und schnaufte, während er rannte, und schaute nur einmal zurück. Befriedigt sah er, wie die Frauen aus dem Gebäude strömten und aus vollem Halse schrien, bevor er um die Ecke verschwand.

Nach dem Geschrei der Frauen zu urteilen würde er morgen Abend einen unterschriebenen Vertrag von Loretta in den Händen halten.

Das Gebäude würde ihm gehören.

Der Wohnblock würde ihm gehören.

Und er würde Geld wie Heu machen.

Der Zweck heiligte die Mittel.

Er lächelte, während er rannte.

Black war dabei, für heute den Schießstand zu verlassen und Feierabend zu machen ... endlich. Er hasste es, sich mit Vorstellungsgesprächen abzugeben. Er wusste, dass es getan werden musste, aber der Versuch herauszufinden, ob jemand ehrlich war und wie er zu den bereits anwesenden Mitarbeitern passen würde, war anstrengend.

Seine Erfahrung mit Verhören war hilfreich, aber Black

glaubte nicht, dass die Leute, die befragt wurden, das zu schätzen wussten. Er war ein Fan von langem Schweigen und davon, die Leute in Verlegenheit zu bringen, damit sie mit ehrlichen Antworten herausplatzen statt mit Standardantworten, die sie sich zurechtgelegt hatten.

Wenn er noch eine Person hörte, die ihm sagte, ihre größte »Schwäche« sei es, ein »Perfektionist« zu sein, würde er kotzen. Nur einmal wollte er hören, dass jemand ehrlich war und ihm sagte, dass er keine Menschen mochte oder dass er nicht zwei und zwei zusammenzählen konnte. Keines dieser Dinge würde ihn zwangsläufig davon abhalten, jemanden einzustellen; er würde einfach sicherstellen müssen, dass derjenige den Job bekam, der zu seinen Fähigkeiten passte.

Sein Telefon klingelte und er sah, dass es Rex war. »Hey«, sagte er, nachdem er das Gespräch angenommen hatte.

»Ich habe mit ein paar von Nolan Woolfs Konkurrenten gesprochen, und nicht einer hatte etwas Gutes über den Mann zu sagen. Und ich hatte nicht das Gefühl, dass es nur daran lag, dass er in der gleichen Branche tätig war. Sie hassen ihn. Sie sagten, dass er ihnen eine Gänsehaut bereitet. Ich habe kein gutes Gefühl bei der Sache«, erklärte Rex, ohne ihn vorher zu begrüßen.

»Ja, das geht mir genauso«, erwiderte Black. »Wo steckt er also?«

»Im Moment ist er unauffindbar. Ich habe sein Bild an die Polizei geschickt und den Beamten ein wenig darüber erzählt, warum sie nach ihm Ausschau halten sollten. Er passt genau auf die Beschreibung von Brian, bis hin zum Muttermal am Hals. Wenn ich er wäre, hätte ich das Ding schon längst entfernen lassen. Du weißt schon, wegen der Krebsgefahr und so.«

Black lachte nicht einmal. Plötzlich konnte er nur noch daran denken, wie er den ganzen Tag belanglose Dinge getan und nicht dafür gesorgt hatte, dass Harlow in Sicherheit war. Wenn dieser Woolf das Gebäude, in dem sich das Frauenhaus befand, tatsächlich unbedingt haben wollte, wäre er vielleicht zu allem fähig, um es zu bekommen. »Verdammt. Okay. Ich mache mich sofort auf den Weg zu First Hope«, erklärte Black Rex. »Eigentlich wollte ich bis nach dem Abendessen warten, doch nachdem du mir das gesagt hast, ist es besser, wenn ich gleich fahre.«

»Da stimme ich dir zu. Ich werde die anderen anrufen und sie darüber informieren, dass es tatsächlich Woolf ist, den wir suchen. Ich habe der Polizei auch seine Adresse gegeben, aber ich gehe davon aus, dass ihr wahrscheinlich größeres Glück dabei habt, ihn ausfindig zu machen.«

Black fand es auf jeden Fall besser, wenn neben der Polizei auch Gray und die anderen nach Woolf suchten. Je früher sie ihn ausfindig machten, desto besser. »Okay, ich melde mich, wenn es etwas Neues gibt.«

»Ich auch.« Und mit diesen Worten legte Rex auf.

Black warf sein Telefon auf den Sitz neben sich und startete seinen Wagen. Er wollte Harlow anrufen, um ihre Stimme zu hören und sich zu vergewissern, dass es ihr gut ging, beschloss aber stattdessen, Zeit zu sparen und so schnell wie möglich zu ihr zu fahren.

Er versuchte, sich keine Sorgen zu machen, trat aber stärker aufs Gas als nötig, als er vom Schießstand zum Frauenhaus fuhr.

»Gut gemacht, Milo«, erklärte Harlow, als sie dabei zusah, wie der Neunjährige vorsichtig die Spaghetti aus dem Topf in das Sieb tat. Er war noch nicht groß genug, um den Topf mit dem kochenden Wasser hochzuheben, also hatte sie ihm stattdessen eine Nudelkelle gegeben.

»Und du machst das wirklich gut mit dem Umrühren, Sammie«, lobte sie das kleine Mädchen, das sie anstrahlte.

»Wie sieht es mit dem Brot aus, Lacie?«, fragte Harlow und drehte sich um, um das elfjährige Mädchen anzusehen, das gerade Knoblauchbutter über ein frisch gebackenes Brot pinselte.

»Gut!«, erwiderte Lacie enthusiastisch.

»Und was ist mit euch?«, fragte Harlow Jasper und Jody. Sie waren dafür verantwortlich, den großen Tisch in der Küche zu decken. Jasper kümmerte sich großartig um Jody und sorgte dafür, dass sie keinen der Teller fallen ließ.

»Bei uns ist alles in Ordnung«, erwiderte Jasper, während die kleine Jody gleichzeitig sagte: »Super!«

Harlow nahm sich einen Moment Zeit, um die Szene in sich aufzunehmen. Sie würde diese Kinder wirklich vermissen. Sie waren etwas schüchtern, aber sie hatten es in der kurzen Zeit, in der sie sie kannte, so weit gebracht.

Als sie das erste Krachen hörte, dachte sie, dass Jody doch einen Teller fallen gelassen hatte, und sie drehte sich schnell um, um sicherzugehen, dass niemand durch fliegende Keramikstücke verletzt worden war. Sie war verwirrt, als sie sah, dass sowohl Jody als auch Jasper in Richtung der Tür starrten, die zum Wohnbereich führte.

Erst als sie einige der Frauen im anderen Raum schreien hörte, wurde ihr klar, dass das, was passiert war, draußen und nicht in der Küche stattgefunden hatte. Sie eilte zu Jody hinüber und führte sie und Jasper hinter den Tresen, wo sie gestanden hatte.

»Leg den Löffel weg, Milo. Du auch, Lacie. Kommt alle hier rüber.« Sie rief die Kinder zusammen. Sie hörte kein weiteres Krachen, aber als die Frauen im Wohnzimmer zu schreien begannen, wusste Harlow, dass etwas Schlimmes passiert war.

Sie versuchte, nicht in Panik zu geraten, und sah sich

schnell in der Küche um. Sie wollte auf keinen Fall, dass die Kinder in den anderen Raum gingen, wo irgendetwas ihre Mütter in Panik versetzte. Sie eilte zu dem Fenster über der Spüle. Es war das einzige Fenster in diesem Raum. Da das Frauenhaus in einer Reihe von Gebäuden lag, gab es nur Fenster auf der Vorder- und Rückseite. Es gab keine Türen in der Küche, außer der einen, die in den Wohnbereich hinausführte.

Sie schaute aus dem Fenster und sah nicht sofort etwas. Es lag zur Straße hin und Harlow konnte gerade noch die Lichter des Tätowierstudios sehen.

Aus dem anderen Raum kamen jetzt wieder Schreie – und dann hörte Harlow, wie jemand etwas von einem Feuer rief.

Da sie wusste, dass sie jetzt keine Zeit mehr zu verlieren hatte, schob sie die Vorhänge beiseite und öffnete das Fenster. Sie drückte mit aller Kraft dagegen, aber das Fenster ließ sich nicht öffnen. Wahrscheinlich war es beim Streichen mit Farbe zugekleistert worden. Harlow drehte sich um und suchte die Küche nach etwas ab, mit dem sie das Fenster einschlagen konnte.

Sie sah die fünf Kinder aneinandergekauert, mit großen Augen, die sie anstarrten, während sie ihr Bestes tat, um ruhig zu bleiben. Harlow beäugte die kleine gusseiserne Pfanne, mit der sie morgens Omeletts machte, und griff danach.

»Dreht euch um und bedeckt eure Gesichter«, befahl sie den Kindern. »Ich muss damit das Fenster einschlagen und ich möchte nicht, dass ihr von herumfliegenden Glasscherben getroffen werdet.«

Sie stellte erleichtert fest, dass Jasper sich um die Kinder kümmerte und Milo und Sammie umdrehte, als sie nicht reagierten und sie einfach weiterhin anstarrten, anstatt zu tun, was sie gesagt hatte.

Harlow nickte Jasper zu und wandte sich dann wieder zum Fenster um. Sie konnte jetzt Rauch riechen. Was auch immer passiert war, es war ernst, und sie musste die Kinder in Sicherheit bringen. Sie holte aus und schlug so fest sie konnte gegen das Fenster.

Das Fenster zersplitterte, aber weil in der Mitte des Glases ein Drahtgeflecht war, richtete die Pfanne nicht annähernd so viel Schaden an, wie sie gehofft hatte. Harlow stolperte und ließ die Pfanne in die Spüle fallen. Ihre Handfläche schmerzte von der Wucht des Aufpralls, aber sie hielt nicht inne. Sie hob die Pfanne wieder auf und zielte auf den Riss, den sie in die Scheibe gemacht hatte.

Es bedurfte einiger weiterer Schläge, aber schließlich zerbrach das Fenster. Sie benutzte die Pfanne, um so viele Glasscherben wie möglich aus dem Weg zu räumen, und wandte sich dann wieder den Kindern zu.

»Komm her, Lacie. Du bist als Erste dran.« Harlow war sich ziemlich sicher, dass sie auf dieser Seite des Fensters Jaspers Hilfe gut gebrauchen konnte, also schickte sie zuerst das zweitälteste Kind aus dem Fenster, damit es auf der anderen Seite helfen und es für alle leichter machen konnte.

Mittlerweile strömte Rauch unter der Küchentür durch und alle begannen zu husten. Harlow musste sich beherrschen, um nicht in Panik zu geraten, als sie sah, wie schnell das Feuer sich ausbreitete – und weil niemand gekommen war, um nach ihnen zu sehen –, und hielt Lacie eine Hand hin. »Komm, meine Süße. Raus mit dir.«

»Kommst du auch?«, fragte Lacie und ließ es zu, dass Harlow sie auf die Küchentheke hob. Sie stand auf, beugte sich vor und sah aus dem Fenster.

»Wir kommen alle sofort nach. Ich möchte, dass du draußen wartest und den anderen hilfst, okay?«

Als sie sah, dass die anderen Frauen etwas abseits standen, rief sie ihnen zu. Sofort kamen sie auf sie zugelaufen, und sie wandte sich wieder an Lacie und sagte: »Siehst du! Deine Mutter ist auch schon hier, um dir zu helfen, okay?«

»Okay.«

Sammie und Jody schluchzten jetzt, aber Harlow blendete sie aus. Sie kletterte selbst in das Waschbecken und stützte Lacie. Sie legte die Hände um ihre Taille und schaute aus dem Fenster. Der Bürgersteig war nur etwa anderthalb Meter entfernt, und jetzt waren mehrere Frauen aus dem Frauenhaus da, um zu helfen. Gott sei Dank. »Okay, du schaffst das, Lacie. Nimm ihre Hände und sie helfen dir raus.«

Lacie weinte jetzt ebenfalls, nickte aber tapfer.

»Ich weiß, dass du Angst hast, aber du schaffst das. Gleich bist du draußen und in Sicherheit. Bereit?«

Das kleine Mädchen nickte erneut und Harlow zählte von drei rückwärts. »Okay. Und los geht's.«

Bald darauf wurde Lacie von ihrer Mutter umarmt und vom Fenster weggebracht.

»Wo ist Jody?«, fragte Bethany hysterisch.

»Milo!«, rief Melinda. »Mommy ist hier draußen!«

»Hol die anderen Kinder!«, rief Ann ihr zu.

Harlow nickte und drehte sich um, um die Kinder hinter sich zu betrachten.

Aber sie waren nicht mehr da.

Ihr Herz begann zu rasen. Wo steckten sie nur? Verdammt noch mal, wo waren sie hin?

»Harlow!«

Sie drehte sich in Richtung der Stimme und sah Sammie am Fuß der Treppe stehen, die in den zweiten Stock führte. Sie war nicht sehr breit und diente in der Vergangenheit als Weg für die Angestellten des Hotels, um von der Küche zu den Zimmern in der zweiten Etage zu gelangen.

»Wo sind sie hin?«, platzte sie heraus, sprang von der Küchentheke und ging zu Sammie.

Das kleine Mädchen zeigte die Treppe hinauf. »Jody hat Angst bekommen und wollte ihren Teddybären holen.

Jasper ist ihr nachgelaufen und Milo ist den beiden gefolgt. Sie haben mir gesagt, ich solle hierbleiben, aber ich habe Angst!«

Harlow fluchte leise und machte sich selbst Vorwürfe, dass sie nicht besser auf die Kinder aufgepasst hatte, und dann musste sie husten. Sie schaute zur Tür und sah jetzt nicht nur dicke schwarze Rauchschwaden darunter hervorsteigen, sondern auch orangefarbene Flammen.

Sie drehte sich wieder zu Sammie um, um sie zum Fenster zu bringen und den wartenden Frauen zu übergeben – aber sie war nicht mehr da.

Sie war den anderen die Treppe hinauf gefolgt.

»Nein! Sammie! Komm zurück!«, schrie sie, doch das kleine Mädchen war bereits verschwunden, da es zu verängstigt und zu klein war, um zu verstehen, dass es unten sicherer war als oben, selbst wenn sich die Küche mit Rauch füllte.

Harlow hatte nicht mal Zeit, sich darüber zu freuen, dass zumindest eins der Kinder in Sicherheit war. Sie rief in Richtung Fenster: »Ruft die Feuerwehr! Die Kinder haben Angst bekommen und sind die Treppe hinaufgelaufen. Ich werde ihnen folgen. Ich bin gleich wieder da!«

Dann machte sie auf dem Absatz kehrt und lief ihnen die Treppe hinauf nach. Sie wusste nicht, ob sie tatsächlich gleich wieder da sein würde oder nicht, da das Feuer bereits die Küchentür erreicht hatte. Aber sie konnte nicht einfach selbst aus dem Fenster steigen und die Kinder ihrem Schicksal überlassen.

Als sie im zweiten Stock angekommen war, war sie schon ziemlich außer Atem. Die Zimmer hier oben waren klein. Loretta hatte sich nicht die Mühe gemacht, sie zu verändern. Sie hatte sich nur eins als ihr Zimmer und eins als Arbeitszimmer genommen und in den anderen die Frauen und Kinder untergebracht.

»Jasper! Milo! Jody! Wo steckt ihr?«, rief sie und eilte den

Gang entlang auf der Suche nach den Kindern. Sie hatte keine Ahnung, ob sie zurück in ihre Zimmer gegangen waren, um etwas zu holen oder um sich zu verstecken, aber sie hoffte inständig, dass sie sie alle rechtzeitig finden würde.

Sie blickte die Treppe hinunter, die in den Hauptraum führte, wo die Frauen ihre Besprechung abgehalten hatten, und erstarrte vor Entsetzen über das, was sie sah.

Eine Wand aus Flammen. Die gesamte untere Etage schien in Flammen zu stehen, und der Rauch wälzte sich die Treppe hinauf wie etwas aus einem Gruselfilm, den sie einmal gesehen hatte. Nur dass es in dem Film ein eiskalter Nebel war, der Menschen bei lebendigem Leib verschlingen konnte, und kein extrem heißer Rauch, der sie zu ersticken drohte.

»Harlow!«

Sie erschrak heftig und drehte sich um, und sie sah Jasper dort stehen, der Jody im Arm hielt. Sammie war auf der einen Seite von ihm und Milo auf der anderen. Beide Mädchen hielten sich an seinem Hemd fest und weinten, genauso wie Jasper.

Harlow sah sich um und traf in Windeseile eine Entscheidung. Sie konnte nicht die Haupttreppe hinuntergehen. Nicht angesichts der Tatsache, dass das Feuer alles in seinem Weg verschlang. Sie lief zu den Kindern und schob sie in Richtung der Treppe, die zur Küche führte, in der Absicht, die Treppe hinunter zum offenen Fenster zu eilen, wo die anderen Frauen auf sie warteten. Aber in der Sekunde, in der sie die Treppe sah, wusste sie, dass es zu spät war. Schwarzer Rauch wälzte sich die Küchentreppe hinauf und die Hitze, die von unten heraufwehte, war unerträglich.

Harlow unterdrückte einen Schrei und wusste, dass ihre einzige Möglichkeit jetzt darin bestand, sich in einem der Zimmer zu verbarrikadieren und zu versuchen, jemanden von unten auf sich aufmerksam zu machen, um dafür zu sorgen, dass die Feuerwehrleute wussten, wo sie waren.

»Folgt mir«, befahl sie und steuerte auf Lorettas Arbeitszimmer zu. Es war nicht ideal, da es sich auf der Rückseite des Gebäudes befand und zur Gasse hin lag, aber Harlow hatte Angst, in die Räume über dem Wohnbereich zu gehen. Sie wusste nicht genau, wie Feuer funktionierte, aber sie nahm an, dass diese Räume schneller von Rauch und Flammen überwältigt werden würden als die auf der anderen Seite.

Sie schlug die Tür zu, sobald alle drinnen waren, und sagte: »Helft mir, alles zu finden, was wir unter den Türspalt stopfen können.«

Sofort schnappte sich Jasper einige der Kissen von der Fensterbank und brachte sie zu ihr. Harlow stopfte so viele der Kissen unter die Tür, wie sie konnte, in der Hoffnung, dass die Füllung den Rauch effektiver aufhalten würde, als wenn sie sie ausziehen und nur die Decken verwenden würde. Die Kissen hielten den größten Teil des Rauches ab, aber sie konnte sehen, dass er immer noch durch die Ritzen an den Kanten der Tür hereinkam.

Sie drehte sich, lief zum Fenster und öffnete es. Sie betete so sehr wie noch nie in ihrem Leben und drückte mit aller Kraft gegen die Fensterscheibe. Gott sei Dank, sie bewegte sich. Sie riss das Fenster so weit wie möglich auf und lehnte sich hinaus.

Sie sah keine Menschen, die in der Gasse herumliefen. Sie hätte am liebsten geweint und schätzte ab, wie weit es bis zum Boden darunter war.

Zu weit.

Sie waren zwei Stockwerke hoch und es gab absolut nichts, was ihren Sturz abbremsen konnte. Sie konnten nicht springen. Unmöglich.

Hustend atmete sie tief die frische Luft ein, dann drehte sie sich um und kletterte von der Fensterbank. »Kommt her«, sagte sie und lockte die Kinder mit ihrem Finger. Sie kamen als Gruppe auf sie zu und sie half ihnen, sich so nahe wie möglich ans Fenster zu setzen. »Hier ist die Luft besser«, erklärte sie ihnen, obwohl sie wusste, dass das geöffnete Fenster schließlich dafür sorgen würde, dass mehr Rauch in den Raum gelangte, sodass es noch schwieriger werden würde zu atmen. »Milo und Jasper, haltet Sammie und Jody fest. Sorgt bitte dafür, dass sie sich nicht zu weit aus dem Fenster lehnen.«

»Was hast du denn vor?«, wollte Jasper wissen. »Wie kommen wir hier wieder raus?«

Harlow wusste darauf keine Antwort. Stattdessen versuchte sie, ihm ermutigend zuzulächeln. »Die Feuerwehr ist schon auf dem Weg und wird uns rausholen. Mach dir keine Sorgen.«

Allerdings glaubte sie ihren eigenen Worten nicht. Sie hatte selbst gesehen, wie schnell das Feuer sich ausbreitete. Was immer das Feuer ausgelöst hatte, musste rasend schnell und unvorhergesehen um sich gegriffen haben, da die Frauen keine Zeit gehabt hatten, sie zu warnen oder in die Küche zu laufen, um ihren Kindern zu helfen.

Plötzlich erinnerte Harlow sich wieder daran, dass sie ihr Handy in die Hosentasche gesteckt hatte, nachdem sie vorhin Lowell eine Nachricht geschrieben hatte.

Sie schluchzte vor Erleichterung, zückte das Telefon und hustete, als sie auf seinen Namen klickte, um ihn anzurufen. Die anderen Frauen hatten sicher schon die Feuerwehr gerufen. Lowell würde kommen, um sie zu retten. Daran hatte sie nicht den geringsten Zweifel.

Sie war sich nur nicht sicher, ob er rechtzeitig kommen würde.

KAPITEL DREIUNDZWANZIG

Black fuhr schneller, als er es normalerweise tat, da er immer noch Rex' Worte im Ohr hatte. »Es geht ihr gut«, murmelte er, als er ein Stoppschild missachtete.

Sein Handy auf dem Sitz neben ihm begann zu klingeln. Normalerweise hätte er es ignoriert, weil er beim Fahren nicht telefonierte, doch diesmal nahm er es, ohne zu zögern. Er sah, dass es Harlow war, und atmete erleichtert auf.

»Hey, mein Schatz«, begrüßte er sie.

»Lowell!«

Jeder Muskel in seinem Körper erstarrte beim Klang ihrer Stimme. Irgendetwas stimmte nicht. *Ganz und gar nicht.* »Ich bin hier.«

»Ich brauche dich!«

»Ich bin schon auf dem Weg. Wahrscheinlich bin ich in fünf Minuten da. Was ist denn los?«

»Ich weiß es nicht genau, aber da ist ein Feuer.«

Black blieb das Herz stehen. »Du bist aber nicht mehr im Haus?«

»Doch«, erwiderte sie und er hörte die Panik in ihrer Stimme. »Wir haben es nicht mehr rechtzeitig nach draußen geschafft. Ich war mit den Kindern in der Küche, als direkt vor der Küchentür das Feuer losging. Ich habe es geschafft, Lacie aus dem Fenster zu heben, aber Jody ist die Treppe hinaufgelaufen und Jasper ist gefolgt. Und ich konnte sie schließlich nicht alleine lassen!«

»Immer mit der Ruhe, mein Schatz. Wo genau bist du und wer ist bei dir?«

Er hörte, wie sie tief durchatmete und direkt anfing zu husten.

Black drückte stärker aufs Gas.

»Ich bin im oberen Stock im Arbeitszimmer von Loretta. Bei mir sind Jasper, Sammie, Milo und Jody. Ich habe Kissen in die Schlitze unter der Tür gesteckt, um den Rauch abzuhalten, aber so langsam kommt er durch den Türrahmen.«

»Das hast du gut gemacht, Harl.«

»Wir können nicht springen, es ist zu hoch«, erklärte sie ihm.

Bei dem Gedanken daran, dass jemand aus dem zweiten Stock des Gebäudes springen würde, gefror Black das Blut in den Adern. »Nein, ihr könnt auf keinen Fall springen. Halte durch, mein Schatz. Habt ihr bereits die Feuerwehr gerufen?«

»Nein, ich habe dich angerufen.«

Bei ihren Worten schnürte sich ihm der Hals zu. »Haben die Frauen es nach draußen geschafft?«, fragte er.

»Ich glaube schon. Ich habe mich nicht damit aufgehalten, sie zu zählen, aber ich habe viele von ihnen draußen stehen sehen, als ich Lacie durch das Fenster gehoben habe.«

»Okay, ich bin mir sicher, dass es ihnen gut geht. Wahrscheinlich haben sie ohnehin schon die Feuerwehr gerufen. Bleib ruhig, Harlow.«

»Okay. Lowell?«

»Ja?«

»Ich wollte dir nur sagen, dass der letzte Monat der glücklichste meines Lebens war. Denn obwohl mir nicht klar war, dass wir zusammen waren, habe ich jede Sekunde davon genossen.«

»Wage es ja nicht«, befahl Black barsch. »Du darfst dich *auf keinen Fall* von mir verabschieden. Das werde ich nicht zulassen. Schließlich habe ich mir nicht die ganze Mühe gemacht, dich heimlich auf diese fantastischen Verabredungen zu schleppen, damit du jetzt aufgibst.«

Er hörte, wie sie leise lachte, wie er es gehofft hatte.

»Ich werde nicht aufgeben«, erwiderte sie leise.

»Gut. Ich komme nämlich, um dich da rauszuholen«, erklärte Black ihr. »Ich werde Himmel und Hölle in Bewegung setzen, um dich und die Kinder dort rauszuholen, verstanden?«

»Ja, Lowell, verstanden.«

»Gut. Ich bin gleich bei dir, Harlow. Und ich werde immer für dich da sein.«

»Okay. Ich ... ich muss jetzt auflegen.« Er hörte, wie ihre Stimme brach.

»Okay. Sei stark, mein Schatz.«

Und dann war die Verbindung weg.

»Verdammt!«, fluchte Black und drückte das Gaspedal durch. Er fuhr hundert in einer Fünfzigerzone, aber das war ihm egal. Jede Sekunde zählte. Das Gebäude war alt. Er glaubte nicht einmal, dass es eine Sprinkleranlage hatte, und wenn doch, war sie wahrscheinlich schon seit Jahren veraltet und entsprach nicht den Vorschriften.

Der Gedanke, dass Harlow oder eines der Kinder, die bei ihr waren, an einer Rauchvergiftung sterben könnte, während sie auf Rettung warteten, bereitete ihm Gänsehaut.

Solange es ihn gab, würde das nicht passieren.

Black nahm sich nicht die Zeit, den Rest des Teams oder Rex anzurufen. Er verwendete seine ganze Konzentration darauf, Harlow sicher zu erreichen. Wenn er einen Unfall baute, würde sie mit Sicherheit sterben. Irgendwie wusste er, dass er ihre einzige Hoffnung war.

Dreieinhalb Minuten später trat Black auf die Bremse, als er nur noch eine Straße entfernt war. Der Verkehr staute sich und niemand bewegte sich. Er schaltete seine Automatik auf Parken und sprang heraus, ohne sich dafür zu interessieren, ob jemand das verdammte Ding stahl oder nicht. Sein Blick war auf den schwarzen Rauch geheftet, der vor ihm in der Luft hing.

Er lief auf die Gebäude zu, blieb aber stehen, als er Loretta und die anderen Frauen sah, die in dem Frauenhaus lebten. Lacie hatte ihre Mutter in den Armen und alle anderen kauerten zusammen und starrten entsetzt zu dem Gebäude hinauf. Sie weinten alle und die Eltern der Kinder, die bei Harlow waren, waren hysterisch.

»Black!«, rief Loretta, als sie ihn sah.

»Geht es dir gut?«, fragte er sie.

»Ja, aber Harlow und die anderen Kinder sind immer noch im Gebäude. Sie hat uns gesagt, wir sollen die Feuerwehr rufen und sie würde die Küchentreppe hinaufsteigen, um den Kindern zu folgen, die in ihre Zimmer gelaufen waren.«

»Ich weiß. Sie hat mich angerufen. Haben es sonst alle nach draußen geschafft?«

Loretta nickte. »Ja. Jemand hat einen Ziegelstein durch das vordere Fenster geworfen, und bevor wir wirklich etwas tun konnten, kam eine Bombe oder so etwas als Nächstes durch die Scheibe. Sie rollte vor die Küchentür und setzte den Teppich in Brand. Er ging mit einem großen Zischen in Flammen auf. Wir konnten nichts mehr tun! Dann flog eine zweite Bombe rein und wir mussten zusehen, dass wir rauskamen.«

»Ihr habt das Richtige getan«, versicherte Black ihr, während er bereits beim Zuhören das Gebäude begutachtete. Er ließ den Blick von dem schwarzen Rauch, der aus den Spalten des Gebäudes quoll, zu den Flammen wandern, die er aus ein paar Fenstern im zweiten Stock kommen sah.

Er wusste, dass Harlow und den Kindern nicht mehr viel Zeit blieb.

»Wenn die Feuerwehr hier ankommt, schickt sie zur Rückseite des Gebäudes«, befahl er und war verschwunden, bevor sie ihn nach weiteren Informationen fragen konnte.

Black lief die Straße hinunter und stieß dabei fast mit Leuten zusammen, die herumstanden und auf das Feuer starrten. Er eilte über den Parkplatz und fluchte, als er fast in einen großen weißen Lieferwagen lief, der um die Ecke parkte. Er fing sich, bevor er auf dem Boden landete, und ignorierte den Fahrer, der ihm nachrief, er solle aufpassen.

Er starrte nach oben, während er lief, und wusste genau, in welchem Zimmer Harlow und die Kinder waren. Vier kleine Köpfe ragten aus dem Fenster am anderen Ende von Lorettas Gebäude, dem Raum, der am weitesten vom Feuer entfernt war.

Er dankte seinen Glückssternen, dass Harlow klug genug gewesen war, diesen Raum zu wählen, um sich dort zu verstecken, und blieb direkt unter dem Fenster stehen.

»Harlow!«, rief er.

»Lowell!«, schrie sie zurück.

Er streckte die Arme aus. »Du musst ihnen aus dem Fenster helfen. Einem nach dem anderen. Ich werde sie auffangen!«

Harlow starrte voller Entsetzen hinab zu Lowell. Aus dem Fenster springen? Das konnten sie nicht tun! Es war viel zu hoch. »Das ist viel zu hoch!«, rief sie. Das Dröhnen des Feuers war ausgesprochen laut. Sie hätte nie gedacht, dass es so verdammt laut wäre.

»Wir müssen aber«, rief er zurück. »Hör auf, mit mir darüber zu diskutieren!«

Sie hustete jetzt fast die ganze Zeit über, genau wie die

Kinder. Sie hatten blutunterlaufene Augen und eine Höllen-angst. Genau wie sie, aber sie war die Erwachsene. Sie musste stark sein.

»Okay, Leute, passt auf, wir machen es so. Lowell ist jetzt hier. Er wird euch auffangen.«

Jasper machte große Augen und wollte schon den Mund öffnen, um zu protestieren, aber Harlow schüttelte warnend den Kopf.

»Ich weiß, dass es ziemlich hoch ist, aber ihr könnt es schaffen. Seht nur, wenn ich eure Hände festhalte und mich so weit wie möglich aus dem Fenster beuge, haben wir schon fast zwei Meter überbrückt, und wenn man dann noch eure Größe von etwas über einem Meter zwanzig dazurechnet und Lowells Größe, der ungefähr genauso groß ist wie ich, dann ist es kaum höher als das Küchenfenster, aus dem Lacie gesprungen ist.«

Die Kinder sahen alles andere als überzeugt aus, doch leider hatte Harlow keine Zeit, sanft mit ihnen umzugehen. »Jody, du bist als Erste dran«, sagte sie.

Das kleine Mädchen sah zu Tode erschrocken aus, wehrte sich aber nicht, als Harlow es hochhob. »Ihr ande-ren, geht ein wenig zurück«, befahl sie und sofort machten sie ihr am Fenster Platz. »Jasper, du hältst meine Beine fest«, ordnete sie an.

Der Jugendliche kniete sich, ohne zu zögern, auf die Fensterbank und setzte sich auf ihre Unterschenkel. Harlow nickte zustimmend. Dann nahm sie Jodys Gesicht in ihre Hände. »Mach die Augen zu, meine Kleine. Ehe du dichs versiehst, bist du wieder auf dem Boden und bei deiner Mommy, okay?«

»Okay«, entgegnete sie und Harlow hätte fast zu weinen angefangen, als sie das unerschütterliche Vertrauen im Blick des kleinen Mädchens sah. Sie atmete tief durch, versuchte, nicht zu husten, und drehte Jody dann so, dass sie mit den Füßen nach außen auf der Fensterbank saß. Sie nahm ihre

Handgelenke und ließ sie vorsichtig aus dem Fenster nach unten.

Dann lehnte sich Harlow so weit sie konnte, ohne selbst zu stürzen, aus dem Fenster. Sie spürte Jaspers Gewicht auf ihren Beinen und wusste, dass sie auf jeden Fall aus dem Fenster gefallen wäre, wenn er nicht dort gewesen wäre.

»So ist es richtig!«, rief Lowell von unten. Von viel zu weit unten. »Ich werde sie auffangen, vertrau mir.«

Und das tat sie. Sie vertraute Lowell mit ihrem Leben. Und mit dem Leben des Kindes in ihren Armen.

Als sie Lowells Blick auffing, nickte sie ihm zu und ließ, ohne das kleine Mädchen zu warnen, Jodys Handgelenke los.

Sie wollte die Augen zusammenkneifen, um nicht zu sehen, was als Nächstes geschah, aber sie tat es nicht. Jody fiel wie eine Stoffpuppe nach unten und wie ein Superheld aus den derzeit so beliebten Filmen fing Lowell sie in der Luft auf. Er fiel rückwärts auf seinen Hintern, aber er drückte Jody fest an sich und hielt sie fest. Innerhalb von wenigen Augenblicken stand er wieder auf. Er setzte Jody ab und sagte etwas zu ihr, während er in Richtung des Parkplatzes am Ende der Gasse zeigte. Sie rannte los.

»Nächster!«, befahl Lowell.

Harlow liefen jetzt ständig die Tränen über das Gesicht und sie drehte sich wieder zu den anderen um. »Sammie, du bist dran.«

Sammie schüttelte verzweifelt den Kopf. »Nein! Ich will nicht!«

»Aber du musst«, entgegnete Harlow und versuchte, ihre Stimme ruhig zu halten.

»Nein!«

Harlow machte sich schon dazu bereit, sie einfach zu zwingen, aber glücklicherweise unterbrach Milo sie. »Du schaffst das, Sammie. Ich glaube an dich.«

Und damit schniefte Sammie und drehte sich zu Harlow um.

Dankbarer als je zuvor in ihrem Leben setzte sie Sammie auf den Rand der Fensterbank, genau wie sie es mit Jody getan hatte. Sie war nicht viel schwerer als die Fünfjährige, aber sie war größer. Harlow packte ihre Handgelenke und ließ sie langsam aus dem Fenster gleiten. »Bereit?«, fragte sie.

Sammie biss sich auf die Lippe und schüttelte den Kopf. »Nein, bin ich nicht! Ich habe meine Meinung geändert. Ich will doch nicht ...«

Ohne sie ihren Satz beenden zu lassen, ließ Harlow sie los.

Es brachte sie schier um. Alles in ihr sträubte sich dagegen, ein Kind aus einem zweistöckigen Gebäude fallen zu lassen, aber die Alternative war der Tod – und das war nicht akzeptabel.

Sammie schrie den ganzen Weg nach unten, was nur für etwa zwei Sekunden war, bevor sie in Lowells Armen landete. Wieder stolperte er und fiel hin, aber er stand sofort wieder auf, und bald darauf lief Sammie die Gasse hinunter, genau wie Jody es getan hatte.

»Jetzt bin ich dran, stimmt's?«, fragte Milo.

Harlow zog sich zurück ins Fenster und nickte. Aber sie hatte bereits Zweifel. Sie hatte gesehen, wie schlimm der Aufprall für Lowell bei den anderen beiden gewesen war. Und sie waren kleiner und leichter als Milo. Sie hatte das ungute Gefühl, dass er auf keinen Fall in der Lage sein würde, sie oder Jasper zu fangen, ohne sich zu verletzen.

Sie schaute aus dem Fenster, erst in die eine, dann in die andere Richtung, und lauschte. Aber sie konnte wegen des Knisterns und Prasselns des Feuers nichts hören.

Sie hatte keine Ahnung, ob die Feuerwehr auf dem Weg war oder sogar schon da war und das Feuer löschte.

»Okay, Milo. Du bist dran.«

Ohne ein Wort zu sagen, kletterte der Neunjährige auf die Fensterbank. Er hustete und Tränen liefen ihm übers Gesicht, aber er zögerte nicht. Er hielt seine Arme hoch. Harlow ergriff seine Handgelenke und lehnte sich vorsichtig noch einmal aus dem Fenster. Sie konnte sich nicht ganz so weit hinauslehnen, weil Milo schwerer war, als die Mädchen es gewesen waren. Sie spürte, wie ihr Schwerpunkt gefährlich kippte.

»Ich bin bereit!«, sagte Milo und Harlow ließ ihn los.

Sie sah zu, wie er fiel, aber dieses Mal keuchte sie auf, als Lowell mit Milo in seinen Armen zu Boden sackte. Es dauerte einige Augenblicke, bis er sich bewegte, aber schließlich kletterte Milo von ihm herunter und ging zum Ende der Gasse.

In der Sekunde, in der Lowell zu ihr aufsah, wusste sie, dass er ihr und Jasper nicht helfen konnte.

Es war genau so, wie sie gedacht hatte. Sie waren zu schwer und die Fallhöhe war zu groß. Wenn er versuchte, sie aufzufangen, würde er sich schwer verletzen.

Sie wischte sich die laufende Nase ab und hustete. Sie wandte sich von Lowell ab und streckte Jasper einen Arm entgegen. »Komm hierher, näher zum Fenster«, sagte sie zu ihm.

Der Jugendliche tat, was sie verlangte, und sie klammerten sich an den Rand des Fensters und lehnten sich so weit hinaus, wie sie konnten. Schwarzer Rauch hatte das Arbeitszimmer erfüllt und strömte aus dem Fenster, als wollte auch er an die frische Luft.

Etwas, das sie vor einer Weile im Fernsehen gesehen hatte, schoss ihr durch den Kopf. Sie hatte sich eine Dokumentation über die Tragödie vom elften September in New York City angesehen. Sie hatte entsetzt zugesehen, wie die Sendung Aufnahmen von Menschen zeigte, die aus den oberen Stockwerken der Türme des World Trade Centers sprangen.

Sie hatte es damals nicht verstanden. Sie wusste nicht, wie jemand aus dieser Höhe springen konnte, obwohl er wusste, dass er bei der Landung sterben würde.

Aber jetzt verstand sie es.

Die Hitze, die aus dem Raum hinter ihr kam, war fast unerträglich. Sie lehnte sich so weit aus dem Fenster, wie sie konnte, und bekam immer noch nicht genügend Luft in ihre Lunge. Ihr Gehirn sagte ihr, dass sie sich noch weiter hinauslehnen sollte, um mehr frische Luft zu bekommen. Die Vorstellung zu ersticken war schrecklich, ebenso wie die zu verbrennen. Sie hatte den plötzlichen Gedanken, dass sie es tun würde, wenn sie sicher wüsste, dass sie schnell sterben würde, wenn sie aus dem Fenster sprang. Aber sie war nicht hoch genug. Wenn sie sprang, würde sie sich verletzen. Schlimm. Aber vielleicht würde sie nicht sterben. Sie wäre vielleicht gelähmt. Sie würde sich selbst und ihrer Familie weitere Schmerzen zufügen.

Aber wenn sie jetzt hundert Stockwerke hoch gewesen wäre? Springen wäre auf jeden Fall die bessere Art zu sterben, dachte sie bei sich.

Tränen strömten sowohl ihr als auch Jasper über das Gesicht und Harlow wusste, dass sie erledigt waren. Sie versuchte, sich damit zu trösten, dass sie wenigstens vier der Kinder retten konnte.

Sie schaute auf Lowell hinunter.

Er starrte zu ihr hoch, als könnte er sie mit mentaler Kraft aus dem Fenster in Sicherheit heben. Sie hustete jetzt ununterbrochen. Sie hob ihre Hand zum Mund und hauchte ihm einen Kuss zu.

Anstatt den Kuss zu erwidern, drehte Lowell sich um und joggte die Gasse hinunter in die Richtung, in die er die Kinder geschickt hatte. Er hinkte stark und Harlow hasste es, dass er verletzt worden war, als er die Kinder aufgefangen hatte.

»Er haut ab?«, keuchte Jasper.

»Nein.«

»Doch, *tut* er«, beharrte er. »Er lässt uns hier verrecken!«

»Er kann uns nicht auffangen«, erklärte Harlow ihm. »Wir sind zu groß. Wir würden ihn wahrscheinlich umbringen.«

Jaspers Augen in seinem rußverschmierten Gesicht waren riesig. »Ich dachte, er sei anders. Aber er ist genau wie mein Vater! Man kann sich nicht auf ihn verlassen. Auf niemanden! Nicht einmal auf Loretta. Sogar sie schmeißt uns raus!«

Harlow wusste nicht, wie Jasper von der Schließung des Frauenhauses erfahren hatte, aber sie musste Schadensbegrenzung betreiben. Selbst wenn sie nur noch Minuten zu leben hatten, wollte sie nicht, dass dieser Junge, der in seinem jungen Leben schon viel zu viel durchgemacht hatte, dachte, dass alle Menschen unzuverlässig seien. »Lowell lässt uns hier nicht zurück«, erwiderte sie streng. »Sieh mich an, Jasper.«

Das tat er und sie konnte sehen, dass seine Wut der Sorge gewichen war. Ihm liefen die Tränen über die Wangen, aber diesmal nicht wegen des Rauchs in der Luft.

»Er lässt uns nicht zurück. Er würde uns nie zurücklassen.«

»Das kannst du nicht wissen.«

»Tue ich aber. Ich glaube an ihn. Er wird alles in seiner Macht Stehende tun, um uns hier rauszukriegen. Oder er wird bei dem Versuch sterben. Glaubst du mir?« Ihre Stimme war rau von dem Rauch, aber sie musste Jasper dazu bringen, das zu verstehen.

Es dauerte ein paar Sekunden, aber schließlich nickte er.

»Ich liebe ihn. Aber was noch viel wichtiger ist, ich *vertraue* ihm. Mit meinem Leben. Und mit deinem.«

»Okay«, krächzte Jasper.

»Und wenn Loretta die Möglichkeit hätte, das Frauenhaus zu halten, würde sie es tun. Aber es ist teuer. Und es geht nicht um dich. Es tut mir leid, das sagen zu müssen, aber es dreht sich nicht alles um dich, Jasper.« Um ihre harten Worte ein wenig abzumildern, lächelte sie.

Als wäre er verlegen, senkte er den Blick kurz, doch dann ging es ihm direkt wieder besser. »Echt nicht? Das sollte es aber«, entgegnete er.

Harlow lächelte und hustete. Doch dann stach ihr etwas ins Auge, als sie an dem Jugendlichen vorbei zum Ende der Gasse blickte.

Und sie seufzte erleichtert auf.

———

Black war klar, dass er sich sein Knie verletzt hatte. Er hatte ein Knacken gespürt, als er Milo gefangen hatte, aber er ignorierte den Schmerz. Als er das letzte Mal gestürzt war, wusste er, dass er Jasper und Harlow nicht mehr auffangen konnte. Er musste sich eine Lösung einfallen lassen, und zwar schnell. Er schaute auf und sah, wie sich die beiden gefährlich weit aus dem Fenster lehnten. Schwarzer Rauch quoll hinter ihnen hervor.

Er beobachtete, wie Harlow ihm einen Kuss zuwarf – und er war kurz davor auszurasten.

Nein.

Auf keinen verdammten Fall wollte er zusehen, wie die Frau, die er liebte, verbrannte oder erstickte.

Irgendetwas machte in seinem Gehirn klick und er drehte sich abrupt um und ging die Gasse zurück, die er gekommen war. Er hinkte stark, zwang sich aber, den Schmerz zu ertragen und weiterzugehen. Er bog um die Ecke und steuerte auf den weißen Lieferwagen zu, der Gott sei Dank noch auf dem Parkplatz stand. Er riss die Tür auf der Beifahrerseite auf und sprang hinein.

»Fahr los«, fuhr er den Fahrer an und zeigte auf das Ende der Gasse.

»Mann! Du kannst doch nicht einfach in meinen Lieferwagen springen.«

»Habe ich aber getan. Und jetzt fahr, *verdammt noch mal*«, sagte er erneut.

Der Mann nahm die Hände vom Steuer, als würde er sich Black ergeben. »Ich will keinen Ärger.«

Da er wusste, dass Harlows und Jaspers Leben buchstäblich in der Schwebe hingen, flehte Black ihn an. »Meine Frau braucht Hilfe. Sie befindet sich in dem brennenden Gebäude. Ich möchte, dass du *losfährst*! Um Himmels willen, ich flehe dich an.«

Der ältere Mann hinter dem Lenkrad musste etwas in Blacks Augen gesehen haben, denn er nickte und drehte den Schlüssel im Zündschloss.

Er folgte Blacks Anweisungen und hörte zu, als dieser ihm den Plan erzählte. Er fuhr über den Bordstein des Parkplatzes und fuhr so schnell er sich traute die Gasse hinunter.

Black sah auf und war erleichtert, dass sowohl Harlow als auch Jasper immer noch aus dem Fenster hingen. »Da drüben!«, sagte er und zeigte in die Richtung. »Fahr so nahe ran, wie du kannst.«

»Aber das Gebäude steht in Flammen«, bemerkte der Fahrer überflüssigerweise.

»Das ist mir klar«, entgegnete Black ungeduldig. »Sobald du den zweiten Aufprall hörst, drück aufs Gas und bring uns von hier weg, verstanden?«

»Oh ja, Mann. *Das* ist kein Problem.«

Black wartete, bis der Lieferwagen direkt unter dem Fenster angehalten hatte. Schnell zog er sich aus dem Seitenfenster und kletterte auf den Wagen. Durch die Höhe des Lastwagens befand sich Black weniger als ein Stockwerk unter dem Fenster statt wie vorher zwei Stockwerke.

Er stand auf, sah zu Harlow auf und hob noch einmal die Arme. »Komm schon, mein Schatz«, flüsterte er, obwohl er natürlich wusste, dass sie ihn nicht hören konnte. »Spring.«

In der Sekunde, in der Harlow den Lastwagen die Gasse entlangkommen sah, wusste sie, was Lowell vorhatte. Der große weiße Lieferwagen war etwas, auf das sie aufspringen konnten. Das konnten sie schaffen. Sie waren gerettet.

»Siehst du?«, krächzte sie hervor. »Ich habe dir doch gesagt, dass er zurückkommt.«

Jasper war nicht mehr ansprechbar. Er hustete so stark, dass er kaum noch atmen konnte, und Harlow wurde immer besorgter.

Sie sah, wie Lowell sich aus dem Beifahrerfenster hievte und auf das Dach des Lieferwagens kletterte. Er hielt seine Arme hoch und sie sah, wie sich sein Mund bewegte.

Da sie wusste, dass ihnen die Zeit davonlief, rückte sie näher an Jasper heran und hielt ihn am Arm fest. Sie zeigte auf Lowell und den Lieferwagen. Jasper nickte. Sie wich zurück, spürte die Hitze des Feuers an ihren Beinen und kniete sich noch einmal auf die Fensterbank. Sie konnte sich nicht so weit vorbeugen wie bei den anderen Kindern, aber sie nahm Jaspers Handgelenke in die Hände und half ihm, über den Rand der Fensterbank zu rutschen. Sie schaute zu Lowell hinunter, sah, wie er nickte, und ließ ihn dann los.

Jasper fiel direkt in Lowells Arme. Wieder fiel Lowell nach hinten, aber es sah nicht ganz so schmerzhaft aus wie bei dem Sturz mit Milo.

Ohne zu zögern, legte Harlow ein Bein über die Fensterbank und balancierte dort einen Moment lang. Sie blickte zurück zur Tür.

Sie war verschwunden. Flammen schossen nach oben und krochen über die Decke auf sie zu. Die Hitze war intensiv und sie wusste, wenn sie jetzt nicht sprang, würde sie keine Chance mehr dazu haben.

Sie ließ sich über die Kante hinunter und versuchte, sich festzuhalten, bis sie sich kontrolliert fallen lassen konnte, aber ihre Hände wollten nicht mitmachen. In der Sekunde, in der sie ihr zweites Bein über die Kante der Fensterbank schwang und begann, sich abzusenken, ließ die Kraft in ihren Händen nach und sie fiel.

Sie spürte, wie Lowells Hände sie schmerzhaft um die Taille packten – dann lag sie auf dem Rücken.

Sie sog die frische Luft ein, aber sie schien nicht genügend davon in ihre Lunge zu bekommen.

Harlow spürte, wie Lowell sich unter ihr wegbewegte, aber sie konnte ihre Augen nicht lange genug öffnen, um ihn anzusehen. Sie konnte natürlich nicht sprechen. Konnte ihn nicht fragen, ob es ihm gut ging.

Der Lieferwagen begann, sich unter ihnen zu bewegen – und keine Sekunde zu früh. Sie schaffte es, ihre Augen lange genug zu öffnen, um zu sehen, wie ein Funkenregen und Trümmer vom Dach des Gebäudes fielen, in dem sie sich gerade befunden hatte, als es in sich zusammenbrach.

Sie schloss die Augen wieder, konzentrierte sich auf das Gefühl von Lowells Hand auf ihrer Stirn, versuchte, Sauerstoff in ihre Lunge zu bekommen, und ließ jeden Muskel in ihrem Körper erschlaffen.

Sie brauchte nicht mehr stark zu sein. Lowell war da. Er würde sich um sie kümmern. Er würde dafür sorgen, dass sie in Sicherheit war.

KAPITEL VIERUNDZWANZIG

»Es tut mir leid, dass ich nicht kommen konnte, um dich auszulachen, weil du dich verletzt hast«, erklärte Lance Black am Telefon ein paar Tage nach dem Brand.

Seine Eltern hatten ihn gerade besucht und Harlow war von *ihren* Eltern auf ihr Zimmer gebracht worden. Seit dem Feuer hatte er keine einzige Minute allein verbracht, außer nachts, wenn er schlief.

»Ist schon okay«, erklärte Black seinem kleinen Bruder. »Geht es dir gut?«

»Ja. Morgen früh mache ich mich auf den Weg nach Peru für ein Fotoshooting.«

»Cool.« Und das war es auch. Lance war ein sehr guter Fotograf, der die ganze Welt bereiste. Seine Spezialität war es, in die Tiefen einer Stadt vorzudringen und das tägliche Leben der Bewohner zu fotografieren. Von den Obdachlosen, die in den Abwasserkanälen unter Las Vegas lebten, über das Leben in Sibirien mitten im Winter bis hin zu den afrikanischen Ebenen und den Elendsvierteln von Mexiko-Stadt – er hatte alles aus erster Hand gesehen und erlebt. Die Not der weniger vom Glück Begünstigten ins Rampenlicht zu rücken war seine Lebensaufgabe. »Und wann kommst du wieder zurück?«

»Ich weiß es noch nicht so genau«, entgegnete Lance. »Diesmal begleite ich ein Filmteam. Sie drehen eine Reportage über Prostitution und wie Frauen in wirtschaftlich schwächeren Städten ausgebeutet werden.«

»Du bist doch vorsichtig, ja?«, fragte Black. »Du kannst mir glauben, dass die Zuhälter der Prostituierten nicht gern gefilmt werden und es auch nicht gern sehen, wenn man ihr Unternehmen ins Rampenlicht stellt.«

»Natürlich. Es ist ja nicht so, als wäre ich allein. Es sind haufenweise Kameramänner und andere Teammitglieder bei uns.«

Black gefiel die Sache immer noch nicht, doch er hatte gelernt, den Mund zu halten. Lance war erwachsen und es war nicht so, als könnte gerade *er* was sagen, in Anbetracht dessen, was er mit den Mountain Mercenaries so anstellte. »Wenn du wieder da bist, möchte ich, dass du mich besuchen kommst. Ich möchte dir Harlow vorstellen.«

Lance machte einen Moment Pause, bevor er fragte: »Du magst sie wirklich sehr, was?«

»Ja. Ich werde sie eines Tages heiraten«, erklärte Black seinem Bruder.

»Im Ernst?«

»Im Ernst.«

»Hat sie schon unsere Eltern kennengelernt?«

»Ja, obwohl sie immer noch ziemlich angeschlagen ist. Aber sie sind ja noch eine Weile da.«

»Geht es ihr gut?«, fragte Lance und man konnte die Sorge in seiner Stimme hören.

»Ja. Sie hat ziemlich viel Rauch eingeatmet. Allerdings hatte sie Glück, und ihre Lunge und ihre Kehle haben keine Brandverletzungen davongetragen. Sie bekommt Sauerstoff und Bronchodilatatoren, und die Ärzte sagen, dass sie bald damit aufhören kann. Sie hustet immer noch viel, aber wir sind beide einfach dankbar, dass sie noch lebt.«

»Ja, Gott sei Dank.«

»Allerdings.«

»Hey, Lowell?«

»Was ist, Bruderherz?«

»Ich bin stolz auf dich.«

Black schnürte es die Kehle zu. Schließlich krächzte er: »Danke.«

»Aber du brauchst gar nicht zu glauben, dass du durch deine Verletzung jetzt der Lieblingssohn unsere Eltern wirst. Der werde nämlich immer ich sein. Also vergiss es einfach.«

Black brach in Gelächter aus. Das war wieder typisch Lance. Erst sagte er etwas Rührseliges und in der nächsten Sekunde machte er sich über ihn lustig. »Ja klar, du Vollidiot. Gute Reise und pass auf dich auf, okay?«

»Das werde ich. Wenn ich wieder im Land bin, melde ich mich bei dir.«

»Das hoffe ich doch sehr.«

»Bis später.«

»Tschüss, Lance.«

Black legte auf und schloss die Augen. Er hatte großes Glück gehabt. Glück, dass er rechtzeitig zum Frauenhaus gefahren war. Glück, dass der weiße Lieferwagen am Ende der Gasse geparkt gewesen war. Glück, dass alle Frauen und Kinder lebend aus dem Gebäude gekommen waren, wenn man bedachte, dass er und das Team nicht herausgefunden hatten, was vor sich ging, bevor Woolf seinen Zug machte.

Sie hatten mit diesem Fall eine wertvolle Lektion gelernt. Ihr Kontaktmann mochte extrem klug sein, aber er war auch sehr menschlich. Sie konnten sich in Zukunft nicht wegen jeder kleinen Information an ihn wenden. Teamarbeit war in ihrem Beruf unerlässlich und zu ihrem Team gehörte Rex. Er war nicht nur eine Stimme am Telefon. Wenn sie erfolgreich sein wollten, brauchten sie ihn genauso wie er den Rest des Teams.

Black hatte keine Ahnung, ob Arrow schon mit Rex über seine vermisste Frau und das Angebot des Teams, sich um ihren Fall zu kümmern, gesprochen hatte, aber es musste auf jeden Fall getan werden. Rex konnte nicht so weitermachen, wie er es tat, und das Team konnte nicht mit seinen Rettungsaktionen weitermachen, wenn es wusste, dass sein Vorgesetzter ihnen den wichtigsten Fall seines Lebens nicht anvertraute.

Lowell verlagerte sein Gewicht auf dem Bett und zuckte zusammen, als er sein Bein in die falsche Richtung bewegte. Sein Knie schmerzte höllisch. Aber es würde heilen. Genau wie Harlow. Sie würden mit ihrem Leben weitermachen und er würde in der Lage sein, sie in Zukunft auf viele weitere Verabredungen mitzunehmen. Im Moment war das alles, was zählte.

Er schlief ein und dachte an all die verschiedenen Dinge, die er mit Harlow machen konnte, und wie viel Spaß sie für den Rest ihres Lebens haben würden.

Ein paar Wochen später saß Harlow neben Lowell im *The Pit* und sah zu, wie ihre Freunde Billard spielten. Sie lehnte ihren Kopf an seine Schulter und spürte, wie er mit seiner Hand, die auf ihrem Oberschenkel lag, fester zudrückte.

»Alles okay?«, fragte er leise.

Harlow nickte. »Es geht mir wunderbar.«

»Sind deine Eltern gut weggekommen?«, fragte Morgan sie, während sie neben dem Billardtisch darauf wartete, bis sie dran war.

»Ja«, entgegnete Harlow. »Ich liebe die beiden, aber es wurde auch langsam mal Zeit. Sie haben mich verrückt gemacht.« Ihre Eltern waren sofort nach Colorado Springs gekommen, als sie von dem Feuer erfahren hatten, und waren so lange geblieben, bis sie sich davon überzeugt hatten, dass es ihr gut ging.

»Sie wollten nur sichergehen, dass du wieder ganz gesund bist, bevor sie abfahren«, erklärte Lowell ihr.

Sie richtete sich auf und sah ihn an. »Ich weiß, aber ehrlich gesagt ging es mir schon kurz nach dem Feuer wieder gut. *Du* warst derjenige, der länger gelitten hat.«

Und das stimmte. Als er Milo gefangen hatte, waren ein paar Bänder in seinem Knie gerissen, und dass er danach gelaufen und auf das Dach des Lieferwagens geklettert war und anschließend sie und Jasper aufgefangen hatte, hatte es noch schlimmer gemacht. Er war operiert worden und ging jetzt zu einem Physiotherapeuten, aber es tat ihm offensichtlich immer noch weh.

Jasper war es ähnlich ergangen wie ihr, er hatte eine schwere Rauchvergiftung erlitten, aber sie war froh zu hören, dass es ihm gut ging. Da er noch ein Kind war, hatte sich sein Körper schneller erholt als ihrer. Auch den anderen Kindern ging es gut. Die ganze Gemeinde hatte sich um alle Bewohnerinnen geschart und jede einzelne von ihnen hatte eine neue Unterkunft gefunden, in der sie leben konnte. Einige befanden sich sogar im selben Gebäude, sodass sie sich weiterhin täglich sehen konnten.

»Es geht mir gut«, versicherte Lowell ihr.

Harlow verdrehte die Augen. Er benahm sich wieder typisch männlich. Er saß mit geschientem Knie da und zuckte bei jeder falschen Bewegung vor Schmerz zusammen und behauptete trotzdem, dass es ihm gut ginge. Unglaublich.

»Es war auch schön, *deine* Eltern kennenzulernen«, bemerkte Allye. »Ich dachte schon, du bist vielleicht aus einem Ei geschlüpft oder so was.«

»Pass bloß auf«, knurrte Lowell und griff nach ihr, doch

sie lachte nur und sprang so schnell von ihm weg, dass er sie nicht mehr erreichen konnte.

»Und ... haben sich all die Eltern untereinander verstanden?«, wollte Gray wissen, legte Allye einen Arm um die Schulter und zog sie näher zu sich.

»Ja, haben sie«, erklärte Lowell seinen Freunden. »Ich glaube, dass Harls Eltern sogar vorhaben, bald nach Orlando zu fliegen.«

»Wow. Das ist großartig«, rief Chloe.

Harlow nickte. »Ja. Obwohl mich das nicht überrascht. Meine Eltern sind ausgesprochen umgänglich. Und es schadet auch nichts, dass die Lockards eine Zeit lang in Topeka gelebt haben. Sie haben sogar einige gemeinsame Bekannte. Und, seid ihr alle bereit für meinen Probe-Kochkurs nächste Woche?«, wollte sie wissen.

Chloe, Allye und Morgan nickten alle gleichzeitig.

»Ich kann es kaum erwarten, bei einem Kochkurs der berühmten Köchin Reese mitzumachen«, erklärte Chloe grinsend.

Harlow verdrehte die Augen. »Ich will nur sichergehen, dass ich in der ersten Stunde nicht etwas zu Kompliziertes angehe. Ich möchte, dass die Frauen, die am Kochkurs teilnehmen, sich nicht unter Druck gesetzt fühlen, sondern entspannt gesunde und leckere Mahlzeiten kochen können.«

»Ich bin mir sicher, dass du ein perfektes Gericht ausgesucht hast«, beruhigte Allye sie.

»Aber es macht uns nichts aus, dein Versuchskaninchen zu sein«, versicherte Morgan ihr.

Genau in dem Moment kam Ball mit einem Tablett voller Getränke in die Billardhalle. Er ging extrem vorsichtig, damit er nichts verschüttete, und stellte dann das Tablett vor Erleichterung seufzend auf dem Tisch ab.

»Verdammt noch mal, ich weiß wirklich nicht, wie die Bedienungen das schaffen«, sagte er.

Ball gab jedem sein Getränk. Es gab Bier für die Männer – abgesehen von Black, der ein Glas Wasser bekam, weil er immer noch Medikamente nahm – und eine Flasche Wasser für Allye. Chloe, Morgan und Harlow tranken Margaritas.

Dann nickte er Gray zu und machte einen Schritt zurück.

Gray räusperte sich und stellte sein Bier auf dem Tisch ab. Dann wandte er sich zu Allye um und nahm ihr die Flasche Wasser ab.

»Oh mein Gott«, sagte Allye, als würde sie genau wissen, was jetzt kam.

»Eigentlich hatte ich erst vor, das in Denver zu tun, aber du weißt ja selbst, dass es nicht passiert ist. Also habe ich mir gedacht, die zweitbeste Alternative ist, wenn du von deinen Freunden umringt bist. Allye Martin, du bist der wichtigste Mensch in meinem Leben. Ich kann mir nicht vorstellen, den Rest meines Lebens ohne dich an meiner Seite zu verbringen. Ich liebe dich mehr als alles andere auf der Welt. Willst du meine Frau werden?«

Was seinen Heiratsantrag anging, war das Ganze eher kurz gehalten, doch jeder konnte die Ehrlichkeit und Liebe in Grays Stimme hören.

»Natürlich«, entgegnete Allye. »Ich liebe dich so sehr!«

Sie umarmten und küssten sich, bis Meat schließlich rief: »Das reicht jetzt aber!«

Alle lachten und gratulierten den frisch Verlobten.

Dann kam Dave durch die Tür zur Billardhalle und trug einen großen Kuchen voller Kerzen. »Herzlichen Glückwunsch!«, rief er donnernd mit seinem Südstaatenakzent.

Er stellte den Kuchen auf einem der Billardtische ab und alle lachten, als sie sahen, was darauf geschrieben stand.

2 ERLEDIGT, BLEIBEN NOCH 4

Dave drehte sich mit hochgezogener Augenbraue zu Morgan und Arrow um.

Arrow hielt abwehrend die Hände hoch. »Hey, du brauchst mich gar nicht so anzusehen. Ich würde Morgan vom Fleck weg heiraten, wenn ich könnte.«

»Ja«, entgegnete Morgan leise.

Arrow drehte sich hastig zu ihr um und starrte sie an. »*Wie bitte?*«

»Falls das ein Antrag war, so lautet meine Antwort ja«, entgegnete sie ruhig.

»Oh, aber ... ich habe noch nicht mal einen Ring besorgt ...«, stammelte Arrow.

Morgan stellte sich auf die Zehenspitzen und legte ihre Arme um Arrows Hals. Er beugte sich vor und hob sie hoch.

»Ich liebe dich«, sagte Morgan.

Arrow lächelte strahlend die Frau in seinen Armen an. »Hast du tatsächlich gerade zugestimmt, meine Frau zu werden?«

»Hast du mir denn einen Antrag gemacht?«

»Ja, irgendwie schon.«

»Wenn du dir nicht sicher bist, warum versuchst du es dann nicht erneut?«

»Morgan Byrd, willst du meine Frau werden und mich zu dem glücklichsten Mann der Welt machen?«

»Äh, das ist ja überhaupt nicht möglich«, murmelte Gray. »Schließlich bin *ich* schon der glücklichste Mann der Welt.«

»Ja. Ja! Ich werde dich heiraten«, erklärte Morgan Arrow.

Dave hatte sich hinausgeschlichen, während Morgan und Arrow ihren Moment hatten, aber er kehrte mit einem Messer in der einen und einer kleinen Tülle in der anderen Hand zurück. Er kratzte sofort die Zwei und die Vier auf dem Kuchen ab, beugte sich dann vor und ersetzte beide durch Dreien.

»So«, sagte er und richtete sich wieder auf – dann drehte er sich mit fragendem Blick zu Harlow und Black um.

Harlow sah Lowell an und sie brachen beide in

Gelächter aus. Er ging zu ihr und sie lachten, bis sie kaum noch atmen konnten.

»Was ist denn so witzig?«, fragte Ball, als die beiden sich wieder beruhigt hatten.

»Ich habe mich gerade erst daran gewöhnt, dass wir überhaupt *zusammen* sind. Ich denke, wir sollten eine Weile warten, bevor wir den Bund fürs Leben schließen.«

»Aber wartet nicht zu lange«, entgegnete Dave. »Das Leben ist zu kurz, um es nicht in vollen Zügen zu genießen.« Dann wandte er sich zum Rest der Gruppe um und sagte: »Heute gehen alle Getränke aufs Haus.«

Sie jubelten, aber Harlow hatte nur Augen für Lowell. Er starrte sie intensiv an.

»Was ist denn?«, wollte sie wissen.

»Als ich in der Gasse stand und zu dir aufschaute, wie du aus dem verdammten Fenster hingst, empfand ich ein großes Bedauern. Bedauern, dass ich dir nicht gesagt hatte, was ich für dich empfinde. Ich habe im letzten Monat viel darüber nachgedacht. Obwohl du diejenige warst, die die Tortur durchgemacht hat, obwohl du diejenige warst, die eine Rauchvergiftung hatte und Albträume hatte, hast du meine Eltern angerufen und ihnen erzählt, was passiert ist. Du bist mit Loretta in Kontakt geblieben und hast ihr sogar geholfen, einige der Versicherungsangelegenheiten zu regeln. Du hast Lacie, Jody, Milo, Jasper und Sammie besucht. Du warst alles für jeden und hast nichts für dich selbst verlangt.«

»Lowell ...«, begann sie, doch er nahm ihre Hand, küsste die Handfläche und sprach weiter.

»Bevor du in mein Leben kamst, konnte ich mir nicht vorstellen, den Rest meines Lebens mit einer Person zu verbringen. Ich konnte mir nicht vorstellen, wie ich mich nicht langweilen sollte, wenn ich jeden Morgen mit der gleichen Person aufwache. Aber ich kann jetzt ehrlich sagen, dass ich es mir nur nicht vorstellen konnte, weil ich dich noch nicht kennengelernt hatte. Ich habe erkannt, dass die Beziehungen mit anderen Frauen nicht funktioniert haben, weil sie nicht du waren. Ich bitte dich nicht, mich sofort zu heiraten, weil noch keiner von uns beiden so weit ist, aber ich kann es mir vorstellen. Ich werde den Rest meines Lebens damit verbringen, die schlechten Verabredungen, die du hattest, wieder wettzumachen. Ich werde alles in meiner Macht Stehende tun, damit du wieder Überraschungen magst, zumindest die, die ich für dich arrangiere.«

»Als Jasper und ich aus dem Fenster hingen und du uns den Rücken zugedreht hast und weggelaufen bist, ist Jasper durchgedreht. Er dachte, du hättest uns im Stich gelassen, genau wie sein Vater.« Harlow weinte jetzt und es fiel ihr schwer, die Worte herauszubringen, aber sie fuhr fort: »Aber ich wusste, dass du uns nicht zurücklassen würdest. Ich wusste, du würdest zu mir zurückkommen. Aus tiefster Seele wusste ich das. Und in dem Augenblick, in dem ich den Lieferwagen um die Ecke kommen sah, wusste ich, dass du es bist. Du musst keine schlechten Verabredungen wiedergutmachen – das tust du jeden Tag, indem du einfach du selbst bist. Ich ... ich liebe dich, Lowell.«

Sie sah, wie seine Augen feucht wurden, bevor er sie aus ihrem Stuhl auf seinen Schoß zog. Harlow achtete darauf, ihr Gewicht auf seinem guten Bein zu halten, vergrub ihr Gesicht zwischen seinem Hals und seiner Schulter und hielt sich einfach fest.

Seit Lowell aus dem Krankenhaus entlassen worden war, lebte sie mit ihm in seiner Wohnung. Ihre Eltern hatten während ihres Aufenthalts in Colorado Springs in ihrer Wohnung gewohnt und seine Eltern waren in einem nahe gelegenen Hotel untergekommen. Sie hatte sich um ihn gekümmert, auch wenn er nicht wollte, dass man sich um ihn kümmerte. Sie hatte ihn schikaniert und bemuttert und geschworen, alles zu tun, damit er wieder auf die Beine kam und mit seinem Team arbeiten konnte.

Er war noch nicht bereit und sie wusste, dass es an seinen Nerven zehrte, aber er hatte mit Meat hinter den Kulissen gearbeitet und einige der Tricks gelernt, die der andere Mann benutzte, um Informationen online zu erhalten.

»Hier, ihr beiden«, hörte Harlow jemanden sagen. Sie hob den Kopf und sah, dass Ball mit zwei Tellern in der Hand vor ihnen stand. »Wir können den guten Kuchen ja nicht verkommen lassen.«

Sie lächelte und nahm ihm die Teller ab. »Vielen Dank.« Sie sah Lowell an und ihr Lächeln wurde breiter. »Kuchen?«

»Ich würde lieber etwas anderes vernaschen«, entgegnete er, nachdem er sich umgedreht hatte, um sich selbst auch noch ein Stück Kuchen zu holen.

»Lowell!«, rügte Harlow ihn.

Er lachte und verstärkte seinen Griff um ihre Taille. »Ich kann ja auch nichts dafür, dass du so verdammt sexy bist, dass ich die Hände – und meinen Mund – nicht von dir lassen kann.«

»Ja, aber du kannst definitiv was dafür, wenn du vor deinen Freunden davon redest«, erklärte sie eingeschnappt.

Er lachte erneut. »Sieh sie dir doch nur an. Was glaubst du, werden Gray, Ro und Arrow als Erstes tun, wenn Sie heute Abend nach Hause kommen?«

Sie gab sich große Mühe, nicht zu erröten. »Aber es ist nicht anständig, darüber zu reden.«

Lowell schüttelte den Kopf. »Na gut. Es tut mir leid. Du solltest allerdings wissen, dass ich es zwar ausgesprochen genieße, wenn du oben bist, aber sobald der Arzt sein Okay gibt, wirst du Stunden auf deinem Rücken verbringen.«

»Verdammt, Lowell«, sagte Harlow und wusste, dass sie wahrscheinlich knallrot war.

»Ich liebe dich«, sagte er ernst. »Dave hatte recht. Das Leben ist *tatsächlich* zu kurz. Ich hatte an jenem Tag eine Wahnsinnsangst. Ich hatte Angst davor, dass ich dastehen und zusehen musstest, wie du verbrennst oder aus dem Fenster springst.«

»Es geht mir gut«, erklärte Harlow ihm.

»Das weiß ich doch. Und ich habe vor, alles zu tun, damit das auch so bleibt.«

Harlow genoss, wie süß er war, doch da sie den Lowell wiederhaben wollte, den sie kannte, fragte sie: »Gibt es schon irgendwelche Neuigkeiten über Nolan Woolf?«

Er brauchte einen Moment, um den Themenwechsel zu verarbeiten, aber schließlich lächelte er. »Ich kann nicht glauben, dass ich ganz vergessen habe, es dir zu sagen. Die Polizei in Denver hat ihn gefunden.«

»Tatsächlich? Wo? Was ist passiert?«

»Er hatte sich in einem seiner Wohngebäude in der Stadt versteckt. Zu seinem Pech fanden aber einige seiner Mieter heraus, wer er war. Sie waren nicht glücklich darüber, dass er ihre Wartungsanfragen ignorierte. Anscheinend gibt es Schimmel im Gebäude, die Aufzüge funktionieren nicht, die Treppenhäuser sind bröckelig und es gibt nur sporadisch heißes Wasser. Sie haben ihn verprügelt. Dann haben sie die Polizei gerufen und den Beamten gesagt, wo sie ihn finden können. Die Tatsache, dass sein Gesicht überall in den Nachrichten war aufgrund dessen, was er getan hatte, machte es den Mietern umso leichter, ihn auszuliefern.«

»Ich bin mir allerdings ziemlich sicher, dass er nicht vorhatte, irgendwem wehzutun«, erklärte Harlow leise.

»Glaubst du, darum würde ich mich scheren? Dieser Mistkerl hat zwei Molotowcocktails in ein Gebäude voller Menschen geworfen. Egal was er sich dabei gedacht hat, in meinen Augen war das versuchter Mord. Und der Staatsanwalt ist meiner Meinung.«

»Also ist der ganze Spuk vorbei?«, fragte sie.

»Ja, mein Schatz«, versicherte Lowell ihr. »Wir haben Videomaterial von ihm, wie er die Bomben ins Gebäude wirft. Er hält darauf zwar den Kopf gesenkt, doch man kann ihn ausgezeichnet an dem Muttermal an seinem Hals erkennen. Mal ganz abgesehen von dem unglaublich niedrigen Angebot, das Loretta am Tag darauf von ihm erhalten hat. Er hat zwar noch kein Geständnis abgelegt, aber ich bin mir ziemlich sicher, dass er das tun wird.«

Harlow warf ihm einen Seitenblick zu. »Und warum?«

Lowell grinste. »Weil ich gebeten wurde, bei seiner Befragung anwesend zu sein.«

»Und du bekommst immer ein Geständnis, nicht wahr?«

»Ja. Und ganz besonders, wenn es um die Frau geht, die ich liebe.«

Harlow spürte die Gänsehaut, die auf ihren Armen ausbrach, als er ihr die Hand in den Nacken legte. »Mach aber nichts Verrücktes. Ich könnte den Gedanken nicht ertragen, dass du Ärger bekommst und vielleicht sogar ins Gefängnis musst.«

»Ich muss auf keinen Fall ins Gefängnis, mein Schatz«, versicherte er ihr.

»Denn wie sollen wir auf all diese fantastischen Verabredungen gehen, wenn du hinter Gittern steckst?«, fragte sie, ohne auf seine Bemerkung einzugehen. »Also, ich würde sagen, wenn ich den Vater meines Kindes im Gefängnis besuchen muss, um mit ihm Liebe zu machen, würde ich das durchaus als schlechte Verabredung zählen.«

»Du willst ein Kind von mir, Harl?«, fragte er und lehnte sich so nahe zu ihr, dass es sich so anfühlte, als gäbe es auf der ganzen Welt nur sie beide.

Sie schluckte und zwang sich dazu, ihm in die Augen zu sehen. »Nicht sofort. Aber wenn du dich auch weiterhin nicht wie ein Idiot verhältst, würde ich sagen ... ja.«

Er lachte laut auf. »Dann werde ich mir mal Mühe geben, mich auch weiterhin nicht wie ein Idiot zu verhalten.«

»Tu das«, sagte sie.

Er legte seine Stirn an ihre und fragte: »Ziehst du dann offiziell zu mir?«

»Ich werde es mir mal durch den Kopf gehen lassen«, neckte sie ihn.

»Es gefällt mir, wenn du dort bist«, erwiderte er ernst. »Ich mag es, neben dir aufzuwachen. Mit dir zu duschen, obwohl ich zugeben muss, dass es wahrscheinlich noch besser ist, wenn ich wieder richtig stehen kann. Ich mag es, für dich zu kochen und dabei zuzusehen, wie du in der Küche herumwerkelst, während du mir etwas zu essen machst. Es gefällt mir, wenn ich dir dabei helfen kann herauszufinden, was du als Nächstes tun möchtest, und ich mag es, dass ich abends nicht dabei zusehen muss, wie du meine Wohnung verlässt, um nach Hause zu gehen. Ehrlich gesagt mag ich so ziemlich alles an dir.«

»Das ist ja witzig. Mir geht es nämlich genauso«, erklärte Harlow ihm. Sie fühlte sich, als würde sie vor Glück zerspringen. Sie hatte sich immer noch keine Gedanken darüber gemacht, wo sie arbeiten sollte, aber jetzt, da sie mit Lowell zusammen war und ihm dabei half, wieder gesund zu werden, war sie so glücklich wie schon lange nicht mehr.

»Hast du heute mit Loretta gesprochen?«, wollte Lowell wissen.

Harlow nickte. Sie hatte seit dem Feuer fast jeden Tag mit ihr geredet. »Sie und Edward waren letztes Wochenende auf dem Standesamt und haben geheiratet. Sie hat das Gebäude – nun ja, das, was davon übrig ist – an einen Bauunternehmer verkauft, der den ursprünglichen historischen Charme wiederherstellen will. Die Leute, denen die anderen Gebäude gehörten, haben sich gemeldet und behauptet, dass Woolf sie im Grunde bedroht und zum Verkauf gezwungen hat, sodass diese Käufe auch für nichtig erklärt werden könnten, sodass die Gebäude von Bauunternehmen gekauft werden, die alle zusammenarbeiten, um die Gegend wieder schön und wohlhabend zu machen.

Loretta hat immer noch ein schlechtes Gewissen, weil sie verkauft hat, aber ich denke, sie wird darüber hinwegkommen.«

»Gut.«

In diesem Moment pfiff Gray lange und laut.

Alle hörten auf zu reden und drehten sich um, um zu sehen, was es mit dem Lärm auf sich hatte.

Er hielt sein Handy hoch und wies mit einer Geste auf den großen Tisch an der Seite des Raumes.

Harlow wusste, was das bedeutete – die Mountain Mercenaries hatten etwas zu besprechen.

Sie stieg von Lowells Schoß und half ihm aufzustehen. Sie konnte den Blick nicht von seinem Hintern abwenden, als er sich auf den Weg zum Tisch machte und seinen Kollegen folgte.

»Ich muss zugeben, er hat wirklich einen süßen Hintern«, bemerkte Chloe.

Harlow kicherte. Es machte ihr nicht im Geringsten etwas aus, dass die andere Frau ihrem Mann hinterherblickte. Schließlich hatte sie ihren eigenen. Und der hatte ihr einen Ring geschenkt, um ihr zu zeigen, wie sehr er sie liebte.

»Also, Mädels«, sagte Allye und hakte sich bei Morgan und Harlow unter, »ich habe das Gefühl, dass der Abend fast vorbei ist. Ich weiß, dass Gray es kaum erwarten kann, hier wegzukommen, um unsere Verlobung zu feiern. Und das da«, sie nickte in Richtung des Tisches, an dem die Männer saßen, »bedeutet wahrscheinlich, dass sie bald wieder einen Einsatz haben.«

»Verdammt«, sagte Harlow leise. Dafür war sie noch nicht bereit. Bis jetzt war sie verwöhnt worden und hatte noch nicht dabei zusehen müssen, wie Lowell sich auf eine Mission begab, die mit Sicherheit gefährlich war. Sie glaubte auch nicht, dass er auf diesen Einsatz gehen würde, nicht solange sein Knie noch nicht verheilt war, aber es war einfach nur eine Frage der Zeit. Sie konnte sich nicht vorstellen, dass Lowell sich von den Mountain Mercenaries zur Ruhe setzen würde. Er war gut in dem, was er tat, und außerdem *musste* er es tun. Er musste Frauen und Kindern helfen, ihren Peinigern und Entführern zu entkommen.

Nein. Sie würde ihm nie sagen, wie sehr sie es hasste, dass er ging. Sie würde nur dafür sorgen, dass er wusste, wie sehr sie es liebte, ihn zu Hause zu haben.

»Kommt schon«, sagte Morgan. »Ich muss meinen Kuchen essen und mein Getränk austrinken. Und dann muss ich meinen Verlobten mit nach Hause nehmen und ihm einen verdammt guten Grund geben, heil und gesund zu mir zurückzukommen.«

»Darauf trinke ich«, bemerkte Chloe.

»Ich auch, auch wenn es nur Wasser ist«, erklärte Allye.

Harlow zuckte mit den Achseln und nahm ihre Margarita vom Tisch in der Nähe. »Ich auch. Obwohl ich nicht glaube, dass Lowell mit auf die Mission geht.«

»Wer ist das denn?«, fragte Allye und zeigte auf eine Frau, die in der Tür stand und sich in der Billardhalle die Gäste ansah.

»Keine Ahnung«, bemerkte Chloe.

Harlow sah zur Tür. Die Frau war groß und hatte langes, wunderschönes rotes Haar. Sie hatte Sommersprossen auf der Nase und auf den Wangen und hätte Harlow raten müssen, wäre sie davon ausgegangen, dass ihre Augen wahrscheinlich grün waren. Sie trug abgewetzte und schmutzige Jeans, schwarze Springerstiefel und ein schwarzes langärmeliges T-Shirt.

Sie sah nicht wie jemand aus, mit dem Harlow sich anlegen wollte. Vielmehr vermittelte sie den Eindruck, dass sie es mit jedem aufnehmen konnte, egal ob Mann oder Frau.

Die vier Frauen sahen dabei zu, wie sie ihre Männer am Tisch in der Ecke sitzen sah – und sofort auf sie zuging.

»Sie sieht so aus, als müsse man sich um sie keine Sorgen machen«, erklärte Harlow.

»Meinst du?«, fragte Morgan. »Manchmal sind die Frauen, die von außen einen kompetenten Eindruck vermitteln, diejenigen, die innerlich völlig zerstört sind.«

Sie schwiegen alle einen Moment lang, während sie der unbekannten Frau dabei zusahen, wie sie etwa zwei Meter entfernt vom Tisch der Mountain Mercenaries stehen blieb.

»Ich habe eine Nachricht von Rex bekommen«, sagte Gray.

»Und wann müssen wir los?«, wollte Ball wissen.

Gray schüttelte den Kopf. »Noch nicht. Er hat gesagt, er müsse noch weitere Nachforschungen anstellen, bevor wir loslegen können. Oh ... und so wie es aussieht, kommt diesmal eine Zivilperson mit.«

»Was? Nein. Auf keinen Fall!«, rief Ball.

»Was ist denn mit dir los?«, fragte Arrow. »Wir haben doch auch schon vorher Missionen mit Zivilpersonen durchgeführt.«

»Es ist schon schlimm genug, dass Black wegen seines Knies nicht mitkommen kann. Aber jetzt müssen wir auch noch auf einen Möchtegern-Soldaten aufpassen, und das geht mir ziemlich auf die Nerven. Ihr wisst doch alle, wie das ist. Schließlich ist es nicht das erste Mal.«

»Aber du weißt doch noch gar nicht, worum es bei dieser Mission geht«, erwiderte Meat. »Warum entspannst du dich nicht einfach?«

Ball seufzte und fuhr sich mit der Hand durch die Haare. Er wusste, dass er ein Arschloch war, aber ... all seine Freunde zusammen zu sehen, zu wissen, dass sie glücklich und zufrieden waren, machte ihn fertig.

Einst hatte er gedacht, er hätte auch eine Frau gefunden, mit der er den Rest seines Lebens verbringen konnte. Aber es war alles eine Lüge gewesen. Sie hatte sich mehr um ihren Job und die Vertuschung ihrer Fehler gekümmert, als sich diese einzugestehen. Und letztendlich hatten ihre Fehler dazu geführt, dass er aus der Marine entlassen wurde, einem Job, den er liebte. Es hatte sie nicht interessiert, sie hatte sich nur um ihren eigenen Vorteil gekümmert.

Er hatte von ihr eine Menge darüber gelernt, was Liebe ist und was nicht.

»Na gut. Ich beiße an«, grummelte er. »Worum geht es bei dem Einsatz?«

Gray räusperte sich. »Ich kenne nicht alle Details, aber kurz gesagt, ein fünfzehnjähriges Mädchen verschwand aus ihrem Haus in Los Angeles. Sie lebte bei ihren Großeltern, weil ihre Eltern drogenabhängig sind, und sie wollte nichts mehr mit ihnen zu tun haben. Ihre ältere Schwester war besorgt, als die Großeltern anriefen und ihr sagten, sie hätten ihre Schwester seit ein paar Tagen nicht mehr gesehen. Sie hatten bereits die Polizei kontaktiert. Dort nahm man an, dass sie eine typische Ausreißerin sei, und machte sich nicht sofort Sorgen. Die Schwester ließ alles stehen und liegen und fuhr nach Los Angeles, um sie zu finden.«

»Und wo lebt die Schwester normalerweise?«, fragte Meat.

»Hier. In Colorado Springs«, erwiderte Gray.

»Wie alt ist sie?«, wollte Ro wissen.

»Vierunddreißig.«

»Und warum ist die jüngere Schwester nicht bei ihrer älteren Schwester untergekommen?«, hakte Arrow nach.

»Das weiß ich auch nicht«, gab Gray zu. »Jedenfalls hat die Schwester genügend herausgefunden, um extrem nervös zu werden, und anscheinend weiß sie von Rex. Sie hat sich mit ihm in Verbindung gesetzt und er hat ihr versprochen, ihr zu helfen.«

»Das ergibt doch überhaupt keinen Sinn«, beschwerte

sich Ball. »Zum jetzigen Zeitpunkt haben wir nicht mal annähernd genügend Informationen, um überhaupt irgendetwas zu unternehmen. Warum hat die größere Schwester sich nicht um ihre kleinere Schwester gekümmert? Das Ganze gefällt mir nicht. Kein bisschen. Liegt es vielleicht wieder daran, dass Rex zu abgelenkt ist, um uns die Informationen zu beschaffen, die wir benötigen?«

»Ball, du ...«

»Nein, im Ernst. Und diese Schwester mittleren Alters, vermutlich eine reiche Hausfrau, hat Rex überredet, sie mitkommen zu lassen? Normalerweise würde Rex das nicht tun, aber nach dem, was neulich passiert ist, bin ich mir nicht mehr sicher. Wenn wir das Mädchen nicht gerade am Einkaufszentrum abholen, ist eine Zivilistin definitiv im Weg.«

Ball war in Fahrt und er ignorierte die Art und Weise, wie seine Freunde ihn mit großen Augen ansahen. Sie hatten schon immer genau das gesagt, was sie dachten, und nur weil einige von ihnen jetzt unter der Fuchtel ihrer Frauen standen, hieß das nicht, dass er sich ändern würde.

»Ihr wisst, dass ich kein Problem damit habe zu tun, was nötig ist, um Frauen und Kinder in Gefahr zu retten. Zur Hölle, wir haben es uns alle zu unserer Lebensaufgabe gemacht. Aber ich war schon einmal in einer Situation, in der eine Frau sowohl die Mission als auch mein Leben ruiniert hat. Ich bin nicht scharf darauf, das noch einmal zu erleben.«

»Vielleicht solltest du jetzt besser die Klappe halten«, entgegnete Ro mit kleinem Grinsen.

»Nein. Ruf sofort Rex an, Gray«, befahl Ball. »Wir brauchen weitere Informationen. Und ich werde ihm dann auch gleich sagen, dass ich es auf keinen Fall zulassen werde, dass irgend so eine Tussi, die sich nicht mal genügend für ihre kleine Schwester interessiert, um sie bei sich wohnen zu lassen, als sie Hilfe brauchte, uns bei diesem Einsatz hinterherläuft wie ein verdammter kleiner Welpe.«

Auf seinen Ausbruch hin herrschte Schweigen.

Ball wusste, dass er zu weit gegangen war, doch der Abend war ziemlich hart für ihn gewesen.

Als niemand etwas sagte, aber Black die Augen weit aufriss und nickte, als würde er mit dem Kopf auf etwas hinter ihm deuten, schluckte Ball schwer.

»Sie steht direkt hinter mir, nicht wahr?«, fragte er seine Freunde.

»Ja«, erwiderte Gray grinsend.

»Verdammt«, murmelte Ball leise.

»Hi. Mein Name ist Everly Adams. Ich bin die nicht so reiche Schwester mittleren Alters, von der dein Freund so wortgewandt gesprochen hat. Meine Halbschwester, Elise McLane, ist taub. Sie wohnte nicht bei mir, weil sie bereits eine der besten Schulen für Gehörlose in Los Angeles besuchte. Ich arbeite derzeit für das Colorado Springs Police Department als Ermittlerin und Angehörige des Sondereinsatzkommandos. Ich kann mich in der Stadt, mitten im Dschungel und überall sonst auch durchaus behaupten. Und ich komme mit euch, weil Rex gesagt hat, dass keiner von euch Tölpeln die Zeichensprache beherrscht und nicht wirklich mit Elise reden kann, wenn ihr sie findet.«

Ball biss fest die Zähne zusammen und drehte sich um, um sich zu entschuldigen. Er wollte immer noch nicht, dass die Frau mit ihnen auf eine Mission ging, ganz gleich, dass sie Polizistin war.

Er öffnete den Mund, um ihr das zu sagen – aber seine Worte blieben ihm im Hals stecken, als er Everly Adams zum ersten Mal sah.

Sie war verdammt schön. Rote Haare, die endlos schienen. Bezaubernde Sommersprossen in ihrem Gesicht. Jeans, die sich an ihre wohlgeformten, muskulösen Beine schmiegten.

Aber es waren ihre dunkelgrünen Augen, bei denen es Ball komplett die Sprache verschlug. Sie sprühten Feuer – auf *ihn*. Sie war definitiv stinksauer. Aber das war es nicht, was ihn sofort dazu brachte, seine Meinung darüber zu ändern, dass sie sie auf der Suche nach ihrer Schwester begleiten sollte.

Es war der Schmerz, den er in ihren Augen sah.

Diese Frau hatte kein einfaches Leben geführt. Sie hatte für alles, was sie wollte, kämpfen und es sich hart erarbeiten müssen.

Woher er das wusste, war Ball schleierhaft, aber die Emotionen in ihren Augen ließen ihn bereuen, dass er all die furchtbaren Dinge gesagt hatte. Er hatte sie noch nie getroffen, kannte ihre Geschichte nicht.

Aber das würde er.

Ball schob seinen Stuhl langsam zurück und stand auf. Er war etwa einen halben Kopf größer als sie, aber er war auch größer als die meisten Menschen. Er schätzte sie auf etwa knapp einen Meter achtzig. Groß für eine Frau, die perfekte Größe für ihn. Er streckte seine Hand aus.

»Ich bin Kannon Black. Meine Freunde nennen mich Ball.«

Sie blickte auf seine Hand hinab, verschränkte die Arme vor der Brust und weigerte sich, sie zu schütteln.

Ball seufzte. Er hatte Mist gebaut. Und er wusste, dass er zu Kreuze kriechen musste, um es wiedergutzumachen. Er wurde das Gefühl nicht los, dass es eine Herausforderung wäre, mit Everly zu arbeiten. Es war schon lange her, dass eine Frau ihn dazu gebracht hatte, bei ihr auch sein Gehirn einzusetzen und nicht nur seinen Körper.

Er wusste auch nicht, warum er sich so sehr darauf freute.

BÜCHER VON SUSAN STOKER

Mountain Mercenaries:
Die Befreiung von Allye
Die Befreiung von Chloe
Die Befreiung von Morgan
Die Befreiung von Harlow
Die Befreiung von Everly
Die Befreiung von Zara
Die Befreiung von Raven

Ace Security Reihe:
Anspruch auf Grace
Anspruch auf Alexis
Anspruch auf Bailey
Anspruch auf Felicity
Anspruch auf Sarah

Die Delta Force Heroes:
Die Rettung von Rayne
Die Rettung von Emily
Die Rettung von Harley
Die Hochzeit von Emily

Die Rettung von Kassie
Die Rettung von Bryn
Die Rettung von Casey
Die Rettung von Wendy
Die Rettung von Sadie
Die Rettung von Mary
Die Rettung von Macie
Die Rettung von Annie (Feb 2022)

Delta Team Zwei
Ein Held für Gillian (1 Dec 2021)
Ein Held für Kinley (1 Jan 2022)
Ein Held für Aspen
Ein Held für Jayme
Ein Held für Riley
Ein Held für Devyn
Ein Held für Ember
Ein Held für Sierra

SEALs of Protection:
Schutz für Caroline
Schutz für Alabama
Schutz für Fiona
Die Hochzeit von Caroline
Schutz für Summer
Schutz für Cheyenne
Schutz für Jessyka
Schutz für Julie
Schutz für Melody
Schutz für die Zukunft
Schutz für Kiera
Schutz für Alabamas Kinder
Schutz für Dakota

Die SEALs von Hawaii:

Die Suche nach Elodie
Die Suche nach Lexie (10 Aug 2021)
Die Suche nach Kenna (19. Oktober 2021)
Die Suche nach Monica
Die Suche nach Carly
Die Suche nach Ashlyn
Die Suche nach Jodelle

Hier ist außerdem eine Liste mit Susans englischen Büchern:

Mountain Mercenaries Series

Defending Allye
Defending Chloe
Defending Morgan
Defending Harlow
Defending Everly
Defending Zara
Defending Raven

Ace Security Series

Claiming Grace
Claiming Alexis
Claiming Bailey
Claiming Felicity
Claiming Sarah

Eagle Point Search & Rescue

Searching for Lilly (Mar 2022)
Searching for Elsie (Jun 2022)
Searching for Bristol (Nov 2022)
Searching for Caryn (TBA)
Searching for Finley (TBA)
Searching for Heather (TBA)
Searching for Khloe (TBA)

Delta Force Heroes Series

Rescuing Rayne
Rescuing Aimee (novella)
Rescuing Emily
Rescuing Harley
Marrying Emily (novella)
Rescuing Kassie
Rescuing Bryn
Rescuing Casey
Rescuing Sadie (novella)
Rescuing Wendy
Rescuing Mary
Rescuing Macie (novella)
Rescuing Annie (Feb 2022)

Delta Team Two Series

Shielding Gillian
Shielding Kinley
Shielding Aspen
Shielding Jayme (novella)
Shielding Riley
Shielding Devyn
Shielding Ember (Sep 2021)
Shielding Sierra (Jan 2022)

SEAL of Protection Series

Protecting Caroline
Protecting Alabama
Protecting Fiona
Marrying Caroline (novella)
Protecting Summer
Protecting Cheyenne
Protecting Jessyka
Protecting Julie (novella)
Protecting Melody

Protecting the Future
Protecting Kiera (novella)
Protecting Alabama's Kids (novella)
Protecting Dakota

SEAL of Protection: Legacy Series
Securing Caite
Securing Brenae (novella)
Securing Sidney
Securing Piper
Securing Zoey
Securing Avery
Securing Kalee
Securing Jane

SEAL Team Hawaii Series
Finding Elodie
Finding Lexie (Aug 2021)
Finding Kenna (Oct 2021)
Finding Monica (May 2022)
Finding Carly (TBA)
Finding Ashlyn (TBA)
Finding Jodelle (TBA)

Badge of Honor: Texas Heroes Series
Justice for Mackenzie
Justice for Mickie
Justice for Corrie
Justice for Laine (novella)
Shelter for Elizabeth
Justice for Boone
Shelter for Adeline
Shelter for Sophie
Justice for Erin
Justice for Milena

Shelter for Blythe
Justice for Hope
Shelter for Quinn
Shelter for Koren
Shelter for Penelope

Silverstone Series
Trusting Skylar
Trusting Taylor
Trusting Molly
Trusting Cassidy (Nov 2021)

BIOGRAFIE

Susan Stoker ist die New York Times, USA Today und Wall Street Journal Bestsellerautorin der Buchreihen »Badge of Honor: Texas Heroes«, »SEAL of Protection«, »Die Delta Force Heroes« und einigen mehr. Stoker ist mit einem pensionierten Unteroffizier der US-Armee verheiratet und hat in ihrem Leben schon überall in den Vereinigten Staaten gelebt – von Missouri über Kalifornien bis hin zu Colorado. Zurzeit nennt sie die Region unter dem großen Himmel von Tennessee ihr Zuhause. Sie glaubt ganz und gar an Happy Ends und hat großen Spaß daran, Geschichten zu schreiben, in denen Romantik zu Liebe wird.

Besuchen Sie Susan im Netz!
www.stokeraces.com
facebook.com/authorsusanstoker
twitter.com/Susan_Stoker
bookbub.com/authors/susan-stoker
instagram.com/authorsusanstoker
Email: Susan@StokerAces.com